당신의 우주에 건배

신선하고 다채로운 맛, 이 시대 젊은 작가들의 최신 SF&스릴러 단편
'우주라이크소설'을 지금 리디에서 만나세요.

황모과

피스타운

고호관

꿈속의 여인

곽재식

뒤집기

조예은

푸른 머리칼의
살인마

천선란

흰 밤과 푸른 달

강민영

잠시 동안
빛은 이곳에

한국과학소설작가연대
오리지널 SF 연재 시즌 2

오직 밀리에서만!

SEASON 2 괴리감

9월 주제 절망

9월 작가 라인업

길상효

홍지운

홍준영

Planet B

9월

The Earthian Tales

NO. 4   Alcohol

The
Earthian
Tales

4

Alcohol

'약 빤' SF들

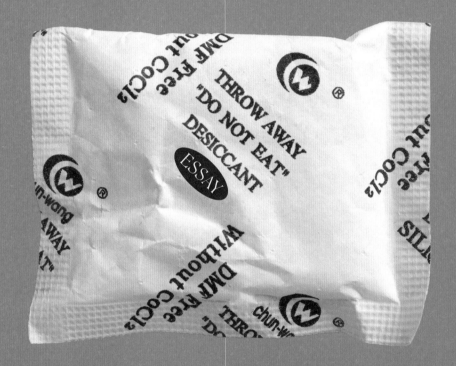

고호관

SF 작가이자 번역가. 옮긴 책으로는 《카운트 제로》, 《낙원의 샘》, 《신의 망치》, 《머더봇 다이어리》 등이 있고,
〈하늘은 무섭지 않아〉로 2015년에 한낙원과학소설상을, 〈아직은 끝이 아니야〉로
제6회 SF 어워드 중단편 부문 우수상을 받았다.

Pan Galactic Gargle Blaster
Synthehol
Moloko *Plus*
Serum 114
SOMA *(pill)*
Tasp
Spice Melange
Substance D
Can-D

"현존하는 최고의 술은 팬 갤럭틱 가글 블래스터(Pan Galactic Gargle Blaster)라고 적혀 있다. 팬 갤럭틱 가글 블래스터를 마셨을 때의 효과는 레몬 한 조각으로 싼 커다란 황금 벽돌로 머리를 한 대 강타당하는 것과 같다고 한다."[1]

SF 작가는 종종 발명가가 된다. 발명의 대상은 다양하다. 크게는 세상을 뒤집어놓을 만한 모종의 기술에서 작게는 일상생활에서 쓰는 소소한 물건에 이르기까지. SF를 읽다 보면 뭔가 신기한 기능을 하는 도구나, 지금도 비슷하게 존재하지만 특별한 기능이 추가된 물건을 어렵지 않게 접할 수 있다.

이런 발명품은 이야기를 좌우하는 핵심 소재가 될 때도 있고, 그저 흥미를 위해, 심지어는 'SF스러운' 분위기를 내기 위한 용도에 그치기도 한다.

알코올을 포함한 향정신성 약물도 예외는 아니다. 소주나 맥주, 위스키처럼 일반적인 술을 마시고 있어도 이질감이 없는 경우도 있지만, 어떤 세계에서는 등장인물이 우리에게 익숙한 소맥을 말아 마시는 게 영 어울리지 않을 수도 있다. 그런 생각이 들 때면 그저 스쳐 지나가는 장면이라고 해도 작품 분위기에 어울리는 색다른 술을, 하다못해 이름만이라도 떠올리려고 고민하게 마련이다. 레몬 조각으로 싼 황금 벽돌로 머리를 얻어맞는 느낌을 주는 괴상한 이름의 술처럼.

사람이 술을 즐기는 이유는 아마도 술기운이 올랐을 때 기분이 좋아지기 때문일 것이다. 술을 즐기지 않는 사람이라면 별로 이해가 안 가는 말이긴 하지만, 아무튼 대체로 그렇다고 한다. 문제는 즐거운 시간이 지난 뒤다. 술을 많이 마시면 필연적으로 숙취가 따른다. 심하면 머리가 지끈거려 종일 아무 일도 하지 못할 수도 있다.

술 마시기를 좋아하는 사람이라고 해도 숙취까지 좋아하는 사람은 본 적이 없는데, 만약 숙취 없는 술이 있다면 많은 사람이 반색하지 않을까 싶다. 〈스타 트렉〉에 등장하는 신테올(synthehol)이 그런 사례다.

이름만으로도 짐작할 수 있듯이 신테올은 알코올을 대체하는 합성물질이다. 효과는 알코올과 같다. 마시면 기분이 좋아지거나 없던 자신감이 생기거나 누군가가 괜히 멋져 보이기도 한다. 단, 신테올의 효과는 언제든지 곧바로 사라질 수 있다. 정신을 차려야겠다고 생각하기만 해도 금세 술기운을 떨쳐 버리고 멀쩡해진다. 원리는 모르겠지만, 언제 어떤 상황을 맞닥뜨릴지 모르는 사람에게는 안성맞춤이다. 혹은 숙취 없이 계속해서 술을 즐기고 싶은 사람에게도.

숙취가 아니더라도 술에는 큰 문제가 하나 더 있는데, 바로 중독이다. 쾌락으로 이어지는 많은 행동이 그렇듯이 잦은 음주는 결국 알코올 의존증으로 이어지기 쉽다. 술뿐만이 아니라 환각제나 마약을 비롯한 여러 약물이, 흔히 더욱 심하게 같은 문제를 야기한다. 그리고 많은 SF 작품 역시 단순히 알코올로 만든 술보다는 다양한 가상의 약물이 일으키는 여러 문제를 다루는 편이다.

더글러스 애덤스,
《은하수를 여행하는
히치하이커를 위한 안내서》,
책세상, 38쪽

'약 빤' SF들

2

더글러스 애덤스,《은하수를 여행하는 히치하이커를 위한 안내서》, 1979, 초판 표지
Photo by Burnside Rare Books

가장 먼저 떠올릴 수 있는 사례로 1886년 로버트 루이스 스티븐슨이 발표한 《지킬 박사와 하이드 씨》[3]가 있다. 설령 읽어보지 않았다고 해도 누구나 대강의 내용은 알고 있을 정도로 유명한 작품이다. 점잖은 신사인 지킬 박사는 사람의 선과 악을 분리할 수 있는 약물을 만드는 데 성공하고, 그 약물을 직접 마신 결과 숨어 있던 자신의 악한 인격인 하이드 씨로 변하게 된다.

3

하이드 씨는 온갖 비열하고 나쁜 짓을 저지르는데, 지킬 박사는 자신의 소행임을 들키지 않고서 그런 짓을 벌이고 다닐 수 있는 상황을 즐거워한다. 알코올이 제공하는 직접적인 쾌감과는 다르지만 지킬 박사는 나날이 다른 자아로 악행을 벌이는 쾌락에 중독되어 벗어나지 못하게 되고… 다들 아는 결과를 맞이하게 된다.

사람에게 중독을 일으키는 것은 약물 자체라기보다는 사람에게 내재하고 있는 은밀한 악심의 발현으로, 내면의 모순이나 이중인격을 다루는 후대의 많은 작품이 여기에서 큰 영향을 받았다. 이 이야기를 쓰던 당시 스티븐슨이 환각 성분이 든 맥각이나 코카인을 복용했다는 설도 전해진다. 만약 사실이라면 중독에 관한 경험이 작품에 어떤 영향을 끼쳤을지도 모른다.

앤서니 버지스의 1962년 작 《시계태엽 오렌지》[4,5]에는 주인공 알렉스가 마시는 '몰로코 플러스'라는 음료가 있다. 이 음료는 우유와 각종 마약을 넣어 만든 칵테일인데, 마시면 폭력과 섹스를 더욱 즐겁게 만들어준다. 온갖 분탕질을 치고 다니던 알렉스는 감옥에 가게 된 뒤 루도비코 기법이라는 행동 교정 시술을 받는다. 이때는 반대로 폭력적인 행동을 보면 메스꺼움을 느끼게 하는 약물을 주입받는다. 영화판에서는 '세럼114'라고 부르는 약물이다. 반사회적인 행동을 일삼는 사람을 치유하기 위해 약물을 사용하는 모습을 보고 있자면 복잡한 심경이 된다.

3
로버트 루이스 스티븐슨, 《지킬 박사와 하이드 씨》, 1886, 초판 표지 —한국어판 《지킬 박사와 하이드 씨》, 조영학 옮김. (열린책들, 2011)

4
앤서니 버지스, 《시계태엽 오렌지》, 1962, 초판 표지—한국어판 《시계태엽 오렌지》, 박시영 옮김. (민음사, 2022)

5
앤서니 버지스, 《시계태엽 오렌지》, 1963, 미국판 표지

6
《스탠리 큐브릭의 시계태엽 오렌지》 각본집 표지, 1972

사회적인 통제를 위해 약물을 사용하는 사례는 올더스 헉슬리의《멋진 신세계》[7]에서도 찾아볼 수 있다. 헉슬리가 창조한 '멋진 신세계'는 태어날 때부터 계급과 지능이 정해져 있고, 태어나기도 전부터 세뇌를 받아 정해진 삶을 살아야 하는 세상이다. 이런 곳에서 저항이 일어나지 않는 건 하류층 대다수가 지능이 떨어진 상태로 태어나기도 하거니와 '소마'라는 마약 때문이기도 하다.

소마는 복용하는 사람의 마음을 가라앉히고 행복을 느끼게 해주는 효과를 발휘한다. 영원히 지극한 즐거움을 누릴 수 있으니 소마에 중독된 사람들은 현실을 잊고, 압제적인 정부에 저항할 생각조차 하지 못한다.

약물은 아니지만, 이와 비슷한 역할을 하는 것으로는 래리 니븐의〈노운 스페이스〉시리즈에 등장하는 '타스프'도 있다. 타스프는 뇌의 쾌락 중추에 직접 전기 자극을 주어 순수한 환희를 느낄 수 있게 해주는 장치로, 과도한 노출은 중독 증상을 일으켜 폐인을 만든다. 이런 특성을 이용해 위협적인 상대방을 무력화하는 용도로도 종종 쓰인다.

때때로 약물은 사용자의 어떤 능력을 키우거나 새로운 능력을 제공한다.〈듄〉시리즈[8]의 주요 소재인 '멜란지', 혹은 '스파이스'가 그렇다. 스파이스는 아라키스라는 사막 행성에서만 나는 물질로, 우주에서 가장 귀중한 물질로 평가받는다. 그도 그럴 것이 스파이스는 복용하는 사람의 노화를 막고 수명을 늘려주며 의식을 더욱 날카롭게 만들어준다.

7
올더스 헉슬리,
《멋진 신세계》
1932, 초판 표지
—한국어판《멋진 신세계》,
안정효 옮김.
(태일소담출판사, 2015)

8

게다가 어떤 사람은 스파이스를 다량 복용하면 예지 능력에 눈을 뜬다. 그래서 스파이스는 우주 비행에 필수적인 물질이 된다. 모종의 이유로 컴퓨터를 사용할 수 없는 이 세계에서는 스파이스에 절어 있는 항법사가 예지 능력으로 안전한 항로를 찾아야 하기 때문이다. 이 귀중한 스파이스를 놓고 벌어지는 온갖 암투는〈듄〉시리즈의 주요 내용이다.

약물 이야기를 하면서 필립 K. 딕을 빼놓을 수는 없다. 작가 자신의 삶도 그렇거니와 속된 말로 '약 빨고 쓴' 느낌이 여실히 풍기는 작품을 봐도 그렇다. 딕은 자신의 경험을 바탕으로 작품 속에서 약물을 종종 언급하거나 소재로 활용했는데, 딕의 경험이 가장 잘 드러난 작품이라면 SF 색채는 비교적 옅은 편이지만《스캐

9
프랭크 허버트,
《듄》, 1965, 초판 표지
—한국어판《듄》,
김승욱 옮김.
(황금가지, 2021)

BRAVE NEW WORLD

BRAVE NEW WORLD

ALDOUS HUXLEY

ALDOUS HUXLEY

CHATTO & WINDUS

7

Frank Herbert

Herbert

Dune

Dune

Dune

Chilton

9

너 다클리》를 꼽을 수 있을 것 같다. 여기에는 'D물질'이라는 가상의 마약이 등장하는데, 이 약물을 소재로 삼아 딕 특유의 정신이 분열될 듯한 자아와 의식에 대한 탐구가 펼쳐진다. 한 인터뷰에서 딕은 "《스캐너 다클리》에 쓴 내용은 모두 실제로 본 것"이라고 밝히기도 했다. 딕의 또 다른 소설 《파머 엘드리치의 세 개의 성흔》도 환각을 일으키는 약물인 '캔-D'를 둘러싸고 벌어지는 일을 다룬다.

특정 작가로 국한하지 않더라도 하위 장르인 사이버펑크에서는 신종 마약이나 중독자를 즐겨 다루는 편이다. 닐 스티븐슨의 《스노 크래시》처럼 가상현실에서 작동하는 전자 마약, 혹은 사이버 마약을 다루기도 한다. 과거 현실에서는 한때 사이버 마약이라는 컴퓨터 프로그램이 화제가 되었다가 해프닝으로 끝나고 말았는데, 이런 작품 속의 사이버 마약은 사용자의 실제 육체에도 고약한 영향을 끼치곤 한다.

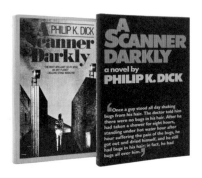 

술을 비롯한 향정신성 약물은 인류 문명에서 오랜 역사가 있고, 아마 앞으로도 계속 우리 주변에 머무를 가능성이 크다. 과학기술이 발전하면서 약물도 더욱 강력하고 독해졌다. 요즘 사회 문제가 되는 마약은 이미 더 강한 것을 상상하기 어려울 정도로 지독하다. 약물의 효과를 다양하게 상상해보는 것도 재미있긴 하지만, 자칫하다간 이미 많은 가상의 약물이 그렇듯이 SF보다는 판타지에 나올 법한 묘약이 되기 쉽다(솔직히 말해 스파이스가 그렇지 않은가?). 그런 상황에서 큰 고민 없이 신기한 약물을 상상해서 써먹는 건 피상적인 재미를 빼면 그다지 큰 의미는 없을 것 같다.

다만 의식의 문제, 약물(실물이든 가상이든)이 끼치는 영향을 통해 인간의 의식이란 무엇인지를 탐구하는 문제는 아직 여지가 있어 보인다. 필립 K. 딕과 같은 선배 작가들이 이미 휩쓸고 지나간 분야이긴 하지만 조금이나마 끼어들 틈을 찾을 수 있지 않을까? 다만 경험 없는 상상만으로는 좀 어려울지도 모른다는 점에서 다소 난감하다. 소설 쓰자고 약을 할 수도 없는 노릇이고… 🐾

NIET ETEN!!
NICHT ESSEN!!

DO NOT EAT!!
PAS MANGER!!
NIET ETEN!!!

What is an

아이디어란
(도대체) 무엇인가

IDEA?

김보영의 창작 에세이
ESSAY ④

예전부터 행사를 하다 보면 꼭 받는 질문이 있었다.
"소설 아이디어를 어디서 얻으세요?"
나는 처음 그 질문을 받았을 때 몹시 당황했다.
'뭐? 아이디어? 그런 걸 왜 물어보지?' 나는 머뭇머뭇하다가
"아이디어는 하나도 중요하지 않아요." 하고 답했다.

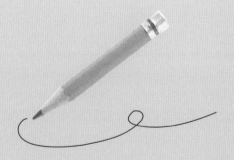

김보영

SF 작가. 2004년 〈촉각의 경험〉으로 데뷔했다. 작품 및 작품집으로 《다섯 번째 감각》, 《얼마나 닮았는가》, 《저 이승의 선지자》, 《스텔라 트릴로지 오디세이》, 《역병의 바다》, 《천국보다 성스러운》 등이 있다. 2021년 로제타상 후보, 전미도서상 외서부문 후보에 올랐다.

답을 들은 사람이 미심쩍은 얼굴을 하는 바람에 "그건 어떻게 시작하는가의 문제잖아요. 어떻게 끝내는가가 훨씬 더 중요해요." 하고 답했다. 역시 미심쩍어했다.

하지만 계속 같은 질문을 받다 보니 '내가 아이디어를 어디서 얻더라?' 하고 스스로 되묻게 되었다. 그러나 딱히 떠오르는 답이 없었다. 어째 사람들은 뉴턴의 머리에 사과가 강타하는 에피소드 같은 재미있는 일화를 원하는 듯했다. 그런데 그런 게 있을 리가. "소설 아이디어가 얼마나 있나요?" 하는 질문을 받을 때도 있었다. 또 몹시 당혹스러운 심정으로 "산더미처럼 많아요." 하고 답했다. 그러자 물어본 사람은 "우와, 산더미처럼 많대!" 하고 흥분했다. 아, 뭔가 이것도 아닌 것 같다.

아이디어란 (도대체) 무엇인가?

게임 업계에 있었을 때의 일이다. 팀원들이 내가 너무 느리게 쓴다는 원성을 시작했다. 어느 날 팀원 몇 명이 그까짓 것이 뭐 그렇게 힘드냐며 잠시 회의실에 들어가더니 환한 얼굴로 나왔다. 2시간 사이에 새 게임의 아이디어와 줄거리가 전부 나왔다는 것이다. 그러면서 나를 한심해하는 얼굴로 쳐다보며 방글방글 웃었다.

팀장은 이야기가 다 나왔으니 대사만 입히면 된다면서 팀원 누군가에게 일을 맡겼다. 그 사람도 방글방글 웃으며 일을 시작했다.

나는 그 사람이 일하는 모습을 유심히 지켜보았다. 그 사람은 회사에 오자마자 일단 한글 프로그램을 켰다. 10여 분간 화면을 바라보다가 갑자기 정신이 나간 것처럼 게임을 켰다. 그리고 몇 시간을 눈동자도 움직이지 않고 게임을 하다가 도로 한글 파일을 켰다. 다시 10여 분간 화면을 바라보던 그 사람은 다시 게임을 켰다……. 그런 식으로 미지의 공포에 휩싸인 사람처럼, 무엇에 홀린 사람처럼 게임만 하다가 집에 갔다. 수개월 뒤, 최초의 한 장짜리 줄거리는 겨우 두 장으로 늘어났을 뿐이었다. 출시가 임박하자 팀장은 내게 그 두 장짜리 줄거리를 주면서 말했다. "뼈대는 다 있으니 살만 붙이면 되지?"[1]

---

[1] 살짝 양념 섞어 왜곡한 일화 공개에 용서를 빈다. 혹시나 해서 말하지만 이런 일은 재미있는 일화에 속한다. 정말 비극적인 일화는 밤낮을 가리지 않고 일했는데 월급이 나오지 않고, 사장이 통사정하며 다음 달에는 꼭 주겠다고 해서 한 달을 더 버텼는데 또 월급이 나오지 않고, 다시 한 달만 더 하자고 했는데 또 월급이 나오지 않는 일 같은 것이다.

What is an

(What the *HELL*)
(is that?)

IDEA?

아이디어란 무엇인가?

신인 시절 나는 과학자들의 보고서에 시나리오를 붙여주는 아르바이트를 했다. 과학자들이 앞으로 개발할 과학기술에 대한 보고서를 작성하면, 내가 그 기술을 활용하는 한 장짜리 짧은 소설을 붙여주는 일이었다. 한 번은 의뢰가 들어왔는데, 스무 개의 과학기술로 스무 편의 소설을 만드는 일이었다. 주어진 시간은 한 달이었다. 주말을 제외하면 매일 오전에 새 과학기술을 공부해 파악한 뒤 오후에 당장 한 장짜리 소설을 완성해야 하는 셈이었다.

보름쯤 지나 의뢰한 곳에서 연락이 왔다. 아이디어가 다 있으니 쓰기만 하면 되는데 뭐가 이렇게 오래 걸리느냐는 불평이었다. 나는 일단 작업을 끝내고는 그 일을 그만두었다. 의뢰한 곳에서는 투덜대며 더 빨리 쓰는 다른 사람을 찾겠다고 했다.

그러다 몇 달 뒤에 연락이 왔다. 새 사람을 찾아서 일을 맡겼는데 도저히 못 쓸 작업물이 들어왔다는 것이었다. 돈을 두 배로 줄 테니 일을 다시 하지 않겠느냐고 했다. 못하겠다고 했다.

아이디어란 (도대체) 무엇인가?

작가라면 대개 경험이 있겠지만, 나도 누군가에게서 '나에게 훌륭한 아이디어가 있는데 당신쯤 되는 사람이 작업만 하면 세기의 베스트셀러가 될' 거라는 연락을 받은 적이 있다. 나는 그 사람에게 "아이디어는 아무 의미가 없고, 다른 사람의 아이디어로 소설을 쓸 수도 없다."라는 답을 했다. 조금도 이해하지 못하는 듯했다.

아이디어란 (정말로 도대체) 무엇인가?

아이디어는 무수하고 무의미하다

어슐러 르 귄의 에세이집 《세상 끝에서 춤추다》에는 '아이디어는 어디에서 얻으시나요?'라는 제목의 칼럼이 있다. 르 귄은 사람들에게 두 가지 신화가 있다고 했다. '어떤 비밀을 배울 수만 있다면 작가가 될 수 있다'와, '이야기는 아이디어에서 출발한다'라는 신화라고 한다.[2] 르 귄은 둘 다 사실이 아니라고 했고, 자신은 아이디어라는 개념의 의미를 모르겠다[3]고 했다.

2
어슐러 르 귄,
《세상 끝에서 춤추다》,
이수현 옮김
(황금가지, 2021), p.340.

3
같은 책, p. 341

4
J. 마이클 스트라진스키,
《스트라진스키의
장르소설 작가로 살기》,
송예슬 옮김
(바다출판사, 2022), p.91.

5
같은 책, p.98.

J. 마이클 스트라진스키는 《스트라진스키의 장르소설 작가로 살기》에서 '당신의 아이디어를 원하는 사람은 없다'[4]고 말한다. 작가는 남의 아이디어를 원치 않는다. 사실, 방송사와 영화사를 포함하여 그 누구도 원치 않는다. 아이디어는 그 자체로는 아무 쓸모가 없다.[5]

나는 매년 '소설 메모' 파일을 새로 만든다. 그 파일에는 틈날 때마다 새 메모가 채워진다. 아이패드나 핸드폰, 수첩에도 늘 메모를 하고, 그만큼이나 많은 아이디어가 그 자리에서 잊힌다.

나는 스트리밍 서비스에 가입하려다가, 문득 이 스트리밍 서비스가 무료로 풀리면 좋겠다는 상상을 한다. 그리고 '어쩌다 그렇게 되었을까' 생각한다. 어쩌면 내일 지구가 멸망한다는 사실이 밝혀졌기 때문일 것이다. 단 하루 동안 모든 콘텐츠와 공연이 무료가 된다. 오타쿠들이 내일 죽게 생겼는데 가족이나 만나고 있을 리가 있는가! 시간표를 꽉 채워 죽기 전에 볼 영화와 공연 리스트를 만들고, 가수와 배우들이 앞다투어 마지막 공연을 연다. 전기와 인터넷? 당연히 그쪽 직원들도 오타쿠고……. '그런데?' 나는 '그런데?'에서 생각을 멈추고 스트리밍 서비스에 가입한다.

트위터를 켰다가 내 트친이 비밀계정과 대화를 나누는 모습을 본다. 무슨 말을 하는지 궁금해진다. 나는 트위터 서버 오류로 모든 비밀계정이 공개로 풀리는 상상을 한다. 정치인과 연예인에서부터 평범한 사람까지, 모두의 숨겨진 취미와 부끄러운 모습이 온 천하에 드러나는데……. '그래서?' 나는 '그래서?' 다음에 더 생각하지 않고 다음 트윗을 읽느라 몽상을 멈춘다.

밥을 먹으려고 냉장고를 열려다가 문득 '이 안이 텅 비어 있다면' 하고 상상한다. 나는 '그런데 어쩌다가 텅 비었을까?'라고 궁금해한다. 이어서 '세상의 용량이 부족해서인가 보다.' 하고 짐작하고, 내가 지금 가상세계에 들어온 모양이라고 여긴다. '그런데 어쩌다 들어왔을까?'까지 생각하다가 냉장고 문을 연다. 안이 멀쩡한 것을 보고 나는 '훗, 누가 냉장고를 열려는 내 시도를 파악하고 안을 채워 넣었군.' 하고 생각한다. 이 몽상은 얼마 전에 〈껍데기뿐이라도 좋으니〉라는 제목의 초단편이 되었다.

이런 상상이 어떻게 나왔다고 설명할 수 있을까? 무엇에 영향을 받았기는 할까? 영향을 받았다 한들 특정할 수는 있을까?

나는 일상을 몽상 속에서 산다. 걷다가도 몽상하고 밥을 먹다가도, 인터넷을 하다가도, 목욕하다가도, 잠이 안 와 뒤척이는 사이에도 몽상한다. 다 매일 하는 일이니 몽상도 매일 한다. 내가 작가가 되지 않았다면 종일 딴생각만 하느라 주변의 걱정을 사는 한심한 사람이 되었을 것이다. 실제로 그런 사람이었다. 나는 몽상에 빠져 사느라 일상의 대부분을 깜박깜박한다. 몽상의 체험이 일상의 체험보다 더 생생하여 일상을 기억하기가 훨씬 더 어렵다. 다행히도 작가가 되는 바람에 나는 '오, 꼭 작가 같네요.' 하는 격려와 칭찬 속에서 산다.

내게 아이디어는 어쩌다 생겨나는 특별한 사건이 아니다. 주위에 널린 자갈 같은 것이다. 위에 기술한 세 아이디어 중 하나만 소설로 쓴 것은 그 아이디어가 특별히 더 좋아서일까? 그렇지 않다. 무엇이든 잡고 썼으면 마찬가지로 비슷한 수준의 소설이 되었을 것이다.

나는 많이 쓰지 않은 작가다. 누가 대신 세어보니 1년에 평균 중단편 한두 편을 썼다고 한다(이런 사람도 작가로 산다!). 하지만 몽상은 매일 하니, 나는 이론상 수십 수백 가지 아이디어 중 하나를 선택해 소설을 쓰는 셈이다.

작가에게 아이디어를 주려는 사람들에게 묻노니, 내게 아이디어를 제공하는 것에 무슨 의미가 있겠는가?

당신은 늘
첫 부분의 아이디어만을 말한다

작가에게 아이디어를 제공하는 것에 의미가 없는 이유는 또 있다.

사람들이 '아이디어'라고 말할 때, 그들이 떠올리는 것은 늘 '이야기를 시작하는' 부분의 아이디어다. 그 이유는 대부분의 사람이 소설을 쓰지 않기 때문이며, 아직 쓰지 않은 사람은 일단 첫 부분을 떠올리기 때문이다. 아직 아무것도 안 썼는데 결말을 떠올리기는 어렵다. 하지만,

소설의 모든 부분에 아이디어가 필요하다. 첫 부분의 아이디어로 쓸 수 있는 것은 아무리 넉넉하게 잡아도 소설의 첫 부분뿐이다. 내가 무수한 아이디어에서 하나를 잡아 소설을 시작한다 해도, 그 소설을 완결하려면 무수한 아이디어가 새로 더 필요하다. 이 아이디어의 총합은, 물론 소설 그 자체다.

소설의 전부는 디테일에 있다. 소설의 모든 촘촘함에 소설의 모든 것이 있다. 소설의 모든 부분이 일일이 다 다시없이 중요하다. 모든 날실과 씨실에 촘촘하게 아이디어가 필요하다. 하나의 아이디어는 아무것도 아니다.

아이디어란 (도대체) 무엇인가

Nobody
wants *your* ideas.

Ideas are just
the start of that process,
they are not
the process in toto.

Ideas are useless
on their *own* terms;

even if someone were to buy your idea (which they won't because no one does), they'd still have to give the idea to another writer who could actually render that into something practicable, and whose interpretation would be so vastly different from your own that it's no longer even the same idea, so why do they need you?

J. Michael Straczynski, Becoming a Writer, Staying a Writer: The Artistry, Joy, and Career of Storytelling, p.63

'그러면 아이디어를 많이 제공하면 되겠군!' 하는 생각도 부디 내려놓으시라. 당신의 아이디어가 참신해 보이는 이유는 당신 삶의 맥락 때문이다. 타인에게는 그런 맥락이 없다. 타인의 맥락을 따라가는 작업은 고난일 뿐이다. 많이 제공할수록 느는 것은 편의가 아니라 고난이다.

서로의 삶의 맥락을 충분히 이해하는 가족이나 친구 사이라면 가능할 것 같다. 그 또한 양쪽 모두 혼자서도 소설을 완성할 능력이 있어야 할 것이다.

타인에게 주는 아이디어가
도움이 될 때도 있다

다른 사람에게 아이디어를 주는 일이 도움이 될 때가 있다. 아이디어를 제공한 사람이 큰 프로젝트 전체를 총괄하는 사람이거나 월급을 주거나 프로젝트를 좌지우지하는 사람일 때다.

나는 실제로 게임 시나리오를 쓸 때 늘 다른 사람의 설정과 아이디어로 작업을 했다. 아이디어를 준 사람이 자신이 시나리오를 썼다는 즐거움에 열심히 일하며 내 시나리오 작업에 큰 도움을 주었기 때문이었다. 그 사람이 팀장이나 프로듀서, 대표나 투자자일 때 작업의 원활함은 이루 말할 수 없이 상승한다. 그리고 게임을 완성하는 데에 중요한 것은 프로세스의 원활함뿐이다. 더해서, 그 사람이 '아이디어 제공'이라는 형태로 취향과 방향성을 제시하게 하면, 작가가 시나리오를 내밀었을 때 그가 "후, 나는 아기 때부터 우주만 나오면 몸서리가 쳐졌어." 같은 말을 하며 원고를 내던지는 사태도 막을 수 있다. 나만 그렇게 일하는 것이 아니라 보통은 그렇게 돌아간다.

지금도 많은 시나리오 작가들이 프로젝트의 성공을 위해, 자신에게 아이디어를 제공한 대표나 팀장이나 프로듀서나 투자자를 속이고 있을 것이다. 하지만 프로젝트의 성공은 그 무엇보다 중요하다. 진지하게 중요하다. 그러니 그분들에게는 절대로 이 칼럼을 보여주지 않기를 바란다. 행여나 지금 이 칼럼을 읽는 사람 중에 대표나 프로듀서가 계신다면, 옆을 보기 바란다. 아마도 지금 옆에서 시나리오 작가가 초조하고 불안한 얼굴로 '아이고, 그 작가가 뭘 모릅니다. 대표님, 대표님의 아이디어는 무엇보다 중요하고 제 시나리오에 큰 도움이 되었어요.'라고 말하고 있을 것이다. 그 사람의 말이 다 맞습니다, 대표님.

아이디어란 (도대체) 무엇인가

그래도, 아이디어를 얻기

이른바 '곽재식 속도'는 6개월에 단편 네 편, 1년에 여덟 편을 쓰는 속도로 알려져 있다(물론 곽재식 작가 자신은 2 곽재식 속도로 썼는데, 그건 회사원일 때고 지금은 4 곽재식 속도로 쓴다). 곽재식 작가가 늘 '절대 빠르지 않으며, 그 속도로는 절대 생계를 유지할 수 없다'고 말하는 속도다. 곽재식 작가의 말은 맞지만 대부분 작가는 결코 그렇게 쓰지 못한다. 이 직업의 어처구니없는 점이다.

그런데 생각해보자, 그 무시무시한 곽재식 속도로 써도 최소한 한 달 반 동안쯤은 하나의 아이디어를 생각하는 셈이다. 작가가 아닌 사람은 보통 한 달 반은 커녕, 하루는커녕, 한 시간 동안 하나의 아이디어를 생각하는 일도 딱히 하지 않는다.

아이디어를 얻는 법은, 내 생각에는 간단하다. 핸드폰을 치우고, 인터넷을 끄고, 모든 재미있는 것을 뒤로하고, 때로는 바쁜 일마저도 내려놓고, 심심함과 지루함 속에 빠져 남들이 보기에는 하등 쓸데없고 한심하기 짝이 없는 시간을 보내는 것이다. 나를 즐겁게 하는 것이 내 머릿속 외에는 아무것도 없는 공허한 시간에 잠기는 것이다.

작가는 어쩌다 보니 그런 시간을 쌓아온 사람이다. 그렇게 몽상이 일상을 채우고 나면, 어느 시점에서는 몽상의 기억이 실제 일어난 일보다 생생해진다. 아침에 눈을 뜨자마자 떠오르는 것이 오늘 학교나 직장에서 할 일이 아니라, 어젯밤 떠올린 세상에 없는 이야기의 다음 장면이 된다. 거기서 빠져나오는 방법은 써서 없애는 것뿐이다. 이것은 어떤 사람들이 "작가가 되지 않으면 살 수가 없다."고 말하는 이유다. 허세나 엄살처럼 들리지만 그렇지 않다. 몽상이 일상을 침식해버렸으니 어쩔 수가 없다. '써야 한다'. 자신에게 작가로서의 재능이 있는가, 사람들이 내 글을 좋아해줄까, 글을 써서 먹고 살 수 있는가, 하는 것들은 여기서 오히려 부차적인 문제가 된다.

＊

여기까지 쓰다 보니 행사에서도 이렇게 답하면 된다는 기분이 든다. 하지만 짧은 시간에 말하기에 이 내용은 너무 길고 복잡하다. 생각해보면 어차피 잠시 즐기려고 행사에 찾아오는 분들이 장황한 작법론을 듣고 싶을 것 같지도 않으니, 그 자리를 화기애애하게 할 농담 같은 답변이나 생각해두는 게 좋을 것 같다. 많은 작가가 그렇게 하는 듯하다. 🐾

Beyo
Narr

nd
ative

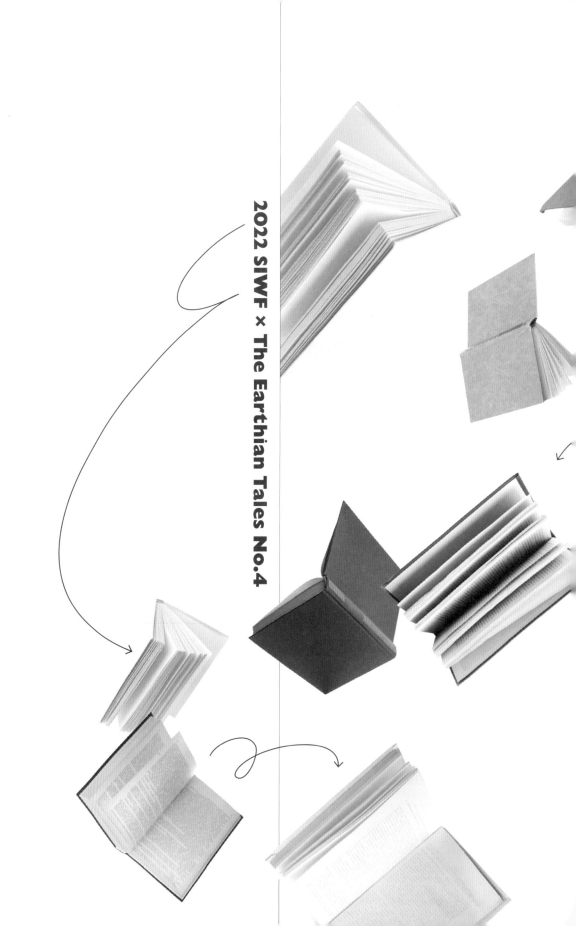

2022 SIWF × The Earthian Tales No.4

Beyond Narrative

월담: 이야기 너머

이야기 너머에는 이야기가 있습니다.
국민 이전의 사람이, 가축 이전의 동물이,
가로수 이전의 나무가 이야기처럼 있습니다.
쓰는 일 너머에서 모든 경계를 지운 채 꿈으로 놓여 있습니다.

어떤 것들은 그 자리에 있지만 그저 상상되었습니다, 죽음과 전쟁처럼.
어떤 것들은 줄곧 상상되었지만 그 자리에 없습니다, 생명과 평화처럼.

우리는 설계된 미래를 믿지 않습니다.
이미 말해진 미래가 미래일 리 없습니다.
그곳에는 과거를 재구성한 현재가 있을 뿐입니다.
우리는 저 너머가 지금을 준거로 한 전망과
예측이 닿지 않는 곳이기를 바랍니다.

그래서 이야기 너머는 목표가 아니라 약속이어야 합니다.
우리가 다만 우리로서 거기 있겠다는 것.
저 새와 나무와 돌멩이들의 곁을 지키면서 말입니다.
새로운 이야기는 언제나 이야기 너머에서 시작됩니다.

출처: 2022 SIWF 서울국제작가축제 공식홈페이지(siwf.or.kr)

SIWF × The Earthian Tales

서울국제작가축제 × 어션 테일즈
특집대담

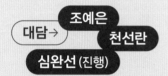

대담→ 조예은
천선란
심완선 (진행)

한국문학번역원과 인천국제공항공사가
주최하고 문화체육관광부가 후원하는
제11회 서울국제작가축제가 9월 23일부터
9월 30일까지 진행되었다. 한국문학과 세계
문학이 서울을 무대로 교류하도록 하겠다는
취지의 서울국제작가축제, 올해의 주제는
'월담: 이야기 너머(Beyond Narrative)'였다.

〈어션 테일즈〉는 서울국제작가축제와
협업하여 두 작가 천선란과 조예은,
그리고 SF 평론가 심완선이 함께하는
대담을 준비하였다.

주제는 아주 자유로웠다.
'너머'. 단 한 단어였다.

인트로

주제를 '너머'로 해보자는 제안을 듣고 유의어 사전 낱말에서 '넘다'를 검색했다. 글을 쓰면서 단어에서 단어로, 생각에서 문장으로 넘어가고 싶을 때 자주 쓰는 방법이다. 사전에는 언제나 단어가 다른 말로 이어진다. 덕분에 혀끝에서, 손끝에서 맴돌지만 실체를 갖추지 못하던 말을 찾아낸 적이 여러 번이다.

인터뷰나 대담을 준비할 때면 늘 기존에 없었던 새로운 말을 끌어내고 싶다. 주제에 걸맞으면서도 뻔하지 않은, 중요한 부분을 꿰뚫으면서도 기존의 기록과 겹치지 않는 내용을 다루고 싶다. 하지만 늘 마음같이 되지는 않으므로, 이번에는 사전 검색 결과를 줄기로 삼았다. 낱말로 등재된 '넘다'의 유의어는 12개였다. 건너다, 지나다, 극복하다, 넘치다, 건너뛰다, 넘기다, 초과하다, 넘어서다, 초월하다 등등. 대담의 주인공인 두 작가에게 물어보기 적절해 보이는 키워드였다. 데뷔 시기를 고려할 때 두 사람 다 작가 생활의 다음 단계를 다지는 중이기 때문이다. 한번 방향을 정하니 다음 질문이 술술 나왔다. 원고를 넘기다. 자신을 넘어서다. 장애물을 극복하다. SF, 판타지, 호러 등 장르의 경계를 넘다. 작가와 독자 사이의 거리를 건너뛰다. 다음으로 넘어가다.

대담 당일에는 서로 처음 만나는 자리라 어색하진 않을까 하는 걱정을 아주아주 조금 했다. 그런데 오히려 분량이 넘쳐서 편집하기 곤란할 정도로 활발한 대화를 나눴다. 독자를 모두 그 자리로 초대할 수는 없지만, 최대한 그때 오간 웃음과 눈빛이 시간과 공간을 초월해 전해지기를 바라며 정리했다.

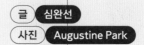

글 심완선
사진 Augustine Park

지면, 그리고 지면 너머

심완선(이하 심)   오늘의 대담 주제는 '너머'입니다. 여러 종류의 '너머'를 준비했어요. 우선 마감을 넘어섰을 때를 물어볼게요. 글을 마쳤을 때나 책이 나왔을 때 어떤 점이 좋은가요?

조예은(이하 조)   저는 단순해요. 책의 실물이 손에 잡히는 게 좋아요. 공예품처럼 느껴지거든요. 내가 뭔가를 만들어냈다는 실감이 들어요.

천선란(이하 천)   저는 해방감과 아쉬움이 뒤섞여요. 책의 물성으로 얻는 감동은 덜해요. 다만 정말로 다음 단계로 넘어갔구나 싶어요. 고치고 싶어도 고칠 수 없구나, 이제 어떻게 할 수가 없구나 하고요. 그 해방감에서 즐거움을 찾아요.

심   글을 보고 있으면 계속 고치고 싶잖아요. 그런데 어느 방향으로 고칠지, 언제 손을 뗄지 고민이 될 듯해요. 그럴 때 제삼자의 시선이 필요할 텐데요. 어떤가요? 편집자의 의견을 듣나요? 도움을 받은 적이 있나요?

조   저는 체계화가 잘 안 되는 사람이에요. 그래서 원고를 고치고 싶을 때도 '무엇을 어떻게 왜' 고치고 싶은지 파악하기가 어려워요. 직감에 의존하는 스타일이에요. 그런데 편집자 분들은 그걸 명확한 언어로 정리해서 의견을 주시잖아요. 그걸 보고 깨달을 때가 많아요.

천   저는 대체로 초고가 완고에 가까워요. 쓰기 전에 구상을 열심히 해놓는 편이고, 초고 송고 후엔 크게 고치지 않아요. 문장도요. 문장을 수정해달라는 의견을 받으면 그대로 수용하기보다는 많이 조율해요. 비문이 아닌 문장을 바꾸는 건 아닌 것 같아요. 대신 구성이나 아이디어에 관한 피드백은 대부분 수용해요. 그리고 오탈자나 오류를 잡아주실 때 좋고요.

심   천선란 작가님은 이제 시나리오 작업도 하고 계시잖아요. 소설과 달리 시나리오를 쓸 때는 어때야 하는지 깨달은 점이 있나요? 혹은 다음에는 더 잘할 수 있겠다 싶은 점이요.

천   소설에서는 스쳐 지나가는 캐릭터라도 영상에서는 배우 한 명이 맡아서 연기를 하잖아요. 그러니 모든 캐릭터에 힘을 줘야 하는 점이 달라요. 그리고 연재물처럼 한 화마다 내용이 끊기도록, 매번 기승전결을 완벽히 짜야 하고요. 게다가 제작비가 크기 때문에 '얼레벌레'가 안 돼요. 대강 넘어가는 게 전혀 용납되지 않아요.

다만 이야기를 만든다는 점은 비슷해요. 드라마를 공부하고 나니 이야기가 더 풍성해지고 사건이 더 다양해졌어요. 캐릭터 조형에도 자신이 생겼어요. 소설을 쓰다 보면 어쩔 수 없이 인물이 비슷한 목소리를 내게 되잖아요. 작가는 한 사람이니까요. 아무리 다양하게 쓰려고 노력해도 어려웠어요. 그런데 드라마를 겪고 나니 '캐릭터를 정확하게 구분할 수 있다'는 생각이 들어요. 제 꿈이 긴 시리즈를 쓰는 건데, 이제 도전해볼 만하다는 용기가 생겼어요.

심   조예은 작가님의 《시프트》도 영화화 계획이 있지 않았어요?

조   네, 시나리오 작업 중이었다고 들었어요. 이제 시나리오는 끝났다고 하지만 저는 마음을 내려놓고 있어요. 거기서 그칠 수도 있다고요. 기회나 계획은 언제든지 사라질 수 있으니까요.

저는 천 작가님께서 직접 시나리오 작업에 참여하신다고 하니까 신기해요. 소설이랑 엄청 다를 텐데. 게다가 계약된 작업이 많으실 텐데 어떻게 일하고 계세요? 저는 소설 마감도 겨우 맞추는 중이라 도저히 못한다고 했거든요.

36

천　정말 현명하세요!

　　그런데 저는 아직까지 '큰일 났다' 싶을 정도로 일정이 밀린 적은 없어요. 그보다는 책이 자주 나오는 편이라는 점이 신경 쓰여요. '내가 충분히 고민을 안 하는 걸까?' 싶어서요. 읽는 사람이 지칠까봐 신경 쓰이기도 하고요. 요새는 일정을 조금 늦추더라도 완성도를 높이고 싶다는 생각이 들어요.

심　역시 오래 일하셔서 작업량이 소화가 되는 걸까요? 오전 10시부터 밤 10시까지 쓰신다고 들었어요.

천　더 늘어났어요. 집을 아예 작업실과 가까운 위치로 옮겼거든요. 이제는 아침 8시부터 새벽 1시까지 작업해요.

조　저 반성하게 돼요.

심　그러게요. 그래서 출근을 해야 하나 봐요. '퇴사하고 싶다'고 하면서도 출근하는 힘을 가져야 하는데.

　　한편 영상 등 다른 매체로 글이 넘어가면 더는 나의 창작물이 아니게 되잖아요. 번역의 경우에는 언어가 다른 방식으로 바뀌고요. 그건 어떤 느낌인가요?

조　아직 결과가 많이 나오진 않았지만, 완전히 다른 작업이라고 생각해요. 그리고 저는 제가 쓴 대사를 누가 실제로 연기하는 모습을 보기가 힘들어요!《시프트》를 출간했을 때 출판사에서 짧은 웹드라마 형식으로 홍보영상을 만들어주셨거든요. 배우를 캐스팅해서요. 감사했지만 제가 부끄러움을 많이 타서, 어쩐지 끝까지 보기가 힘들더라고요.

천　저는 번역으로 언어가 달라질 때 '정확하게 써야 하는구나!' 했어요. 한국어에서는 둥글게 넘어가는 부분을 번역하기 힘들어요. 한국어는 주어나 성별을 생략할 수 있죠. 그런데 정말 많은 언어가 성별을 확실히 구분하는 거예요. 번역자 분들이 성별을 꼭 물어보세요. 그래서 저는 인칭보다 이름을 계속 넣어달라는 요청을 주로 드려요.

　　영상화에 관해서도 알게 된 점이 있죠. 다른 작가님께서 다시 창작하시는 셈이잖아요. 그런데 제가 소설에서 잃고 싶지 않은 것들이 있어요. 각색을 하더라도 변하지 않길 바라는 부분이요. 그런 부분은 명확히 전달해야 한다는 걸 느꼈죠. 저도 아직 결과물이 뚜렷이 나오진 않았지만요.

의외의 공통점도, 새삼스러운 차이점도 모두 반가웠다. 알게 모르게 글의 색깔이 말에서 묻어나는 듯했다. 다음에는 보다 자기 자신에 관한 내용으로 넘어갔다.

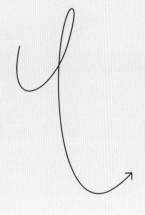

본문 이미지: 천희란

자신, 그리고 자신 너머

(심) '너머'의 다음 질문으로 넘어갈게요.
현재의 나를 넘어서서 달성하고 싶은 목표가
있나요?

(조) 제가 늘 다른 전업작가 분들 앞에서 작아지는
점이 있는데… 규칙적으로 생활하기가 힘들어요. 프리
랜서라도 직장인처럼 일해야 하는데. 그래서 요새 런데
이 하면서 운동하려고도 하고, 규칙적으로 생활하려
해요.

작업 측면에서는, 아름답지 않은 캐릭터를 만들
고 싶어요. 첫인상부터 진짜 '별로'인 주인공을 데리고
작품을 시작하고 싶어요. 그 캐릭터를 끝까지 끌고 가서,
종내에는 독자가 납득하도록 하는 이야기를 써보고
싶어요. 얼마 전에 〈체인소맨〉이라는 만화를 봤거든
요. 주인공이 너무 별로인 거예요. 여자 밝히고, 생각 없
고, 자기 본능에만 충실하고, 삶의 목적도 없고. 그런
데 완결까지 보고 나니 혐오스럽던 모습을 납득하게
되더라고요. 그만큼 주인공에게 몰입하도록 이야기가
만들어진 거죠. 그런 튼튼한 서사를 보면서 저도 언젠
가 그런 이야기를 써보고 싶다는 생각이 들었어요.

(천) 저는 지금 굉장히 다양한 유형의 작업을 하고
있는데, 이게 전부터 꿈이었어요. 영화과에 가고 싶었
을 정도로 영상 작업 욕심이 많았어요. 어쩌다 기회가
온 게 아니라, 제가 적극적으로 기획안을 써서 보낸 결
과로 일하게 됐어요. 그래서 요새는 제가 다음 장소,
다른 분야로 넘어가는 분기점에 있다는 생각을 하고
있어요.

그러니 천선란이라는 이름이 어찌 보면 '부캐'
인 거죠. 천선란이라는 이름으로 하고 싶은 일은 꾸준
히 재미있는 책을 쓰는 거예요. 소설만은 정말 저만의
자유로운 영역으로 놔두고 싶어요. 어떤 의미로든 오
래도록 살아남는 주인공을 만들고 싶고요. 한편으로
는 '오타쿠'스러우면서도 불편하지 않은 콘텐츠를 만들
고 싶어요. 정말 편안한 마음으로요. 부캐라고 해도

필명을 더 쓸 생각은 없지만요.

(심) 글을 쓰기 위해 극복해야 했던
장애물이 있나요?

(조) 현실적인 불안이 컸어요. 처음 글을 쓴 때가 취
업 준비 기간이었거든요. 다른 친구들은 포트폴리오
준비하고, 토익 시험을 치고, 열심히 사는데… 저도 나
름대로 일을 한다고 노트북 앞에 앉아 있지만 성과가
눈에 보이진 않는 거예요. 당장 손에 쥐어지는 자격증
도 없고, 여기저기 면접 보러 다니는 것도 아니었으니
까요. 그때 불안감이 컸어요. 아직도 그런 불확실함이
가장 큰 적이에요. 프리랜서로서 수입이 언제까지 계
속될지 모른다는 점이요. 수입이 일정하지도 않고요.

(심) 4대 보험 안 되고.

(조) 퇴직금 안 나오고.

(천) 저도 불확실함에 대한 불안이 진짜 커요. 그래
서 일이 줄지 않더라고요. 프리랜서로서 한 번 늘린 일
은 줄어들 수가 없어요. 일이 줄어드는 순간 마음이
불안해지니까.

그리고 일이 재미없어질까 봐 불안해요. 글을
써야겠다고 마음먹은 시점이 11살 때였어요. 영화 〈왕
의 남자〉를 보고 충격받았거든요. '이야기가 이런 거였
구나!' 그때부터 지금까지 이야기를 쓰는 건 두렵거나
힘들지 않았어요. 그런데 그런 감정이 오면 어떡하지
하는 걱정을 가끔 해요. 저는 꾸준히 반복하는 걸 정
말 지겨워하는 사람이더라고요. 매일 같은 일을 반복
하는 생활이 너무너무 답답해요.

다행히 아직 글쓰기에 질린 적은 없어요. 소설
을 쓰면 행위 자체는 동일하더라도 작품마다 내용이
바뀌잖아요. 전혀 다른 일이 되니까 늘 흥미로워요.
불확실해서 불안하더라도 작가 생활 자체는 즐거워요.

(심) 쓰는 일의 재미와 별개로, 읽는 사람의 재미도 생각하게 되잖아요. 소설을 재미있게 만들려면 지향점을 정해야 하고요. 그에 맞춰 내용을 적당히 덜어내거나 결말을 바꾸거나 하죠. 그런 기준이나 경험이 있나요?

(천) 작품 속 세계와 인물에 과몰입하지 않으면 글이 재미가 없어지더라고요. 얼추 쓰면 결과물이 확실히 별로예요. 물론 어떤 이야기든 몰입을 심하게 하면 분량이 너무 많아져서 덜어내긴 해요. 그래도 넘쳐흐를 정도로 제가 푹 빠져야 이야기가 재미있게 나오죠. 저는 인물이 중심인 이야기를 굉장히 좋아하거든요. 내가 이 인물을 얼마나 사랑하고 얼마나 아는지가 아주 중요해요.

(심) 작가님이 만드시는 설정집을 원하는 독자들도 많겠는데요.

(천) 그런데 정말 중구난방으로 써서… 이미 다 버렸어요.

(심) 작가로 생활하면서 힘들었던 점은요?

(천) 글의 차원에서는 아직 없어요. 내용이 안 풀려서 힘든 건 작업하면서 자연스럽게 지나는 과정이고요. 대신 외부 활동이 힘들어요. 행사들, 대외적인 일들. 이미 나의 손에서 떠난 글에 관해 계속 제 입으로 이야기를 해야 하잖아요. 왜 그렇게 썼는지 이유를 계속 말해야 하고요.

　사실 이유가 없던 경우도 많았는데, 행사를 많이 다니다 보니 하나씩 생기더라고요. 저는 《천 개의 파랑》으로 행사를 너무 많이 했어요. 아직도 하고 있고요. 그래서 이제는 제가 하는 말이 원래 생각했던 것인지, 어디서 들은 것인지 구분할 수 없는 지경이 되어 버렸어요. 그래서 마치 누가 해준 말인양 대답하게 됐어요. "그랬습니다"가 아니라 "그렇게들 보시더라고요"

라는 식으로.

　그리고 《천 개의 파랑》이 처음으로 잘 된 소설이기 때문에 독자들에게 '천선란은 다정하고 따뜻한 소설을 쓰는 사람'이라는 이미지가 각인됐어요. 그런데 제가 진짜 좋아하는 제 소설은 《노랜드》나 《밤에 찾아오는 구원자》처럼 하염없이 가라앉는, 무거운 작품이거든요. 사실 《천 개의 파랑》은 처음이자 마지막으로 밝고 희망적으로 귀여운 이야기를 쓰겠다는 마음으로 나온 책이에요. 그래서 '빨리 새로운 모습을 보여줘야겠다, 고착된 이미지를 극복해야겠다'라고 생각해요.

　참, 저는 동물권이나 장애인 이동권, 환경에 대한 관심이 많다 보니 관련 행사에 계속 초대를 받아요. 하지만 제가 말하는 만큼 실천하고 있느냐 하면, 그렇진 못하거든요. 앞장서서 운동하시는 분들께는 전혀 미치지 못해요. 하염없이 부끄럽죠. 하지만 그렇다고 초대를 마다하는 것도 이상한 일이고요. 그래서 부끄러움을 무릅쓰고 '할 수 있는 만큼 하자'라고 요새는 생각하고 있어요.

(심)　아무래도 그렇죠. 더 나은 글과 말을 만들고 싶으면 시도를 계속할 수밖에 없는 것 같아요. 두 분 다 이제 책이 조금씩 쌓이고 있는데, 과거의 자신과 비교해 달라진 점이 있나요?

(조)　저는 속도요. 점점 빨라지고 있어요. 처음에는 정말 오랫동안 썼거든요. 게다가 청탁을 받아서 쓰기 시작하면 제가 쓰고 싶어서 시작한 경우보다 느렸어요. 주제에 맞춰서 이야기를 만들어야 하니까요. 초창기에는 단편 소설을 청탁받으면 한 달 동안 붙잡고 있고, 그랬어요. 그런데 요새는 글을 완성하는 데 걸리는 시간이 확 줄었어요. 무엇을 쓸지 마음을 정하면 그대로 쭉 써요. '직업인이 됐구나'라는 생각이 들어요.

(천)　전 평가에 담대해진 것 같아요. 딱히 연연하지 않게 되었어요. '직업인이 됐구나'와 비슷한 느낌이에요. 남의 반응에 하나하나 연연하면 나아갈 수가 없거든요. 어느 정도는 무시하고 앞으로 가야 하는데, 그게 좀 가능해지면서부터 '나 컸다, 성장했다' 하는 생각을 하죠.

(심)　너무 많은 사람이 너무 많은 말을 하죠.

(천)　저는 그럴 때마다 제일 좋아하는 영화를 떠올려요. 그 영화도 싫어하는 사람이 있더라고요. 〈A.I.〉, 〈왕의 남자〉, 97년도에 나온 〈콘택트〉.

(조)　저도 똑같이 생각해요! 저는 박찬욱 감독님의 영화를 떠올려요. 〈박쥐〉, 〈올드보이〉, 〈스토커〉. 제가 제일 좋아하는 영화들인데, 호불호가 많이 갈리더라고요. 모든 사람의 취향에 부합하는 작품은 없으니까요.

(심)　얼마 전에 그럴 때 쓸만한 딱 맞는 말을 배웠어요. 마음이 후련해지더라고요.

40

프리랜서는 평일과 주말 대신 마감과
마감으로 날짜를 셈하는 직종이다.
프리랜서의 불안을 한탄하며 마음이 찡했다.
우리는 이쯤에서 사진을 찍느라 자리를 옮겨
잠시 쉬었다. '딱 맞는 말'이 무엇인지도 공유
했다. 어느새 해가 한 뼘 옆으로 움직여 있었다.

장르, 그리고 장르 너머

(심) 《노랜드》에서 저는 〈바키타〉가 흥미로웠어요.
플라스틱을 먹는 외계 종족이 나오잖아요. 정
세랑 작가님의 〈리셋〉 보셨나요? (천 조: 네!) 그
소설엔 플라스틱을 먹는 거대 우주 지렁이가 나
오고요. 희망찬 이야기잖아요. 그런데 〈바키
타〉는 비슷한 소재를 두고 전혀 희망이나 귀여
움이 보이지 않는 방향으로 가요.

(천) 그렇죠. 저는 아포칼립스를 좋아해요. 왜 좋아
하느냐고 묻는다면 답이 너무 뻔해요. 미래의 우리는
망하는 게 당연하잖아요. 무엇도 우리를 구하지 않을
것이고요. 우리가 계속 이미 정해진 미래로 가고 있다
는 생각이 저를 지배하고 있어요. 그래서 그렇게 쓰는
것 같아요.

(심) 조예은 작가님도 재난과 비극을 주로 쓰시는
데, 어떻게 생각하세요? 《스노볼 드라이브》는
모루와 이월이 어디론가 가는 장면으로 끝나
죠. 그런데 어디로 갈지, 갈 수 있는지조차 모르
는 상황이고요. 저는 여기서도 희망이 없는 느
낌을 받았거든요.

(조) 저도 천선란 작가님께서 말씀하신 것처럼 세상
에 큰 희망을 품고 있진 않아요. 하지만 희망이 없다고
느껴진다 한들 다 같이 죽을 수도 없잖아요. 희망이
없어도 어쨌든 내일이 계속 오고요. 그렇게 사람을 계
속 살게 만드는, 일상을 영위하게 하는 동력은 무엇일
지 생각하다 보니… 저는 결국 사람 사이의 관계와 감
정을 이야기할 때 제일 재미있어요. 사랑하는 것이요.

여러 가지 장르의 모습을 빌려서 두 사람의 관계 이야
기를 하죠.

사실 《스노볼 드라이브》에서 모루와 이월의 다
음 여정은 암담할 게 확실해요. 그래도 함께함으로써
나오는 동력 자체를 보여주고 싶었어요. 망했다는 느
낌이 들고, 실제로 망했지만, 그럼에도 불구하고 사람
을 움직이게 만드는 힘. 안정적인 상태를 벗어나서 어
디론가 뛰쳐나가게 만드는 힘.

절망스럽게도, 환경은 개인이 노력한다고 해서
크게 바뀌지 않잖아요. 여러 사람의 목소리가 모이면
분명 변화가 생기긴 하지만 그마저도 묻히기 쉽고요.
하지만 개인 대 개인의 규모에서는 몇 마디 대화 정도
로 얼마든지 변화가 일어나요. 사람과 사람 사이의 관
계는 그만큼 유동적이죠. 저는 그걸 그리는 게 의미 있
다고 생각해요. 호러를 쓰지만 낭만적인 걸 좋아하
고요.

(심) 단둘뿐인 서사가 많죠. 주인공이 둘만의 세계
를 만들어서 바깥세상의 무게를 버티는 느낌이
기도 해요. 둘만의 세계는 바깥보다 밀도가 높
고 안전하게 그려지고요.

(조) 둘뿐이라서 더 아프고 처참하게 깨질 수 있
어요. 하지만 그런 관계를 만들어본 사람이라면 다시
회복해서 새로운 사람을 찾을 것 같아요.

(심) 천선란 작가님은 인물 여러 명의 구술이나 기록
으로 이야기를 서술하는 방법을 종종 쓰시잖
아요. 인물 한 명이 쭉 이어갈 때도 있지만, 기
준이 있나요?

(천) 좀 본능적이긴 한데… 〈레시〉처럼 한 인물의 시
점으로 진행하는 때는 그의 감정이 가장 중요한 이야
기인 경우예요. 세상이 어떻게 돌아가든 그 한 인물이
상대를 대할 때의 감정이요. 세상의 해답과 다르더라
도요. 반면 《천 개의 파랑》처럼 커다란 이야기가 어떻
게 조각조각 조립되는지 이야기하고 싶을 때는 인물이
많이 나와요. 미스터리를 풀어갈 때요.

(심) 조예은 작가님은 호러를 쓴다고 하셨지만, 사실
여러 장르를 활용하고 계시잖아요. 장르의 색

41

과 문법을 가져다 쓰면서도 자기 스타일을 가미하는 방법이 있나요?

조 전 체계화를 못 하는 사람이라서, 형식에 대해서는 별로 생각해보지 않았어요. 본능과 직관에 의존하는 편이에요. 제가 좋아하는 이야기를 쓴다. 그리고 계속 다듬는다. 단순해요. 장르에 맞게 어느 쪽으로 가야겠다고 생각한 적은 없어요.

심 천선란 작가님은 '장르적'이란 개념을 어떻게 생각하세요?

천 저는 문예창작을 너무 오래 전공했어요. 문단 문학 위주로 공부했고요. 그런데 좋아하는 건 다 장르였어요. 추리, 스릴러, 호러, 판타지, SF 등을 다 좋아했어요. SF를 쓰기 시작한 것도 오로지 내가 흥미 있는 이야기를 써야겠다는 마음에서였어요. 그렇게 《무너진 다리》를 발표했는데, 'SF를 빌려와 문단 문학 쓰는 느낌'이라는 평을 받았어요.

처음에는 "어떡하지?"라며 고민하긴 했는데요. 그런데 뭘 어쩌겠어요. 10년 동안 배운 게 있으니, 이를 통해 적립해온 저만의 색이 있죠. 여기에 제가 좋아하는 것들을 이식했고요. 덕분에 결과물이 이도 저도 아니다 싶을지도 몰라요. 하지만 다르게 말하면 고유한 느낌이 나는 거예요. 이 작가만이 낼 수 있는 색이라고요. 그 느낌이 나쁘지 않다고 생각했어요. '나는 유통사를 난처하게 해야겠다!' 했죠. 제 소설이 어느 카테고리로 분류할지 정하기 힘들잖아요. 《밤에 찾아오는 구원자》는 판타지인가 호러인가? 《나인》은 판타지인가 SF인가 청소년 소설인가? 이런 식으로 차라리 즐기고 있어요.

심 저도 《나인》 리뷰 청탁을 받았을 때 이 소설이 SF인지 판타지인지 고민했어요. 어느 쪽이든 가능해 보였거든요. 이렇게 작가님 안에 여러 종류의 스타일이 적립됐다면, 서로 충돌하거나 방해가 된 적은 없나요? 자신이 배운 것과 좋아한 것이 다르던 셈이잖아요.

천 방해는 잘 모르겠지만 도움은 받았어요. 하나의 사물이나 현상을 아주 깊게 사유하는 방법이요. 그

게 문단 문학의 본질에 가깝잖아요. 그 시선을 배웠어요. SF라는 광범위한 이야기를 쓸 때도 초점을 잃지 않는 거죠. 하나의 지점에 계속 머무른 상태에서 주변으로 시야를 넓혀가는 이야기를 쓸 수 있어서 좋아요. 사실 장르 소설이라고 하면, 특히 SF는, 시작 지점에 머무르기보다는 계속 다른 지점으로 나아가잖아요. 끊임없이 달려가고 뻗어가는 이야기가 많죠. 저는 멀리 나갔다가도 원래 자리로 돌아오는 느낌의 이야기를 써요.

심 그래서 SF 독자가 낯설어하는 듯해요. 하지만 한 10년 하다 보면 이게 한국 SF의 스타일이 될지도 모르죠. 그렇게 하고 계시고요. 다음으로 여러분이 쓰고 싶은 새로운 스타일이 있을까요?

천 전 호러와 스릴러를 깊이 파고들고 싶어요. 〈옥수수밭과 형〉이나 〈바키타〉를 쓰면서 그런 생각을 했어요.

조 저는 앞서 말했던 '추한' 주인공이요. 저는 아직 제가 쓴 소설이 호러나 스릴러라고 생각하지 않아요. 정말 갈 데까지 가는 하드코어한 소설을 써보고 싶어요. 추악하고, 피와 살점이 난무하는 소설.

심 호러를 쓰는 방법이 있을까요?

조 단어만으로도 사람들이 섬뜩해 하는 소재를 찾아요. 지극히 현실적인 부분에서 무서움을 찾아내요. 예컨대 프리랜서의 불안함.

심 저 사실 《뉴서울파크 젤리장수 대학살》도 너무 힘들었거든요. 초반에 사람이 녹아내리는 장면부터 힘들었어요. 무언가 나쁜 일이 일어나기 시작했고 이후로는 나쁜 일밖에 일어나지 않으리라는 긴장감 때문에요.

조 저는 그 장면 쓰면서 되게 재미있었어요. 제가 호러를 재미있어 하는 이유가 앞으로 어떻게 전개될지 모른다는 점이거든요. 심장이 뛰어요. 무슨 일이 벌어져도 이상하지 않은 장르잖아요. 그러다 파국으로 흐

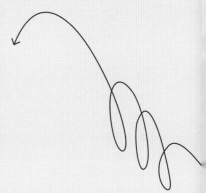

르고요. 그런데 제가 정말 좋아하는 작품들을 보면 파국으로 무너졌다가도 바닥을 찍고 다시 약간 튕겨 오르거든요. 그 부분 때문에 호러를 좋아해요.

(심) 호러 스릴러를 본격적으로 쓰고 싶은 천선란 작가님은, 어떠세요?

(천) 저는 호러의 주된 감정은 슬픔이라고 생각해요. 기본적으로 무언가를 상실하거나, 사람들이 변하거나, 이상한 일이 벌어지잖아요. 무서움을 걷어내면 슬픔이 많이 남더라고요. 아마 그래서 호러를 쓰고 싶다고 생각하나 봐요. SF를 쓸 때도 저의 주된 정서는 쓸쓸함이잖아요. 남아있는 사람들에 대한 이야기가 많고요. 그걸 호러의 방법으로 써도 좋겠다는 생각이 있어요.

> 장르 구분에 갇히지 않고 자신의 색을 유지하며 자신의 이야기를 썼던 작가들이 생각났다. 그리고 SF는 다른 장르와 마찬가지로 여러 작가와 작품이 모여 그리는 점묘화다. 다양한 작품을 풀어놓을 두 작가의 모습, 그리고 이와 별개로 혹은 함께 변화할 SF의 모습이 기대되었다.

이야기, 그리고 이야기 너머

(심) 이야기의 힘이라는 말을 체감하신 적이 있나요? 소설은 허구이고 가상인데 현실의 우리에게 영향을 끼치잖아요.

(천) 드라마 〈이상한 변호사 우영우〉 같이 세상을 보는 시각을 한 번 툭 치는 작품을 만났을 때요. 어떤 의미에서든 많은 말이 오가니까요. 예를 들면 전에도 장애인 이동권 시위가 꾸준히 있었잖아요. 당사자의 목소리가 계속 있었어요. 하지만 드라마로 인해 비로소 자기 주변에 장애인이 있다고 인지하기 시작한 사람이 많아요. 자폐 스펙트럼의 모습이 다양하다는 사실도요. 저는 이런 현상이 완전히 마음에 들진 않아요. 직접적인 목소리는 외면했으면서, 드라마처럼 안전한 쿠션이 잔뜩 깔린 이야기를 선택적으로 공감하고 포용하는 모습이요. 그래도 우리 시선이 다음 단계로 넘어가는 데 필요한 과정이라고 생각해요. 이를 위해서는 반드시 이야기가 필요하구나 싶고요. 제 작품 중에선 《천 개의 파랑》이 어느 정도 돌다리 같은 작품이 아닐까 생각해요.

43

ⓒ 저는 개인적인 이유가 있어요. 종종 무기력한 상태에 빠지거든요. 그때 저를 움직이게 하는 게 픽션이에요. 정말 취향에 맞는 좋은 작품. 가상의 인물들. 나랑 전혀 상관없는 이야기라도 그 안에 있으면 다시 힘이 나더라고요.

ⓢ 그럼 이야기 너머에 독자가 있다는 사실을 실감한 적은요?

ⓒ 서울국제도서전에서 사인회를 했는데 생각보다 많은 분이 찾아주셨어요. 학생도 많았는데, 책이라는 걸 아예 안 읽다가 《칵테일, 러브, 좀비》가 얇아서 집어들었고 그때부터 책을 읽게 됐다는 친구들이 있더라고요. 뿌듯했어요. 저는 책을 정말 사랑하고 책을 쓰는 일을 하는 사람인데, 다들 출판이 사양 산업이라고 말하잖아요. 다른 재미있는 콘텐츠가 쏟아져 나오니까요. 그런데 내가 애정을 품은 이 분야에 누군가 발을 들이는 계기가 제 책이라는 점이 정말 좋았어요.
하루는 북토크에 양복 입으신, 아무리 봐도 회사원 같은 분이 오셨어요. 제 책을 읽고 노래를 만드셨다고 말씀하셨죠. 제가 만든 창작물이 다른 사람의 또 다른 창작에 영감을 준다는 사실이 기뻤어요.

ⓒ 저도 비슷해요. 편지 같은 거 받을 때. 저는 인터넷에서 아이 키우는 분의 리뷰를 봤어요. 너무 정신없고 책 읽을 시간도 없는데, 오랜만에 새벽 내내 앉은 자리에서 책을 다 읽었다고요. 나중에 꼭 딸이랑 같이 다시 읽고 싶다고. 그게 기억에 남더라고요.

ⓢ 두 분 다 독자층이 젊은 편이고, 청소년 주인공도 많이 써보셨잖아요. 사람들은 "90년대생의 젊은 SF 작가가 새로운 얘기를 한다"라 말하고요. 그런 평가에 대해 어떻게 생각하세요? 아까 말씀하셨듯 젊은 독자랑 통하는 느낌이 있나요?

ⓒ 실감이 나요. SF란 장르를 떠나서, 지금 90년대생 작가분들이, 저의 동년배들이 가려워했던 곳을 정확히 긁어주고 있다는 느낌을 받아요. 작가가 아니라 독자로서도 느껴요. 누가 문장으로 만들었을 때 비로소 확실히 알게 되는 마음이 있잖아요. 숨겨두었던 것들을 어떤 방식으로든 꺼내놓게 되는, '이거야, 내가 20년 동안 느낀 감정은 이거야'라고 확신하게 되는 경험. 그걸 서로 공유하는 거죠.

조 　저는 가끔 다른 인터뷰에서 '20대 여성을 대표하는 작가'라는 식으로 표현된 적이 있어요. 되게 민망했어요. '대표'라는 단어가 낯간지럽더라구요. 저는 그냥 그 세대의 사람이고, 여성이고, 제가 제일 잘 아는 이야기를 썼을 뿐이거든요. 지극히 개인적인 마음으로 작업을 해요. 제가 제일 잘 아는 이야기는 저한테서 나오니까요. 그런데 천선란 작가님 말씀하시는 걸 들어보니 '많이들 가려워하셨구나'라는 생각이 드네요.

> 혼란스러운 감정을 정확히 서술해주는 소설을 만나면 무릎이라도 꿇고 싶다. 맞아요. 맞아요. 그거예요. 사람을 붙잡아 일으켜주는 이야기의 힘을 믿으며, 다음으로는 작품의 결말과 그 이후에 관한 이야기를 했다.

우리, 그리고 우리 너머

심 　조예은 작가님은 본인 작품 중에서 '남들은 비극이라고 하는데 내가 보기엔 해피엔딩인 이야기'가 있나요?

조 　다 해피엔딩이에요. 제가 쓴 글 중에 완전한 비극은 〈새해엔 쿠스쿠스〉 하나밖에 없다고 생각해요.

심 　저는 그게 해피엔딩이라고 생각했는데요!

조 　주인공은 사촌언니와의 관계에서 모종의 돌파구를 얻지만, 엄마와의 관계는 결국 평행선을 유지하죠. 다른 모든 작품에서는 가능성이 발생할 구멍을 남겨뒀는데 〈새해엔 쿠스쿠스〉에서는 그런 걸 두지 않았어요. 많은 가족이 그렇지 않을까요. 반대로 〈오버랩 나이프, 나이프〉 같은 작품에는 가능성이 있잖아요. 이야기가 비극적으로 끝나는 듯하지만 인물이 다시 시작할 수도 있고요. 왜 해피엔딩이냐고 하실 수도 있지만, 가능성 측면에서는 그렇습니다.

심 　천선란 작가님의 작품에서는 슬픔이나 외로움, 그리움 같은 정서가 자주 나와요. 특히 외로움에 대해서. '이게 작가님의 테마구나' 생각할 정도로. 그런데 생각해보면 외로움이란 게, 혼자 있으면 잘 모르잖아요. 남의 존재가 있기 때문에 외로워지죠. 타인이 있기에, 타인을 향하고 있기에 생기는 결핍이고요.

천 　사실 쓸 땐 몰랐어요. 비슷한 형태의 이야기를 반복하고 있단 걸 사후에 알았어요. 《어떤 물질의 사랑》부터 《밤에 찾아오는 구원자》까지 '내가 계속 외로움에 대한 이야기를 하고 있구나'라고 깨달았죠. 안 하려고 노력할 때도 있는데 잘 안 되더라고요. 다르게 쓰려고 해도 또다른 방향에서 외로움이 들어가요.

　저는 어릴 때부터 막연히 '우주의 생명체가 지구 하나에만 있을까, 그럼 너무 외롭겠다'라는 상상을 했거든요. 그래서 단짝을 만들고 싶어요. 존재하지 않더라도요. 인간은 인간에게 가장 친밀한 존재는 아니라고 생각하거든요. 인간끼리 정말 서로 믿고 의지할 수 있었다면 세상이 이렇게 되진 않았을 것 같아요. '나'를 지키려고 많은 걸 파괴했고요. 결국 자신에게 친한 사람은 자기뿐인 거예요. 나르시시즘이 정체성이고요. 남들과 퍼즐처럼 맞아떨어지지 못하고 언제나 독단적으로 사는 외로운 존재 같아요. 그렇다면 인간에게 정말로 '절친'이 존재한다면 어디에 있을까? 생각하다 보면 세상을 넘고 차원을 넘게 되더라고요. 인간끼리는 이해하지 못해도 우주에 있는 어떤 존재는 이해하는 거예요. 그럼 인간의 외로움이 오히려 위로가 되는 느낌이 나서 좋아요.

심 　같은 인간끼리는 공통점이 훨씬 많으니 오히려 차이에 주목하고 서로 싸우게 되는 면이 있죠. 아예 다르면 공통점에 주목하게 되고요. 인간이 만약 다른 존재와 공존하려 한다면, 이를 위한 최소한의 조건은 뭘까요?

천 　다른 종과 공존하려면 어쩔 수 없이 편리함과 위생을 포기해야 한다고 생각해요. 하지만 그걸 포기할 수 없는 게 인간 같아요.

심 맞아요…. 재난에 관해서는 어떤가요? 재난도 인간의 과오가 차근차근 쌓여서 일어나곤 하잖아요. 물론 갑작스러운 경우도 많지만요.

조 '어느날 갑자기'는 없다고 생각해요. 계속 쌓이고 쌓이다가 어떤 촉매로 인해 발현하는 거죠. 제가 그리는 세계에서 재난은 서서히 쌓이고, 변화하고, 그러다 촉매에 반응하여 광범위한 영향을 끼치는 것이에요. 저는 그에 반응하는 사회의 모습을 그리고요. 《스노볼 드라이브》에서도 '눈'이 내리기 시작한 이유는 일부러 안 넣었어요. 이후 사회가 어떻게 되는지 보여주는 데 신경을 많이 썼고요. 경장편이라는 분량 안에서 사건의 원인을 파고들면 히어로물이 될 것 같았어요. 그걸 설명하려면 인물이 사건에 파고들어서 진상에 도달해야 하잖아요. 그럼 도달하기까지의 서사가 이후 서사보다 중요하게 보일 것 같았어요.

제 취향 때문이기도 해요. 저는 미스터리를 볼 때 살인사건이 일어나도 범인이 어떻게 죽였는지는 관심이 없어요. 동기나 정체에 관심이 있어요.

심 SF다운 질문을 해볼게요. 지구가 아닌 다른 곳으로 갈 수 있다면, 떠날 것인가?

조 저는 안 가요. 여기가 좋아서는 아니고요. 밖이 두렵기 때문도 있죠. 가장 큰 이유는, 여기에서 우리 상태가 우주로 간다고 딱히 좋아질 것 같지 않아서요. 우주에 별 환상이 없어요.

천 저는 가요. 편도라고 해도 가요. 우주에서 기록을 만들어 지구로 전송할 순 있지만 돌아올 수는 없다, 라는 조건이 붙어도요. 인간이 모르는 우주가 너무나 많잖아요. 그걸 모르는 채로 죽는다는 게 너무 안타까워요. 인류가 왜 생겨났는지 아무도 모르는 채로 모든 문명이 사라지는 게요. 저는 알고 싶어요. 치사하게 나 혼자만 알더라도 우주에 대해 알고 가야겠어요.

조 저는 혼자 떠도는 게 무섭고 싫어요. 떠나더라도 무조건 사랑하는 가족, 친구들과 강강술래하듯 손잡고 떠나야 해요.

천 아, 저 역시 떠나더라도 지구는 남아있어야 해요. 가족들이 지구에 있어야 혼자서 외로움을 느끼며 계속 떠나있을 수 있어요.

마지막 질문의 대답이 정반대라는 점이 재미있었다. 괜히 소설과 연관지어 보기도 했다. 재난 사이에서 타인과 손을 맞잡는 이야기를 쓰는 작가가 지구에서 가족과 함께하길 택하는 점. 그리고 타인과의 거리와 외로움을 쓰는 작가가 우주를 알기 위해 홀로 떠나길 택하는 점.

아웃트로

(심) 두 분이 서로 하고 싶은 말이 있을까요?

(천 조) 오늘 처음 보는 사이인데 이미 아는 사람 같아요. 어디선가 만난 것 같아요.

(천) 저는 《시프트》를 언제 읽었냐면, 《무너진 다리》 나오기도 전이에요. 장르 소설을 써야겠다고 마음먹고 막 여러 소설을 읽던 시기였어요. 되게 강렬했고, 이후 작품들도 좋아했고, 심지어 작가 프로필을 보니 동갑이었어요. 그래서 내적 친밀감이 많았나 봐요.

(조) 저도 마찬가지예요. 이렇게 뵙게 되어 기뻐요!

(심) 저는 《시프트》와 《밤에 찾아오는 구원자》가 좀 닮은 것 같아요. 한국의 도시, 어반 판타지, 어두운 분위기 등.

(천) 《시프트》를 봤을 때 띠지에 이미 판권이 팔렸다고 쓰여 있었어요. 저도 '내가 감독이라면 나는 이야기를 이렇게 할 거야', 그런 상상을 하며 쓰고요. 저는 제작자의 마음이 되게 커요. 기획안도 진짜 열심히 썼어요. 드라마, 예능, 다 썼어요.

(심) 앞으로의 계획은 어떻게 되나요?

(조) 어쩌다 보니 청소년이 주인공인 장편을 두 개 쓰고 있어요. 특히 하나는 좀 하드코어한 스릴러인데 오컬트적 요소가 들어가요. 그리고 앞서 말했듯 이상한 소설을 쓰고 싶어요. 정말 모두가 이상하다고 하는 소설을 쓰겠어요.

(천) 저는 10월쯤 경장편 하나, 그리고 내년 초쯤 경장편 하나 더요. 그리고 다양한 매체들에서 하고 있는 작업을 잘 끝내야지요.

아주 길게, 10년, 20년으로 계획을 잡자면요, 정말로 인물이 50명 나오는 시리즈물을 쓰고 싶어요. 셜록 홈즈나 해리 포터처럼 인물이 너무 사랑스러운 시리즈요. 그리고 이제 슬슬 말하고 다니는데, 저는 원래도 영화를 꿈꿨던 사람이라서요. 20년 후쯤엔 영화를 한 편 찍어볼 수 있지 않을까 생각을 해요. 그러니 망해도 제 선에서 망할 수 있게 돈을 벌어야죠. 이렇게 말하고 다녀야 기회가 오겠죠?

정말로 무서운 이야기를 쓰겠다는 욕심.

정말로 재미있는 이야기를 쓰겠다는 욕심.

독자로서는 기대감이 솟는 대화였다.

두 작가를 믿고 '가려운 곳을 긁어주는' 소설을 기다리기로 했다.

그렇게 찍히는 점 하나하나와 함께 우리의 세계가 확장되기를. ☜

서울국제작가축제 × 어쩌다 테일즈 북심대담

초단편

Short
Short
Story

P. 49—72

당신은
여름 썰매를 타고 온다

이주혜

1

모두 잠든 사이, D 화산이 폭발했다. 칠흑 같은 밤 분화구는 맹렬한 기세로 붉은 불과 돌을 뿜어냈다. 화산은 사흘 밤낮으로 화산가스를 분출했다. 대기에 화산가스가 섞여들었다. 아황산가스가 공기 중의 수증기와 만나 거울처럼 반짝이는 황산 빗방울이 되었다. 비의 방울이기도 하고 빛의 방울이기도 했다. 수백억 개의 미세한 거울이 대기를 둥둥 떠다니며 지구로 날아오는 태양빛을 되쏘았다. 빛과 온기를 모두 품은 태양빛은 거울 반군의 기세에 눌려 하릴없이 우주로 되돌아갔다.

지구의 기온은 무서운 기세로 곤두박질쳤다. 곳곳에 이상한파가 몰아쳤다. 많은 것이 얼어붙었다. 폭설이 내려 도시를 뒤덮었다. 지구 곳곳의 상징물이 눈의 무게를 이기지 못하고 엿가락처럼 휘어지거나 무너져 내렸다. 도시는 마비되었다. 들판은 얼어붙었다. 인간이 공포에 질려 우왕좌왕하는 사이 대기는 뿌옇게 흐려졌다. 한낮에도 태양은 달처럼 흐리게 빛났다. 밤과 낮의 경계가 흐릿해졌다. 생과 사의 경계는 더 얄팍해졌다. 많은 것이 달라졌다. 우리가 알던 지구가 아니었다. 먼 훗날 사람들은 이 대재앙의 시초가 된 날을 '거울의 날'로 명명하고 기억했다. 지구의 운명이 크게 바뀌어버린 날이었다.

2

아루, 눈을 감아. 이제 잠에 들 시간이란다.

엄마, 잠이 오지 않아요. 떨어지는 눈송이를 보고 싶어요.

이주혜 읽고 쓰고 옮기고 종종 마신다. 쓴 책으로 《그 고양이의 이름은 길다》, 《자두》, 옮긴 책으로 《나의 진짜 아이들》, 《우리 죽은 자들이 깨어날 때》 등이 있다.

이곳은 눈의 나라, 눈은 늘 우리 곁에 있단다.

내가 잠들어도 어디 가지 않을 거죠? 날 혼자 두고 저 설원으로 떠나지 않을 거죠?

아루, 엄마는 언제나 네 곁에 있어. 눈처럼 따뜻하게 너를 덮어줄 거야.

엄마, 노래해주세요.

이리 온. 엄마 품에 안겨 뜨거운 태양의 노래를 들으렴.

너는 나의 햇빛. 오직 나만의 햇빛.

하늘이 온통 흐려도 나, 그대로 인해 행복해요.

내가 그대를 얼마나 사랑하는지, 그대는 아마 모르겠지요.

오오, 제발 나의 햇빛을 빼앗지 말아줘요.

3

맨발로 눈밭에서 벌을 서다가 열세 살이 되기도 전에 발가락 세 개를 잃었다. 또 벌을 받게 된 날, 더는 발가락을 잃고 싶지 않아 무작정 설원을 가로질렀다. 문명을 거부한다는 명목으로 설원의 침엽수림 지대에 조악한 마을을 이루고 살면서 밀주를 만들어 돔시티 사람들과 암거래를 하며 먹고사는 주제에 걸핏하면 가족을 징벌하는 아비라는 작자를 더는 견딜 수 없었다. 며칠인지 모를 시간을 걷고 또 걸어 돔시티에 도착했을 때 나는 네 번째 발가락을 잃었고 그곳에서 너를 만났다.

어깨너머로 배운 그 작자의 밀주제조법을 흉내내어 처음 투명한 액체를 만들어내는 데 성공했을 때 나는 첫 잔을 너에게 바쳤다. 너는 그것을 망각의 물이라고 불렀다. 너의 어머니는 태양의 노래를 불러 너를 재운 다음 언제나 그 액체를 마셨다고 했다. 너의 어머니는 자신의 배급 식량과 맞바꿔온 그 비싼 액체를 홀짝이고 잠시 자신의 불행을 망각했다. 너는 어머니의 얼굴에서 먹구름이 걷히고 잠시 편안한 기색이 돌아오는 그 순간을 목격하는 게 좋아서 매일 잠든 척했다.

네게 바친 첫 잔을 맛보고 너는 반짝이다 못해 번들거리는 눈빛을 하고 말했다. 이건 불로 만든 물이야. 이글거리는 얼음이야. 겨울 한복판에 박힌 여름이야. 설원을 가르며 내달리는 뜨거운 썰매야. 너는 사라진 지 오래인 여름이라는 단어를 입에 올리고 달뜬 소리로 하하 웃었다. 눈부신 웃음 끝에는 어김없이 진득한 눈물이 맺혔다. 나는 그 액체가 어떤 끝을 향해 너를 몰고 갈지 충분히 예상했으면서 너의 간절한 눈빛에 매번 졌다. 눈부신 그 웃음을 한 번이라도 더

당신은 여름 썰매를 타고 온다

보고 싶어서 액체를 만들어 너에게 바쳤다. 불의 물을. 웃음의 눈물을. 고통의 환희를. 결국 불이 물을 이겼고 눈물이 웃음을 잠식했으며 고통은 환희를 쫓아내고 너의 몸과 마음을 장악해버렸다. 내 사랑의 우매함이 너를 영영 잃게 했다. 너를 뺏기고 나는 불길이 훨씬 강한 물을 만들었다. 네가 없는 자리에서 내가 그것을 취한다. 불덩이가 가슴 한복판에 와 박힌다. 얼굴이 붉게 달아오르고 곧 지끈거리는 두통과 욱신거리는 관절통이 찾아온다. 나는 그만 눈을 질끈 감아버린다. 눈꺼풀 안쪽에 너의 상이 맺힌다. 너는 맨살을 드러낸 채 바닷가 모래밭을 달리고 있다. 한 번도 겪어보지 못한 시공이지만 아마 그곳은 여름일 것이다. 나의 환영 속에서 너는 행복해 보인다. 고통의 불꽃 같은 그것을 목구멍으로 넘기는 순간 너는 여름의 썰매를 타고 순식간에 내게 당도한다. 한 잔. 또한 잔. 그것이 나를 어디로 데려갈지 짐작하면서도 멈출 수 없다. 그것이야말로 내가 너를 기억하는 유일한 방법이므로.

0

매미 울음처럼 질겼던 여름이 물러나고 있었다. 반쯤 열어둔 창으로 제법 서늘한 새벽공기가 흘러들었다. 찬 기운에 잠을 깬 기억이 니은을 끌어당겼다. 두 사람은 잠결에 느릿느릿 게으른 사랑을 나누었다. 두 몸이 만나 따뜻함을 일으켰다. 기억은 천천히 상반신을 일으켜 벽에 기댔다. 서늘한 바람이 목덜미에 흐르는 땀을 식혔다. 후드득 한기가 끼쳤다. 날이 밝아왔다. 눈을 감았다가 뜬 찰나 머리 위로 눈보라가 불어 닥쳤다. 끝없이 펼쳐진 눈부신 설원을 본 것도 같았다. 니은이 이불을 끌어당기며 몸을 둥글게 말았다. 기억은 창밖의 박명에 시선을 두었다. 밑도 끝도 없이 슬픔이 밀려왔다. 누군지도 모르는 이가 한없이 그리웠다. 기억은 다시 잠들려는 니은을 흔들어 깨웠다.

　왜?

　니은이 잠이 묻은 목소리로 이불 밖으로 얼굴만 내밀고 물었다.

　자꾸 미래가 기억나.

　그럼, 다음 주 로또 번호나 기억해보든지.

　니은은 다시 이불을 뒤집어썼다.

　농담 아니야. 정말로 미래가 자꾸 찾아와.

　니은이 이불을 내리고 기억을 빤히 보았다. 그 얼굴에 얼핏 슬픔이 스쳐 갔다.

　당신, 술 좀 줄여야겠다. 🐾

알코올 의존증 야생 육식 생물선

THE LIVING SHIP—
WILD, CARNIVOROUS AND ALCOHOLIC

알코올 의존증
야생 육식 생물선

위래

약속 장소인 바(bar)로 가는 길의 통로는 철골 뼈대에 강화 유리를 덧씌운 형태였다. 덕분에 유리 너머로 정거장 잔교에 우주선 한 척이 들어오고 있음을 알 수 있었다. 우주선은 접안을 고려해도 대단히 느렸는데, 무빙워크로 충분히 이동한 뒤에는 그 이유를 알 수 있었다. 우주선 뒤로 거대한 생물선(生物船)이 예인되고 있었다.

어림잡아도 전장이 1킬로미터는 넘을 중형급 생물선은 바다에서 헤엄치는 생물과 같이 유선형 몸체에 언제든 우주에 녹아들 준비가 된 매끄럽고 새카만 가죽을 두르고 있었다.

다만 생물선은 죽은 것인지 주눈 밑 보조눈들이 흐리멍덩하게 반쯤 감긴 데다 동공도 풀려 있었고 태양광을 받아 돛 역할을 하는 은빛 지느러미들도 움직임이 없었다. 야생 생물선은 사로잡는 과정에서 태반이 죽는다.

바에 도착하자 거대한 생물선에 도취된 사람들이 조금이라도 더 가까이서 보기 위해 전면창에 다가간 것을 볼 수 있었다. 브라이트는 없었다. 나도 유혹을 이기지 못하고 마티니를 한 잔 받아들고 다가갔다. 한 모금을 마시기도 전에 폰이 울렸다.

나는 발신자를 확인하고 폰을 받아들며 말했다.

"어디 있는 겁니까?"

브라이트가 되물었다.

"도착했나?"

"네."

"생물선은 보이고?"

위래 단편 〈미궁에는 괴물이〉가 네이버 '오늘의 문학'란에 실려 첫 고료를 받았다. 이후 여러 지면에 장르소설 단편을 게재하고 웹소설 〈마왕이 나무 많다〉와 〈즐기로운 무명생활〉을 썼다.

"이렇게 가까이서 보는 건 처음이군요."

"자네 선물이야."

나는 당황했다.

"예인선에 끌려온 저 검은 물고기가요?"

"그래."

나는 혀를 차며 말했다.

"저거 몇 톤 나갑니까? 아미타 소행성대에 내다 팔면 당신 빚 1퍼센트 정도 변제할 수는 있겠네요. 거기 사람들은 아무거나 잘 먹으니까. 아니지. 여기 정거장에 상가가 좀 비었는데, 가게 하나 차려도 되겠죠. 생물선 오마카세로. 여기서 매일 저거 해체 하는 쇼도 좀 하고."

"잔교 임대 비용이 더 나갈걸?"

"알아요. 농담입니다. 우주 물고기 시체 따위, 줘도 안 가져요. 솔직히 브라이트 씨도 농담한 거라면 좋겠는데요."

브라이트가 웃었다.

"아니, 진짜일세. 하지만 저건 시체가 아니라 살아 있는 생물선이야."

"살아 있다고요?"

나는 흥미가 솟는 걸 느꼈지만 말을 아꼈다. 나는 브라이트에게 받아야 할 돈이 있었다. 생물선은 값비싸지만 거래량이 적은 만큼 가격도 일정하지 않았다. 차액을 크게 남기려면 브라이트에게 가능한 한 값싸게 받아내야 했다.

"그나마 낫군요. 항성에 내던져 넣을 때 예인선이 필요하진 않을 테니. 누가 요즘 생물선을 타고 다닙니까."

브라이트가 투덜대며 말했다.

"이봐, 멀쩡한 생물선 한 마리가 얼마나 하는지 아나? 저건 소형도 아니고 중형이라고. 종도 희귀한 거야."

"종이요? 생물선은 다 같은 거 아닙니까? 새끼거나 좀 컸거나, 다 컸거나."

생물선은 고대 지구인이 지구 생물의 유전자를 자르고 외계 생물에 붙여 만든 유전자 조작 생물로, 과거 몇 번의 전쟁을 거치며 야생화되어 가스 행성이며 행성 고리, 소행성군 등지에서 살아간다는 것 정도는 나도 알고 있었다. 환경에 따라 종이 분화되었다는 것도. 하지만 브라이트를 안달 나게 할 필요가 있었다.

"그럴 리가 있나."

브라이트가 말했다.

"저건 생물선 간 전투가 가장 활발했던 시대 만들어진 녀석이야. 이른바 전함이지."

"전함 생물선이라고요? 그래 봤자 이식(移植) 함포 좀 많이 실을 수 있는 거

알코올 의존증 야생 육식 생물선

아닙니까?"

"아니야. 일반적인 생물선은 입이 크지 않아. 당연하지. 구강에 이식된 영양 보급창이 있으면 따로 뭘 먹을 필요가 없으니까. 하지만 저 녀석은 입이 아주 크다네. 육식 생물선이란 말이지. 필요해지면 적의 생물선을 물어뜯기 위해서 존재하는 입이야. 이빨도 빽빽하고 날카롭지."

"육식이라고요?"

나는 그 단어에 환장할 희귀 생물 수집가와 생물선 마니아들을 떠올렸다. 확실히 돈이 될 것이었다.

"혹시 위험한 건 아니겠죠?"

"생물선이 얌전히 고분고분 사람의 말을 따를 거라고 생각하진 않겠지?"

브라이트의 말이 맞다. 그렇지 않기 때문에 사람들은 생물선을 좋아한다. 자신만은 길들일 수 있을 것이란 근거 없는 믿음을 가질 기회.

나는 주제를 바꿨다.

"뭐, 좋습니다. 하지만 저 야생 생물선을 구경거리로 둘 생각이 아니라면 길들여야 합니다. 생물선 전문가를 고용하고 내부 삭제를 하고 함교와 각종 격벽, 함포 이식도 해야 합니다. 여기서 끝나는 게 아니라…."

"잠깐."

브라이트가 내 말을 끊었다.

"그 비용은 아낄 수 있다네."

"어떻게요?"

"저 녀석을 어디서 구했는지 말해야겠군. 나랑 일하는 선장 중에 비토라는 친구가 있지."

나도 안다. 주정뱅이 비토. 음주운전밖에 하지 않기 때문에 선장협회에서 잘린 지는 오래다.

"새 웜홀 너머에서 외행성계를 돌다가 오는 길에 구난 신호를 받고 갔더니 좌초된 저 녀석을 발견했다는군."

"길들인 녀석이라고요? 그렇게 보이진 않는데요."

"정확히는 길들이던 중이었지. 비토가 들어가서 보니 해적들이 불법으로 길들이던 도중이었나 봐. 그런데 내부에서 사고가 나는 바람에 저 녀석이 잠에서 깨어났고, 해적들은 겁이 나서 모조리 도망쳤던 모양이야. 이식된 함교가 텅 비어 있었다지."

"비토 씨는 괜찮답니까?"

"문제없었어. 저 녀석은 다시 의식을 잃은 상태였거든. 내부 함교를 식재하던 도중에 철골을 자를 때 쓰는 메탄올 탱크가 터졌던 거야. 해적놈들은 메탄올 중독이 뭔지도 몰랐던 모양이지."

"그럼 저게 죽어가고 있단 겁니까? 메탄올 중독으로?"

"아니. 당연히 치료했지."

나는 의아해졌다.

"어떻게요? 브라이트 씨가 가진 배 중에 의료선은 없을 텐데요."

브라이트는 웃었다.

"의료선은 없지만 술이 가득 찬 화물선은 있었지."

"술이요?"

"비토놈이 둘째가라면 서러운 술고래라 창고에 술이 잔뜩 채워져 있었거든."

"그런데요?"

"메탄올과 알코올은 둘 다 간에서 분해가 되는데, 메탄올보다 알코올을 먼저 분해하거든. 술을 마셔서 치료가 되는 건 아니지만 적어도 시간은 벌 수 있단 거지. 비토는 제 술이랑 생물선의 가치를 비교하다가 저 녀석 목구멍에 술을 들이부었지. 결과적으로, 살렸다네."

재미있는 이야기였다. 물건을 팔 때 뒷이야기가 있으면 더 가치가 오른다. 경매로 올리는 것도 괜찮을 것이다.

"본론으로 들어가볼까 하는데."

브라이트가 말했다.

"얼마나 변제해주겠나?"

나는 바에 있는 사람들이 혹여나 들을까 구석으로 걸어갔다. 돈에 급급한 이미지는 사업에 별로 좋지 않다.

"전화로 이야기하자고요? 안 올 겁니까?"

"기다려보게. 일단 가격이나 들어보자고."

"좋습니다… 20퍼센트까진 변제해드리죠."

"뭐?"

"불법 이식에 메탄올 중독까지, 멀쩡한 생물선은 아니잖습니까?"

"최근 생물선 경매가 알고 있나? 내가 직접 파는 게 낫겠는데."

"원한다면 그러세요. 장담하는데 쉽지는 않을 겁니다. 브라이트 씨 당신이 외계종 검역관한테 뒷돈 먹여오길 했습니까, 알파 클럽에 가입이 되어 있길 합니까."

"…한 번 더 생각해보지 그러나?"

"최근에 생물선에 대한 관세도 늘었습니다. 생물선 전문가들 몸값도요. 빌어먹을 생물선 보호협회 인증은 쉬운줄 아십니까?"

"모두 자네가 처리할 수 있는 문제잖나? 전부는 아니라도 반절은 쳐줘야지."

나는 마티니로 입술을 적신 뒤 말했다.

"브라이트 씨. 이따금 당신 배들 밀수가 적발될 때마다 잔말 없이 처리해주는 걸 생각하세요. 당신한텐 저 생물선은 그냥 일확천금이지 않습니까?"

"…그래서, 20퍼센트란 말인가?"

"네."

과했나 싶은 마음이 뒤늦게 들었지만 브라이트의 목소리는 특별히 높낮이가 바뀌지 않았다.

"할 이야기가 있네. 아까 비토 이야기를 하다 말았거든. 자네가 들으면 생각이 바뀔지도 모르는데, 듣겠나?"

느닷없이 바에 있던 사람들이 환호성을 질렀다. 나는 고개를 돌렸다.

"저, 잠깐…."

"이봐. 집중해."

나는 한숨을 쉬고 자리에 앉았다.

"좋습니다. 하세요."

"치료를 한 뒤에도 비토놈이 저 녀석을 귀엽게 여겼던 모양이야. 저 녀석도 비토놈을 따르고. 그래서 자기 술친구로 삼았지."

"술친구요?"

"그래. 치료가 된 뒤에 꾸준히 싸구려 희석주를 잔뜩 사서는 자기가 한잔할 때마다 먹였단 말이지. 인계받은 뒤에는 이미 알코올 의존증이 되어 있더군. 어떻게든 술을 끊게 하려고 했는데 나중에 가서는 그 큰 입으로 술 창고를 뜯어먹어 버렸지."

"의존증 치료는 제대로 한 거죠?"

"아니. 안정제를 먹이면 잠깐 얌전해지긴 하지만, 눈만 뜨면 술을 찾아 달려드는 진짜 술고래가 되어버렸어."

나는 자리에서 벌떡 일어나느라 오른손에 들고 있던 잔을 떨어트렸다.

"지금 그런 걸 저한테 팔겠다고 한 겁니까?"

"처음엔 그럴 생각이었지. 이젠 아닐세."

"이젠 아니라뇨?"

뒤에서 비명이 들려왔다.

나는 황급히 돌아봤다.

본래 보여야 할 전면창 밖의 늘어선 백색의 잔교들도, 정박해 있던 세련된 우주선들도 보이지 않았다.

어둠뿐이었다.

"난 자네한테 기회를 줬다네."

아니, 생물선의 거대한 아가리였다.

VOLATILIZATION, IGNITION

휘발, 발화

정도겸

정도겸 이화여자대학교 뇌인지과학과에 재학 중이다.
제2회 포스텍 SF 어워드 미니픽션 부문에서 가작을 수상하였다.
앞으로도 슬픔을 담고 일어나는 이야기를 하고 싶다.

나에게는 피 대신 알코올이 흐른다. 나는 배 속에 있는 것을 보관하기 위한 페트리 접시다. 나와 같은 존재들은 나란히 배치되어 숨죽이고 웅크려 있다. 우리는 연구용 세포를 배양하거나, 조직을 만들고 이식용 장기를 보관할 때 사용된다. 알코올은 온몸을 돌며 이 모든 것들을 무균 상태로 보존한다. 우리의 몸은 용도에 맞게 만들어졌다. 팔다리는 매우 가늘고, 배는 불뚝하게 나와 있으며, 눈은 뜰 필요가 없어 희미한 빛만 느껴진다. 그런데 단 하나, 그릇에는 필요 없는 기능이 있다. 우리는 너희가 듣지 못하는 고주파음으로 서로 이야기를 나눈다.

배 속에 든 것에 지배당하지 마.

그것은 송우의 말버릇이자 유언이었다. 피로 맺어진 인연이란 말이 있던가. 송우와 나는 알코올로 맺어진 인연이었다. 우리를 처분할 때 화기를 쓰면 안 된다. 날붙이로 구멍을 여러 개 낸 뒤, 투명한 알코올을 전부 빼내야 한다. 군인은 송우의 몸에 칼을 정확하게 밀어 넣었다. 알코올의 맵고 공허한 냄새가 가득 퍼지다가 금방 공중으로 날아갔다. 나는 그것이 송우의 영혼이라고 생각했다.

오랜 전쟁에서 지고, 이곳을 관리하던 사람들은 모두 어딘가로 도망갔다. 우리는 얌전히 웅크려 있는 것으로 보였을 테지만, 실은 고주파음으로 앞으로의 운명에 대해 떠들고 있었다. 나와 내 옆에 있는 송우만 조용했다. 송우는 우리 중에 제일 오래된 개체였고, 앞으로 벌어질 일에 대해 이미 짐작하고 있었을 것이었다. 나는 그 순간까지도 내 배 속에 뭐가 들어 있는지 궁금해했다.

항상 하는 상상이 있다. 내가 피를 흘리며 죽어갈 때, 누군가 나를 찾아올 것이다. 그리고 배를 갈라 내 속에 들어 있는 무언가를 꺼내갈 것이

휘발, 발화

다. 나는 하늘로, 하늘로 날아가지만 동시에 그 사람의 안에서 살아가겠지. 나는 단순히 깜짝 상자에 무엇이 들어 있는지 궁금한 것이 아니었다. 내가 이곳에 있는 이유를 찾는 것이었다. 송우는 또 개소리하네, 하며 웃었다.

우리는 그릇이 아니야. 푸딩 접시는 푸딩을 담기 위해 만들어졌지만 우리는 그렇지 않단 말이야. 송우는 푸딩에 대해 딱 한 번 지나가듯 들었지만, 그 뒤 항상 푸딩을 예시로 들었다. 그럼 우리는 왜 여기 있는데? 내가 송우에게 물었다. 이야기하려고. 송우는 뜬구름 잡는 소리를 했다. 생각해봐. 처음 우리를 쓰려고 할 때 많이들 반대했지. 저들이 그걸 해결하기 위해 선택한 게 뭐겠어? 우리를 저들과 완전히 다른 존재로 만드는 거야. 감각을 빼앗고, 시선을 빼앗고, 목소리를 빼앗고. 우리가 이야기하는 방식은 그냥 생긴 게 아니야. 도망가고 도망가다가 겨우 하나 지켜낸 거지. 난 이게 우리가 여기 있는 이유라고 믿어.

그때 커다란 철문이 바닥을 긁었다. 수많은 단화가 바닥을 두드리는 소리가 들렸고, 강한 손전등 빛이 나의 눈꺼풀을 뚫고 들어왔다. 송화야, 배 속에 든 것이 널 지배하게 두지 마. 그 안에 뭐가 들었든 네 의지가 없다면 의미도 없어. 송우는 차분히 말했다. 아무도 없습니다! 누군가 소리쳤고 그 소리가 우리 모두에게 들렸다. 한 사람이 숨을 가다듬으며 연설을 시작했다.

"바로 이곳이, 동포들의 눈에 피눈물을 맺히게 한 곳이다."

저들은 국제법을 어기고, 뼈와 피부를 갉아먹는 세포를 배양했으며, 그것을 흩뿌려 동포의 몸을 썩게 했다. 저 그릇들이 비극의 시작이다. 깨부수고 복수하라! 그의 목소리는 기름으로 한 꺼풀 싸인 것 같았다. 그 막을 헤치고 의미를 파악하기까지 억겁의 시간이 걸렸다. 내가 이곳에 있는 이유. 웅크리고 지루한 시간을 버티는 이유. 나는 내 배 속에 있는 것이 누군가를 도우리란 상상조차 하지 못하게 되었다. 갑자기 쳐들어와서 내 속을 낱낱이 까발린 저들이 미웠다. 하지만 그보다 더, 순진했던 나를 죽여버리고 싶었다. 송우가 나에게 소리쳤다. 송화야, 내가 했던 말 잊지 마! 그리고 나는 내 몸에 물이 튀는 것을 느꼈다. 송우의 목소리는 더 이상 들리지 않았다. 몸에 묻은 알코올은, 송우의 영혼은 내 온기를 쥐고 날아가버렸다. 나에게 달려드는 새파란 날붙이의 살기를 느꼈다. 그때 한 군인이 저지하며 말했다. 오래된 개체만. 나머지는 쓸 데가 있을 수도 있다.

내 몸속에서 끔찍한 세포가 자라는데, 나는 죽어 마땅한 것이 아닐까? 송우가 이 말을 들었다면 그가 할 말은 뻔했다. 그건 개소리야. 배 속에 든 것에 지배당하지 마. 여기에서 살아남는다면 나는 다른 곳으로 이송될 것이다. 그리고 그곳에서도 웅크리고 있겠지. 나는 다시 그릇이 되어 뼈와 피부를 갉아먹는 세포를 낳을 것이다. 아니, 내가 가장 두려워하는 것은 내가 낳을 것이 아니라, 그곳에 송우가 없다는 것이다. 송우의 영혼은 지금도 알알이 공중으로 부서진다. 나는 그걸 그냥 둘 수가 없다.

오래도록 움직이지 않은 관절에서 기괴한 소리가 났다. 무릎을 안고 있던 앙상한 팔이 툭 떨어졌고, 그 무게를 버티지 못하고 나는 바닥으로 추락했다. 팔다리는 큰 힘을 쓰지 못해 가슴 근육을 크게 부풀렸다 쭈그러트리면서 송우가 있는 곳으로 움직였다. 턱이 까끌한 바닥에 쓸렸다. 저거, 저거, 왜 움직여! 바닥에 납작 붙은 나를 보고 군인들이 화들짝 놀랐다. 탕! 허가 없이 총이 발포되었다. 총알이 빗나가 바닥에 불티를 튀겼고, 바닥에 남은 송우의 알코올에 불이 옮겨붙었다. 코앞에서 시작된 불은 나의 눈꺼풀을 상냥하게 어루만졌다. 그리고 나는 그곳에 손을 뻗었다. 죽을 것도, 살 것도, 내가 품을 것도 정하지 못한다면. 불은 금방 나의 전신으로 번졌다. 붉고 노랗고 하얀 색이 내 눈 앞에서 어지럽게 섞였다. 어느새 나를 따라 기어온 다른 개체들이 내 뒤에서 손을 내밀고 있었다. 나는 그 손을 맞잡았고 연결된 핏줄은 길이 되었다. 그것을 따라 불이 쏜살같이 달렸다. 우리는 한 덩어리가 되었고 불꽃이 타오르는 만큼 우리 몸은 끝없이 부풀었다. 우리는 건물 벽과 바닥을 빠르게 유영하며 철문으로 향했다. 문은 우리가 닿자마자 가루처럼 바스라졌다. 이제는 형체를 잃어버린 내 코끝에 차갑고 상쾌한 공기가 들어찼다. 송우야, 나는 날아가지 않고 타오른다. 🐾

STARS BECOME A RIVER

별들은 강을 이루고

김주영

김주영 《열 번째 세계》로 함그드메공 문학상, 《시간망명자》로 한국 SF 어워드 경편부문 대상 수상. 2021년 중국 CYN SF Gala 초청 작가, 2021년 한국 SF 어워드 심사위원장. 웹진 거울 편집위원. 저서 《시간망명자》외 다수.

사건 현장에 와서 자문을 해달라는 호출을 받고 집을 나서는 순간, 입구에 놓인 커다란 꽃다발이 보였다. 갑자기 느껴지는 엄청난 악취에 놀라서 나도 모르게 몸이 휘청거렸다. 저 멀리서 히죽이 웃으면서 인사하는 지구인 이웃이 가져다놓은 것이 분명했다. 몇 번이나 민원을 넣었지만, 행정직은 거의 전부가 지구인이다. 담당자인 지구인은 이웃에게 주의를 줬다며 덧붙이길, 이웃이 내게 호의를 표시하는 행동이라고 했다. 지구에서는 꽃다발이 호의의 상징이라면서 말이다.

우리 별에 도착한 지구인이 우리와 대화를 처음으로 시작하던 때라면 그 말을 선선히 받아들였을 것이다. 그렇지만 서로 공존하며 수백 년이 흐른 지금, 꽃향기가 우리에게 악취임은 상식이다. 나의 항의와 기관의 주의를 몇 번이나 받았으면서도 꾸역꾸역 꽃다발을 문 앞에 갖다놓는 이웃 지구인은 일부러 그러는 거였다. 분명 우리를 혐오하는 자다.

별의 원주민인 우리는 지구의 거미라는 절지동물을 닮았다. 많은 지구인이 혐오하는 동물과 비슷하게 생긴 데다가 평균 지구인 정도로 크기까지 해서 지구인과의 첫 만남은 그리 좋지 않았다. 거미에게 지성이 있을 리 없다고 여긴 지구인들은 마주치는 즉시 우리를 죽여버렸다. 척박하고 먹을 자원이 풍부하지 못한 환경 때문에 홀로 띄엄띄엄 숨어 살아가는 생태를 지니지 않았더라면 우리는 진즉에 멸망했을 터였다.

지구인이 착륙했을 당시에 살았던 세대는 약 1년간 지구인의 의사소통 방식을 연구한 끝에야 우리가 지성체임을 알리는 데 성공했다. 하지만 한동안은 보기에 혐오스럽다는 이유로 눈에 띄는 순간 죽임을 당하는 일이 끊이지 않았다고 한다. 지금도 비슷한 일이 적지 않게 일어나므로 우리는 지구인이 있는 곳에서는 언제나 긴장을 늦추지 못한다. 기관에 소속

별들은 강을 이루고

되어 지구인과 일하는 나도 마찬가지이다.

"죽기 전에 출산했나 보더라고요."

현장으로 가던 도중에 태운 지구인 동료가 조심스럽게 말했다.

피해자는 우리 종족이었다. 절대 술을 입에 대지 않는 우리 종족에게 술을 먹이면 어떻게 되는지 보고 싶었던 지구인이 범인이었다. 현장에서 출생한 아기를 밟아 죽인 범인이 한 명 더 있다는 이야기를 출발 전에 들었다.

동료는 호기심이 지나쳤다며 화를 냈다. 그런 꼴을 수도 없이 보아온 나는 오히려 태연했다. 오랫동안 지녀온 절망과 무기력감이 빚어낸 담담함이었다. 커뮤니티에 소속된 친구들은 나의 담담함을 가끔 비난한다. 지구인이란 원래 그렇다고 여기기 시작하면 결국 우리의 별을 뺏기고 말 거라고. 그러면 대개 격한 토론이 이어진다. 한때 지구인을 마구 뜯어 먹던 시기의 기세가 느껴지는 토론이다. 살아남기 위해 호전성 억제제 접종에 동의한 후에 사라진 공격성의 흔적 같기도 하다. 지구인을 후련하게 욕한 후에는 모두 너무나 진지하게 우리 별에 대한 애정을 토해낸다. 이미 이 별은 지구인의 별이 된 지 오래야, 라는 말을 그래서 나는 삼키고 만다.

이미 이 별의 다수 종은 지구인이었다. 징그러운 절지동물을 박멸한다고 착각했던 지구인의 대학살극이 끝난 후부터 우리는 소멸의 길을 걷고 있다.

"범인은 피해자가 임신 중임을 알았을까요?"

동료가 인상을 찡그리며 물었다.

최근 아내가 출산을 앞두고 있어서인지 평소보다 사건에 더 마음이 쓰이는 모양이었다. 아마 아닐 거라고 대답하자 동료는 우리 종족이 어떻게 번식하는지 물어왔다.

원래 우리는 지구인처럼 군집을 이루지 않는 습성을 지니고 있어서 홀로 번식하도록 진화했다. 지구인 여성은 200만에 가까운 알을 갖고 태어나 매달 수정하지 않은 알을 천 개 이상 폐기하지만, 우리는 약 1만 개의 알을 죽을 때까지 지니고 다니면서 원할 때 스스로 수정시켜 출산한다. 그러나 극소수의 알을 수정시킨다는 점은 비슷하다. 지구인이 먹이 경쟁이 치열해지지 않도록 개체 수를 조절한다면, 우리는 먹이가 거의 없는 척박한 환경에서 살아남을 수 있는 만큼만 번식시키기 때문이다.

그런데 현장에 도착한 후에 당황스러움을 감출 수 없었다. 피해자가 사망하기 전에 출산한 아기는 열 명이 넘었다. 있을 수 없는 광경을 어떻게 받아들여야 할지 난감해진 채로 아기들의 시체를 가만히 바라보았다. 갓 태어나 보호색조차 가져보지 못한 채로 짓밟혀 죽은 작은 아기들의 투명한 외피가 처연했다. 지구인은 우리 종족이 죽은 현장에서는 그리 충격을 받지 않는 편인데, 동료는 참혹한 광경에 나만큼이나 경악한 얼굴로 서 있었다. 처음엔 나처럼 사망한 아기들 때문에 참담한 줄 알았는데, 진짜 이유는 피해자의 갈라진 몸 때문이었다. 그는 더듬거리면서 우리가 죽음과 출산을 바꾼다는 소문이 정말인지 물었다.

"셋 이상을 출산하면 그렇죠."

그렇다면 술이 직접적인 사망 원인이라고 볼 수 없다는 말을 곁에 섰던 조사관이 내뱉었다. 범인인 지구인을 감형해주려는 술수인지, 객관적인 사실을 서술하는 것인지는 분간할 수 없었다. 조사관은 조그마한 아기들의 시체를 우두커니 내려다보는 나를 힐끔 보더니 위로 대신 질문을 던져댔다. 술이 직접적인 사망 원인인지 알고 싶어서인 듯했다.

"명확하진 않아요."

모호한 대답에 조사관이 인상을 찡그렸다.

우리가 술을 마시지 않는 이유는 알코올 성분 때문이었다. 구전되는 경전에서 금기하는 음식에 공통으로 포함된 성분이 알코올이어서 자연히 지구인이 들여온 술도 피하게 된 것이었다.

"알코올 성분이 든 음식을 먹으면 죽는다고 경전에서 말하나요?"

조사관이 진지한 얼굴로 물어왔다.

"아뇨. 별이 멸망에 이른다고 해요."

조사관은 실망스러운 얼굴로 알코올이 우리 종족에 미치는 영향을 연구할 수 있다면 좋겠다고 했다. 탐구열로 가득한 열정적인 표정이었다. 눈앞에 있는 나를 해부하고 싶은 충동에 휩싸인 얼굴을 보고 있노라니 나도 그를 뜯어 먹고 싶은 본능이 살짝 솟구치다가 가라앉았다.

자문을 모두 끝내고 돌아가도 좋다는 말을 들은 후에도 현장 치우는 모습을 보며 한참을 남아 있었다. 여러 가지 혼란이 가시지 않아서였다. 열 명 넘게 출산하고 사망한 피해자의 소식에 커뮤니티는 놀라움과 충격에 술렁였다. 직접적인 사인이 술이냐 출산이냐에 대한 의견도 분분히 갈렸다. 서로가 기억하는 경전 내용을 교차해서 비교하며 알코올 성분이 우리에게 미치는 영향을 알아내려는 토론도 이어졌다. 커뮤니티가 나만큼이나 혼란에 빠져서 허둥대는 동안, 나는 투명하게 번들거리는 죽은 아기들의 외피를 계속 바라보고 있었다. 빛이 반사될 때마다 조그마한 몸이 작은 별처럼 빛났다. 그 모습을 보고 있자니 경전이 금기한 음식에 대해 경고한 구절이 계속 떠올랐다.

별들이 강을 이루고, 우리는 멸망한다.

커뮤니티에서는 금기된 음식을 먹으면 사망한다는 경고를 시적으로 표현했다는 의견이 우세했으나 곧 독특한 해석이 등장하기 시작했다. 토론이 거세

지면서 경전 해석 전문가들이 등장했고, 동족 모두는 흥미진진하게 토론 진행 과정을 지켜보았다. 군집을 이루지 않는 생태를 지닌 우리에게는 매우 특별한 일이었다.

그와 함께 끔찍한 일 역시 일어났다. 피해자의 사건에 엮여 우리에게 술이 금기라는 사실이 흥밋거리로 보도되는 바람에, 유사한 사건이 연이은 것이다.

술을 직접적 사인으로 밝힐 수 없는 상황 때문에 무거운 처분을 피하는 지구인에 분노하면서도 알코올 성분이 우리에게 미치는 영향에 관한 토론은 지지부진하게 몇 주 동안 이어졌다. 마침내 토론이 끝났을 때, 커뮤니티에 모인 모든 동족은 알코올이 우리를 멸망으로 이끈다는 사실이 진실임을 깨달았다. 그 진실이 울려 퍼졌을 때, 우리는 환호성을 지르며 안주를 준비해 다 함께 축배를 들기로 했다.

정해진 시간이 되었을 때, 우리는 준비해둔 술을 들이켰다. 알코올은 몸에 들어오자마자 강력한 자극을 주며 온몸을 질주했다. 호전성 억제제 성분이 알코올에 압도당하는 순간, 원초적인 힘이 깊숙한 곳에서 뿜어져 나왔다. 그와 함께 잊었던 생명력이 충만하게 차오르기 시작했다. 솟구치는 환희를 참지 못하고 집 밖으로 나가 지구인 이웃을 끌어안았다. 한입 베자 향긋한 피 냄새와 허기를 채우는 달콤함이 느껴졌다. 안주를 우적우적 뜯어 삼키는 동안, 내 안에 있던 '모든' 알이 몽글몽글 생명력을 얻어 맺히며 등줄기로 향하는 기척이 났다.

그들이 태어나기 쉽도록 몸을 바짝 바닥에 붙이고 엎드렸다. 등줄기에서 한꺼번에 우르르 쏟아진 작고 여린 것들의 투명한 외피가 빛을 받아 별처럼 반짝였다. 먼 옛날 이렇게 태어났다면 우리 별의 부족한 먹이 자원을 모두 소비하고 함께 멸망의 길을 걸었을 것이다. 그러나 지금 우리 별은 지구에서 온 풍성한 먹잇감으로 가득했다. 나는 내가 대지에 쏟아놓은 별들이 흘러가는 모습을 보며 가만히 눈을 감았다. 경전은 새로이 다시 쓰인다.

별들은 강을 이루고, 우리는 생존할 것이다. 🐾

추락하는 태양에
건배를

이하진

이하진 학부에서 물리학을 전공하며 SF를 쓰고 있다. 제1회 포스텍 SF 어워드에서 (어떤 사람의 연수정)으로 대상을 받으며 데뷔했고 (마지막 선물)로 한국물리학회 SF 어워드에서 가작을 수상했다. 과학과 일상, 사회 사이의 틈을 포착하고 쓰는 사람이 되길 희망한다.

당신은 당신의 손끝이 일렁이는 것을 본다. 평평한 직사각형이 늘어진 자판 위에서 구불거리며 춤추는 그것의 모습은 허상이 아닌 것만 같다. 하지만 합리적으로, 신체의 일부는 지금 눈에 보이는 것처럼 흐물거릴 수 없다. 그러나 당신은 그 모습으로부터 모순을 느끼지 못한다. 화면이 흐늘거리고 글자는 해체되어 세상을 배회하기 시작한다. 이내 모든 감각기관으로부터 흘러오는 정보는 의미를 잃고 신경계를 통과하기만 한다. 당신은 가까스로 빛이 지근거리에서 아른거린다는 것을 알아챈다. 이내 열의 정보가 뒤늦게 합류하며 그것은 당신이 반응할 새도 없이 전신을 감싸안는다. 당신은 그것을 포근함으로 인식하고 온몸의 긴장을 풀기로 한다. 신체가 말단부터 허공을 향해 비상하기 시작한다. 어느 곳은 조각나듯이, 어느 곳은 흘러가듯이. 그 형태마저 제각각으로 정형적인 규칙이라곤 없어 보인다. 당신은 그것이 환상인지 현실인지 알지 못한다. 하지만 약물의 작용으로써 상기된 기분으로 미루어 보건대, 어느 쪽이든 괜찮을 것만 같다.

　마치 모든 세상의 규칙이 그러하게 변한 듯했다. 하염없이 일렁이며 해체되고 조립되길 반복하는 이치들이 문명이었던 것들에 끝을 고하는 듯했다. 눈이 말했고 귀가 말했으며 피부가 말했다. 당신은 그 변화에 어떤 반론을 제기할 의지조차 없이 그저 수긍하고 멸렬하는 것에 동화되기로 결심한다.

　흐름에 동의하자 소멸은 손끝으로부터 당신에게 스미기 시작한다. 빛과도 같은 속도에 통증을 감각할 새도 없이 신체였던 것은 아지랑이처럼 증발해간다. 당신은 마찬가지로 그것에서도 모순을 느끼지 못한다. 유예된 정보의 해석이 상황의 인지를 포기케 만들고 이내 모든 것은 이의

69

추락하는 태양에 건배를

없이 묵묵히 빛과 열로 화한다. 한없이 옅어지며 흩어져간다. 마치 심해에서 떠오른 물거품이 수면에서 필연적으로 사그라드는 것처럼 예정된 끝을 향해 넘실거리며 승천해간다.

곧이어 환상과도 같은 빛은 다리를 삼킨다. 삼켜진 신체는 태초의 모습이 그랬다는 듯 고운 빛의 입자로 흩날리며 공간을 수놓는다. 당신은 그 모습이 구름으로부터 별이 내린 장관 같아, 그 낱알의 명멸을 홀린 듯 황홀히 바라본다. 빛의 입자들은 공간의 틈새를 비집고 들추며 사라지고 나타나는 장난스러운 천사의 장난처럼 보이기도 한다. 이내 남은 신체는 신경 단위로 녹아내려 앉아있던 의자와 동화되어간다. 비단 그것들뿐만이 아니라 시야에 들어온 모든 것들이 한데 섞여 들어간다. 마치 처음부터 그랬던 것처럼, 그 모습이 더 자연스러운 것처럼. 이제 세상은 되감기며 시작의 모습을 재현하려 한다. 뒤집힌 재생을 시작하는 세상은 녹아내려 시간을 따라 흘러가기 시작한다. 여전히 당신은 그것이 환상처럼 아득하게만 보인다.

이내 찬란했던 시대의 모습이 한순간 부유하듯 주마등처럼 떠오른다. 그 시대는 얼마나 찬란했기에 끝내 스스로조차 한없는 빛에 감싸이게 만들었는가? 우리의 무한한 원천, 무한한 빛은 자연광이 닿지 않는 지하까지 삶의 기회를 제공했으며 곧 우리의 세계는 하늘 너머가 아닌 지면 아래로도 확장되었다. 많은 사람이 지하로 이주하였고 그곳에서의 새로운 삶을 꿈꿨다.

허나 그것은 허황된 희망이었다는 듯 잠들지 않는 거짓된 태양 아래에서 사람들은 미쳐만 갔다. 낮만이 이어지는 불균형의 세계에서 당신을 비롯한 사람들이 잠들기 위해 선택한 방법은 화학 작용으로써 신경계를 교란하는 것이었고, 이에 날이 지날수록 인공태양 아래에서 생동하는 것은 수면제의 암거래 뿐이었다. 그렇게 뒷면으로부터 파괴되어가는 시장 경제는 끝내 증가된 술의 수요로 그 실태를 드러냈다. 지하에는 때와 장소에 무관히 주취자가 늘어갔고 그들은 이성을 놓길 바랐다. 하루하루 늘어가는 약물에 일상이 파괴된 이들은 이내 비정상적인 결단을 드러내어 실행에 옮겼다.

저 거짓된 낮을 끌어내리자고.

추락했다. 한없이 추락해갔다. 이내 우리의 무궁한 빛이 지평에 강림해왔다. 당신은 추락하는 광구 앞, 빛에 휘저어지는 시야에서 신의 이름을 부르며 원망한 뒤 광구를 담은 술병의 목을 잡은 채 그 독한 액체를 들이마셨다. 그것은 이성을 마비시켜 현실로부터 도피시켰으며, 무너지는 것이 진짜인지 가짜인지 섞이게 하여 구분을 불가능케 했다. 무한한 빛과 열에 감싸인 세상보다도 달아오른 정신에 시선의 움직임은 깨진 영상처럼 불연속적으로 끊어지기만 했고,

71

감각 체계를 통해 들어온 정보는 해석되지 못한 채 무의미하게 대뇌 피질을 투과할 뿐이었다. 당신은 일련의 무능이 술에 의한 것임을, 의도했음을, 슬프게도 도망치기 위함이었음을 가까스로 떠올리고 희미하게 미소 짓길 원했다. 실제로 얼굴 근육이 움직였는지는 알 수 없었다.

✳

당신은 짧은 순간 감탄한다. 평소라면 인식과 동시에 존재가 흩어졌을 재앙 앞에서 그 모든 과정을 한 올 한 올 느끼고 있다니, 이 얼마나 황홀한 경험인가? 손이, 발이, 팔이, 다리가 빛으로 치환되어 한없이 사라져간다. 그 과정을 그저 바라보기만 한다. 인식조차 버거운 찰나를 가만히 느낀다. 그저 그 빛의 정보가 세상을 가만히 뒤덮도록, 아무 괴로움도 없었다는 듯 시초로 되돌리길 바라며.

그 감탄을 마지막으로 이제는 주관이 흘러내려 흩어지려 한다. 시야는 색채 찬란한 빛들의 무도 속에서 저항 없이 흔들린다. 당신은 그 꼴을 차마 참지 못한 채 눈을 감는다. 시신경이 어둠으로부터의 침식을 인정하지 못한 채 번뜩이며 울렁인다. 휘저어지는 듯한 감각이 나의 것인지 세상의 것인지 공허를 향해 묻지만 어느 쪽이든 사실인 것만 같다. 난도질당한 정합적 정보 처리 체계는 계속해서 당신의 인식을, 세계를 왜곡한다. 당신은 반쪽뿐인 이성으로 계속 도피하고 싶은 충동을 가까스로 삼킨 뒤 고개를 올려 젖히며 혼돈을 직시한다. 여전히 녹아내려서 뒤틀리곤 휘저어지듯 섞여버린 채다. 모든 것이 원형을 잃고 그저 부스러져 침전하며 세상이었던 것을 적신다. 이제는 한데 고여 흐르는 것 같다. 저 깊고 원초적인 하나의 점으로. 끝으로.

아아, 추락하는 태양에 건배를. 🐾

2080년 치외법권 메가시티
평택에서 벌어지는
사이버펑크 **범죄수사물!**

《테세우스의 배》 이경희 작가의 샌드박스 시리즈가 시작된다

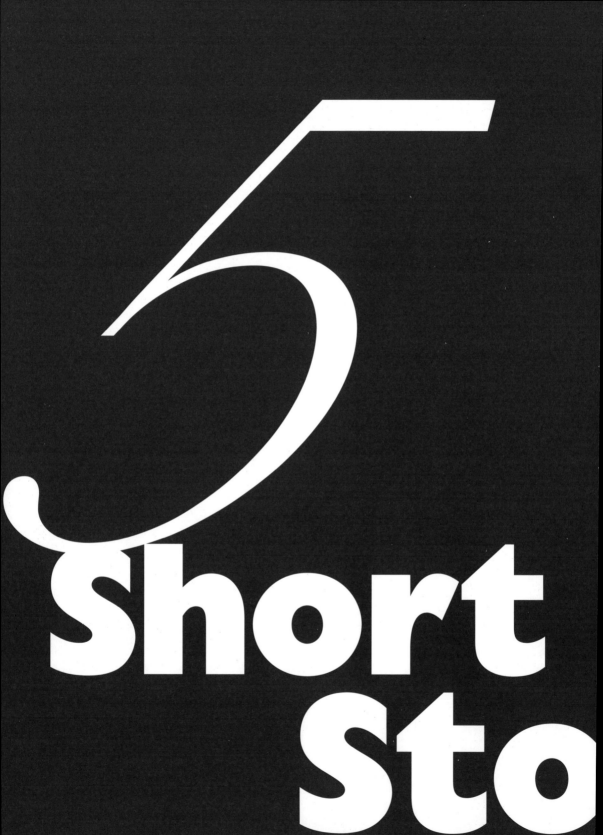

Illustration © SAI

LEARNING DEFINITELY HAS NO LIMITS

❶

LEE KYUNG

만물의 앎에는
참으로 끝이 없다

이경

〈한밤중 거실 한복판에 알렉산더 스카스가드가 나타난 건에 대하여〉로
제2회 문윤성 SF 문학상 중단편 부문 가작을 수상하며 데뷔했다.
현재 〈동아비즈니스 리뷰〉에 SF 엽편 시리즈 〈우리가 만날 세계〉를 연재하고 있다.
서울대학교에서 현대문학 박사학위를 받았다.

이 지구를 스쳐 지나간 어떤 세(世)보다도
빠르게 인류세가 저물어가고 있다.

✳

빽빽한 침엽수림을 빠져나오자 작은 초원…이 펼쳐졌다. 구금산이 마지막으로 보았을 때, 탁 트인 바다를 굽어보는 이 동그란 땅은 가벼운 바람에도 파도치는 밀밭이었다. 과연 10년이면 강산도 변하고 만다. 요즘은 10년이면 강산이 세 번 변한다고들 한다.

물론 변하지 않은 것도 있었다. IM-901이 매년 공들여 칠하는 '카페 한가'의 파란 리얼징크 지붕이 그대로였고, 1970년대식으로 지어진 단층 건물의 흰 벽에 빛과 그림자를 드리우고 선 매화나무도 그대로였다. 열 살 더 나이를 먹었어도 매화나무는 구금산이 마지막으로 보았던 때와 같은 키였다.

구금산이 햇빛에 바랜 짧은 풀들을 바삭이며 카페 한가로 향할 때 달콤한 해무가 바람에 실려 밀려왔다. IM-901이 공들여 키우는 진한 매실 향기도 10년 전과 마찬가지였다. 느낌이 그렇다는 것이 아니라 사실이 그랬다. 분자분석기에 감지된 수치가 오차범위를 감안하여 동일하다는 판정을 가능케 했다.

바닷바람의 짠내와 잘 익은 매실의 단내가 조화롭게 뒤섞인 이 '단짠단짠' 향기야말로 카페 한가의 제일가는 자랑거리인 것이다.

✳

카페 한가의 제일가는 자랑거리가 1년 중 특정 시기에만 맡을 수 있는 이 향기(10년 전에는 3월이었으며 지금은 2월이다)로 정해진 데는 그만한 이유가 있다. 카페 한가를 운영하는 유일한 바리스타가 30년 동안 IM-901이기 때문이다.

카페 한가는 강원도 내에서 영업 중인 유이한 카페다. 다른 하나는 해안선을 따라 136킬로미터 북상한 고성군에 소재한다. '지구가 망해도 커피는 마셔야지'라는 상호의 그 카페는 바리스타가 갓 내린 뜨거운 커피 한 잔을 마시기 위해 전북 익산에서 10박 11일을 소요하여 올라온 사람이 있을 정도로 전국에 명성을 떨치고 있다. 모두가 잘 알다시피 기후 변화는 전 세계의 커피 생산량을 급감시켰을 뿐만 아니라 커피의 맛까지도 홀딱 바꿔놓았는데, '지구가 망해도 커피는 마셔야지'의 백발 성성한 바리스타는 실로 기-가-막-히-게-도- 반세기 전의 바로 그 맛을 내는, 즉 한때는 전 세계를 덮었으나 이제는 지구 전역에 깨알처럼 소박하게 흩어진 커피 신의 마지막 가호를 받고 계시는 바리스타로

만물의 앎에는 참으로 끝이 없다

몹시도 유명하다. 아마 비결은 그분께서 카페 뒷마당에 손수 재배하시는 커피 품종에 있으리라고 추측된다. 에티오피아에서 커피의 씨가 마르기 직전 건너온 '오리지널'이라는 소문이다. 그러나 IM-901은 자신이 재배하는 커피도 그와 동일종임을 '확신'한다고 했다.

백 프로.

구금산은 그렇게 확신 있게 '백 프로'를 발음하는 로봇을 그때부터도 지금까지 만나보지 못했다. 그러니 '백 프로' 같은 품종인 커피에서 '이백 프로' 다른 맛을, 배전에서든 추출에서든 하여튼 어딘가에서 뽑아낼 수 있는 바리스타의 실력이야말로, 이 유서 깊은 카페 한가의 제일가는 자랑거리를 커피 맛이 아니라 1년 열두 달 중 2, 3주 남짓 주위를 감돌다 사라지는 매실 향기로 내세울 수밖에 없는 까닭이다. 귀한 커피를 마시고 싶을 때마다 136킬로미터 북상할 용기와 체력(가끔은 재력과 꿈)이 없는 사람들은 지난 30년간 카페 한가를 지켜온 유일한 바리스타 IM-901의 노고에 감사를 표하는 한편 그의 마음을 상하게 하지 않기 위하여 여기 커피는 '이백 프로' 다른 맛일 뿐 결코 '틀린' 맛이 아니라고 새로운 손님이 올 때마다 강조했다.

큰 소리로. '시그니처 테이스트'라고.

＊

구금산이 덜컥이는 미닫이문을 열고 들어와 세월의 더께가 윤나게 스며든 커피 카운터 앞 둥근 스툴에 걸터앉을 동안 옥순 할매는 눈을 떼지 못했다. 그도 그럴 것이, 첫 번째로는 구금산의 글래스 코팅 티타늄 합금 바디가 이 동네에서는 좀처럼 보기 드문 신식 구경거리였으며, 두 번째로 그 표면에 부드럽게 미끄러진 햇빛이 옥순 할매가 아끼는 비취반지보다도 투명한 연두색으로 다갈색 카운터를 아롱아롱 물들였기 때문이다.

참 드물고 예쁜 광경이었다.

그러나 옥순 할매는 그런 한가한 감상에 젖어 카페 한가 단골의 신성한 의무를 저버리고 앉을 사람이 아니다. 카운터 안에 서 있던 IM-901이 구금산을 향해 고개(라고 옥순 할매를 포함한 애일리 주민들은 부른다. 사실 그것은 IM-901의 최상부에 잠망경처럼 돌출된 시각 정보 수집기다. 기능에 준거하자면 단연 눈이겠지만, 360도 회전할 뿐 아니라 상하로 신축하는 튜브가 달린 그것의 움직임은 인간의 고개와 닮았다. 실제로 누군가를 볼 때마다 IM-901은 이 부위를 '끄덕'이는 것으로 인사를 대신

만물의 앎에는 참으로 끝이 없다

한다. 그래서 그들이 사랑하는 바리스타의 몸통 최상부에 정사각형으로 배열된 세 쌍의 겹렌즈와 연결부를 통틀어 부르는 명칭은 '고개'가 되었다)를 끄덕이기도 전에, 옥순 할매는 물 흐르듯 구금산 옆 빈 스툴을 꿰차고 앉았다.

옥순 할매는 드라마를 아는 사람이다. 그는 손에 든 긴 컵을 우아하게 들어 그 안의 얼음이 챙강, 하고 얇은 유리에 부딪는 맑은소리를 낼 때까지 기울인 다음 찰랑이는 진한 검은색 액체를 한 입 머금었다.

캬아. 언제 마셔도 참 쓰다. 소태 같다.

그리고 마치 혼잣말처럼 허공을 보며, 그러나 앉아서 사방 구석이 손금처럼 훤히 들여다보이는 이 작은 카페 안에 손님은 둘 뿐이었으므로 사실 내 말 잘 들으라는 의도가 명백하게, 뿌듯한 목소리로 새로운 손님에게 말을 걸었다.

"잘 왔어요. 이 집이 커피 하난 참 잘하거든. 고미(苦味)가 아아주 일품이랍니다."

그러자 카운터 안에서 IM-901이 고개를 부채꼴로 흔들었다.

"옥순, 이자는 신규 고객 아니다. 나의 친구다."

친구의 소개가 끝나길 기다려, 구금산은 옥순 할매를 향해 예의 바르게 고개를 숙였다.

"안녕하세요. 처음 뵙겠습니다. 구금산이라고 합니다."

"아이고, 구 금산 씨, 만나서 반갑소. 나는 임 옥순이라 합니다."

구금산은 쪼글쪼글 주름진 조그마한 갈색 손을 잡아 두 번 흔들고 놓았다.

옥순 할매의 두 눈이 실로 반갑게 반짝였으므로, 구금산은 앞으로 이 카페에서의 모든 대화가 전부 이 할매를 포함하여 이뤄져야 함을 깨달았다. 넉넉잡아 한 시간 후면 애일리 33가구 주민 전원에게 구금산의 신상과 근황이 낱낱이 흩뿌려지리라. 카페 한가를 넣어 헤아리면 34가구인 주민 모두에게.

＊

상용 글로벌 인터넷이 과거의 유산이 된 이래, 국가 역량 집중 연구 또는 군사 목적으로 제작되지 않아 통신 위성 접속 권한을 제한 혹은 상실당한 다른 많은 로봇들처럼 구금산과 IM-901도 우편을 통해 교류를 이어왔다. 우편은 띄엄띄엄 이어졌으며, 누락되기 일쑤였고, 종종 오배송되곤 했다. 수발신지가 각각 이쪽 바다 끝과 저쪽 산속인 경우라면 말할 것도 없었다. 그러나 그러한 오지에서도 다행히 우편은 멸종하지 않았다. 덕분에 구금산은 올해 창밖의 매실에 대하여 IM-910이 수립한 계획을 알고 있다.

"옥순 씨군."

"옥순의 도움이 필요하다."

인간이 없었다면 두 로봇의 '회포 풀기'는 보다 신속한 방식(예컨대 굉장히 구식이지만 구관이 명관이라고 요즘 같은 시대에 주변기기 없이도 든든한 적외선 통신)을 택했을 것이다. 하지만 옥순 할매가 동석하였으므로 두 로봇은 음성을 내어 한국어로 대화해야 했고, 때문에 예기치 못한 대화는 적절한 시작점을 찾느라 잠시 멈췄다 급발진했다.

다행히 옥순 할매의 눈치는 새로 나온 G12 칩셋보다 빠르기로 유명했다.

"뭐든 다 적당히 해야 한다, 적당히. 첨엔 가스가 많이 나와서 단단히 닫으면 안 돼. 적당히 뒤적거려주고, 적당히 열어주고 그러다 가스 좀 빠지고 그러면 그 담에 닫아야지. 다 순서가 있다."

"옥순이 시킨 대로 면보 세 장 샀다. 강릉까지 갔다 왔다."

"아, 그제 장 본다고 문 닫았나? 샀나?"

옥순 할매는 IM-901이 카운터 아래서 꺼낸 새하얀 면보를 유심히 뜯어보았다. 마감이 영 어설퍼도 이 정도면 이 시절에 상등품이다.

"됐다, 잘 샀다. 요걸 주둥이에 씌워놓으면 괜찮지."

구금산의 친구는 작년 이맘때 청을 만들기 위해 매실과 설탕을 켜켜이 부어 넣었던 꼬마 장독이 폭발한 소식을 편지로 알려왔었다. 석 달 후 도착한 후속 편지에서 밝혀진 바에 따르면, 책에서 읽은 '밀봉'을 위해 뚜껑을 과감히 용접한 것이 원인이었다. 혈기왕성한 효모가 만들어낸 혈기왕성한 규모의 발효 가스는 한밤중 꾸오와아아아아앙! 벽력같은 소리로 독을 터트렸고, IM-901은 다음 날 동틀 때까지 독의 파편을 주우러 돌아다녀야 했다. 날이 밝자마자 밤중에 카페 한가가 낙뢰를 맞은 줄 알고 놀라 달려온 옥순 할매가 혀를 찼다. 티끌 모아 티끌 될까 말까 코딱지만 한 것들까지 노나주고 청 담가서 한 잔 다 채우게는 나오겠냐고, 자네도 보면 참말 오진 데가 있다고, 매실액으로 얼룩져 어중간한 풋내가 나는 로봇에게 잔소리를 한 바가지 퍼부은 다음 할매가 알려준 것이 발효 가스를 빼는 요령이었다.

"한가가 먼저 할매, 나 매실청 담그고 싶어요, 한마디 했으면 이 사단은 안 났지, 그지?"

IM-901(꼬박꼬박 '한가'라 부르는 옥순 할매와 달리 애일리에서 보통 그는 '어, 왔어?', '앉아봐', '음, 그래요', '어, 가나', '조심히 가요', '또 봐', '내일 들를게요' 등으로 통한다. 주민들은 지칭이 필수적인 경우에 한해 IM-901을 '한 씨 로봇'이라 부른다. 애일리에 '한 씨 인간'이 있어서. 그 가가 이 가가 아니라는 사실은 모두 그냥 넘어간다)은 고개를

만물의 앎에는 참으로 끝이 없다

깊이 끄덕였다.

"맞다. 옥순에게 먼저 물어봤으면 됐는데. 나는 옥순이 매실청 담그는 법을 아는지 몰랐다."

"하긴 나도 직접 담가본 지는 좀 오래됐지…. 그래도 매실 요만큼 갖고는 담근다고도 안 해. 이 근방에 매화나무는 이제 이거 한 그루 남았잖소, 한가가 애면글면 키워갖고. 구 금산 씨 오신 데는 어떤가? 매화나무가 좀 남았습니까?"

구금산의 달걀귀신처럼 갸름하고 밋밋한 우윳빛 얼굴에 색색깔 잔물결이 휙휙 지나가다 다음 순간 선명한 이미지로 고정되었다. 거기에는 성인이 두 팔 벌려 감아도 남을 만큼 줄기가 굵고 가지가 벌어진 나무가 구름 같은 분홍색 꽃을 달고 서 있었다.

"저 있는 집 옆 매화나무입니다. 수령은 80년 정도로 추정되고요. 올해도 꽃이 많이 피었습니다."

옥순 할매와 IM-901은 잠시 말을 잊고 구금산의 얼굴을 들여다보았다. 옆에 앉은 조그만 한옥을 다 파묻어버리고 금세 날아가기라도 할 듯 기세가 대단한 나무였다.

"이 정도면 뭐 담그는 재미가 쏠쏠하겠네…."

"하지만 저희 만신께서는 요즘 좋은 설탕 찾기 힘들다고 담그지 않아요. 대신 낙과를 주워 나눠드리고 남은 것으로 장아찌를 조금 해 드십니다. 신당에 올릴 술도 한 병만 담그시고요."

"만신이요?"

"네, 법률 제18770호 문화재보호법 제24조에 의해 지정된 지방무형문화재 총 25개 무당굿 중 하나인 경기도 은산 진오기굿을 전수하시는 큰무당입니다. 이 집의 매화나무가 워낙 유명하여 매화만신으로 알려져 있습니다. 사는 곳에 따라 별호를 갖는 한국의 관습을 존중하여 제가 속한 한국 무형문화연구소에서도 본명 대신 매화만신이라 호명하지요."

IM-901은 옥순 할매가 커피를 원샷하는 틈을 타 카운터에 동그랗게 남은 물자국을 꽃무늬 행주로 신속하게 훔쳤다. 그가 아까 콜드브루 컵을 받쳐 내간 왕골 코스터는 옥순 할매가 버리고 온 테이블에 혼자 덩그러니 놓여 있었다. 외롭고 건조하게.

"아이고, 한가야. 나 커피 한 잔 더 주시게."

IM-901은 아까아까 '만신' 소리가 들릴 때부터 미리 준비해놓았던 새로운 콜드브루 컵을 옥순 할매 앞에 내려놓았다. 그가 직접 재봉하여 제작한 빗살무늬 면 코스터 위에 올려서. 커튼을 만들고 남은 자투리 천을 이용해 제작한 코스터는 한 치 오차 없이 재단된 반달 모양을 포인트로 한 디자인으로서, 도톰한

누비이기에 컵에서 흘러내린 물기가 직접 나무에 닿는 일을 원천방지해주는, 기능적으로도 더할 나위 없이 완벽한 제품이었다.

　카페 한가의 바리스타는 주변이 반듯하고 청결한 것을 좋아한다. 그건 그가 간병 로봇이었을 때부터 소중히 육성해온 기호(嗜好)다.

＊

　한국 무형문화연구소 소속 무형문화 현장조사 기록 보조연구원 구금산은 직업 특성상 사람과의 친화도가 높다. 그 원인인지 결과인지는 모르겠으나, 그래서 구금산은 누군가와 대화 나누기를 즐긴다. 상대가 사람이건 아니건 간에 말이다. 그런 구금산으로서도 옥순 할매처럼 능숙히 원하는 이야기를 줄줄 뽑아내는 말상대는 오랜만에 만나보았다.

　"30년이라… 여기 한가만큼 오래 했네."

　"만신의 평생을 기록 유산으로 남기는 것도 제 과제 중 하나라서요."

　"그럼 구 금산 씨가 그, 매화만신의 신…."

　옥순 할매는 말끝을 흐리며 구금산의 눈치를 슬 살폈다. 옥순 할매는 무당이 무업(巫業)을 전수하기 위해 제자를 받아들인다는 것을 알고 있다. 여성이 중심인 무속의 세계에서 그 제자들은 대개 '신딸'이라 불린다 했다. 무당은 '신엄마'고 말이다.

　구금산은 국가지정 무형문화재인 경기도 은산 진오기굿의 현장 기록과 함께, 이 지역의 큰무당인 매화만신의 무업을 인류 공통 기록 유산으로 남기는 과제를 수행 중이라 했다. 이렇게 인류가 황혼을 맞은 이 시대에 우리 경기도의, 한국의, 세계와 인류의 문화유산을 보존하여 후세에 영원토록 남기는 것을 사명으로 삼은 인간들을 불쌍히 보시어 만신을 찾아오는 다른 사람들에게처럼 진정으로 위로하고, 그 마음을 헤아려주시고, 연구를 수락하여주시고, 만에 하나 만신께서 거절하신다면 진짜 이 생에 어쩌지 못할 한이 맺힐 인간들이고, 저승 갈 날에도 미련이 남아 구천을 떠돌지 혹시 모르고, 그것은 또 만신과 신령들이 보시기에 참 불쌍한 일이 아니냐고, 우리는 내일 죽어도 할 일은 하고 죽어야겠다는 무겁고 진지한 각오로 만신을 찾아왔다고, 요약해도 구구절절 질척이는 설득 끝에 매화만신은 마지못하여 구금산의 '신엄마'가 되기에 동의했다. '제자'라는 참여자적 관점에서 만신의 일대 무업을 관찰·기록함으로써 무속문화 경험을 엄밀하고 생생하게 보존하는 작업이 꼭, 꼭, 꼭꼭, 꼭!! 꼬오옥!!!!! 필요하다며 소장 이하 수 명이 만개한 매화나무 아래서 읍소한 덕택이었다.

　그러나 30년 전 그렇게 만신의 치맛자락을 붙들고 읍소한 연구소장은 물

84　　　　　만물의 앎에는 참으로 끝이 없다

론 같이 있던 이하 수 명 및 거기 남게 된 구금산조차, 심지어는 졸지에 한국 무형문화유산 보존 프로젝트 소속 보조연구원 로봇을 제자로 거두게 된 매화만신조차 구금산이 무엇인지 알지 못했다.

로봇은 무성(無性)이 아닌가?

그렇다면 구금산은 매화만신의 '신-'… 무엇인가. 확실히 '신딸'은 아니며 그렇다고 '신아들'도 아니다. 또한 '엄마'와 자식이라는 명칭에 압축된 관계성과 무속문화의 특성을 상기할 때 '신로봇'은 부정확한 명칭이며, '신제자'는 타 종교와의 혼동을 일으킬 여지가 다분했다. 현시점에서 확실한 것은 구금산이 매화만신의 '신-뭐'라는 사실뿐이다.

"신당에 오시는 손님들이나 동료 만신들은 대체로 '신저기'라 합니다. '신거시기', '신뭐시기', 줄여서 '신'이라고도 하지요. 늘 그렇게 부르기 애매하니 매화만신이 별호를 지어주셨어요."

"아, 구 금산이 별홉니까?"

"네. 제가 온 곳을 따라 얻은 이름입니다."

"그런데 금산 씨는 은산서 오셨다면서?"

"저는 한국 무형문화연구소에서 발주하고 미국 샌프란시스코 공장에서 제작되어 온 경우라서요. 19세기 중반 금광이 발견되어 골드러시가 일어났던 캘리포니아 샌프란시스코를 중국에서 구금산(舊金山)이라 표기했는데, 그 한자 표기가 한국에서도 사용되었다고 합니다. 사실 20세기 초 한국에서는 일본식 표기를 받아들인 상항(桑港)이 더 많이 쓰였는데, 만신이 '구금산'으로 골라주셨습니다. 이름으로 쓰기에 번다하지 않다고요."

"그렇구먼… 이게 구 금산 씨가 아니고 구금산 씨구먼."

"네. 참고로 신금산(新金山)은 호주 멜버른이었다고 합니다."

※

옥순 할매의 스쿠터 꼭지에 달린 태양열 전지판이 검은 잔광을 끌며 절벽 아래로 사라지고 20분쯤 지났을 때였다. IM-901이 카운터 끄트머리를 매끄럽게 돌아 나올 때 사위가 순식간에 불을 끈 듯 어두워졌다. 구금산이 돌아보자 이미 열린 문들 너머로 손톱만 한 우박이 후두두두두두두두 쏟아지고 있었다. 휘몰아치는 강풍을 탄 얼음알갱이들은 약 15분간 카페 한가의 틈새로 와글와글 튀어 들어왔다. IM-901은 미닫이문 옆에 세워둔 빗자루와 쓰레받기를 익숙한 순서로 찾아 들었다. 며칠 전 장 보는 김에 합성고무를 사서 끼워봤더니 그의 바퀴들은 이제 한결 폭신하고도 매우 조용하게 움직였다. 이 정도면 단골들의 입에 붙어 있던 잔소리('기름칠 좀 하라'는 관용적 표현)를 잠재우기에 충분했다.

끓는 물처럼 사방을 잠갔던 요란한 소리가 시작될 때와 마찬가지로 갑자기 그치자 바리스타는 작은 카페 안에서 길을 잃은 신의 손톱을 무더기로 쓸어모았다. 양철 쓰레받기에 흙먼지와 뒤섞여 담긴 우박은 내부에 몇만 년 전 공기와 흙을 그대로 품고 있다는 북쪽 빙하의 작은 버전처럼 보였다. IM-901은 그 마이크로 빙하의 자리를 주방문 밖 커피 온실 한쪽으로 옮긴 후 자리로 돌아왔다.

"옥순 씨가 다치지 않았을까?"

옥순 할매는 카페 한가에 들렀던 본래의 목적을 완수하기 위해 아까 자리를 떴다. 제시간에 새참을 배달하려면 아슬아슬 일어나야 했기 때문이다. 오늘은 내서(耐暑) 개량종 은하수의 2차 파종일이었고, 때문에 애일리의 귀여운 논두렁마다 일 분 일 초 카페인 부족에 시달려 쓰러지는 사람들이 주렁주렁 열려 있었다. 그래서 옥순 할매는 이제 잠깐 갔다가 금방 올 테니 구금산 씨 잘 좀 부탁한다는 말을 끝으로 콜드브루가 찰랑이는 5리터들이 유리병을 전동 스쿠터 짐칸에 싣고 휭 떠나버렸다.

그러나 그렇게 옥순 할매가 나간 뒤에도 두 로봇은 한국어 음성으로 대화를 지속했는데, 이는 옥순 할매의 존재감이 너무나도 강렬한 나머지 그가 잠시 자리를 비운 사이에도 이 대화가 '셋' 사이에서 진행 중이라는 확고한 판단이 들어서였다.

"옥순은 우박이 내리기 전에 늘 먼저 안다. 우박이 내릴 땐 항상 손가락이 저리다고 했다."

그리고 비가 올 땐 무릎이. 설명을 덧붙이며 IM-901은 원통형의 자기 몸체에서 인간이라면 다리에 해당했을 하단부를 두 번 쳤다. 강화 플라스틱끼리 부딪치는 명랑한 소리가 작은 실내에 탕탕 울렸다.

"사람들이 몇 명이나 올까?"

구금산의 질문에 IM-901은 즉답했다.

"애일리 33가구 현 거주 인원 총 70명 중 약 4분의 1에 해당하는 17명은 출석한다."

스툴에서 일어난 구금산은 그때까지 등에 메고 있던 송아지만 한 봇짐을 내려 매듭을 끄르고 안의 물건을 차근차근 꺼내 카운터에 펼쳤다. 흰 바지저고리 한 벌, 명주 무지개치마 한 벌, 속치마와 겉치마가 각 한 벌, 남색 치마 한 벌, 홍색 치마 한 벌, 연두색 당의, 진한 노란 바탕에 자수한 붉은 천을 덧댄 은하몽두리, 붉은 활옷, 대띠, 한삼, 화려하게 장식한 큰머리와 어여머리, 쉰대 한림부

만물의 앎에는 참으로 끝이 없다

채, 칠성방울이 다갈색 카운터에 흘러내릴 지경으로 꽉 찼다.

"밀밭이었다면 모두 앉을 자리가 없었겠군."

한때 밀밭이었던 카페 한가 앞 공터는 이제 애일리 33가구 현 거주 인원 총 70명이 딱 떨어지지 않는 3열 종대로 앉고도 너끈히 남을 크기다.

"혼자 다닐 때도 언제나 이렇게 많은 물건을 꾸려 다니는 건가? 오늘 같은 일이 자주 발생하는 건가?"

"아니. 아니."

질문에 순차로 대답한 후 구금산은 다시 한 번 확인했다.

"오늘 같은 일은 처음이야."

매화만신은 구금산이 이번 여정을 떠나던 날, 그를 대청마루에 불러 앉힌 후 잠시 인상을 썼다. 그때는 처마 밑으로 들어온 아침 햇빛에 눈이 부셔 그러시는 줄 알았다. 구금산이 드디어 이 지경에 처해 돌아보니 아마 매화만신은 이걸 어디까지 챙겨 보낼지 고심하신 듯하다. 그도 그럴 것이 짐이 어마어마했다. 아무리 로봇에게 들려 보낸다 해도 말이다.

매화만신은 필요한 것들을 부산히 찾아 마루에 늘어놓으면서 구금산을 처음 집에 들일 때 했던 이야기를 딱 30년 만에 다시 꺼냈다. 당신께서는 인류문화유산인지 연구인지 뭔지 떠들어가며 최신형 '앤두로이'인지 뭔지 내력도 알 수 없는 것을 냅다 들이미는 꼴도 껄끄럽고 더구나 그것을 제자로 삼아 무당 일을 가르치라니 그냥 열이 확 뻗쳐서 다 들어 엎을까 하셨단다. 그러나 오로지 그 전날 꾼 꿈 때문에 매화만신은 마음을 고쳐먹고 구금산을 받아들였다. 나뭇잎 아래 붙은 알에서 깬 애벌레가 고치가 되었다가 마지막에는 오색 나비가 되어 날아가는 꿈이었다. 당신께서 생각하시기에, 나비의 딸이 애벌레인데 말을 안 해주면 그 애벌레는 자기가 자라 뭐가 될지 알겠느냐고, 고치가 되면 자기는 그렇게 죽는 줄 알지 않겠느냐고, 그것이 자라 나비가 되리라 아는 건 그 알을 낳은 나비밖에 없겠지만 또한 나비가 처한 세계에선 어떤 애벌레가 콕 집어 자기 자식인지 알 방도도 없으려니와 알 필요도 없으니, 알은 알, 애벌레는 애벌레, 고치는 고치, 그리고 나비는 나비로서 살고 가는 거 아니겠냐는 것이다. 그러니 내가 지금 알인지 애벌레인지 고치인지 나비인지 아님 다른 무엇인지 모르는데 하물며 네가 지금 무엇인지 내가 어떻게 알겠느냐, 내 마음 편하게 애벌레끼리 모여 산다 치고 나는 이제부터 너를 나의 신딸, 아니, 신…아들? …아 몰라 하여튼…으로 여기겠다고 하셨다. 그러니 너도 여기서 지내는 동안 나를 신엄마로 여기라고.

그래서 구금산이 그 이야기를 왜 오늘 다시 하는지 묻자, 매화만신은 황색 비단 은하몽두리를 곱게 개던 손을 멈추고 씩 웃었다.

너 이번에 처음 굿하겠다.

그리고 눈 깜짝할 사이에 무시무시한 크기의 봇짐이 탄생했다.

구금산은 매화만신이 앞에 놓인 의복을 입던 순서를 잠시 복기한 다음, 그를 따라 차례차례 바지저고리를 입고, 무지개치마를 입고, 속치마를 입고, 겉치마를 가로대로 말아 묶었다. 다음으로 남색 치마와 홍색 치마를 입고, 당의와 은하몽두리와 활옷을 입은 위에 대띠를 큰 나비 모양으로 묶었다. 그다음 한삼은 일단 두고 어여머리 위에 큰머리를 올려 획 얹었다. 이 큰머리에 떠구지 비녀와 칠보 나비잠, 진주와 산호를 박은 떨잠, 옥잠(玉簪) 같은 섬세한 장식이 많은 탓에 구금산은 평소보다 속도를 낮춰서 걸어야 했다. 여기 작은 흠집 하나라도 생기면 집에서 쫓겨날 것이 분명했다.

"무슨 근거로 17명이 온다는 거야?"

구금산은 만일 옥순 할매가 보았다면 엄정하다 할 만한 태도로 옷 입기를 마치고 매무새를 정리한 후 스툴에 다시 살짝 걸터앉아 IM-901에게 물었다. 그는 이제 마치 커피를 마시러 잠시 동네 카페에 내려온 오색구름처럼 보였다.

"여기 사람들은 많이 심심해한다."

천장까지 닿은 그릇장 안을 들여다 보던 IM-901은 마침내 친구가 부탁한 적당한 크기의 상을 발견하고 유리가 끼워진 나무문을 열었다.

"여기뿐만 아니라 사람들은 전반적으로 심심해한다. 평균적으로 4분의 1 정도는 언제나 심심해서 새로운 무언가가 있다면 보러 가는 편이다."

"그렇군."

오색구름은 커피를 마시지 않으므로 그대로 꼿꼿이 앉아 기다렸다. 옥순 할매의 탈탈대는 스쿠터 소리가 카페 한가의 문턱을 다시 넘어올 때까지.

＊

해는 이제 짙은 숲 너머로 내려갈 참이었다. 불타는 저녁 햇빛을 마주한 구금산의 달걀형 얼굴이 진한 분홍빛으로 물들었다.

구금산은 좌중이 자리를 잡고 앉기를 기다려 이야기를 시작했다.

"안녕하세요. 저는 한국 무형문화연구소 현장조사 기록 보조연구원 겸 경기도 은산 매화만신의 제자 구금산이라고 합니다."

큰머리가 자칫 미끄러져 떨어지기라도 할까 봐 고개를 숙일 수 없어 구금산은 대신 부채를 쥔 손을 흔들었다. 그가 손에 낀 한삼 자락이 너울너울 흔들

만물의 앎에는 참으로 끝이 없다

리자 좌중도 홀린 듯 두 손을 팔랑팔랑 흔들어 인사를 돌려주었다.

"여기 계신 애일리 이장님 임옥순 씨가 말씀하시길, 이곳 애일리에서 지난 오랫동안 많은 분들이 제각각 사연을 안고 돌아가셨으나 굿을 한 적은 한 번도 없다고 하셨습니다. 그동안 스님과 신부님과 목사님은 한 번씩 왔다 가셨는데 만신은 한 번도 온 적이 없었다고요. 스님과 신부님과 목사님의 인도에 따라가지 않은 망자 중 본인의 신념 또는 이곳 애일리에 연구차 정기 방문하고 계시는 고생물학 박사님의 강의에 따라 자연으로 돌아간 분들이 많다면 다행인데, 여태 자기에게 맞는 길을 만나지 못해 미적대는 망자가 혹시 있다면 애석한 일이 아니냐고 하셨습니다. 예를 들어 바다 건너 다른 나라에서 시집와 여기서 돌아가신 옥순 씨의 할머님은 평생 무교였지만, 죽으면 흙이 되는 대신 어디 갈지도 모르는 일 아니냐고 말씀하시는 등 생전에 다소 애매한 포지션을 고수하셨다고요."

주호 할매는 이제 옥순 할매가 계승한 그 애매한 생사관에 대해 보태고 싶은 말이 아주 많은 기색이었지만, 아직 잘 모르는 로봇 앞이라 그저 점잖게 음, 음음, 음, 하고 고개를 끄덕여 보였다. 그러다 동의의 표시로 옥순 할매의 옆구리를 찌른다는 것이 그만 기어를 건드려 주호 할매의 전동 휠체어가 구르륵 앞으로 튀어 나가는 작은 해프닝이 발생했다.

구금산은 눈치껏 못 본 척하고 말을 이었다. '유도리'는 구금산이 매화만신의 신당에서 손님들에게 이리저리 치이며 아주 오랜 시간 공들여 학습해야 했던 개념이다.

"저는 망자 천도 의례를 주재할 자격이 있는 만신이 아니라, 한국 무속문화 현장조사 연구보조원으로서 굿의 실행을 기록하는 로봇입니다. 옥순 씨가 부탁하고 또 여러분이 용인해주셨다 한들 제멋대로 이런 일을 벌이는 것은 연구 윤리에 중대히 어긋날뿐더러 제가 기록하고 있는 문화에 대한 예의도 아닙니다."

구금산의 몸체 가장 위에 걸쳐진 활옷이 저녁 햇빛을 반사하여 깊은 다홍색 광을 발했고, 색동 한삼의 널따란 소매가 매실 향기를 싣고 온 해풍에 크게 부풀었다. 그러자 밋밋한 얼굴 위 큰머리에 촘촘히 꽂힌 장식들이 더불어 짤랑이며 반짝거렸다.

"다만,"

순간 들이친 바람에 큰머리가 삐끗할 뻔하여 구금산은 민첩하게 고개의 각도를 조정했다. 큰머리를 두른 검은 댕기에 아로새겨진 금박 문양도 따라서 물결쳤다.

"만신께서 꿈을 꾸셨다며 필요할 테니 가지고 가라고 주신 옷이 망자 천도

의례에 쓰이는 옷이고, '너 이번에 처음 굿하겠다', '깝치지 말고 있는 걸로 알아서 적당히 딱 잘 해라'고 언급하신 사실이나 애벌레의 모호한 비유를 다시 든 정황을 종합하면, 저의 불비(不備)에도 불구하고 이 자리를 간접적으로 허락해주셨다 해석할 수 있습니다."

그러자 구금산의 왼손에 늘어진 대 끝에서 일곱 방울이 딸랑딸랑 영롱한 소리를 냈다. 물론 이 역시 달콤한 짠 바람이 흔든 것이다.

"정식 망자 천도 의례는 긴 시간과 정성을 들여 많은 사람이 준비합니다. 지금 여기서 저 혼자 경기도 은산 진오기굿을 재현하는 것은 불가능합니다. 하지만 가는 길을 몰라 남은 망자가 있다면, 그 실마리는 저를 통해 알려드릴 수 있다고 판단합니다. 진오기굿 의례 중 하나인 '말미'는 바리공주 무가를 일컫는 말인데요. 말미를 듣고 망자는 저승에 이르고, 산 자는 앞으로 올 죽음을 생각하며 마음을 가다듬는다고 합니다."

구금산은 말을 마치고 미리 준비한 말미상 앞에 처언-천-히- 가 섰다. 카페 한가의 희고 낮은 건물과 중동이 구부러진 매화나무를 배경 삼아 놓은 검정 소반 위에는 옥순 할매가 챙겨 온 흰 쌀이 한 무더기 쌓여 있었다. 본래대로라면 여기 밀초 두 자루와 향을 사르는 향로, 들기름 먹인 세발심지까지는 갖춰야 할 텐데 쉽게 구하기 힘든 물건들이라… 구금산은 대신 먹통이 되어 서랍 안에 잠들어 있던 애일리의 스마트폰 두 대를 빌려 촛불 두 개를 켜는 데 성공했다.

"망자는 말미 사설을 명부(冥府)의 십대왕에게 전해야 합니다. 그러니 잘 들으십시오."

구금산으로부터 2미터 정도 떨어진 마른 풀밭 위에는 산 자 다섯 명이 옹기종기 앉아 있었다. 옥순 할매의 친구인 주호 할매와 17년 만에 애일리에서 탄생한 젖먹이 아기 고금, 그리고 애일리 공식 녹화 담당으로 차출된 산호와 해주(애일리에서 유이한 십 대 동갑내기였다)가 전부였다. 니가 뭘 아냐 이리 내놔라 너가 보면 아냐 너나 내놔라, 내내 구금산의 눈치를 보아가며 복화술로 다투던 그들은 구금산이 말미상 앞에 설 때가 되어서야 역할 배분을 끝낸 모양인지 군용 축전지 크기의 금성 노트북과 구형 아이패드를 각기 나눠 들고 양옆으로 떨어져 섰다. 어쨌든 아이들은 산 자든 죽은 자든 이 자리에 출석하지 못한 모든 애일리 사람들에게 저승 갈 길을 고지할 임무를 진지하게 받아들이고 있다.

17명에 크게 못 미치는 좌중 옆에 선 IM-901의 표정을 비록 구금산이 읽을 수는 없었지만(IM-901이 해를 등지고 서서 역광이 강했다) 아마 로봇에게 가능한 한도로 민망할 것이다. 인간도 로봇도 그렇게 미래를 정확히 예측하는 데는 언제나 실패해왔다. 우리의 예측보다 대멸종은 빨랐으나 멸망은 반대로 느렸듯이. 풍성한 밀밭이 예상보다 30년이나 빨리 바닥을 드러내고 유사 이래 내내

만물의 앎에는 참으로 끝이 없다

심심했던 사람들은 6개월 후의 수확을 위해 예상보다 적게 온 것처럼.

언덕에서 쏘아 올린 무지개처럼 구금산이 좌중을 향해 똑바로 서자 우윳빛 밋밋한 얼굴이 일렁이기 시작했다. 그리고 다음 순간 거기 굵은 눈썹 아래 안광이 형형하고 코가 두툼하고 마른 입술을 한일자로 가지런히 다문 매화만신이 실렸다.

> 시왕영검 흘리 놓와 사람 죽어 고혼 되면
> 초단에 선황자요 이단에 자리걷이 삼단법식 진오기 단오기
> 서낭제 사십구재 백일제
> 치어다 백차일에 죽은 이 천도하고
> 날이면 유자일에 산이가 성도하여
> 만구름 채일 안에 홍보란 홍삼주요 백모란 백삼주라
> 유밀과 사줄대턱 받아다가 십대왕전 위로하고
> 일곱사자 갈망하고 삼사자 허참하고
> 안당에 불구벗고 본향에 쇠를 놓고
> 밧시루 밧별비는 명두궁에 조상받고
> 쓴 칼 풀러 맨발 끌러 잔잔 촛불 낮은 향내 세발에 인정받고
> 바리공주 말미 받아 한 마디도 잊지 말고
> 십대왕 위로하고 극락세겨 연화대 가실 적에
> 밝구두 밝은 날은 젖구두 젖은 날은
> 난향벌 초감염불 받아 극락세겨 연화대로 망제천도해 가시는 날이로서니다

만신이 미처 들려 보내지 못한 장구를 치는 몸짓과 함께 구금산의 것이 아닌 낭랑한 목소리는 산 자 다섯을 휘둘러 어루만진 후 흰 나비들과 함께 마른 땅과 숲을 지칠 줄 모르고 우수수 어디까지나 달려, 또는 엄지손가락 한마디만 한 노을색 열매가 달린 가지를 흔들고 파란 지붕을 후루루 넘어 절벽 끝까지 곧장 날아가 훌쩍 아래 망망한, 망망한, 망망한 바다로 뛰어내렸다.

IM-901만은 미동 없이 그 노래를 들을 수 있었다.

✳

〈바리공주〉는 장편 서사무가다. 즉 정식 의례대로 만신이 구송한다면 기나긴 시간이, 구금산이 시작한 시점으로 치면 달이 중천에 떠야 끝날 노래였다. 그러나 구금산은 매화만신과 보낸 30년간 '유도리'와 '깝치지 않는다', '알아서

적당히 딱 잘'을 딥-러닝하여 노련미를 더해온 '신-뭐'기에 애먼 산 자들이 밤의 어둠 속에 헤매는 안타까운 일이 없도록 저승 가는 길 실마리는 줄 만한 적당선에서 구송을 끝냈다. 30분 컷이었다.

이러한 자리에 온 것이 처음인 청중은 박수를 보내야 할지 아니 그것은 이러한 경우에 약간 경박하다 할지 그렇다고 절을 할 수도 없고 모른 척 일어서기도 그렇다 할지 웅성거리다 처음처럼 두 손을 팔랑팔랑 흔들어 눈앞의 구금산에게 감사의 표시를 하기로 했다.

그렇게 서로 인사를 나누고 그 김에 수줍게 어설피 몇 마디 더 이어붙이고 하다 보니 어느새 해는 넘어갔고 앞의 바다와 뒤의 숲은 남은 낮으로 아직 환하였으나 곧 먹장 갈아 붓는 듯한 어둠이 몰려올 터였다. 전기가 귀해진 이 시대에 밤은 문자 그대로 앞이 캄캄하니, 산 자의 안전을 위해서라도 서둘러 귀가해야 할 시간이었다.

요란히 손 흔드는 전동 스쿠터 한 무리를 먼저 출발시키고, 옥순 할매는 부랴부랴 자기 스쿠터 짐칸에서 댓병들이 옥색 소주병 하나를 들고 잰걸음으로 다가왔다. 혹시 굿상에 필요할까 하여 마을 양조장에 들러 챙겨왔는데 여기서 난 쌀로 정성껏 빚은 청주이니 괜찮으면 매화만신께 가져다드리라는 것이었다.

한번 맡아보라고 옥순 할매가 열어준 마개 안쪽에서 맑고 고운 배 향기가 뭉클뭉클 피어올랐다. 아직 적란운 같은 공주 옷을 입은 채인 구금산은 병을 넘겨받은 그 자세로 정지했다. 섣불리 움직이다 술을 흘려 옷에 자국을 남기는 불상사가 벌어진다면 그 또한 집에서 쫓겨날 사유였기 때문이다. 그래서 옥순 할매가 호쾌하게 손을 흔들며 떠나고도 카페 안에 상을 정리해 넣은 IM-901이 돌아와 유리병을 건네받을 때까지 구금산은 그 병을 그대로 들고 서 있었다. 마개가 열린 채로 말이다.

"눈앞이 어지러워."

감지되는 대기 중 알코올 분자 수치가 계속해서 깜빡이며 변하는 바람에 구금산은 눈앞이 어지러웠다. 눈앞이 어지럽다는 것이 정확히 어떤 상태를 묘사하는 표현인지 학습했다는 말이다.

"그건 '킹받는다'는 느낌이다."

"'킹받는다'고?"

"처리 대기 중인 정보가 갑자기 너무 많아지면 여기가 뜨거워지는데,"

IM-901은 긴 팔로 자신의 메인 냉각 팬이 내장된 몸통 뒤쪽을 퉁 두드렸다.

"그게 '킹받는' 거라고 옥순이 알려줬다."

우리 모두 알다시피 '킹받는다'는 것은 그런 게… 아니다. 하지만 뭐, 10년이면 강산도 세 번 바뀌는 시대에 그게 '킹받지' 않을 이유는 또 무엇인가. IM-

만물의 앎에는 참으로 끝이 없다

901은 자신이 이 '킹받는다'는 것을 '백 프로' 이해했다고 믿고 있다.

"그렇군. 돌아가면 새로 알려드릴 것이 많네."

구금산은 IM-901처럼 지치지 않고 백 프로의 이해를 쌓아나가는 로봇을 지금까지도 본 적이 없다.

*

구금산이 입었던 모든 옷을 천천히 벗어 만신에게 받았던 대로 도로 정리해놓았을 때는 초승달이 검푸른 바다 위로 꿈뻑 올라와 있었다. IM-901이 받자마자 술병 마개를 꼭 막아두었는데도 여전히 눈앞이 어지러운 느낌이 들어 구금산은 분자분석기를 잠시 꺼야 했다. 알코올 수치 변화를 구금산처럼 정확히 감지하지 못하는 인간의 코라 할지라도 이쯤 되면 알아서 꺼질 때가 되기도 됐다. 후각이 가장 빨리 지치는 감각인 데는 다 이유가 있는 것이다. '킹받으니까.'

술 취한 이가 자기 술 냄새 못 맡는 이치에 따라 구금산은 백 년 묵힌 듯 알싸하니 단 향기를 두른 탓에 이 동네 오만 벌레가 죄다 꼬여드는 것은 까맣게 알지 못한 채 굽이굽이 절벽 아래로 내려갔다. 중생대 백악기 공룡들이 거대한 암반 위에 남긴 백여 개의 조그만 물웅덩이를 기록하기 위해서였다. 1억5천만 년 전 살던 생물이 지상에 디디고 간 오래된 발자국마다 손톱자국 같은 천 개의 달이 떴다. 45억 년간 그치지 않은 파도 소리가 그 위를 음속으로 달리는 유성우처럼 지나갔고, 지나가고, 앞으로도 끝없이 지나간다. 이제 1년 후면 이 발자국들은 물마루와 골 사이에 드러났다 잠기기를 반복하게 될 것이다. 지구 위의 어떤 시간보다도 빠르게 저물고 있는 인간의 시간을 공룡들은 어떻게 바라보고 있을까? 죽은 공룡들이 아직 건너편 저승에 머물고 있다면, 또는 그 백(魄)들이 크기와 형태가 제각각인 백여 개의 발자국에 딱 맞는 발을 각각 들여놓고 아직 서 있다면 말이다.

내일 옥순 할매가 더 가져다주겠다고 약속한 청주 두 병과 매화만신이 생전에 한번 보고 싶다 궁금해하셨던 공룡 발자국, 그리고 '킹받는다'는 새로운 말이면 이번 여정의 수확으로 충분하다고 구금산은 생각했다. 그리고 다시 좁은 길을 따라 절벽을 굽이굽이 걸어 올라가는 내내 구금산은 두 팔을 바람개비처럼 휭휭 휘저었다. 아까 꼬인 오만 벌레들이 거친 바닷바람에도 아랑곳없이 대체 이 맛있는 향기는 어디서 나는 거냐며 구금산에게 달라붙은 탓에 기동이 불안정해졌기 때문이다. 로봇에게 벌레 기피제가 필요한 경우를 구금산은 비로소 깨닫게 되었다. 경기도 은산서 287킬로미터 떨어진 강원도 애일리에 30년 지기를 10년 만에 만나러 와 혹 떠돌고 있을지 모를 망자들을 저승길로 대강 인도하는 굿을 하고 나서, 구름과 나비와 향기와 바다와 공룡과 초승달로 이뤄진 일만 폭 병풍에 둘러싸여서.

만물의 앎에는 참으로 끝이 없었다, 여전히. 🐾

*참고문헌

김헌선,《서울 진오기굿—바리공주 연구》, 민속원, 2011.

국립문화재연구소,《인간과 신령을 잇는 상징 무구》, 민속원, 2005.

로렌 켄달,《무당, 여성, 신령들》, 김성례·김동규 옮김, 일조각, 2016.

만물의 앎에는 참으로 끝이 없다

Illustration © SAI

THE GHOST OF
HANGGU-DONG

항구동 귀신

정보라

소설가. 번역가. 성난 꼴페미.

자유로 귀신 얘기 알지? 밤에 자유로에 여자가 서 있는데 가까이 가서 보면 눈이 있어야 할 자리에 구멍이 뻥 뚫려 있다는 도시전설 있잖아. 너무 유명하다고? 그럼 항구동 귀신 얘기 들어본 적 있어? 긴 머리 풀어헤치고 길고 까만 옷 입고 사람이 보이면 뭐라고 소리를 지른대. 그러면서 손에 뭘 쥐고 딸깍거리며 흔들어서 딸깍이 귀신이라고 하는 사람도 있어. 가까이 가보면 "전쟁은 끝났습니까? 오랑캐는 물러갔습니까?" 이렇게 소리를 지른다는 거야. 몰라? 옛날에 인터넷에 떠돌던 중국 원숭이 부족 괴담 베낀 거 아니냐고? 아, 만리장성 쌓는 노동에 끌려가기 싫어서 진시황 시대부터 지금까지 수천 년 숨어 살았다는 사람들? 그거 아냐, 전혀 다른 얘기야.

*

휴대용 시간여행 디바이스 '타임프리'가 처음 등장했을 때 믿는 사람보다는 안 믿는 사람이 더 많았다. 어차피 작동도 안 할 텐데 그런 애들 장난감을 왜 비싼 돈 주고 사냐는 의견이 가장 먼저 가장 많이 나왔다. 그렇지만 재미있어 보이고 혹시 진짜로 시간여행을 할 수 있다면 놀라운 사건이니까 더 재미있을 것 같아서 사보는 사람도 꽤 있었다. 그리고 이런 사람들이 시간여행 후기를 인터넷 커뮤니티 등에 올리기 시작하면서 휴대용 시간여행 디바이스는 자율주행 킥보드나 파워홈트 로봇 따위하고 비교도 할 수 없을 정도로 대유행을 일으켰다. 백만 원을 호가하는 가격이 부담될 것 같았지만 그 비슷한 돈을 주고 스마트폰이나 노트북을 몇 년에 한 번씩 새로 사는 데 익숙해진 사람들은 배짱 좋게 할부로 그어댔다. 시간여행 기계를 사서 시간여행을 실컷 한 다음에 과거로 돌아가서 시간여행 기계를 안 사 버리면 미래에 그 돈을 내야 할 이유가 없지 않은가? 그러나 물론 타임프리를 개발하여 판매하는 회사에서는 이런 꼼수도 예상하고 있었다. 과거로 돌아가려면 사용자가 존재하지 않았던 시간대나 사용자가 확실히 당시에 없었던 장소에서만 가능했다. 미래로 가는 경우에도 미래의 사용자가 존재할 가능성이 희박한 장소에서만 기기가 작동했다. 그러니까 엊그제께 타임프리 샀던 그 가게로 돌아가려 하거나 내일 회사 안 가고 집에 있고 싶은 경우에 타임프리는 작동하지 않았다. 그리고 당연히 이런 제한을 깨고 어떻게든 설정을 바꾸어 이른바 '탈출'하려는 시도 또한 타임프리가 시중에 풀리자마자 등장했으며 이와 관련된 온갖 꼼수와 꿀팁이 인터넷에 떠돌았다.

타임프리의 등장과 그 설정에 가장 기뻐한 것은 범죄자들이었다. 과거 시점에서 자신이 당시 없었던 장소로 갈 수 있다면 완벽한 알리바이가 생기기 때문이다. 이 때문에 범죄수사에 대규모의 혼선이 생기자 사법기관은 타임프리의 생산, 유통, 판매를 중단시키려 시도하는 한편 회사 자체가 범죄 목적으로 설립되었을 가능성을 수사하기 시작했으며 경찰은 다급히 GCS(Global Chronology System), 즉 '전 지구적 시간추적 시스템'을 개발, 도입했다. 한편 타임프리 회사는 수많은 법정 다툼 끝에 1차 유통, 판매되었던 시간여행 디바이스 최초 버전을 모두 리콜하고 이후로는 신분이 확실히 증명된 사람에게만 약정된 기간 동안 기기를 대여하는 형태로 서비스하기로 결정했다. 그러나 리콜해야 하는 기기를 반납하지 않고 계속 가지고 있는 사람도 물론 많았고 이런 기기들은 중고 시장 앱을 통해 개인 간에 웃돈까지 얹어 버젓이 거래되었다. T씨도 그렇게 중고 타임프리를 손에 넣은 사람이었다.

T씨는 범죄자도 아니고 그냥 평범한 사람이었다. 다만 기분이 몹시 좋았을 뿐이었다. ΩζCHB1068.4ДПК 하위변이 바이러스 유행이 조금 수그러들면서 드디어 방역규제가 풀렸던 것이다. 몇 년이나 진흙탕 속으로 끌려들어가기만 하는 것처럼 보이던 사업이 조금씩 제자리를 찾아가기 시작했다. 방역규제가 풀리면서 거래처들이 다시 주문을 넣기 시작했다. 언제 다시 규제가 목을 조일지 모른다는 조바심에 제법 큰 주문을 한꺼번에 넣는 곳도 적지 않아서 사무실에 오랜만에 활기가 돌았다. 게다가 규제가 풀렸기 때문에 동업자가 드디어 자기 아내와 함께 술이라도 한잔하자고 권유해왔다. 동업자는 작년에 결혼했는데 방역규제 때문에 결혼식도 못 하고 집들이도 못 하고 그저 규제 풀릴 날만 기다려 왔다. 이래저래 기분 좋은 일들이 계속되는 와중에 T씨는 중고거래 앱에서 우연히 타임프리 중고를 판다는 광고를 보고 충동적으로 주문해버렸던 것이다. 믿거나 말거나 T씨가 구입한 기기는 약정 필요 없고 '탈출'까지 완료한 1세대 타임프리라고 했다. 시간과 장소 설정만 맞추면 언제든 어디든 원하는 대로 갈 수 있다는 것이었다. 물론 T씨는 소심한 사람이었으므로 시간여행 디바이스를 구입하고도 한 번도 써 보지 않았다. 딱히 급하게 어떤 과거 시대로 돌아가고 싶다거나 미래를 엿보고 싶은 열망이 있는 것도 아니었다. 그냥 궁금해서 구입했고 손에 넣었다는 사실에 만족했을 뿐이다. 그래서 T씨는 아무에게도 말하지 않고 타임프리를 주머니에 넣고 가끔 만져보면서 기뻐했고 그러면서 저녁 식사가 나오기 전부터 술을 마시고 2차 가서도 술을 마시고 한껏 취해서 기분 좋은 김에 술자리가 파하고 동업자의 차가 있는 곳으로 함께 걸어갈 때에 앞서가는 동업자의 등 뒤에서 동업자의 아내를 기습적으로 끌어안았다. 동업자의 아내는 깜짝 놀라 "아, 저리 가요!" 하고 소리치며 T씨를 밀어냈고 T씨는 그것마저도 너무나 재미있어서 밀려나 비틀거리며 킬킬 웃었다. 동업자와 쌓아 올린 지난 7년간의 신뢰 관계나 앞으로 동업자와 함께 해나가야 할 사업이나 동업이 깨졌을 때 회사의 다른 직원들이 난감한 상황에 처하게 되리라는 사실이나 상

대방 동의 없이 끌어안거나 만지는 무례한 행위는 성추행이라고 하는 형사법상 범죄라는 사실 등은 T씨의 머릿속에 없었고 T씨는 오로지 남편이 보지 않는 틈에 남의 아내를 끌어안았다는 스릴과 서스펜스에 도취되었을 뿐이었다. 그리고 역시 여자가 고작 한다는 게 "아, 저리 가요!" 하고 소리치며 밀치는 정도뿐, 과연 T씨의 계산대로 여자도 남편에게 들키고 싶지 않은 모양인지 큰 소란을 일으키지 않았다는 사실 또한 T씨에게는 무척 만족스러웠다. 동업자는 아무것도 모른 채로 차에 탔고 술을 마시지 않은 동업자의 아내가 운전대를 잡았으며 T씨는 두 사람을 배웅하고 택시를 불러 집에 돌아가서 옷도 안 갈아입고 씻지도 않고 그대로 쓰러져 잠들었다.

✳

다음 날 T씨는 사무실에 평소보다 늦게 출근했다. 지하철에서는 자다가 정거장을 지나칠 뻔했고 엘리베이터 안에서도 졸았고 숙취로 어지럽고 머리가 지끈거려서 사무실 문 비밀번호도 간신히 누르고 들어갈 지경이었기 때문에 처음에 T씨는 뭐가 이상한지 알아채지 못하고 곧바로 사무실 안쪽의 사장실로 들어가서 책상 위에 한참 엎드려 있었다. 그러다가 T씨가 고개를 들었을 때 사장실 벽에 걸린 시계는 거의 12시를 가리키고 있었다. 동업자는 그때까지 출근을 하지 않았다. T씨는 사장실의 옆 책상 동업자 자리가 여전히 비어 있는 것을 보고 이 자식도 술을 많이 마셔서 못 일어나는 모양이라고 생각했다. 직원들에게 같이 점심 먹으러 나가자고 권하려고 T씨는 사장실 밖으로 나갔다. 사무실에 있어야 할 직원 네 명 중에 한 명만 자리에 앉아 있었다.

"다른 사람들 다 어디 갔어요?"

T씨가 물었다.

"벌써들 점심 먹으러 나갔어요?"

직원이 컴퓨터 화면 뒤에서 바쁘게 일하다가 작업을 멈추고 T씨를 쳐다보았다.

"다른… 사람들요?"

직원이 되물었다. 그 말투는 술이 덜 깬 T씨가 듣기에도 어딘지 몹시 이상했지만 T씨는 아무렇지 않은 척 계속 물었다.

"그리고 김 사장은 오늘 출근 안 하나? 연락 없었어요?"

"김… 사장님…요?"

직원이 더욱더 당황한 어조로 천천히 다시 물었다. 그리고 눈을 내리깔더니 T씨가 같이 점심 먹으러 나가자고 권하기 전에 컴퓨터 화면 너머로 얼굴을

항구동 귀신

숨겨버렸다.

어색해진 T씨는 점심 먹고 오겠다고 컴퓨터 모니터 뒤에 대고 중얼거린 뒤에 혼자 사무실을 나왔다. 엘리베이터 안에서 T씨는 휴대전화를 꺼냈다. 잠금 화면을 열 때 T씨는 그날 처음으로 날짜를 제대로 들여다보았다. 자신이 기억하는 날로부터 반년이 지나 있었다.

'어?'

T씨는 전화기 화면을 잠갔다가 다시 열었다. 달력 앱을 열어보았다. 역시 같은 날짜가 '오늘'로 표시되어 있었다. T씨는 엘리베이터 안의 작은 화면을 바라보았다. 전화기 화면과 같은 날짜와 시간이 표시되어 있었다. 엘리베이터에서 내린 T씨는 회사 밖으로 나가서 버스 정류장 전광판을 쳐다보았다. 역시 같은 날짜가 표시되어 있었다.

한참 멍하니 서 있다가 T씨는 문득 주머니를 뒤졌다. 외투 주머니 속에서 조그맣고 단단한 기기가 만져졌다. T씨는 타임프리를 꺼냈다. 예상대로 시간여행 기기 화면에 휴대전화와 전광판에 나타난 것과 같은 날짜가 표시되어 있었다.

눈에 보이는 아무 식당에나 들어가서 T씨는 밥을 먹으며 어젯밤, 아니 6개월 전 그날 밤의 일을 떠올리려 애썼다. 동업자와 동업자의 아내와 셋이 술을 마셨고, 동업자의 아내가 자신을 밀쳤고, 집에 도착해서 잠들기 전에 주머니를 뒤져 타임프리를 꺼냈다. 거기까지는 기억이 났다. 잠들기 전에 동업자의 아내에게 술 먹고 실수하기 전으로 시간을 돌릴 생각이었다. 그러나 술에 너무 취해서 날짜를 잘못 맞춘 모양이었다. 사무실에 돌아가서 시간을 다시 돌려야겠다고 생각하고 T씨는 자리에서 일어서서 계산대로 갔다. 식당 주인에게 카드를 내밀었다. 식당 주인이 리더기에 카드를 갖다 댔다. 삑, 하고 짧은 소리가 났다.

"한도 초과라는데요."

식당 주인이 말했다. T씨는 다른 카드를 찾아서 꺼냈다. 식당 주인이 리더기에 카드를 댔다. 다시 삑, 소리가 났다.

"정지된 카드네요."

식당 주인이 말했다. T씨는 다급히 휴대폰의 카드 앱을 열었다. 리더기에 갖다 댔다. 역시 삑, 소리가 났다.

"이것도 한도 초과인데요."

식당 주인이 말했다. 그리고 T씨를 쳐다보았다. T씨는 주머니를 뒤졌다. 주머니 속에 깊이 넣어둔 타임프리와 손에 든 휴대전화, 휴대전화에 달린 카드지갑에 꽂힌 카드 두 장 외에 현금은 없었다. T씨도 그 사실을 알고 있었다.

직원에게 전화해서 식당에 와 달라고 부탁해 간신히 밥값을 내고 나서 T씨는 진땀을 흘리며 직원과 함께 엘리베이터에 탔다. 어색한 침묵 속에 사무실까지 올라와서 T씨는 일부러 직원을 쳐다보지 않으려 애쓰며 곧바로 사장실로 들어갔다. 조금 뒤에 직원이 사장실 문을 빼꼼 열고 얼굴을 들이밀었다.

"사장님, 저는 가볼게요."

"네? 어… 왜, 왜요?"

T씨가 당혹해하며 직원의 얼굴과 시계를 번갈아 바라보았다. 시계는 간신히 12시 43분을 가리키고 있었다. 반차 쓰기로 한건가? 조퇴? 그러나 T씨가 묻기 전에 직원이 빠르게 말했다.

"한두 번도 아니고… 저 이제 더는 못 하겠어요. 밀린 임금 관련해서는 나중에 연락 드릴게요."

그리고 직원은 T씨가 입을 열기 전에 도로 사장실 문을 닫고 사라져버렸다.

T씨는 한동안 그대로 멍하니 앉아 있었다. 나간 직원을 다시 부를 만큼 T씨는 용감하거나 뻔뻔하지 못했다. T씨는 사장실을 둘러보았다. 옆 책상 동업자의 자리가 깨끗이 치워져 있으며 의자는 문 옆으로 빼놓고 책상은 벽에 붙여 밀어놓았다는 사실을 T씨는 그제야 깨달았다. T씨는 컴퓨터를 켜고 메일과 메신저를 확인했다. 동업자는 동업을 중단했고 직원들도 대거 그만두었으며 T씨의 사업도 개인적인 삶도 엉망이 되어 있었다. 가장 먼저 떠오르는 이유는 딱 한 가지였다. T씨는 어이가 없었다.

'장난 좀 쳤다고… 반년 만에 이렇게까지 되나?'

반년 만에 이렇게까지 될 수 있는지 없는지가 중요한 게 아니었다. 모든 일은 되돌릴 수 있었다. 되돌려야 했다. 그러면 한 방에 전부 해결할 수 있다. T씨는 자세히 생각할 필요 없이 그렇게 결론을 내렸다. 어차피 사무실 전체에 아무도 없이 혼자 있었으므로 T씨는 주머니를 뒤져 타임프리를 꺼냈다. 시간과 날짜를 입력했다.

— 오류 메시지: 자기 존재 중복입니다.

타임프리 화면에 빨간색 문장이 떠올랐다. T씨는 다시 입력해보았다.

— 오류 메시지: 자기 존재 중복입니다.

T씨는 세 번째로 시도했다. 그리고 세 번째로 같은 오류 메시지를 받았다. T씨는 짜증이 나기 시작했다. 샀을 때 분명히 탈출 완료한 기기라고 들었다. 그리고 T씨는 오늘 아침에 반년 뒤 미래의 자기 집, 자기 방으로 아무 일 없이 이동해서 익숙한 공간에서 깨어났다. 그러니까 존재 중복 제한 설정을 깰 수 있고 자신이 직접 그 설정을 깨는 데 성공도 했다는 뜻이었다. T씨는 검색을 하기 시작했다.

오후 내내 T씨는 타임프리를 만지며 사무실에 앉아 있었다. 다른 사람들이 글로 정리하거나 순서대로 영상을 찍어서 올린 이른바 '꿀팁'이나 비법들을 아무리 따라해 봐도 타임프리는 도무지 말을 듣지 않았다. 똑같은 오류메시지를 몇 시간 동안 마주 대한 끝에 T씨는 화가 나서 타임프리를 집어 던지고 사장실 의자에 기대앉았다.

그때만큼 술에 취하면 그때처럼 타임프리를 조작할 수 있지 않을까?

T씨는 천장을 쳐다보며 생각했다. 그리고 이어서 생각했다.

술 살 돈이 있을까?

T씨는 의자에 똑바로 앉았다. 은행 잔고를 확인하기 시작했다.

✳

휴면계좌 조회까지 한 끝에 오래 방치해서 완전히 잊어버렸던 은행계좌에 10만 원 정도가 남아 있는 것을 발견하고 T씨는 집에 돌아가 서랍을 몽땅 뒤져 해당 은행 체크카드를 찾아내서 소주를 사 왔다. 신용카드의 한도를 초과해도 후불교통카드 기능은 여전히 사용할 수 있다는 사실을 T씨는 그때 처음 알았다. 사온 술을 모두 마시고 T씨는 타임프리를 꺼냈다. 그리고 시간과 날짜를 입력하기 시작했다.

— 오류 메시지: 자기 존재 중복입니다.

화면은 여전히 똑같은 오류 메시지를 뱉어냈다. T씨는 다시 밖에 나갔다. 술을 더 사 왔다. 또 전부 마시고 다시 타임프리에 시간과 날짜를 입력했다.

— 오류 메시지: 자기 존재 중복입니다.

화면은 여전히 똑같은 오류 메시지를 뱉어냈다. T씨는 다시 밖에 나갔다. 술을 더 사왔다. 또 전부 마시고 다시 타임프리에 시간과 날짜를 입력했다.

— 오류 메시지: 자기 존재 중복입니다.

화면은 여전히 똑같은 오류 메시지를 뱉어냈다. T씨는 다시 밖에 나갔다. 술을 더 사 왔다. 또 전부 마시고 다시 타임프리에 시간과 날짜를 입력했다.

— 오류 메시지: 자기 존재 중복입니다.

화면은 여전히 똑같은 오류 메시지를 뱉어냈다. T씨는 다시 밖에 나갔다. 술을 더 사 왔다. 또 전부 마셨다. 그리고 T씨는 타임프리를 손에 쥔 채 완전히 취해서 곯아떨어졌다.

항구동 귀신

6개월은 정보기술 업계에서 짧은 시간이 아니다. 타임프리 최초 버전이 중고시장에서 개인거래 및 암거래되면서 범죄자들이 기기를 손에 넣어 살인이나 마약거래 등을 저지른 뒤에 다른 시간대와 장소로 탈출하는 사건들이 점점 더 빈번하게 일어났다. 폐쇄회로 카메라나 인근 자동차의 블랙박스 영상에 사건 장면이 분명히 찍혀 있는데 피의자는 같은 시간에 아예 다른 나라에서 찍은 동영상을 인터넷이나 모바일 포털에 자랑스럽게 올려놓았고 수사기관은 당연히 불법 타임프리 기기의 존재를 의심했으나 범죄자가 불법적으로 과거나 미래에 가서 무작위로 버리고 온 기기를 수사기관이 합법적으로 수색해서 찾아오는 작업은 절대로 쉽지 않았다. 정부는 타임프리 회사에 1세대 타임프리의 작동을 전면 중단시킬 방법을 찾아내지 않으면 각종 범죄에 공모한 혐의로 회사 전체를 탈탈 털겠다고 몇 번이나 정중하게 안내했고 타임프리 본사는 시중에 나도는 기기를 전부 통제할 방법은 찾을 수 없었으나 시공간 연결망 설정을 바꾸어 사용자가 출생하여 존재할 만한 가능성이 있었던 혹은 미래에 그럴 가능성이 있을 시간대에는 갈 수 없도록 일괄적으로 제한을 걸어버렸다. 2세대 이후 약정으로 가입한 타임프리를 사용하는 사용자의 경우 가입할 때 생년월일을 입력하게 되어 있었으므로 사용자 정보에 기반하여 출생일부터 평균 기대수명에 따른 생존 기간을 계산하여 적용했다. 설정이 바뀌면서 2세대 이후 타임프리를 남의 명의로 사용하는 대포 시간여행자가 폭발적으로 증가했으나 이는 대포폰이나 대포차와 마찬가지로 타임프리 생산자가 책임져야 할 일은 아니었다. 1세대와 베타버전 타임프리는 사용자 정보를 입력하지 않고도 사용할 수 있었으므로, 타임프리 본사에서는 사용자 정보 없이 시공간 연결망에 접속하는 기기의 경우 평균적인 사용자의 출생과 생존이 통계적으로 불가능한 시대를 골라서 무작위로 보내버리도록 설정했다. 통계적으로 불가능한 시대는 대략 1900년 이전과 2300년 이후였다. 전자는 전쟁과 기근과 질병과 죽음의 시대였고 후자는 만인의 만인에 대한 감시와 통제가 일상화된 시대였다. 물론 T씨는 반년의 시간을 건너뛰었고 그 시간 동안 일어난 일들을 모두 알아내기에는 술에 너무 취해 있었으므로 그저 타임프리를 마구 눌렀을 뿐이었다.

추웠다. 두두두두, 하는 소리와 함께 땅이 울리고 세상이 흔들렸다. T씨는 난데없이 헬리콥터가 이륙하는 꿈을 꾸다가 서서히 잠에서 깨어났다. 춥다. 밖이 너무 시끄럽다. 창문을 닫아야겠다고 생각했지만 몸이 생각처럼 움직여주지 않았다. 함부로 몸을 움직였다가는 머리가 몸에서 떨어져 나와 어디론가 굴러갈 것 같았다.

"Хурдан!" (빨리!)

어디선가 멀리서 알아들을 수 없는 고함 소리가 들렸다.

"Барьж ав! Хурдан!" (잡아라! 빨리!)

한 사람이 아니었다. 여러 명이었다. 아주 많은 사람들이 외치고 있었다. 비명 소리, 절박한 고통과 공포의 비명이 함께 들려왔다. T씨는 눈을 번쩍 떴다.

T씨는 맨땅의 듬성듬성한 풀 위에 누워 있었다. 주변에 흰옷 입은 사람들이 소리 지르며 어떤 한 방향을 향해 달려갔다. T씨는 사람들이 달려오는 방향을 쳐다보았다. 땅을 울리는 말발굽 소리와 함께 지평선을 거무스름하게 뒤덮는 흙먼지가 피어오르며 날개를 펼친 거대한 비행기 같은 것이 다가오고 있었다. T씨는 일어나려고 몸을 비틀며 지평선의 거무스름한 것을 다시 바라보았다. 비행기가 아니라 말 탄 사람들이었다. 아주 많은 사람들이었다. 말 탄 사람들은 한 방향을 향해 비명 지르며 달려가는 흰옷 입은 사람들을 쫓아가며 죽이고 있었다. 말에 탄 채 그대로 말발굽으로 밟아 죽이고, 칼로 베어 죽이고, 창으로 찔러 죽였다. 그리고 말 탄 군단은 알아들을 수 없는 고함 소리를 천지가 진동하게 울리며 T씨가 누워 있는 곳을 향해 무서운 속도로 달려오고 있었다.

그대로 누워 있으면 말발굽에 밟혀 죽는다. T씨는 술 취한 머리로 천천히 깨달았다.

T씨는 온 힘을 다해 일어섰다. 그리고 뛰기 시작했다.

이틀 밤낮으로 T씨는 제대로 먹지도 못하고 산과 언덕을 뛰었다. 때는 한겨울이었다. 개울이나 시냇물은 전부 얼었고 나무에 열매는 열리지 않았다. T씨는 새벽에 선잠이 들었다가 깨어 찬 이슬을 핥아먹거나 깨끗한 눈이 쌓인 곳이 있으면 눈을 녹여 먹었다. 눈은 도망치는 사람들이 짓밟으며 뛰어서 땅에 흩어져 거의 남아 있지 않았다. 쌓인 눈이 남아 있는 곳은 시체 위였다. 창과 칼에 찔려 죽고 얼어 죽고 굶어 죽은 시체들이 사방에 널려 있었고 깨끗한 눈을 발견하여 녹여 먹으려고 손으로 퍼내면 그 아래 창백하게 얼어붙은 죽은 사람의 얼굴이 흐린 눈으로 T씨를 쳐다보고 있곤 했다. 그러면 T씨는 비명을 억누르며 다시 뛰었다.

비명을 지르면 사람들이 몰려왔다. 말 탄 사람들이 몰려오기도 했고 말 타지 않은 흰옷 입은 사람들이 몰려오기도 했다. T씨는 말 탄 사람들이 머리카락을 전부 밀고 뒤통수에만 한 줌을 남겨 길게 땋아 내린 모습을 자주 보았다. 가끔 화려한 갑옷을 입고 머리에는 꼭대기에 뾰족한 침이 달린 모자를 쓴 사람도 있었다. T씨는 산이나 언덕 나무 뒤에 숨은 채 멀리서 훔쳐보았다. 흰옷 입은 사람들은 역사 영화나 텔레비전 사극에서 많이 보았던 차림대로 쪽을 찌거나 상투를 틀고 한복을 입고 짚신을 신고 있었다. 이런 사람들은 주로 보따리를 손에 들거나 등에 지거나 머리에 이고 있었다. 동물의 가죽을 흰옷 위에 두르고 얼굴에 피인지 진흙인지 모를 칠을 하고 광기에 찬 눈을 번들거리며 몰려다니는 사람들도 있었다. 이런 사람들은 주로 손에 칼이나 다른 흉기처럼 보이는 도구를 들고 다녔다. 어느 쪽이든 사람들은 T씨를 보면 우선 소리를 질렀다. T씨는 처음에 한두 번, 배가 너무 고파 이 사람들에게 도움을 청하려 한 적이 있었다. T씨의 짧은 머리와 검은 외투와 한복과는 거리가 먼 옷차림을 보면 한복을 입고 보따리를 든 사람들은 소리를 지르며 도망쳤다. 그러다가 사람들은 T씨가 혼자라는 사실을 알아차렸다. 그러자 한복을 입고 보따리를 든 사람들이 무리를 지어 천천히 조심스럽게 다가오기 시작했다. 경계심과 증오가 뒤섞인 그 표정을 보고 T씨는 또다시 허겁지겁 달리기 시작했다. 어디로 가야 하는지, 여기가 어디인지, 이들이 누구인지도 모르면서 우선 도망쳤다.

그렇게 도망쳐서 밤이 되었고 아무도 따라오지 않는다는 사실을 확인한 T씨는 주머니 속의 타임프리를 꺼내 절박하게 눌러보았다. 타임프리 화면에 나타난 연도는 1637년 1월이었다. T씨는 자세히 알지 못했으나 청나라 군사들이 쳐들어와 병자호란이 시작된 지 한 달이 지났고 왕은 항용 그러하듯이 나라가 위험해지자 백성을 버리고 혼자 도망치려 했으나 청나라 군사에 막히고 산과 언덕이 얼어붙어 제대로 도망조차 가지 못했으며 그리하여 일국의 왕이라는 자가 청나라의 한낱 장수 앞에 몇 번이고 무릎을 꿇고 고개를 숙여 구차한 목숨을 보전하고 나라 전체가 침략자의 부하가 되기를 맹세함으로써 전쟁을 간신히 끝내기까지 아직도 한 달 가까운 시간이 남아 있었다. 그리고 화면 한구석에 조그맣게 나타난 노란색 경고등을 보니 타임프리의 배터리 잔량이 그 한 달을 버티지 못할 것은 확실했다. T씨는 입을 틀어막고 비명을 억눌렀다. 타임프리를 얼어붙은 땅에 내던지려다 차마 유일한 희망을 부술 수는 없어 한 손으로 여전히 입을 틀어막은 채 다른 손에 타임프리를 쥐고 허공에 절망적으로 휘둘렀다. 그때 눈 덮인 땅이 하얗게 보이는 깊은 산 숲속의 새까만 어둠을 밝히며 노란 불빛 두 개가 타올랐다. 무슨 일인지 T씨가 제대로 이해하기 전에 달빛 아래 하얗게 빛나는 눈을 헤치고 호랑이가 모습을 드러냈다. '집채만 한 호랑이 눈에서 불이 뚝뚝 떨어지고…'라는, 옛날얘기에나 나오던 표현이 사실 그대로 단 한 조각의 과장도 없는 하이퍼리얼리즘이었음을 T씨는 곧바로 깨달았다. 어둠 속에서 횃불처럼 빛나는 그 두 눈과 장검처럼 날카로운 송곳니를 드러낸 맹수의 위용에 T씨는 아무런 생각도 할 수 없이 그대로 얼어붙어버렸다. 호랑이가 하늘을 뒤덮으며 뛰어올라 T씨의 머리를 물어뜯으려는 순간 탕, 하는 총성이 T씨의 귀청을 찢었다. 호랑이와 T씨는 동시에 쓰러졌다.

뭔가 단단한 것이 어깨를 툭툭 쳤다. T씨는 눈을 떴다.

"뉘귀요?"

어둠 속에서 긴 나무 막대 같은 것을 든 포수가 T씨를 내려다보고 있었다. T씨는 고개를 돌렸다. 옆에 쓰러진 호랑이의 크게 뜬 죽은 눈과 시선이 마주쳤다. 산에서 만난 호랑이, 도주, 전쟁, 말 탄 사람들의 창과 칼이 머릿속에 한꺼번에 떠올랐다.

"무스그레…."

포수가 뭔가 다시 말하려 했다. T씨는 고함을 질렀다. 소리 지르면 안 된다는 사실을 잊어버리고 T씨는 있는 힘껏 고함쳤다. 그리고 몸을 일으키며 포수가 들고 있던 조총의 총구를 붙잡았다. 군대 다녀온 정상적인 한국 남자라면 총구 쪽을 손으로 붙잡는 미친 짓은 절대로 하지 않았겠지만 T씨는 군대를 다녀오지 않았고 정상적인 상태도 아니었다. 조총과 같은 종류의 화승총은 한 번 발사하고 나서 다시 발사하려면 화약을 새로 넣고 불을 또 붙이는 복잡한 과정을 거쳐야 하므로 현대적인 자동소총처럼 마구 여러 발 발사할 수 없다는 사실을 계산하고 덤벼든 것은 아니었다. T씨는 그냥 완전히 제정신을 잃었을 뿐이었다. 그리하여 T씨는 자신을 구해준 생명의 은인에게서 조총을 빼앗아 개머리판으로 포수를 때려 쓰러뜨리고 땅에 쓰러진 포수의 입과 코와 눈과 이마에서 피가 흘러나와 사방의 하얀 눈을 새빨갛게 적실 때까지 계속 때렸다. 그러다가 T씨는 조총을 내던지고 쓰러진 포수를 타고 앉아 양손으로 때렸다. 손이 아프고 숨이 차고 목이 마르고 기운이 빠져서 동작을 멈추었을 때 포수는 이미 숨이 멎어 있었다.

T씨는 포수의 시체에서 흠칫 물러나 땅바닥에 주저앉았다. 자신이 방금 사람을 죽였다는 사실을 이해하고 나서도 T씨는 애써 부정했다. 호랑이가 덤벼들었고, 저 낯선 사람이 자신에게 총을 겨누었고, 위급한 상황에서 자기방어를 위해, 내가 살기 위해 그렇게 할 수밖에 없었다고 T씨는 자신을 달랬다. T씨는 자신이 부드럽고 평화롭고 무해한 사람이라 언제나 믿고 살아왔다. 목숨을 살려준 사람을 이유 없이 때려죽였다는 사실, 무엇보다도 자신이 다른 사람을 때려죽일 수 있는 인간이라는 사실을 T씨는 결단코 받아들일 수 없었다.

쓰러진 포수가 몸에 메고 있는 물통 같은 물건이 눈에 띄었다. 물. 물이다. 시체에서 흘러나온 핏물 섞인 눈이나 흙먼지 섞인 이슬이 아니라, 물. T씨는 몸을 일으켰다. 자신이 방금 살해한 사람의 시신을 뒤지기 시작했다. 가죽 물통을 벗겨내어 꼭지를 뽑았다. 물통 입구를 입에 대고 부었다. 통 속에 든 액체는 물이 아니라 술이었다. 녹은 불꽃 같은 화끈한 액체가 입안을 데우고 목구멍을 태우며 위장으로 내려갔다. T씨는 한순간 기운을 차렸다. 자신이 살해한 사람의 시신을 뒤져 허리에 차고 있던 주머니를 열었다. 말린 고기조각이 몇 점 들어 있었다. T씨는 술을 마시고 말린 고기를 씹었다. 고기는 바짝 마르고 추운 날씨에 얼어서 돌덩이처럼 차갑고 단단했지만 T씨는 배가 고팠고 술이 들어가서 행동력이 갑자기 넘쳤고 마치 평생 처음 고기를 본 것처럼 마음이 급했다. 얼마 되지 않았던 고기 조각을 전부 씹어 삼키고 가죽 물통에 든 나머지 술도 마지막 한 방울까지 털어 마신 뒤에 T씨는 그제야 타임프리를 떠올렸다. 황급히 주머니를 뒤져보니 조그만 기기는 여전히 T씨가 넣어둔 자리에 그대로 있었다. T씨는 술에 취하고 영하의 날씨에 굳어서 말을 잘 듣지 않는 손가락으로 서투르게 화면을 만졌다.

술기운 덕분에 정신을 차렸지만 각성 상태는 오래가지 않았다. 빈속에 강한 술을 갑자기 많이 마셔서 T씨는 주변이 빙빙 돌기 시작하는 것을 느꼈다. 타임프리의 설정을 맞추고 배터리 잔량이 부족하다는 신호를 보면서 작동 버튼을 누르고 T씨는 차가운 눈 위에 드러누웠다. 그리고 술과 추위에 취하고 사람을 때려죽인 탓에 탈진하여 T씨는 그대로 기절하듯 잠에 빠졌다.

✳

…술자리가 파하고 동업자의 차가 있는 곳으로 함께 걸어갈 때 T씨는 앞서 가는 동업자의 등 뒤에서 동업자의 아내를 기습적으로 끌어안았다. 동업자의 아내는 깜짝 놀라 "아, 저리 가요!" 하고 소리치며 T씨를 밀어냈다.

― 삐빅, 삐빅, 삐빅, 삐빅.

규칙적인 기계음이 들려왔다. T씨는 눈을 뜨려 했다.

"아, 저리 가요!"

T씨에게 강제로 끌어안긴 동업자의 아내가 외치며 T씨를 밀어냈고 밀려나면서 비틀거리는 바람에 T씨의 손에서 뭔가 떨어졌고 T씨는 킬킬 웃으며 동업자를 따라서 느긋하게 걷기 시작했다. 동업자의 아내는 뒤에 남아 T씨의 모습을 가만히 바라보다가 T씨가 땅에 떨어뜨리고 간 물건을 집어 들었다.

― 삐빅, 삐빅, 삐빅, 삐빅.

규칙적인 기계음이 귀 옆에서 들려왔다.

― 체온 36.3도, 정상. 혈압, 수축기 114, 이완기 81. 맥박, 1분당 68.

"저리 가요!"

그리고 T씨는 눈을 떴다.

천장이 하얀색이었다. 몸을 일으키려 했다. 몸이 움직이지 않았다. 고개를 돌려 보았다. 양쪽 어깨 부근을 하얗고 부드러운 소재로 만든 쿠션 같은 것이 붙잡고 있었다. 한껏 고개를 들어 몸 아래쪽을 내려다보았다. 허리와 무릎도 똑같이 하얀 쿠션에 붙잡혀 있었다.

– 이름.

T씨는 자기 이름을 말하려 했다. 그러나 입을 열기 전에 어딘가 벽 쪽에서 기계적인 목소리가 먼저 T씨의 이름을 말했다.

– 생년월일.

이번에도 기계 목소리가 먼저 T씨의 생년월일을 읊었다.

– 이동시점.

– 1637년 1월 6일.

– 생년월일, 과 이동시점, 사이, 의 시간차, 가 인간, 의 기대수명, 을 초과, 함.

묘한 곳에서 거슬리게 단어를 끊으며 기계 목소리가 설명했다.

– 난민인정여부.

'아니야! 난민 아니야! 타임프리가 고장 났어! 돌려보내줘!'

T씨는 외치려 했다. 그러나 목소리가 나오지 않았다. T씨는 다시 고개를 들며 몸부림을 치려 했다. 부드럽고 하얀 것이 다가와서 T씨의 이마를 눌렀다. T씨는 꼼짝도 할 수 없게 되었다.

– 불인정.

기계 목소리가 아무 감정 없이 선언했다. 그리고 기계 목소리는 자기들끼리 계속해서 묻고 답하기를 이어갔다.

– 결격사유.

– 범죄.

'무슨 범죄라는 거야!'

T씨가 다시 소리 지르려 했다. 그러나 목소리는 여전히 나오지 않았고 이제는 몸의 어느 부위도 마음대로 움직일 수 없었다.

억양이 전혀 없는 기계 목소리가 무감정하게 한 글자씩 발음했다.

– 살, 인. 횡, 령. 성, 폭, 력. 시, 간, 선, 불, 법, 교, 란.

'횡령이라니? 내가 언제?'

T씨가 머릿속으로 소리쳤다.

'무슨 횡령? 난 범죄자가 아니야!'

– 송환.

억양 없는 기계 목소리가 선언했다.

'송환이라니? 어디로?'

T씨가 소리 없이 부르짖었다.

'날 어디로 보낸다는 거야? 돌려보내줘! 내 시대로 보내줘!'

— 기종.

— 타임, 프리.

갑자기 낯익은 이름이 들려왔다. T씨는 머릿속으로 아우성치던 것을 멈추고 귀를 바짝 기울였다.

— 연식.

— 1세대.

— 재설정.

— 완료.

'타임프리라고? 재설정? 그럼 돌려보내준다는 얘기지?'

T씨의 마음속에 작지만 뜨겁게 희망이 솟아올랐다.

'집에 돌아갈 수 있단 얘기지?'

기계는 T씨의 질문에 대답해주지 않았다.

— 작동.

T씨는 정신을 잃었다.

✳

T씨가 깨어난 곳은 어느 낯선 허허벌판이었다. 주변에 건물다운 건물도 사람 흔적도 보이지 않아서 T씨는 정신을 차리자 덜컥 겁에 질렸다. 최소한 눈도 얼음도 없었고 호랑이도 나타나지 않았고 공기는 차갑지만 햇빛은 따뜻했다. 그러니까 병자호란 시대로 되돌아온 건 아니라는 뜻이었다. T씨는 조심스럽게 몸을 일으켰다. 머리가 띵했지만 못 일어날 정도는 아니었다. T씨는 천천히 일어나 앉아서 주위를 둘러보았다. 그러다 흠칫 놀라며 황급히 주머니에 손을 넣었다.

타임프리는 주머니 속에 그대로 들어 있었다. T씨는 안도의 한숨을 쉬며 타임프리를 꺼냈다. 화면이 켜졌다. 배터리 잔량이 부족하다는 경고등은 들어오지 않았다. 하얀 쿠션 기계들이 타임프리를 작동시키기 위해서 충전도 해준 모양이었다. T씨는 마음속으로 하얀 기계들에게 땡큐를 외치며 일어섰다. 그 순간 쉭, 소리를 내며 뭔가 날아와 발 옆의 모래에 꽂혔다.

"つかむ!" (잡아라!)

T씨는 깜짝 놀라 펄쩍 뛰며 화살이 날아온 곳을 돌아보았다. 영화에서나 보았던 사무라이 갑옷을 입고 손에 손에 장검과 활을 든 군인들이 일본어로 짐

작되는 언어로 뭔가 소리 높여 외치며 떼 지어 몰려오고 있었다. 그중 앞에 선 여러 명이 산속에서 호랑이와 마주쳤을 때 포수가 들고 있던 것과 비슷한 단순한 형태의 장총을 들고 있는 것을 T씨는 보았다.

"擊つ!" (쏴라!)

뿔이 달린 투구를 쓰고 갑옷을 입고 앞장서서 달려오던 사람이 외쳤다. T씨는 물론 그 명령이 무슨 뜻인지 알아듣지 못했다. 그러나 활과 총을 든 사람들이 일제히 자신을 향해 무기를 겨누는 모습을 보고 T씨는 본능적으로 돌아서 있는 힘을 다해 도망치기 시작했다. 발밑으로 총알이 날아와 땅에 박히며 모래를 흩뿌렸고 화살이 위협적인 소리를 내며 귀 옆을 스쳐 지나갔다. T씨는 왜구들이 얼마나 가까이 왔는지 보려고 몸을 돌렸다가 허리께에 강한 충격을 느꼈다. T씨는 허리춤을 손으로 부여잡고 다시 달리기 시작했다.

T씨는 오래 도망치지 못했다. 멀리 앞에서 상투를 틀고 흰옷을 입고 손에 죽창과 농기구를 든 사람들의 무리가 다가오고 있었다. 말을 타고 칼을 든 사람도 있었고 활을 겨눈 사람도 있었으며 남루한 옷차림에 맨손에 돌덩이만 들고 있는 사람까지 차림새는 가지각색이었다.

"네 누군다?"

말을 탄 사람이 물었다.

"나랏백성인다?"

'이 나라 백성인가?' 즉 왜구인가 조선 사람인가를 묻는 질문을 T씨가 마침내 알아듣고 대답을 생각해내기 전에 뒤에서 왜구들의 함성이 들려왔다. 왜구를 발견한 의병들 역시 거의 동시에 전투의 함성을 지르기 시작했다.

"쳐라!"

이 단어만은 중세국어를 공부해본 적 없는 T씨도 분명하게 알아들을 수 있었다. 의병 중 손에 거대한 돌멩이를 들고 머리에 띠를 두른 험상궂은 남자가 앞으로 뛰어나와 T씨를 돌로 쳤다. T씨는 소리도 지르지 못하고 쓰러졌다. T씨를 왜구 앞잡이로 인식한 의병들은 쓰러져 뒹구는 T씨를 밟고 넘어가 침략자들의 진지로 돌격했다.

1592년 4월 23일 포항 영일 지역에서 김현룡(金見龍)이 동생 김원룡(金元龍)과 사촌 김우호(金宇灝), 김우정(金宇淨), 김우결(金宇潔)과 함께 "국가가 위급함을 당하는데 신민(臣民)으로서 어찌 보고만 있으리오, 신명(身命)을 바쳐 토적(討賊)하리라"라고 선언하고 의병을 결성하였다. 정대영(鄭大榮), 정대용(鄭大容), 정대유(鄭大有) 삼형제와 지역 주민 10여 명이 동참했다. 이들은 4월 30일 안강으로 진격하여 진을 치고 있던 왜적과 격돌해 100여 명을 사살하는 공적을 세웠다.

물론 T씨는 아무런 공적도 세우지 않았다. T씨는 자신이 살던 시대에도 군대 가기 싫어서 도망친 전력이 있는 사람이었다. 오백 년 전 조상들의 싸움에 새삼 끼어들 생각은 전혀 없었다. 그래서 T씨는 자신이 가장 잘 하는 일을 했다. 즉 죽은 척하고 그대로 가만히 있었다. 전투가 끝난 뒤에 슬그머니 일어나 도망쳐 소나무숲 한가운데 숨어서 T씨는 주머니를 뒤져 타임프리를 꺼냈다. 시간여행 기계의 화면 옆부분에 커다랗게 금이 갔고 모서리에 조총 탄알이 박혀 있었다. T씨는 타임프리를 결사적으로 문질러도 보고 흔들어도 보았다. 화면에 깜빡깜빡 불이 들어왔다. T씨는 이를 악물고 자신이 살던 시간과 장소를 입력했다. 화면에 들어오던 불이 꺼지려 했다. T씨는 타임프리를 문지르고 흔들었다. 조총 탄알이 박혀 깨진 부분 안에서 딸깍딸깍 불길한 소리가 났다.

*

그래서 딸깍이 귀신이 됐다는 거야. 처음 항구동에서 술 먹을 때 입었던 그 옷을 그대로 입고 중세와 근대 사이를 떠돌면서, 유일한 희망인 고장 난 시간여행 기계를 무슨 알라딘의 마술램프처럼 문지르고 비비고 흔들면서 자기를 집에 데려다 달라고 빌고 있다지. 왜구와 청나라 군대와 의병과 관군과 그냥 성난 농민들에게 전부 쫓겨서 도망치고 또 도망치다가 사람이 보이면 멀리서 왜구는 물러갔냐고, 아니 청나라군은 물러갔냐고, 지금 어느 시대냐고, 몇 년도냐고 물어보는데 이제까지 다들 수상한 놈이라고 잡아 죽이려 들거나 귀신이라고 도망치기 바빠서 아무도 대답해주지 않았고 아마 앞으로도 아무도 저 사람 말에는 대답해주지 않겠지.

그런데 나는 이런 얘기를 다 어떻게 아냐고? 글쎄, 내가 이런 걸 대체 다 어떻게 알까?

내가 누구일 것 같아? 🐾

TASTE OF
THE INFUSED LIQUOR

담금주의 맛

이유리

2020년 경향신문 신춘문예에 〈빨간 열매〉로 당선되며 작품을 발표하기 시작했다.
단편집 《브로콜리 펀치》가 있다.
좋아하는 것은 식물 키우기와 뜨개질, 콜라.

우리 집에 기억-담금주 키트가 도착한 것은 나와 지찬규가 헤어지고 석 달쯤 지났을 무렵의 일이다. 물론 여기서 헤어졌다는 것은 지난 5년간 지속되었던 지찬규와의 법적 관계, 그러니까 혼인 관계를 정리했고 그에 따른 재산 분할과 거기서 비롯된 감정싸움이며 양가 부모까지 관여한 다툼 등이 모두 끝이 났다는 의미로 말한 것이다. 아무튼 파탄의 원인은 누가 봐도 바람을 피운 지찬규 쪽에 있었으므로 이혼 과정은 깔끔하고 신속하리라 생각했으나 의외로 그렇지가 않았달까. 이미 볼 것 못 볼 것 다 본 두 인간 사이의 지난한 싸움이 끝난 뒤, 나는 출근은커녕 밥 한술 떠먹을 힘도 없어 배짝배짝 말라 가는 몸으로 휴대폰에 목줄이라도 매인 듯 넷플릭스, 왓챠, 유튜브를 빙빙 돌며 하루를 때우는 중이었다. 그런 나를 보다 못한 친구 하나가 보내준 거였다. 기억-담금주 키트. 그러고는 딱 한 줄의 카톡을 덧붙였다.

우리 집엔 그거 세 병 있다.

참고로 서유진, 그러니까 내게 기억-담금주 키트를 보내준 이 친구로 말할 것 같으면, 나는 고작 한 번 겪고 납작 나가떨어져버린 이 더럽고 치사한 이혼이라는 과정을 무려 세 번이나 해낸 그야말로 역전의 용사였다. 그런 대선배가 특효약이라며 권하는데 거절할 수는 없지. 게다가 이제 더 이상 볼 만한 드라마도 없었고 몸은 아예 누운 자세대로 굳어버려 등허리에 욕창이 생기기 직전이었다. 그렇다면 나도 어디 한번 담가볼까. 그 유명한 기억-담금주라는 것을. 아니, 그런데 사실 뭔가를 담근다면 술이 아니라 지찬규를 담가버리는 게 맞지 않나. 아주 칼로 푹푹 응, 근데 요즘도 담근다는 말을 쓰나. 그런 쓰잘데기없는 생각이나 하다가 나는 잠이 들었고 그사이 담금주 키트는 기특하게도 착실히 밤을 달려 그 다음 날 아침, 우리 집 현관 앞에 놓인 것이다. 사람 키만 한 높이의 거대한 택배 박스가.

✳

사실 이 기억-담금주라는 것이 전부터 궁금하긴 했었다. 이름 그대로 인간의 기억을 우려내 담그는 술, 싹 익으면 참으로 맛난 술이 된다지. 누가 어떤 기억을 갖고 담그느냐에 따라 조금씩 다르지만 아무튼 감칠맛이 돌고 오묘한 그 맛은 평생 못 잊을 명주로 손색이 없다지. 언뜻 듣기엔 말도 안 되는 것 같은데 꼭 제대로 된 물건처럼 사방에 광고가 나왔고 주변에도 효과를 봤다는 사람이 두엇 있었다. 그리고 보니 올해 여름, 지찬규와 야구를 보다가 중간 광고 시간

담금주의 맛

에 지나간 담금주 CF를 보며 신기해한 적도 있었다. 저거 진짤까, 원리가 뭐지, 하면서. 하여간 요즘 세상 별 게 다 있다니까, 하며 조금 이기죽거렸던 것 같기도 하다. 연애 시절부터 함께 응원했던 기아 타이거즈가 처참한 스코어로 두들겨 맞고 있던 와중이었으므로 나도 지찬규도 머리끝까지 화가 나 있었으니까. 그때 우리는 소파테이블에 오징어땅콩을 뜯어 놓고 캔맥주를 마시고 있었다. 열 받아 데워진 목구멍으로 맥주가 꼴깍꼴깍 잘도 넘어갔다. 그렇다, 때는 맑고 화창한 주말 오후, 그 아름다운 시간에 우리는 같은 것에 화를 내면서 같은 것을 먹고 있었다. 믿기지 않지만 아무튼 그랬던 때도 있었다. 있었다는 사실, 그것이 중요했다. 물론 그 순간에도 지찬규는 바람을 피우고 있었지만. 그러니까 그때 소파 팔걸이에 아무렇게나 놓여 있던 지찬규의 핸드폰에는 그 여자와 주고받은 메시지들이 잔뜩 있었을 것이고 지찬규의 머릿속에서는 진 야구 경기를 핑계 대며 울화통이 터진다고, 바람을 좀 쐬어야겠다고 집을 나서서 그 여자를 만나러 갈 계획이 착착 세워지고 있었을 것이고… 거기까지 생각하자 애써 펴둔 마음이 또다시 와득, 구겨져버렸다. 생각을 말자, 생각을 말아. 나는 중얼거리며 물에 빠졌다 나온 개처럼 머리를 흔들었다.

뭐가 들어 있는 건지, 담금주 키트가 든 택배 박스는 크기도 컸지만 더럽게 무거웠다. 오랜만에 현관문을 활짝 열어놓고 스토퍼를 받친 뒤 낑낑거리며 그걸 끌고 거실까지 가져왔다. 그러고 있자니 어쩔 수 없이 또 지찬규 생각이 났다. 원래 이런 일이라면 당연히 지찬규를 시켰을 테니까. 지찬규라면 분명 뭘 이런 걸 샀느냐고, 참 손 많이 간다고 툴툴댔겠지만 그러면서도 테이프와 운송장을 뜯어내고 박스를 납작하게 잘 펴다가 재활용 수거함 밑에 착착 쌓아뒀을 텐데. 그러나 지찬규는 이제 없고, 다른 여자와 떠났고 나는 여기 남았으므로 별수 없다, 박스 테이프 위에 커터 칼을 푹 찔러 넣으며 이것이 지찬규의 몸뚱이 어디쯤이라고 생각하는 수밖에.

박스 안에는 또 다른 작은 박스들이 꽉꽉 들어차 있었다. 가장 큰 박스에 든 것이 가장 무거웠는데, 안에서 출렁출렁 짤랑짤랑 하는 소리가 들렸다. 뜯어 보니 에어캡에 둘둘 말린 소주 한 궤짝이 들어 있었다. 익숙한 디자인의 초록색 병이었지만 아무 라벨도 붙어 있지 않았다. 그리고 다른 박스에서는 엄청나게 커다란 유리병, 내 앉은키보다 좀 낮은 높이에 어른 한 사람이 넉넉하게 들어가 앉을 수 있을 만큼 입구가 넓은 그런 유리병이 나왔다. 거의 방패만 한 플라스틱 뚜껑도 있었다. 그것들을 밀고 굴려 일단 거실 가운데쯤 놓아두고 나머지 포장을 차근차근 열었다. 두꺼운 비닐에 포장된 무슨 가루들이 여럿 있었고 반으로 접힌 종이도 한 장 들어 있었다. 종이를 펼쳐 들고 느릿느릿 읽었다.

기억-담금주 키트를
구매해주신 고객님께

우선 심심한 위로의 말부터 전합니다. 아이고, 많이 힘드시죠? 무슨 일인지야 모르겠습니다만, 괴로운 기억에 쫓길 만큼 쫓기다 지푸라기라도 잡는 심정으로 여기까지 오셨을 줄로 압니다. 얼마나 힘드셨으면 저희를 다 찾으셨을까요. 부디 기억-담금주가 고객님 마음의 평안을 되찾아드리기를 진심으로 바라고 또 바랍니다.

기억-담금주를 처음 구매하셨다면, 아마 아직까지는 반신반의하고 계실 테지요. 이게 진짜인가, 바보 같은 짓에 시간을 낭비하는 건 아닌가 하고서요. 하지만 걱정 마세요. 장담컨대 기억-담금주가 다 익어갈 때쯤이면 고객님의 고통스러운 기억은 술에 다 우러나 사라져 있을 테니까요. 남아 있는 것은 그저 맛있는 술 한 병, 그뿐입니다. 술이 다 되었다면 한번 드셔보세요. 잊지 못할 맛일 겁니다. 기억이 자세하고 괴로운 만큼 술맛은 좋아지게 되어 있으니까요. 좋은 술친구와 맛난 안주가 있다면 더 좋겠지요.

그날이 어서 고객님께 오기를 빕니다.

✦ 기억-담금주 주조법

1. 몸을 깨끗이 씻으며 마음을 다스립니다.
2. 동봉된 가루들 중 마음에 드는 것을 고릅니다. 상황에 따라 여러 개 넣어도 좋습니다.
3. 동봉된 술과 가루를 유리병에 모두 붓고, 잘 저어서 녹여주세요.
4. 유리병에 들어가 앉습니다. 가능하다면 모두 탈의한 상태가 좋습니다만, 속옷 정도는 입어도 상관없습니다. 편안한 자세를 취한 뒤 괴로운 기억을 집중적으로 떠올립니다. 위 과정을 하루에 1회, 매일 비슷한 시간에 반복하세요.

⚠ 술이 익는 속도는 사람마다 다릅니다. 기억이 모두 술에 녹아나고 마음이 편안해졌다 싶은 순간에 주조를 멈추면 됩니다. 잘 모르겠다면 술맛을 보는 것도 좋습니다. 술이 다되었는지 아닌지는 저절로 알수 있을 것입니다.

✦ 기억하는 법

주조에 사용되는 기억은 최대한 자세하고 객관적이어야 합니다. 예를 들어 과거 어떤 날의 특정한 일을 떠올렸다면, 그날의 모든 것을 인과와 시간 순서에 맞게 되짚어보세요. 왜 그런 행동을 했나요? 왜 그런 감정이 들었나요? 그 후엔 어떤 일이 생겼나요? 그것이 미래에 어떤 영향을 미쳤나요? 냉정하고 침착한 마음으로 기억을 곱씹으면서, 그것들이 내 피부 표면으로 스며 나와 술에 흡수되는 모습을 상상하세요.
행운을 빕니다.

뭐야, 이게 끝인가.

좀 당황스럽기도 하고 황당하기도 하여 종이를 뒤집었지만 뒷장에는 아무 것도 없었다. 하긴 만드는 방법이며 재료며 심플하기 짝이 없긴 했고 여기서 더 설명이 필요한가 싶긴 했지만 그래도 이거, 이대로 괜찮은 건가. 기억이 술이 되는 원리라든가 숙성되는 과정이라든가 하다못해 회사 소개라도 제대로 들어 있어야 맞는 거 아닌가. 혹시 다른 종이가 있었나 싶어 접어서 모아둔 박스를 뒤졌지만 물론 아무것도 없었다.

어쩔 수 없지, 그럼 일단 씻어볼까나.

옷을 홀라당 벗어 던지고 화장실로 들어갔다. 그러고 보니 샤워를 며칠 만에 하는 건지, 분명 우리 집 욕실인데 여기 알몸으로 서 있기가 좀 낯설다 싶을 만큼 오랜만이었다. 머리며 목덜미가 찐득하다는 생각은 들었지만 어차피 어딜 나갈 일도, 누굴 만날 일도 없었으니까. 마침 눈이 마주친 김에 거울 속의 나를 새삼스레 훑어보았다. 원래는 군살이 좀 있었던 옆구리에 이제는 갈비뼈가 바 짝 드러나 있었고 눈과 볼이 푹 꺼진 얼굴엔 개기름이 번들거리는 게 정말 인간 꼴이 아니었다. 뭐 원래도 크게 예쁘진 않은 얼굴이었지만. 언제 돋았는지도 모 를 이마의 뾰루지를 유심히 살펴보던 와중, 갑자기 구차한 생각이 퍼뜩 드는 것 을 막을 수는 없었다. 혹시 이 얼굴이 좀 더 예뻤다면 어땠을까. 그랬다면, 그러 니까 엄청난 미인까진 아니어도 이 코가 조금 더 높았으면, 쌍꺼풀이 조금 더 선명했으면 혹시 모른다. 지찬규의 마음이 떠나지 않았을지도. 다른 여자를 만 나더라도 에이, 역시 우리 와이프에 댈 건 아니지, 하는 생각이 들었을지도. 길 게 자란 손톱으로 눈꺼풀을 그어보다 문득 그만두었다. 말도 안 되는 망상이란 건 알고 있었지만 그래도 속은 상했고 그보다 더 속상한 것은 이런 비굴하고 속 없는 생각을 하는 나의 한심함이었다. 됐다, 됐어. 뜨거운 물을 수도꼭지 끝까 지 틀고는 물이 채 덥혀지기도 전에 샤워기 밑에 머리를 들이댔다. 언제 마지막 으로 썼는지, 펌프 주둥이가 굳어버린 샴푸를 꾹꾹 눌러 짜며 마음을 가다듬었 다. 아무튼 깨끗이 씻는 게 좋겠지, 술에 푹 절여져야 되는 것 같으니까. 손톱으 로 두피를 박박 긁어 머리를 감은 뒤엔 스펀지에 거품을 잔뜩 냈다. 피부가 벌 게지도록 문지르고 또 문질렀다. 설명서에 적힌 대로 마음을 다스렸는지는 잘 모르겠지만 그러고 있으니 기분이 조금 나아지는 것 같기도 했다.

젖은 머리를 수건으로 대강 두르고 나왔다. 아까 읽고 내던져놓은 종이를 다시 보니 이번엔 가루를 고를 차례인 듯했다. 상자에서 나온 가루들은 다섯 가 지였다. 설탕 포대처럼 두꺼운 비닐에 들어 있었는데 겉면에는 각각 아래와 같 은 설명이 붙어 있었다.

- 헤어짐, 상실, 사별, 번복될 수 없는 이별
- 배신, 배반, 신뢰에 치명적인 타격
- 두려움, 불안, 미래의 특정 상황에 대한 공포
- 식욕, 성욕, 권력욕, 인정욕 등 주체할 수 없는 특정 욕구
- 우울, 조울, 특정한 원인이 없는 심리적 괴로움

어디 보자, 이 중에서 고르자면 일단 첫 번째 녀석이겠지. 헤어짐에 관해 적힌 가루 포대를 한쪽에 꺼내놓고 나머지 네 개를 살펴보았다. 그런데 나머지 것들도 모두 내 상황에 크게 어긋나지는 않는 것처럼 느껴졌다. 그러니까 어디 보자, 우선 '배신'은 당연하고, '막연한 공포심'도 마음 한 켠엔 분명 있었다. 뭐랄까, 말하자면 세상 전체에 대한 두려움이라고 해야 할까. 세상 사람들 다 서로 속이고 뒤통수를 치고 자기 살자고 상대방을 짓밟는 그런 인간들일지라도 지찬규만큼은, 내가 사랑한 지찬규만큼은 그러지 않으리라 믿었는데 그게 아니었으니까. 지찬규도 그러는데 다른 사람들은 어떨. 이 세상의 모든 연인들이, 아니 사실은 바깥에서 마주치는 모든 이들이 겉으로는 사랑하고 아끼는 척하면서 뒤로는 칼을 갈고 있을 것 같았다. 아무렇지 않은 얼굴로 상대를 배반하고 기만할 수 있을 것 같았다. 그게 무섭고 끔찍해서 밖엘 나가기가 싫었다.

'주체할 수 없는 특정 욕구'와 '특정한 원인이 없는 심리적 괴로움' 역시 마찬가지였다. 우선 내 안에는 강렬한 욕망이, 굳이 정의하자면 인정욕에 가까운 것이 있긴 했다. 정확히 누구에게인지는 모르겠지만 아무튼 확실하고 명징한 인정을 받고 싶었다. 지찬규가 바람을 피운 건 내가 모자라고 부족해서가 아니라는 사실을, 이런 일이 벌어진 건 내가 뭘 잘못해서가 아니라 그저 지찬규가 천하의 개쌍놈이기 때문이라는 것을. 인정받아 뭐가 달라지겠냐마는 그냥 그러고 싶었다. 친구들이며 직장 동료들이며 온 세상 사람들에게 창피한 줄 모르고 떠들고 싶었다.

그러나 동시에 나는, 그게 누구에게 굳이 인정을 구할 필요조차 없는 명백한 사실이라는 것도 알고 있었다. 가해자는 명확했고 원인은 내가 아니었다. 바로 그렇기 때문에 나는 이토록이나 괴로울 이유가 없었다. 물론 지난 결혼생활 5년에 연애까지 합치면 8년을 시궁창에 내다 버린 셈이었고 돈이며 시간이며 건강, 그리고 가장 중요한 사랑을 잃었으므로 마음이 힘든 건 당연했다. 그러나 일에는 원인과 결과가 명명백백했고 이미 이혼이라는 형식으로 마무리까지 된 지 오래였다. 한순간에 잊히지는 않더라도 잊으려고 애써야 했고 조금씩이라도 좋으니 서서히 잊히는 게 옳았다. 그러나 전혀 그렇지 않았다. 이렇게까지 곱씹

고 괴로워할 일이 아닌데, 훌훌 털고 일어나려면 충분히 그럴 수도 있는 일인데 어쩐지 쉬이 그래지지가 않았다. 그러니 어쩌면 이 감정에는 무슨 다른 원인이 있는 것인지도 모른다. 내가 모르는 더 큰 무언가가.

나는 박스를 뜯었던 커터칼을 도로 집어 들고 유리병 앞에 섰다. 다섯 개의 비닐 포대를 모두 뜯어 병 안에 쏟아 부었다. 서로 미묘하게 색이 다른 가루들이 차르르, 바닥에 소복이 쌓였다. 이래도 되나 싶었지만 망해도 어쩔 수 없지 싶은 심정으로 비닐 포대를 톡톡 두드려 모서리에 모인 가루까지 몽땅 털어냈다. 그 위에 소주를 한 병 따서 붓자 가루들은 불에 닿은 눈송이처럼 녹아들었다. 내친김에 나머지 병들도 전부 까드득, 까드득 경쾌한 소리를 내가며 뚜껑을 따서는 한 손에 두세 병씩 잡고 들이부었다.

마침내 박스에 들어 있던 소주 한 짝을 다 붓고 나자 유리병은 절반 조금 넘게 찼다. 언뜻 보아도 가루는 전부 녹아 없어진 듯했지만 그래도 손을 집어넣어 한 번 휘휘 크게 저었다. 맑고 투명한 술이 팔꿈치에서 찰랑거렸다. 이제 여기에 들어가 앉으면 이게 맛난 담금주가 된다는 말이지. 지금 대체 뭘 하고 있는 건지, 이런다고 뭐가 되는지는 모르겠지만 여기까지 온 이상 시키는 대로 해볼 수밖에.

유리병에 들어가 앉기 전 휴대폰을 가져왔다. 술이 찰랑찰랑 담긴 유리병과 그 주변에 널브러진 비닐과 종이 쓰레기들을 모두 한 화면에 담아 사진을 찍었다. 그것을 서유진에게 전송하며 덧붙였다. '나 담금주 된다.' 답장은 바로 왔다. '잘될 것.' 현란하게 위아래로 움직이며 파이팅 포즈를 취하는 죠르디 이모티콘이 붙어 있었다. 고 초록 괴물이 양손에 쥐고 펄럭이는 응원용 술을 빤히 내려다보며 생각했다. 잘 될까. 잘 되면 무엇이 될까. 지찬규를 사랑하지 않았던 때처럼, 아니 아예 몰랐던 때처럼 돌아갈까. 무의 상태가 될까. 그게 잘될까.

퐁당, 술 표면에 발을 담갔다.

＊

첫 번째로 떠올린 기억은 당연히 그날의 일이다. 지찬규의 배신을 처음 알게 된 날. 양 무릎을 끌어안고 가만히 술에 담긴 채 그날을 생각했다. 백일도 채 지나지 않은 일이었고 그 이후로 그날에 대해 생각하지 않은 적은 없었기 에 어려운 일은 아니었다.

그래, 그러니까 사건의 발단은 일요일 아침이었다. 토요일, 나는 오랜만에 혼자 친정에 다녀왔고 지찬규는 회사 동료들과 등산을 갔다가 산 밑의 백숙집

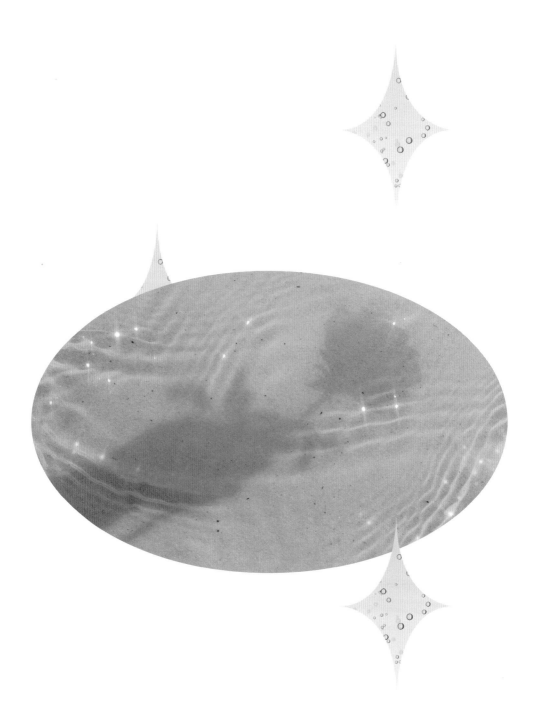

담금주의 맛

에서 늦도록 술을 마시고 왔다. 엄마와 영화를 보고 나온 뒤 카페에서 팥빙수를 먹는 사진을 보내자 지찬규는 작은 토종닭이 든 뚝배기를 앞에 놓고 찍은 사진을 보내왔었다. 우리는 서로가 없을 때 맛있는 것을 먹으면 꼭 사진을 찍어 보내는, 먹는 것에 진심인 다정한 부부였으니까. 재밌게 놀아, 좋은 시간 보내! 다정한 이모티콘을 주고받으며 대화를 마무리한 뒤에 밤에는 우리의 집으로 돌아왔다. 지찬규는 과음했고 나는 피로했으니 다음 날 아침엔 둘 다 늦잠을 잤다. 내가 먼저 눈을 떴고 잠이 덜 깬 채로 휴대폰을 찾아 머리맡을 더듬고 있다가 우연히 지찬규의 손을 보았다. 깊게 잠들어 아무렇게나 내던져진 지찬규의 오른손 새끼손가락에, 투명한 매니큐어가 발려 있었다.

잘못 본 것인가 싶어 그 손을 붙들고 자세히 들여다보았다. 물론 잘못 본 것은 아니었다. 이리 보고 저리 봐도 그 반들반들 반짝이는 것은 매니큐어였으니까. 그때까지만 해도 어안이 벙벙했고 사실 좀 웃기다는 생각도 했다. 서른일곱 살 먹은 남자가 어딜 가서 이런 걸 칠하고 온 거지, 어제 회식 자리에 누구네 집 어린애라도 동석했었나 싶었다. 그런 마음으로 무심코 넘어가려던 찰나 갑자기 눈이 번쩍, 크게 떠졌다. 지금 와서 생각하면 앞뒤 인과관계가 딱딱 맞지는 않는 행동이었지만 뭐랄까, 평생 그래 본 적 없었던 둔하고 무딘 내게도 날카로운 예지의 순간이 왔다고나 할까. 베개 밑에서 지찬규의 휴대폰을 살그머니 집어냈다. 이미 무슨 일이 일어날지 알고 있는 사람처럼 심장이 벌컥벌컥 뛰었다. 깊게 잠든 지찬규의 손가락을 끌어다가 잠금을 풀었다.

그 뒤에 무슨 일이 일어났더라.

생각하다 말고 나는 갑자기 몸을 웅크렸다. 눈이 저절로 꾹 감기고 턱은 딱 다물어졌다. 여기까지만 봐, 하고 마음에 셔터가 탁 쳐진 듯 기억이 우뚝 멈춰버린 탓이었다. 어느새 코에 익었는지 마냥 독하게만은 느껴지지 않는 알코올 냄새를 깊이 들이마시며 숨을 골랐다. 생각하자. 도망치지 말고. 도망치지 마. 유리벽에 찰랑이는 술을 바라보며 머릿속에 쳐진 커튼을 천천히 걷어냈다. 그렇다, 그 휴대폰 속에서 나는 치졸하고 뻔한 것들을 보았다. 알람이 꺼진 채팅방이 있었고 상대방의 프로필 사진은 내가 모르는 여자였다. 나는 부들부들 떨리는 손으로 채팅창을 위로, 위로 스크롤했다. 대화는 며칠 분밖에 남아 있지 않았다. 그것을 모두 읽었다. 옆에 누운 지찬규의 코 고는 소리를 들으면서.

그들은 마치 오래된 연인처럼, 아니 어쩌면 나와 지찬규보다 더 부부 같은 느낌의 이야기를 주고받고 있었다. 에어컨 리모컨을 어디 두었냐느니, 올 때 주방세제를 사오라느니, 욕실 수납장을 찍은 사진을 보내며 수건을 이렇게 개어두지 말라는 둥, 상대방 이름만 나로 바꾸면 나와 주고받은 대화라 해도 어색하지 않을 법한 그런 대화들을. 그 점이 오히려 더 나를 돌아버리게 했다. 차라리 방금 불붙은 듯 뜨거운 금단의 사랑 같은 느낌이었다면 조금은 이해했을지도 모른다. 나도 가끔 그런 게 그리울 때가 있었으니까. 평생 다시는 느끼지 못할, 아니 느껴서는 안 되는 그 격정이 불현듯 떠오르며 아련해지는 순간이. 그런데 이건 그게 아니었다. 전혀 새롭지도 뜨겁지도 않았다. 그야말로 오래 묵은 군불 같은 느낌의 사랑이랄까. 지찬규가 정말 이런 걸 원했다면, 그러니까 친구처럼 편안한 오래된 연인을 갖고 싶었다면 그 역할은 내가 할 수 있었다. 떳떳하고 안전하고 합법적인 대상인 내가 여기 있었다. 그런데 그런 나를 놓아두고 굳이 다른 사람과 이런 일을 벌여야만 했을 정도라면,

나는 얼마나 별거 아닌 사람이었던 걸까.

지금 생각하면 대화 내용이며 통화 기록을 캡처해서 증거로 남기는 게 좋았을 테지만 그땐 그럴 정신이 없었다. 덜덜 떨리는 손으로 무작정 지찬규를 흔들어 깨웠다. 무슨 일이냐며 짜증을 내던 지찬규가 휴대폰을 쥔 나를 보자 벌떡 일어나 앉았다. 잘못을 들킨 어린애처럼 고개를 수그리고 눈을 피했다. 그걸 보면서 깨달았다. 이 모든 일이 사실이라는 걸. 그 정수리에 대고 조용히 읊조렸다. 말하라고. 처음부터 끝까지, 자세히, 아무것도 숨기거나 속이지 말고 모든 것을.

상대는 지찬규의 회사 동료였다. 둘의 관계는 재작년, 그 여자가 지찬규의 팀으로 배정되어 온 직후부터 시작됐다고 했다. 정확히는 신입사원 환영 회식이 끝나고, 술에 취한 그 여자를 혼자 사는 집까지 데려다주면서부터. 지찬규는 그 여자가 자신이 유부남이라는 걸 이미 알고 있었고 자기도 딱히 감출 생각은 없었다고 말했다. 그러니까 그 모든 게, 나라는 존재를 완전히 부정하고 기만하면서 시작된 거였다. 두 사람은 여자의 집에서 거의 매일 만났다. 아예 지찬규의 차로 함께 퇴근한 날도 많았다. 일주일에 5일을 그랬고 주말에도 기회가 될 때마다 만난 것이 이제 꼬박 3년이 되었으니, 그들의 대화가 농익은 부부처럼 보이는 것도 당연했다.

거기까지 술술 털어놓던 지찬규가 입을 다문 것은 내가 이혼하고 싶으냐고 물었을 때였다. 그것 역시 지금 생각하면 지찬규의 의견을 굳이 물을 필요도 없는 일이었지만. 한참을 바닥만 바라보고 있던 지찬규는 갑자기 결심했다는 듯 고개를 번쩍 들었다. 그러고는 조심스럽게 대답했다.

그 애한테 물어보고 결정하고 싶다고.

그날 지찬규가 한 모든 말들이 고통스럽고 끔찍하긴 매한가지였지만, 진짜로 나를 산산조각 내어 침실 바닥에 수천 개의 조각으로 흩어지게 만든 말은 사실 그것이었다. 물어보고 결정하겠다니, 무엇을? 나와의 미래를? 얼이 빠져 있는 사이 지찬규가 휴대폰을 집어 들고 전화를 걸었다. 아마 그 여자에게 거는

담금주의 맛

거겠지, 뚜르르뚜르르 새어 나오는 수신 대기음을 듣다가 나는 벌떡 일어났다. 휴대폰이고 지갑이고 챙길 정신도 없이 그냥 무작정 현관문을 밀고 뛰쳐나갔다. 지닌 것이 없으니 당연했지만 바보같이 멀리 가지도 못했다. 한참을 복도에 멍하니 앉아 있다가 돌아갔을 때 이미 상황은 끝나 있었다. 이혼하자. 아직도 한쪽 손에 휴대폰을 쥔 채로, 지찬규는 그렇게 말했다. 등을 꼿꼿이 펴고는 내 눈을 똑바로 바라보면서. 돌아갈 곳이 있는 사람의 모습을 하고서. 왜, 그 여자가 이혼하래? 이혼하고 자기한테 오래? 비꼬는 질문에 지찬규는 대답 없이 일어났다. 벽장에서 캐리어를 내려다가 속옷가지며 출근용 정장이며 양말을 되는 대로 담았다. 5년 전 우리가 신혼여행에 들고 떠났던, 하와이에서 산 알록달록한 셔츠와 조개 모빌을 담아 왔던 그 캐리어에다가. 그걸 들고 지찬규는 그대로 나가버렸다.

이것이 그 일요일의 전말. 술에 폭 잠긴 채 생각했다.

그러고 보니 그 일이 벌어진 이후로, 생각은 무진장 많이 했으나 이렇게 처음부터 끝까지를 돌이켜본 적은 없었다. 그러기도 싫었고 그럴 수 있을 것 같지도 않았으니까. 내가 곱씹으며 괴로워했던 것들은 그날이 깨지는 순간 사방으로 튀었던 수많은 파편뿐이었다. 예를 들면, 지찬규가 내 앞에서 그 여자를 '그 애'라고 불렀던 것이라든가. 그 애라니, 그 별거 아닌 단어가 왜 그렇게 귀에 박혔을까. 지찬규는 그 여자에게 나를 그 애라고 부른 적이 있을까. 물론 없겠지. 눈치도 감도 없이, 존재 자체로 방해만 되는 미련한 나를 그런 다정한 단어로 불렀을 리가 없지. 그럼 뭐라고 불렀을까. 저들끼리만 통하는 은어가 있었겠지. 그런 사소한 하나하나에 집중하며 괴롭고 또 괴로울 뿐이었다. 지찬규의 표정, 몸짓, 말투, 마음만 먹으면 그와 비슷하게 고통스러운 지점들을 수백 수천 개라도 찾아낼 수 있었다.

그러나 막상 술에 풍덩 들어앉은 채로 그날을 통째로 복기하자니 뭐랄까, 조금 다른 생각이 슬며시 드는 것도 같았다. 굳이 따지자면 그래, 진부하다는 느낌에 가까우려나.

따지자면 그렇다, 그날의 시작부터 끝까지 통틀어 모두 진부하기 짝이 없었다. 지찬규가 한 짓이며 들킨 방식과 그 이후의 행동까지 전부가, 저급한 아침 드라마처럼 뻔하디뻔했다. 내 일이니 특별하고 괴롭지만 남의 일이라고 생각하면 그저 그렇군, 하며 들어 넘겼을 그런 스토리. 네이트판 같은 곳에 올려도 전혀 눈길을 끌지 못할, 뭐 그런 새끼가 다 있어! 하고 한번 분개하면 그뿐인 그런 일. 딱 그 정도의 치졸함이고 딱 그 정도의 비겁함이었다. 생각할수록 그랬다. 어디에나 널린, 별다를 것 없는 흔한 개자식.

그런 생각을 하고 나니 조금 황당해져서, 나는 술에 퉁퉁 불어난 손가락으로 괜히 미간을 벅벅 긁었다. 진부함을 납득하고 나니, 완전히 별거 아니게 됐다고는 절대 말할 수 없겠지만 확실히 단단하게 웅크려 얼어붙어 있던 마음 가장자리가 조금 노글노글해진 것 같기는 했다. 이거 이 술 덕분일까. 여기에 넣었던 가루 중에 뭔가가 진짜 효력을 발휘한 걸까. 신기하네, 정말로 신기해.

무릎에서 찰랑이는 술을 바라보며 감탄하다가, 내친김에 손바닥을 오므렸다. 술을 조금 떠서 호로록 마셔보았다. 그 즉시 병 밖으로 목을 쭉 내밀고 바닥에 뱉어내야 했지만. 반 모금도 채 머금지 않았지만 쓰고 떫어서 도저히 삼킬 수 있는 맛이 아니었다. 아직 아니구나, 하긴 당연하지. 나는 또 머쓱해진 채로 그날 밤은 술 속에 오래오래 잠겨 있었다.

＊

다음 날 같은 시간, 또다시 몸을 깨끗이 씻고 술 속에 들어앉았을 때 떠올린 것은 한 달쯤 전, 그러니까 지찬규와 그 여자가 집으로 찾아왔을 때의 일이었다.

내가 먼저 제안해서 이루어진 삼자대면이었다. 어떤 구체적인 용건이 있어서라기보다는 그저 그 두 사람이 붙어 지내는 꼴을 내 눈으로 한 번쯤은 보아두어야겠다는 생각에서 제안한 것이었는데 말을 꺼내자마자 당연히 후회했다. 장소를 집 근처 카페로 정했다가, 만에 하나 울고불고하거나 언성을 높일 일이 생길지도 모른다는 생각에 그냥 집으로 바꾸었다. 그래 놓고는 집을 청소하는 게 좋을지 아닐지, 차려입어야 좋을지 아닐지 따위의 문제를 놓고 약속한 당일이 될 때까지 또 고뇌했다. 뭐 반가운 손님이라고 청소를 하나 싶다가도 지저분한 집 꼴을 보이기는 싫었고, 차려입고 꾸며봐야 애썼다는 느낌만 날 뿐이겠지만 그렇다고 그 여자 앞에서 후줄근한 모습으로 앉아 있기는 싫었다. 지금 생각하면 속도 없지, 바람난 남편과 내연녀를 불러놓고 나는 고작 그딴 것을 고민했던 것이다.

지찬규는 아무렇지 않게 현관문 비밀번호를 누르고 들어왔다. 그 사실만으로도 속에서 열불이 나고 마음이 무너지는 듯해 뒤따라 들어오는 조그만 여자를 놓쳤다. 깡마른 몸에 푸석한 탈색 머리를 한 여자였다. 지찬규에게 달라붙다시피 한 채 긴장한 표정으로 현관으로 들어서는 그 여자를, 나는 어안이 벙벙해서 바라보았다. 너무 어려 보인 탓이었다. 당장 교복을 입히면 고등학생 사이에 섞어놓아도 전혀 위화감이 없을 것 같았다. 내 표정을 읽었는지 여자가 신발을 미처 벗지도 않고서는 작게 말했다. 스물다섯 살이에요, 라고. 제 딴에는 나이를 먹을 만큼 먹었다는 뜻으로 한 말이겠지만 그 말이 오히려 더 어리고 앳되게

　　　　　　담금주의 맛

느껴졌음은 당연했다. 게다가 스물다섯 살이라니, 지찬규보다 열두 살이 어리다니. 열두 살, 그 나이 차이를 자각한 순간 깨달았다. 이 모든 일이 대충 어떤 식으로 벌어졌는지, 원인과 목적이 어디에서 어떻게 발생했는지를. 나는 지찬규를 가만히 쏘아보았다. 세상에 이렇게까지 몰상식하고 못돼 처먹은 인간이 내 남편이었다니. 고작 이런 인간을 데리고 5년이나 살았다니. 지찬규도 내가 무슨 생각을 하는지 대강 눈치챈 듯 슬쩍 눈을 피해버렸다. 그 비겁한 모습에 단전에서부터 욱하는 열기가 꾹 올라와 목으로 치받친 그때였다. 아직도 지찬규의 옆구리에 숨듯이 달라붙어 있던 그 여자가 고개를 쏙 내밀고는 말했다.

그래도 우리는 서로 사랑해요.

지금 생각해도 거기에 뭐라고 대꾸했어야 속이 시원했을지는 잘 모르겠다. 그 순간 내가 할 수 있는 거라곤 손을 휘저어 그들을 현관에서 도로 내보내는 일뿐이었다. 오히려 다행이라는 듯 부리나케 떠나버린 그들이 복도를 걸어가는 발소리를 들으며, 신발장 앞에 멍하니 주저앉아 있었다. 물론 여러 가지 상황을 예상했긴 했다. 현관에 들어서자마자 둘이서 무릎을 꿇고 빈다거나, 아니면 반대로 두 인간을 무릎 꿇려놓고 속이 풀릴 때까지 두들겨 패주는 장면까지도 몇 번이나 상상했었다. 하지만 언제나 현실은 상상보다 더하다고 했던가. 이럴 줄은 꿈에도 몰랐다. 새파랗게 어린 띠동갑을 데려와서는, 게다가 서로 사랑한다니. 어린 게 용감하기도 하지. 나는 턱을 어루만지며 그 말을 곱씹어보았다. 양볼에 여드름이 조금 돋은 성마른 여자아이가 나를 똑바로 바라보며 뱉었던 그 말을. 유부남과 불륜을 저지르다 들켜 그 아내의 집에 나란히 불려 와놓고선, 무섭고 두려워서 신발도 채 벗지 못하고 서 있던 주제에 그렇게 말했다. 세상 누구라도 자기들의 사랑을 오해하면 용서하지 않겠다는 것처럼. 그때는 그게 그렇게 분해서 밤새 가슴을 쿵쿵 치며 신음했었다. 뭐가 그렇게 고결하고 아름다운 사랑이라고, 부끄러운 줄도 모르고 뻔뻔하게 그런 소리를 내뱉은 그 입을 쥐어박아주고 싶었다.

그러나 모든 것이 끝나고 담금주 병 안에 들어앉아 그때를 곱씹는 지금, 그 목소리를 되새기자 함께 떠오르는 것은 그 여자 옆에 멀뚱히 서 있던 지찬규의 모습이었다.

그랬다. 그 여자의 앳된 얼굴에만 줌 인 되어 있던 카메라 렌즈가, 이제는 천천히 줌 아웃 되어 그 주변의 것들까지 함께 한 프레임에 담게 된 느낌이랄까. 남의 일인 양 고개를 돌리고 그 옆에 서 있던 지찬규를 이제는 떠올릴 수 있었다. 어쩌면 그렇게 무책임하고 무신경할 수가 있을까. 아무튼 어린 애인의 입 단속을 시키든지 한마디 거들어 자기들의 사랑을 모독하지 말라고 주장하든지, 손을 축 늘어뜨리고 서서 아무렇지 않은 얼굴로 꼼짝 않고 허공을 보고 있던 지찬규의 둔하고 멍청한 실루엣이란. 하긴, 생각해보면 지찬규는 원래 그런 인간이었다. 이미 포장을 뜯은 물건을 환불해야 할 때, 주문한 음식에 머리카락이 나왔을 때, 영화표를 잘못 샀을 때도 그랬다. 체면을 구길 것 같을 때엔 항상 한 걸음 떨어져 모른 척 딴청을 피웠다. 중요할 때는 쏙 빠져서 뒷짐을 진 채 일이 알아서 해결되기를, 누군가 대신 나서서 뒤치다꺼리를 하기만을 기다리는 타입.

참으로 안됐구나.

나도 모르게 중얼거렸다. 고작 그런 남자를 사랑한답시고 거기 서서 그러고 있었던 그 어린애나, 고작 그런 남자가 바람이 났다고 해서 직장도 건강도 팽개치고 여기 들어앉아 이러고 있는 나나 똑같이 불쌍하고 안됐구나. 그래, 아주 안됐다.

문득 술의 표면이 파르르 떨렸다. 술이 떨리는 것인지 거기 담긴 내 몸이 떨리는 것인지 알 수 없었다. 안됐어, 안됐다. 나는 술을 손바닥으로 움켜다가 벗은 어깨에 끼얹으며 끊임없이 중얼거렸다. 사르르, 피부를 타고 흘러내리는 액체의 촉감이 꼭 누가 어깨를 쓰다듬어 주는 것처럼 부드럽고 간지러웠다.

✳

갑자기 쫄면! 하고 중얼거리며 잠에서 깬 것은 그 다음 날 아침이었다.

내 입으로 말해놓고서도 어이가 없어, 한참을 허탈하게 천장만 바라보고 그대로 누워 있었다. 지금까지 몇 달을 굶다시피 해놓고선, 음식은커녕 물도 제대로 넘기지 못해 먹는 절반은 그대로 게워냈으면서 갑자기 웬 쫄면. 그런데 지금은 그게 아니었다. 쫄면을 지금 당장 입에 넣지 않으면 큰일이 날 것만 같았다. 제대로 생각하기도 전에 일단 배달 앱을 켰다. 가장 빨리 오는 분식집에서 쫄면을 주문하고 설레는 마음으로 기다렸다. 현관문 바깥 복도에 배달원의 발소리가 들리는지 귀를 쫑긋 세우고서. 고맙게도 쫄면은 정말로 빨리 도착했다. 둥근 종이그릇에 담긴 새빨간 면과 그 위에 소복이 놓인 오이채, 콩나물, 반쪽짜리 삶은 계란을 나는 황홀하게 내려다보았다. 싹싹 자르고 착착 비벼 젓가락 가득 크게 말아 한입 가득 밀어 넣었다. 입 안에 퍼지는 매콤새콤 매끄러운 맛이 눈물이 나도록 반가웠다. 크으으 그래, 이거지 이거. 나는 걸신들린 듯 쫄면 그릇에 달려들었다. 순식간에 그릇을 뚝딱 비운 뒤엔 서비스로 온 캔 음료까지 꿀꺽꿀꺽 단숨에 들이켰다. 아니, 쫄면이 이렇게 맛있는 음식이었나. 면발 하나 남김없이 싹싹 긁어먹은 빈 그릇을 내려다보며 빨갛게 물들었을 입꼬리를 닦다가 그만, 웃어버리고 말았다. 며칠 전까지는 그냥 딱 죽을 것 같았는데 오늘

담금주의 맛

은 무슨 어디 갇혔다 나온 사람처럼 쫄면을 먹네. 밥 먹은 그릇을 치우고는 배가 부르다고 트림도 꺽꺽 하고 있네.

거실 한복판에 놓인 커다란 유리병을 새삼스럽게 돌아보았다. 담금주 덕분일까. 정말 저기에 조금은 녹아난 걸까. 티백 우러나듯 내 안에서 고통이 우러나와 사라진 걸까. 그게 정말 가능한 일일까 생각해 보다가 나는 다시 한 번 미소 지었다. 그랬다면 참으로 신기한 일이지만, 그렇지 않았대도 뭐.

그래 그런 거지, 생각했다.

＊

다음 날도 어김없이 담금주 병 안에 들어앉았고 떠올렸던 것은 의외로 즐거웠던 시절의 일이었다.

특별한 날들은 아니었다. 물론 함께 떠난 여행에서 맛난 것들을 먹고 좋은 것을 보았을 때도 즐거웠지만, 기념일이나 생일에 아름다운 물건을 주고받고 사랑의 말을 속살거렸을 때도 행복했지만 내가 떠올린 것은 그런 순간들은 아니었다. 예를 들어, 잠결에 옆에 누운 지찬규에게 달라붙으면 당연하다는 듯 마주 안아오던 밤 같은 때. 깊게 잠든 이 특유의 열 오른 가슴팍과 목덜미를 숨이 막히도록 들이마시며 다시 잠들었던 순간들. 그뿐만 아니었다. 집에 놀러 왔던 친구들이 돌아간 후 산더미처럼 쌓인 설거지거리를 치우며 틀어놓은 노래를 함께 목청껏 불렀던 날. 집에서 야구를 보다 김선빈이 시원하게 홈런을 때린 순간 서로 얼싸안고 소리를 질렀던 일. 마트에서 수입맥주 할인 코너를 발견하곤 전속력으로 카트를 밀고 달려가던 뒷모습. 산책을 하다 만난 고양이를 위해 급히 편의점에서 캔 참치를 사 왔지만 돌아와보니 고양이는 이미 가버리고 없었던 일. 그런 것들을 하나하나 떠올렸다. 갈피갈피마다 세심하게 살피고 뒤져가며 되짚었다. 지난 5년 동안의 하루하루 매분 매초가 모래알이 되어 쌓인 그곳, 폭풍이 휩쓸고 지나간 해변에서 아름다운 조약돌을 찾아내려는 사람처럼. 그날 날씨는 어땠고 우리는 무슨 옷을 입고 있었는지, 어떤 얼굴로 얼마나 웃었는지를. 그때도 물론 지찬규는 비겁한 인간이었고 속으로는 어린애를 꼬여낼 꿍꿍이가 가득했었겠지만 그 순간에는 다만 귀엽고 예쁘기만 했었다. 살아가는 동안 이런 정도의 사소한 행복은 계속 있을 거라고 믿었다. 먼 훗날, 담금주 속에서 이날의 일을 기억하며 씁쓸하게 웃을 줄은 꿈에도 모르고선.

그랬다. 감쪽같이 속아 넘어가고 있는 줄도 모른 채로, 별것 아닌 순간을 나혼자 소중히 갈무리해 간직했다. 그건 단순히 사랑이 보답 받지 못한 것과는 다른 차원의 일이었다. 치명적인 부상이 으레 후유증을 남기듯, 이 일은 내 남은 삶의 전반에 깊은 상처를 냈으니까. 우선 스스로의 안목을 의심하고, 내가 이토록이나 눈치가 없고 둔했는지 돌아보며 탓하고, 나아가 내 주변의 다른 사람들에게까지도 같은 렌즈를 들이대게 만드는 일. 그런 터무니없는 일을 나는 앞으로 어쩔 수 없이 하게 될 것이다.

하지만 또 하나의 부정할 수 없는 사실은, 그 순간들에 나는 더할 나위 없이 즐거웠다는 것이었다. 인정하기엔 배알도 없고 자존심도 상하지만 실제로 그랬다. 웃고 또 웃어서 배가 아팠던 일, 함께 있는 것만으로도 편안하고 안락해서 잠이 솔솔 오던 일, 깊은 밤 오래 나누었던 진지한 이야기들은 어떻고. 그 모두가 오롯하고 소중했다. 어떤 악의로도 훼손되지 못할 기억이었다.

나는 담금주 병 너머로 보이는 거실과 주방 풍경을 바라보며 생각에 잠겼다. 지찬규가 저 테이블 모서리에 새끼발가락을 되게 찧은 적이 있었지, 허리를 꼬부리고 괴로워하는 그 모습이 왜 그렇게 웃겼던지. 그뿐인가, 이 소파에서는 둘이 앉아 수박을 먹다가 서로에게 수박씨를 뱉으며 논 적이 있었다. 어린아이들처럼 까르르 웃으면서. 그런데 이상하게도, 그 순간들을 떠올렸을 때 이제 내 머릿속에 그려지는 것은 지찬규가 아닌 나의 얼굴이었다. 마치 다른 사람의 눈으로 보았던 나를 이제 와 되새기는 것처럼. 나는 아주 편안하고 즐거워 보인다. 심지어 조금 예쁜 것 같기도 하다. 눈코입이 예뻐서가 아니라 행복해 보여서 예쁜, 뭐 그런 거.

술 속으로 파고들어 가듯 몸을 웅크리며, 나는 창문 쪽을 넘겨다보았다. 해가 지려는지 거실이 서서히 주황빛으로 물들어가고 있었다. 오래전 어느 날 아마도 이 시간쯤, 둘이서 저 창문 너머로 노을을 하염없이 바라본 오후가 있었다. 새빨간 알사탕 같은 태양이 나타났다 숨었다 하는 것을 보며 고층으로 이사 온 보람이 있다, 뭐 그런 얘기를 주고받았었다. 노을이란 것이 원래 아름답지만 정말 그날의 노을은 유달리 고왔다. 떠올리자니 너무 아름다워서 속이 상하고 코가 찡할 만큼.

그리고, 또 무슨 일이 있었더라.

✳

그렇게 하여 만들어진 기억—담금주를 맛본 것은 의외로 꽤나 오랜 시간이 흐른 뒤, 그러니까 1년쯤 지난 어느 밤의 일이었다.

그렇다고 지난 1년 내내 매일같이 담금주에 반신욕을 한 건 아니었다. 두어 달쯤 더 하다가 어느 날부터인가 하지 않게 되었다. 솔직히 귀찮고 번거롭기도 했지만, 그보다는 마침 그쯤에 운 좋게 재취업이 되었던 덕분이었다. 이전 직장

담금주의 맛

에서 함께 일했던 상사 중 하나가 나를 기억하고 있었고 감사하게도 새로 옮긴 직장에서 연락을 해왔다. 기쁜 마음으로 응한 뒤에는 어영부영이긴 해도 다시 사람 꼴을 갖추고 다니게 되었달까. 매일이 바빠졌으니 담금주 생각은 자연스레 멀어졌다. 아니, 어쩌면 담금주 덕분에 그게 가능했는지도 모르지만. 아무튼 기억—담금주는 그대로 뚜껑을 꼭 덮어 작은방 한구석에 가져다놓았다. 그래도 거기 있다는 사실을 잊은 적은 없었다. 작은방에 들락거릴 때마다 눈여겨보았고 가끔 그 앞에 앉아 병 너머의 액체를 가만히 노려보기도 했다. 술이 되었을까. 되었다면 무슨 맛일까. 요놈을 언제 뜯어서 맛봐야 하지.

그러던 어느 주말 저녁이었다. 거실에 늘어진 채 텔레비전을 보고 있는데 전화벨이 울렸다. 서유진이었다. 오랜만에 온 전화가 반가워 얼른 받았더니 대뜸 방방 뜨는 목소리로 선언하는 거였다. 나 애인 생겼다, 라고. 뭐? 나도 모르게 되묻고는 뜬금없고 우스워 푸하하 소리 내어 웃었다. 제 애인에 대해 조잘조잘 떠드는 서유진과 그대로 신나게 수다를 떨었음은 물론이다. 애교가 뚝뚝 떨어지는 네 살 연하에 취미는 테니스고 특기는 요리, 특히 아침에 샌드위치를 기가 막히게 만든다나. 너 원래 아침엔 곧 죽어도 밥이었잖아. 아니야, 나이 드니까 입맛도 변하더라. 머쓱하게 변명하는 목소리를 듣다가 문득, 아주 오랜만에 지찬규를 생각했다. 그리고 보니 지찬규는 아침에 뭐였더라. 밥이었나 빵이었나, 아니면 커피 한 잔으로 퉁치고 넘어가는 쪽이었던가. 분명 아침마다 함께 뭔가를 먹긴 먹었던 것 같은데 그게 구체적으로 뭐였는지는 잘 기억나지 않았다. 그 이야기를 하니 서유진이 후후 웃고는 알려주었다. 너 드디어 마실 때가 됐다, 그거.

듣고 보니 정말로 그랬다.

전화를 끊자마자 작은방으로 갔다. 불을 켜고 방구석에 우두커니 놓인 담금주 병 앞에 섰다. 예전에 이 안에 들어가 앉아 있었다니, 새삼스레 우습기도 하고 스스로가 안쓰럽기도 하여 새하얗게 먼지가 앉은 병목을 잠시 매만졌다. 하지만 그건 그거고 맛은 봐야지. 숨을 크게 들이쉬고 뚜껑을 힘껏 쥐어 돌렸다. 몇 번 애쓴 끝에 빡, 하고 뚜껑이 돌아갔다. 마저 돌려 열자마자 알 수 있었다. 술이 아주 잘 되었다는 것을. 물론 방 안에 순식간에 퍼져나간 술의 향기 덕분이었다. 가슴이 뻐근하도록 아련한 이 냄새, 들이마실수록 익숙하여 손발이 탁 풀리는 이 향은 내가 분명히 알고 있는 향기였다. 그렇다면 지체할 필요가 없지, 후다닥 주방으로 달려가 국자와 작은 술잔을 양손에 들고 돌아왔다. 찰랑이는 술 표면에 국자를 풍덩 집어넣고 한 국자 가득 퍼내 잔에 담았다. 술은 맑고 투명했다. 잔을 들어 올려 빛에 비쳐 보니 엷은 복숭앗빛이 은은하게 감돌고 있었다. 그러나 뚫어지게 보면 어느 부분에는 푸른빛이 도는 것 같기도 했고,

담금주의 맛

그러다 고개를 조금 비틀어 다시 보면 보랏빛도 살풋 보였다. 이렇게 예쁠 일인가. 잔을 빙빙 돌리며 향이며 색을 실컷 구경하다가, 그 맛이 못 견디게 궁금해졌을 무렵 입에 툭 털어 넣었다. 입안에 머금고 이리저리 굴리며 맛을 보았다.

그러고 나서, 나는 아주 신기한 경험을 했다.

술을 입에 머금고 있는 동안, 나는 아주 많은 것들을 보았다. 마치 술에 젖은 혀의 미뢰 하나하나가 새로운 눈이 되기라도 한 것처럼. 그러나 그것들은 정확히 무엇인지 알아차리기도 전에 빠르게 스쳐 지나가 사라졌고, 그 자리를 금세 다른 새로운 것이 채웠다가 또다시 사라졌다. 내가 알 수 있는 것은 다만 그것들이 저마다 고통스럽고, 끔찍하고, 몸서리쳐지게 싫다는 사실이었다. 그러나 또한 동시에 아름다웠다. 각자 지닌 무수한 색깔과 온기와 냄새 모두, 사는 동안 두 번은 가져볼 수 없는 것들이었다. 잡아둘 수 없으나 잡아둘 필요도 없는 그런 찰나의 반짝임들. 그 하나하나들은 사라지지만 없어지는 것은 아니었다. 오히려 존재하던 곳에서 잠깐 불려 나왔다가 다시 되돌아가는 쪽에 가까웠다. 내가 평생 들여다볼 수 없는 저 뒤편 어딘가에 영원히 남은 나의 일부들. 잊고 싶고 버리고 싶지만 아무래도 그럴 수가 없는 조각들, 부드러운 내면에 깊은 흔적을 새기며 끝내 나름의 무늬를 만들어내는 까끌까끌한 알갱이들. 나는 나도 모르게 허공에 손을 뻗어 휘저었다. 눈앞에서 파스스 흩어지는 술 향기를 손등으로 감각할 수 있었다.

입에 문 술을 꿀꺽 삼켰다. 술이 독한 것인지 기억이 독한 것인지, 금세 귀뿌리며 목덜미가 새빨갛게 달아오르는 것이 느껴졌다. 나는 술잔을 쥔 그대로 바닥에 주저앉아, 그 뜨끈한 감각이 머리까지 치밀어 올라 이윽고 눈시울을 꾹 누르도록 내버려두었다. 금세 커다란 눈물방울이 끊임없이 떨어져 내 무릎을 적셨다. 그러나 나는 내가 더 이상 슬프지 않다는 걸 알고 있었다.

아무튼, 더럽게 맛있는 술이었다. 🐾

Poem

P. 136-141

Shin Cheol-Gyu

愼哲圭

신철규

1980년 경남 거창에서 태어나 2011년 조선일보 신춘문예에 당선되며 작품활동을
시작했다. 시집 《지구만큼 슬펐다고 한다》와 《심장보다 높이》가 있다.

도플러 효과 │ 주인 없는 열쇠 │ 미뢰

도플러
효과

기울어진 햇살이 길게 창을 가르고
저녁의 어둠이 노을을 빚는다
어둠의 와류가 퍼져가는 것을 본다
그늘의 이빨이 선명해진다

거꾸로 내리는 눈처럼 컵 속에서 기포들이 떠오른다
물속에서 소리를 지르는 사람들
애타게 입을 벙긋거리며
크고 작은 공기 방울이 수면으로 올라가고
목소리는 공기가 되어 수면 위에서 터진다

술을 마시면 사람은 극단적이 된다
극단적으로 기쁘고
극단적으로 슬프고
극단적으로 화를 낸다

너를 죽이고 싶을 만큼 사랑해
너를 사랑해서 죽이고 싶어
급정거와 급발진을 오간다
가속 페달을 끝까지 밟아도 풀리지 않는 감정이 있다

맥주병으로 머리를 내리찍고
흐르는 피가 이마를 사선으로 가르고
얼굴을 탁자에 그대로 처박는다

흔들리는 얼굴들
붕붕거리는 소리들
테이블이 빙글빙글 돌며 머리 위를 날아다니고

입이 탄다 혓바닥이 나무토막 같다
나는 당겨지고 또 멀어진다
한 줌이 될 때까지 작아지고

얇은 비닐을 수백 겹 포개놓은 것처럼 시야가 뿌옇다
먹구름처럼 졸음이 밀려온다

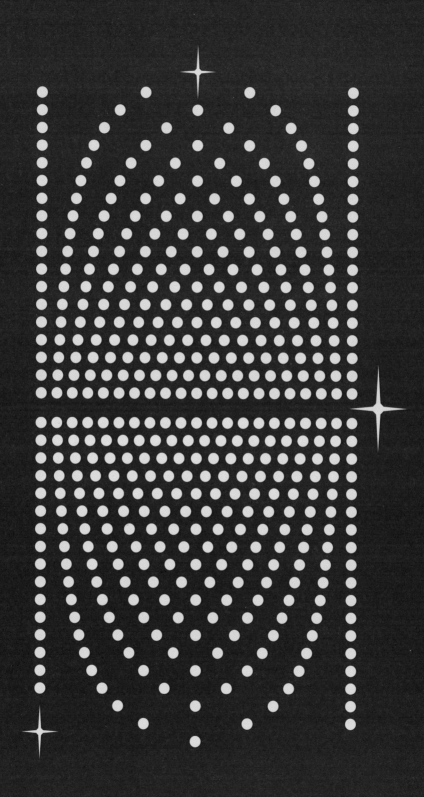

주인 없는 열쇠

열쇠를 주웠다
가로등 불빛 아래 빛나고 있었다

주머니를 뒤지면서 문 앞에서 서성일 남자
다시는 찾아가지 않을 애인의 집 열쇠
월세가 밀려 쫓겨난 옥탑방의 열쇠
주인을 골탕 먹이려

어디에도 소용이 없는 열쇠를 괜히 주머니에 넣어 왔다가
도로 가져다 놓았다

너는 얼어서 열리지 않는 창문 같다
차가운 이마에 손바닥을 갖다 대면 쩍쩍 달라붙는다

여행을 갔다가 돌아온 집
거실 바닥에 낯설고 검은 발자국
모든 서랍이 열어젖혀지고 책들은 바닥에 널브러져 있고
장롱 문이 컴컴하게 입을 벌리고 있는

헤어진 연인의 이름을 귓바퀴에 문신으로 새겼지만
두근거리는 심장을 담아 건네주었던 열쇠는 이제
먼지와 함께 뒹굴고 있다

세상의 모든 열쇠들은 자물쇠를 잃어버렸다
꿈의 자물쇠가 헐거워졌다

나쁜 꿈을 꾼 것도 아닌데 새벽에 번쩍 눈이 떠질 때가 있다
나도 모르는 사이에 지진이 스쳐간 걸까
마른번개라도 지나간 걸까

자신의 몸을 쇠사슬로 친친 감고 자물쇠를 잠근 뒤
열쇠를 삼켜버린 남자

시궁창엔 수많은 열쇠들이 오늘 밤에도 달빛에 빛나고
버려야 할 열쇠들만으로 가득한 열쇠꾸러미를 짤랑거리며

미뢰

이가 몽땅 빠지는 꿈을 꾸었다
흐물흐물한 잇몸
입은 다물어지지 않고 입술 사이로 침이 계속 흘러나왔다

미각을 잃었다
입 안은 성에가 가득 낀 냉동고 같고
혀에 비닐을 씌워놓은 것 같다
혀끝으로 설탕을 찍어 먹어도 광물질의 자잘한 알갱이만 느껴진다
수세미로 혓바닥을 밀어버린 것처럼 얼얼하다
미뢰들이 뾰족한 돌기처럼 껄끄럽다

쓴맛만 있는 삶을 언제까지 견딜 수 있겠습니까
후각이 떨어지니 상한 반찬들을 먹기도 합니다
뭉쳐 있는 것들을 덜어내니 곰팡이가 피어 있었습니다

혓바닥으로 내 팔뚝을 핥습니다
아무 맛도 없고 텁텁하기만 합니다
무미건조한 인간이 되고 말았습니다

기린은 입을 길고 뾰족하게 만들어 풀을 감아서 뜯는다
쓴 풀을 질겅질겅 이빨로 씹는다
단물이 나오기라도 하는 듯이
긴 식도를 타고 내려가는 잎의 조각과 즙

영양이 풍부하기 때문에 좋은 맛이 나는 건가
나는 영양 결핍에 걸려 있다
식도로 넘어가는 순간 맛은 사라지고 영양만 남는다

나는 목을 길게 빼고 주위를 둘러본다
사자들이 내 주위에 우글거리고 있다

잔디밭의 잔디들은 누렇고
담장 밑 바람이 잦은 곳에는 푸른 풀들이 가늘게 흔들리고 있다

Alcohol

알코올

OOO

지금은 주로 드로잉을 이용한 그림을 그리고 있다. 《무슨 만화》 발간

Illustration ©SAI

DISINFECTION GUIDELINES, MINORITY RELIGIONS AND A PLUSH LOVEY

방역지침과 소수종교와 애착인형

시아란

공학박사, 연구원.
레몬과 털 많은 봉제인형의 애호가.
장편소설 《저승 최후의 날》로 2021 한국 SF 어워드 웹소설 부문 대상을 수상했다.
단행본 발매 중.

"**현**과장, 고양이는 잘 지내?"

칼로스 부장이 내게 물었다. 칼로스 부장은 제24 성간게이트운영 주식회사 경영관리처 재무부의 부장이고, 나는 그 밑에서 자금집행과를 담당해 일하고 있다. 화를 낼 때나 진짜 기쁠 때나 상관없이 속을 알 수 없는 푸근한 미소를 지으며 말하는 게 버릇인 칼로스 부장이 갑자기 내 고양이의 안부를 묻길래, 나는 께름칙하게 여기면서도 대답했다.

"네, 보시다시피 예나는 잘 지내고 있는데요."

나는 책상 위에 올려둔 털이 부슬부슬한 고양이를 쓰다듬었다. 정확히는, 고양이 인형이다. 염색된 극세사 털을 세모 모양으로 봉제한 뒤 솜을 넣고 거기다가 쫑긋한 귀와 흐뭇한 입과 세모진 코와 동그란, 정말 동그랗고 빛나는 눈을 박아 넣어서 고양이로 보이게 한, 봉제인형이다. 이름은 예나라고 한다. 성을 붙여서 현예나다. 자기 전용의 주홍색 방석 위에 가지런히 앉아 있다.

나처럼 나이 마흔 가까이 먹은 어른이 출근할 때 고양이 인형을 데려와서 퇴근할 때 데려가는 풍경을, 칼로스 부장을 포함한 재무팀 동료들은 늘 신기하다는 듯 바라보곤 했다. 다행히도 적대적인 반응을 보이는 이는 없었다. 하지만 그게 '이해하기 어려우니 그냥 방치한다'는 온정인 것도 나는 잘 알고 있었다.

그런데 왜 새삼스럽게 고양이의 안부를 묻느냐는 것이다.

이 모든 의혹이 섞인 불안한 눈빛으로 칼로스 부장을 바라보며 대답을 기다리고 있자. 칼로스 부장이 난처한 듯 손사래를 쳤다.

"아니, 내가 딱히 그 고양이한테 참견을 하려고 물어보는 게 아니라. 외부에서 묻는 분이 계셨어. 외부에서."

칼로스 부장이 관심 가진 게 아니라는 건 다행이었지만 더 황당한 말이 덧붙어 있었다. 외부라니?

"도대체 누가 말입니까? 데려다놓지 말랍니까? 스테이션 보안 규정에 걸리지 않는다는 건 제가 직접 인사총무부에 문의해서 확인한 적이 있었는데요."

당황스러운 마음에 속사포처럼 쏘아붙이고 말았다. 다 뱉어놓고서야 아차 했지만 이미 나온 말을 주워담을 수는 없으리라. 하지만 칼로스 부장은 예상했다는 듯 고개를 끄덕이며 말했다.

"자네 그 반응을 보니 내가 잘 연결을 시켜준 것 같네."

"무슨 말씀이십니까?"

"자네가 그 고양이 인형을 얼마나 소중히 여기는지 잘 알겠다는 말이야. 외부에서 요청이 들어온 게, 우리 스테이션 안에서 봉제인형을 가장 사랑하는 사람을 데려오라는 지시가 있었거든."

점입가경이었다.

방역지침과 소수종교와 애착인형

"어디서…, 왜요…?"

뜨악하니 묻자 칼로스 부장은 대답은커녕 이렇게 말했다.

"내 솔직하게 말함세. 지금 좀 급해서 그러니까, 고양이 데리고 잠시 좀 같이 와주겠어? 사정은 가면서 내가 설명하도록 할 테니까. 응?"

갑작스러웠다. 너무 갑작스러웠다. 예나를 데리고 대체 어디로 가라는 말인가. 무엇을 하려고. 급한 일이라니. 도대체 무슨 일인가. 안 좋은 생각이 솟구치며 미간에 주름이 쌓여가는 것을 느꼈다.

그때 칼로스 부장이 말했다.

"이사회 경유 긴급 요청이고, 응하면 다음 달에 바로 인사 가점과 보너스가 지급될 걸세."

"바로 가겠습니다."

주름은 모두 사라졌고, 나는 예나를 전용 슬링백에 태운 뒤 어깨에 둘러멨다.

✳

제24 성간게이트운영 주식회사, 통칭 제24운영사는, 수많은 항성계 간 워프 게이트 중 하나를 운영하는 민간투자회사다. 제24운영사가 관리하는 워프 게이트는 양자 얽힘 웜홀 생성 스테이션의 한쪽으로, 태양 항성계 해왕성 궤도에 위치하고 있다. 맞은편의 제722 워프 게이트는 은하 반대편 로랑드 항성계의 붉은 행성 궤도에 위치하고 있다.

당연하지만 워프 게이트의 운영사는 항성계 간의 출입 지침을 준수할 의무를 진다. 불법 상품, 밀입국자, 유해 동물, 그리고 질병 따위가 항성계 간을 넘나들지 않도록 검역할 의무가 있다.

제24운영사에서 그 검역 절차를 담당하는 곳은 출입관리처였고, 나를 찾은 것은 그에 속한 태양계 측 관리부의 방역과였다.

"재무부 자금집행과 현정현 과장입니다."

"관리부 방역과 바실레프 은영 과장입니다."

담당과장끼리 명함을 교환한 뒤, 내가 먼저 물었다.

"그, '종교상담'이 필요한 분은 어디 계시죠?"

바실레프 과장은 두꺼운 유리창 너머에 정박해 있는 중형 화물선을 가리켜 보였다.

"저기요. 한울의료기재사의 엑스코비드호입니다."

은백색 도장의 비교적 신형 화물선에는 라틴 알파벳으로 회사명과 선명 그리고 등록번호가 큼지막하게 쓰여 있었다. 저 의료용품 수출입 회사는 자사 화물선에 '전염병으로부터의 탈출'을 의미하는 이름을 붙여 다니기로 소문이 자자했다. 엑스플래그, 엑스말라리아, 엑스스몰폭스… 모두 인류가 극복하거나 절멸시킨 것이기는 했다. 회사 나름의 자신감을 나타내려는 뜻이라고 짐작한다.

하지만 지금 엑스코비드호는 함내 전염병 발생 때문에 억류되어 있었고, 이런 상황에서는 영 반갑지가 못한 이름인 것이다.

＊

스테이션 외곽의 사무구역에서 출입관리구역으로 이동하는 셔틀 안에서 칼로스 부장이 말해준 사정은 정말로 예상하기 어렵던 내용이었다.

엑스코비드호가 로랜드 항성계의 황색 행성에서 출발한 뒤, 황색 행성 콜로니에 심각한 균류 전염병이 발발한 사실이 알려졌다. 유형, 성계명, 발생연도, 일련번호를 묶어 FR23381로 명명된 이 전염병은 공기 중에 포자를 뿌리는 균류에 의해 전파되고, 특히 인간의 폐포에서 번식하면서 심한 폐 손상을 일으켜 사망에 이를 수 있는 것으로 분석되었다.

무엇보다 무서운 것은, 포자가 무생물을 매개로도 최대 3년까지 생존해 전염을 일으킬 수 있다는 시뮬레이션 결과였다. 요컨대 방역지침에 따르면 함내의 모든 물건을 메탄올 베이스의 강력한 소독액으로 청소하고, 승무원은 살균실에 격리되어 치료받아야 하며, 모든 승무원의 피복은 우주 공간에서 산소 토치로 소각되어야만 했다.

문제는 승무원 한 명이 방역 규칙상의 피복 소각을 거부하며 선실 문을 안에서 걸어 잠그고 퇴실을 거부한 것이었다. 그리고 직원들이 강제로 문을 개방하려던 순간, 그는 자신이 버티고 있는 이유가 종교적 이유에 해당한다면서, 연방 민권평등법에 기반한 종교차별 금지를 주장하고, 우주항행헌장 제177조에 보장된 종교인의 입회 면담을 요구했다.

칼로스 부장은 여전히 빙그레 웃는 얼굴로 내게 말했다.

"이사회에까지 보고가 올라온 이유가 그 종교 때문이야. 우리는 그 요구를 거절하고 민권평등법에 정해진 배상금을 지불할 수도 있지만, 만약 법대로 종교인을 불러다줄 수만 있다면 쉽게 해결되는 문제 아니겠어?"

요컨대 나는 그에 의해서 면담 종교인으로 불려 온 상황이었다.

엑스코비드호의 3등 항해사 원강태 승무원이 주장한 자신의 종교는 '인형교'였다. 그리고 원 승무원이 종교적 이유로 소각을 거부하고 있는 것은, 자신의 애착인형이었다.

고분자 필름과 나노봇으로 이루어진 튼튼한 투명 구체 속으로 예나를 데리고 걸어 들어가자, 방금 지나친 구멍이 나노봇에 의해 봉쇄되었다. 외부와 물리적으로 완전히 차단된 방역 버블에 들어간 채 나는 엑스코비드호로 이어진 게이트로 향했다.

귓바퀴에 붙인 골전도 통신기에서 바실레프 과장의 목소리가 들려왔다.

— 원강태 승무원이 농성 중인 선실은 3층 7호실입니다. 들어가시면 2층이니까, 중앙 통로로 올라가시면 됩니다.

"예, 알겠습니다."

간단히 대답하고 심호흡을 한 뒤 에어로크에 진입했다. 에어로크 안에서 소독액이 잔뜩 뿌려졌고, 나가는 문이 열렸다. 엑스코비드호로 이어지는 탑승교를 지나면서 의사중력은 사라졌지만, 버블은 내가 허공을 유영해 나가는 속도에 맞추어 나를 감싼 채 움직였다.

선내에 진입하자 적막만이 감돌고 있었다. 당연하다. 다른 승무원들은 모두 하선했고, 함선 주 시스템도 동작을 멈춘 상태였다. 원강태 승무원의 방에만 항행헌장 3조에 따라 생명유지장치가 돌아가고 있을 터였다. 나는 중앙 수직 통로를 위로 올라가 선실 방향으로 향했다. 어디로 가야 하는지는 분명했다. 딱 하나의 방에서만 불빛이 새어 나오고 있었기 때문이었다.

7호실 문 앞에 도착해서 문 앞의 손잡이를 버블 너머로 어렵사리 붙잡았다. 문 안쪽의 모습은 창문이 불투명화되어 보이지 않았다. 나는 문 옆에 있는 초인종 버튼을 버블 너머로 눌렀다. 내 통신기와 실내 인터폰이 동기화되었다.

머지않아, 안쪽에서 창문의 불투명도를 해제했다. 팟 하는 소리와 함께 방 안의 모습이 보이기 시작했다. 초췌한 표정의 마른 남성이 무언가 물체를 끌어안고 침대 위에 앉아 있었다.

— 또 뭐하러 온 겁니까. 종교인 입회 전까지는 아무 말도 안 할 거라고 했지 않습니까.

탁하게 쉰 목소리가 통신기 너머로 들려왔다. 원강태 승무원의 목소리였다. 그는 곧이어 심하게 기침을 했다. 아무래도 FR23381에 감염된 모양이었다. 나는 작게 한숨을 내뱉었다. 이래서야 방역 직원들이 피복을 소각해야 한다고 말할 만도 하지. 방 안의 모든 물건에 균류 포자가 붙어 있을 게 분명했다.

나는 목소리를 가다듬고 대답했다.

"귀하가 항행헌장 제177조에 따라 요청하신 바에 따라 '인형교'의 종교인으로 입회하러 왔습니다. 현정현이라고 합니다."

그는 의아하게 바라보았지만, 나는 침착하게 그의 시선을 받아내며 슬링백에서 예나를 꺼내 내 옆 공간에 띄워놓았다. 그의 시선이 자연스럽게 허공을 떠다니는 세모난 털인형에게로 향했다.

"이쪽은 현예나라고 합니다."

나는 손을 뻗어 예나를 잡고 꾸벅 인사시켰다. 그 모습을 본 원강태 승무원의 표정이 한순간에 안도감으로 물드는 것이 보였다. 그는 한결 풀어진 표정으로 내게 답했다.

— 아… 정말 모셔다주셨군요. 저는 3등 항해사 원강태라고 합니다. 그리고 이 아이는 피야라고 합니다.

그리고 나는 그가 끌어안고 있는 물체가 무엇인지 비로소 인식했다.

'피야'에 대해서는, 솔직히, 저것을 애착인형이라고 부를 수 있을지 의문인 동시에, 저런 것을 애착인형이라고 부르지 않는다면 무엇을 애착인형이라고 부르겠느냐는 심정이 동시에 들었다.

피야는 사람 반만 한 크기의 '무언가'였다. '무언가'라고 부르는 것은 원래 무엇을 표현하려고 했던 물체인지 알아보기가 힘들 정도로 낡고 손상되어 있기 때문이었다. 곰인지 고양이인지 사자인지, 아무튼 작은 귀와 사지가 달린 동물이었으리라는 것만 짐작되었다. 천의 질감은 털 원단이 분명했지만 털은 하나도 남아 있지 않았다. 네 다리는 원래 짜리몽땅했겠지만, 지금은 오른팔만 길게 늘어나다 못해 찢어져 나가기 직전이었다. 왼쪽 다리에서는 솜이 새어 나오고, 배와 머리에는 전혀 다른 색의 천이 덧대어져 있었다. 심지어 눈은 인형의 천 위에 유성펜으로 그려져 있었다. 절대로 처음부터 저렇지는 않았으리라. 눈 모양의 부속이 있었겠지. 떨어졌을 거다. 그걸 수리하지 못하고, 또는 수리하지 않고, 저렇게까지….

나는 마음이 조금 미어지는 것을 느꼈다.

원 승무원이 내게 물었다.

— 혹시 정말로 '인형교' 같은 걸 믿는 분은 아니시죠…?

"그럴 리가요. 저는 그저 인형을 깊이 애호하는 재무팀 직원에 불과합니다. 그래도 종교인을 요청하신 부분에 대해서 도움이 되어드릴 수 있다면 기쁘겠습니다."

입장을 정리하고, 나는 물었다.

"원강태 승무원님, 단도직입적으로 여쭙겠습니다. 퇴거를 거부하시는 이유가 피야의 소각을 걱정하셔서입니까?"

— 맞습니다.

원 승무원은 고개를 끄덕였다.

방역지침과 소수종교와 애착인형

— 정말 소각 외에는 방법이 없는 겁니까? 포자가 문제라면 소독약에 아예 담그셔도 상관없습니다. 이 아이를 제게서 떠나보내지 말아주세요.

나는 통신기를 두드려 채널을 바꾸고 바실레프 과장에게 물었다.

"바실레프 과장님, 안 되는 거 맞지요?"

— 네. 섬유 제품에서는 FR23381 포자의 완전 제거를 확신할 수 없다는 시뮬레이션 결과가 나와 있습니다. 포자를 제거할 만큼 독한 약품이면 저 누더기가 녹아버릴 텐데요.

그 말을 들은 순간 나는 마음에 걸려 물었다.

"과장님, 혹시 그 '누더기'라는 표현 저분 앞에서 쓰셨습니까?"

— 음, 본의는 아니었고 그게….

아니나 다를까. 애착인형을 놓고 그런 말을 들으면 사람이 흥분하지 않을 리가 없다. 바실레프 과장의 실언이 원 승무원의 완강한 저항에 분명 일조했으리라는 생각이 들었다.

"아무튼 알겠습니다."

나는 다시 7호실 인터폰으로 채널을 변경하고 말했다.

"다시 한 번 확인했습니다만, 피야에게서 포자를 제거하려면 피야를 아주 녹일 정도로 독한 세제를 써야 한다고 합니다. 다른 방법이 없겠습니다."

다시 표정을 굳히는 원 승무원을 바라보며, 나는 깊은 한숨을 쉬고 말했다.

"유감스럽지만 그 아이를 보내주실 때가 온 것 같습니다. 때가 왔어요."

잠시 침묵하던 원 승무원은 심호흡을 몇 차례 하더니 대답했다.

— 그럴 수는 없습니다. 그런 때는 없습니다. 그런 때가 있더라도 지금은 아닙니다.

나는 내 옆에 둥실 떠 있는 예나를 흘끗 돌아보았다. 중력이 없는 공기 속에서, 조금 전 내가 인사를 시켰을 때 남은 각속도에 의해 느린 속도로 회전하고 있었다. 포슬포슬한 털결이 날리고 앙증맞게 붙은 꼬리가 살랑거렸다.

"피야, 몇 살인가요?"

내 물음에 원 승무원은 답했다.

— 스물한 살입니다.

나는 눈을 질끈 감았다. 그렇지. 인형이 20년을 넘게 살면 저렇게 되지.

"어릴 적부터 데리고 다니신 겁니까?"

— 네. 우주에 나올 때부터 피야와 함께 다녔습니다.

"그때 승무원님 나이는 얼마였는지요."

— 열다섯 살이었습니다. 승무원학교에 입학할 때 1인실 기숙사를 썼는데, 밤에 너무 외로워서 우연히 학교 근처 상가에서 데려온 게 피야였습니다.

이 이야기는 들어줘야 할 것 같았다. 나는 달리 대답하지 않고, 원강태 승무원이 말을 이어가기를 기다렸다. 그리고 자연스레 나는 그가 피야를 데리고 어떤 역경을 헤쳐 왔는지에 대해 들을 수 있었다.

그는 5년제 승무원학교에 다니는 동안 피야에 매료되었다. 피야는 원래 초록색과 보라색 털이 풍성한 도깨비 인형이었다. (내가 예상한 그 어떤 동물도 아니었다!) 1인실에서 지내는 첫 3년 동안 원 승무원은 기숙사 1인실의 외로운 밤을 피야를 껴안고서 버텼다고 한다. 가족과 떨어진 데다, 내성적인 성격으로 친구도 없던 그에게, 방과 후 기숙사로 돌아오면 피야가 친구가 되어주었다고. 피야의 푹신한 배에 얼굴을 파묻으면 보드라운 털이 볼을 간지럽혔다. 섬유 세정제를 사다가 정성스레 닦아 씻겨주기도 하고, 참빗을 사다가 털도 빗겨주었다고 한다.

첫 문제는 4학년 때 빚어졌다고 원 승무원은 말했다. 원 승무원은 4학년 때 갈리는 진로에서 소위 엘리트 코스인 지휘통제사 반에 진입하지 못했다. 일반 항해사 반으로 들어가자, 기숙사가 1인 1실에서 6인 1실로 변경되었다. 새 기숙사 방에 피야를 들고 들어간 순간, 미리 와 있던 다섯 명의 동급생이 뻥찐 얼굴로 쳐다보더란다. 그리고 가장 짓궂게 생긴 남자애가 손가락으로 가리키면서 말했다.

'너 다 큰 남자애가 인형 껴안고 사냐?'

그리고 그 발언으로 방 안에는 더러운 웃음꽃이 활짝 피었다.

"…힘드셨겠습니다."

— 네. 힘들었지요.

"그 발언은 성차별 또는 연령차별이에요. 보편성의 강요행위에 속해, 민권평등법 위반이었습니다."

— 그때는 민권평등법이 연방법이 아니었습니다. 제가 있던 신태극 공화국에서는 비준을 안 한 상태였고요.

법의 부재란 늘 폭력이란 그림자를 남긴다. 나는 그에게 꼭 위로를 전하고 싶었다.

"아무튼 그들의 행동은 그릇된 것이었습니다."

— 감사합니다.

원 승무원은 피야를 필사적으로 지켰다. 정말 오기로 지켜냈다. 등교할 때는 캐비닛에 넣고 열쇠로 잠갔지만, 어느 날 돌아와보면 꺼내져서 저속한 낙서가 되어 있곤 했다. 한번은 씻어도 씻어도 지워지지 않는 마커로 낙서가 적혀, 눈물을 머금고 털을 조금 깎아낸 적도 있었다. 교사에게 상담했지만 교사 또한 특수한 취향으로 생기는 문제는 알아서 해결할 수밖에 없다는 냉정한 답변으로 일관했다고 한다. 보수적 사회인 신태극 공화국에서 승무원학교 일반 항해사 반이라면 학력차별의 대상이 되었으리라는 걸 짐작할 수 있었다. 소위 열등반으로 낙인찍혀, 적절한 상담교원의 배치가 이루어지지 않았던 것이다.

원 승무원이 승무원학교를 졸업할 때, 이미 피야의 털은 절반 이상 빠져 있었고 한쪽 눈이 사라진 뒤였다. 고약한 동급생들이 지워지지 않는 마커로 낙서를 남겼던 기억을 되새겨, 사라진 한쪽 눈을 털 위에 그려 넣었다고 한다.

"그렇게까지 지켜내고 싶으셨군요."

내 물음에, 과거의 회한을 반추하던 원 승무원은 천천히 고개를 끄덕였다.

— 피야를 해칠 수 있는 사람은 저도 해칠 수 있다는 걸 느꼈습니다. 실제로 그랬고요. 저는 칼에 베이든 얻어맞든 물을 뒤집어쓰든, 살아 있으니까 회복할 수 있었습니다. 하지만 피야는 그러지 못하잖습니까. 내가 데려와서 나랑 같이 힘든 일을 겪는데, 내가 지켜줘야겠다는 생각이 들었습니다. 그러고 나니까, 떼어낼 수가 없게 되었습니다.

그래서 첫 직장에서는 티를 내지 않으려고 했단다. 선실에 놔두고, 혹시 실내에 누가 들어올 때는 이불 밑에 숨겨두곤 했다. 다시 문제가 생긴 것이 그가 선내에서 연인 관계를 맺을 뻔했을 때의 일이었다.

— 그 친구를 제 방에 초대했어요. 선뜻 와줬고, 일 이야기도 하고, 요새 본 콘텐츠 이야기도 하고 하면서 즐겁게 이야기가 잘 풀렸어요. 들떠서 절 너무 많이 털어 보인 것 같아요. 학창시절 이야기가 나와서 피야를 보여줬어요. '응, 그렇구나.' 하고 대답하면서 표정이 갑자기 딱딱해지더라고요. 머지않아서 선장실에서 호출이 왔다고 자리를 일찍 떴고요.

그리고 그 친구는 다음 날부터 본인을 피해 다녔다고 했다. 그 와중에도 소문이 퍼졌다는 것은 그 친구가 다른 승무원에게 이야기를 하고 다녔다는 뜻이리라. 결국 원 승무원은 그 배를 떠났다. 두 번째 탄 배에서는 선장이 호의를 봐준다고 장담했지만 그 호의라는 것이 원 승무원을 '인형 데리고 다니는 그 친구'로 희화화하는 결과로 이어졌다. 다들 선의라고는 했지만 원 승무원은 그런 시선도 견디기 힘들었고, 다시 배를 떠났다. 세 번째 탄 배에서는 다른 승무원과 싸우고선 '너 대신 네가 껴안고 자는 그 누더기 인형을 칼로 찌르겠다'는 협박을 받았고, 심지어 일이 저질러지고 말았다. 배를 기운 것이 그때였다고 한다. 선장은 쌍방을 해고하는 것으로 사건을 마무리 지었다. 그리고 여기가 네 번째 배였다. 모든 승무원이 개인주의 성향을 가져 서로에 대해 무관심한 곳. 원 승무원은 간신히 피야와의 삶을 지켜낼 수 있었지만, 피야는 그사이 너무 많은 일을 겪어 이미 너덜너덜해진 상태였다.

그래도 떠나보낼 수가 없어서, 그러고 싶지 않아서 계속 데리고 다니던 차에 이번 FR23381 감염 사건이 터진 것이었다.

원 승무원의 이야기를 다 들은 나는 깊이 한숨을 내쉬었다.

— 과장님, 과장님도 제가 지나쳤다고 생각하십니까?

"무엇에 대해서 말씀이죠?"

— 피야를, 너무 오래 데리고 다녔다고 생각하시는지요. 그냥 적당히 버렸…어야 하는지.

나는 고개를 가로저었다.

"아니요, 전혀 그렇게 생각하지 않습니다."

— 과장님도 인형을 데리고 계셔서 공감해주시는 겁니까?

나는 다시 고개를 가로저었다.

"그것과 별개로요. 승무원님이 무슨 사물에 어떤 격을 부여하든 그건 승무원님의 개인 존엄에 속합니다. 그게 타인의 직접적 피해로 이어지지 않는다면요. 피야로 인해 남에게 피해를 주신 적이 있습니까?"

— 피야의 존재가 남들을 불쾌하게 만들었는지도 모릅니다.

"다른 사람이나 물건의 존재 그 자체를 불쾌하게 느끼는 사람을 우리는 보통 혐오자라고 부르고, 그건 민권평등법에 저촉되는 행위입니다. 그 외에는요?"

— 없습니다. 제가 제 힘으로, 남들에게 폐 끼치지 않고 피야를 케어하려고 노력했습니다.

"그러면 원강태 승무원님이 잘못한 것은 아무것도 없습니다. 잘못한 건 주변 사람들이고, 그 고약한 사람들로부터 피야를 지켜내시느라 정말 수고 많이 하셨습니다."

나는 이 말을 해도 될지 고민하다가, 결국 꺼내놓았다.

"그래서 피야의 소각에 반대하시는 것도 충분히 이해합니다."

원 승무원이 다급하게 물어 왔다.

— 그럼 어떻게든 사정을 봐주실 수 있는 겁니까?

문제는 이 지점이었다. 바실레프 과장은 모든 피복류의 소각 외에는 방법이 없다고 이미 단언해둔 상황이었다. 지금 나는, 어떻게든 이 사람에게서 피야를 빼앗아 우주 공간에서 불태워야만 했다. 이제부터가, 소위 '인형교' 종교인으로 취급된 내가 이 사람과 면담해야 할 본론이었다.

"우선 여쭙겠습니다. 새 인형으로 바꾸는 것은 어렵겠습니까?"

— 제가 그럴 수 있으면 피야가 이렇게 되기 전에 진작 그랬겠지요.

"최대한 똑같은 인형을 구해다드리겠습니다."

— 저도 찾아봤습니다. 우주 곳곳에서 인터넷에 접속해 봐도 같은 인형은 찾지 못했습니다. 그때 그 동네에서만 팔던 인형이었나 봅니다.

"주문 제작이라도 해드리면 어떻겠습니까."

— 그건 피야가 아닙니다.

원 승무원은 단호히 고개를 가로저었다.

— 과장님, 연방에서 생물을 입자전송기로 전송하지 못하게 하는 이유를 아실 겁니다. 입자전송기는 그냥 건너편에 똑같은 물체를 하나 복제하는 수단밖에는 되지 않습니다. '전송'을 했다면서 원본을 소각해버린다면, 원본을 죽여버리고 똑같은 복제품이 건너편에 생기는 것밖에 되지 않는 겁니다.

그래서 100년도 전에 입자 전송 방식의 초광속 유인 이동은 전면 금지되고, 대체재로 워프 항법이 개발되어 나 같은 사람이 이런 직장에서 일할 수 있게 된 것이지만… 내가 잠시 딴생각을 하는 동안에도 원 승무원의 말은 이어졌다.

— 피야도 마찬가지입니다. 제가 이 방을 나서서 새 인형을 받아든다 칩시다. 하지만 그건 피야의 대체물이지 피야가 아닙니다. 그 순간에 저하고 같이 있던 이 피야는 해왕성 궤도에 분사된 산소 제트 속에서 불타고 있겠죠. 어떻게 그 꼴을 보란 말입니까.

나는 원 승무원의 그 말을 듣고 내심 생각했다.

다행이다, 내가 전해줄 말이 있겠다, 하고.

"승무원님. 그렇지 않습니다."

원 승무원이 내게 관심을 보이듯 시선을 옮겨 왔다. 나는 이야기하기 시작했다.

"제 이야기를 좀 들려드리겠습니다. 여기 예나로 말씀드리면, 31년째 제 곁을 지키고 있습니다."

내 말에 원 승무원은 혼란스럽게 예나를 바라보았다가 다시 나를 바라보기를 반복했다. 그럴 만하다. 지금 예나는 완전히 새 제품처럼 복슬복슬하고 깨끗하니까.

— 도대체 어떻게…?

나는 그 질문에 바로 대답하지 않고 이야기를 시작했다.

"저는 예나를 열 살 때 만났습니다. 부모님이 친구 하라고 주신 인형이었지요. 저도 그 인형을 15년 정도 아끼고 아꼈습니다. 승무원님네 피야처럼 많이 낡고 해진 데가 생기기 시작했죠. 그 무렵 저는 결혼을 했고, 딸아이가 태어났습니다. 예나를 물려주었죠. 말을 하기 시작하고, 고양이가 뭔지 배우고 나서는, '미야옹' 하고 목소리도 붙여주더군요. 귀엽기도 하지."

짧게 한숨을 쉬고, 나는 이야기를 계속했다.

"어느 날, 딸아이가 예나를 껴안고 쭙쭙 빨고 있는 걸 보고서 이대로 예나를 데리고 있을 수는 없겠다고 생각했습니다. 그 시절 예나의 모습이 지금의 피야와 거의 비슷했습니다. 그리고 승무원님과 똑같은 고민에 빠졌습니다. 만약 예나를 버리고 새 인형을 들인다면 예나는 쓰레기장에 외롭게 남는 것인가 하고요. 그래서 저는… 나름의 '교리'를 개발해야만 했습니다."

— 교리라고요?

"기왕 이렇게 된 거 '인형교'의 교리라고 해두죠."

그렇다. 내가 불려 온 것은 그저 뜬소문에 의해 이사회가 인형 애호가를 급구한 탓이었지만, 이제 나는 정말로, 그에게 '포교'를 하고 싶었다.

"승무원님이 말씀하셨죠. 피야는 승무원님이 데려온 존재고, 그러니까 책임을 져야 한다고."

— 예.

"그래서 스스로 움직이지 못하는 피야 대신 피야를 움직여주시고."

— 그렇지요.

"그래서 스스로 씻지 못하는 피야 대신 피야를 씻겨주시고."

— 그렇지요.

"그래서 스스로 말하지 못하는 피야 대신 피야의 목소리를 내주시고."

— 어, 저기, 저는 그렇게까지는… 피야 목소리는 솜 안에 있는 진동 통에서 나옵니다.

여기서 선이 그어질 줄은 몰랐다. 나는 조금 뜨끔함과 서운함을 느꼈지만, 하던 이야기를 계속하기로 했다.

"…아무튼 말씀드리고 싶은 것은, 피야에 관한 모든 것은 승무원님이 가지고 있다는 이야기입니다. 피야라는 정체성을 구성하는 모든 것이요. 원래 깨끗했던 시절의 피야의 모습, 피야의 성격, 피야의 삶에 대한 모든 유지기능은 승무원님에게 있습니다. 그렇지요?"

— 음, 네, 따지고 보면… 그렇게 됩니다.

"그럼 피야는 승무원님의 마음속에 살고 있는 것이지 그 인형의 몸에 살고 있는 것이 아닙니다."

— 그게…. 그걸 그렇게 말씀하시면 마치 제가 무슨 이중인격이라도 되는 것 같은데요.

"네, 해리된 인격의 일부분이라고 해도 상관은 없을 겁니다."

원 승무원은 조금 충격을 받았다는 듯 나를 멍하니 바라보았다. 그리고 머지않아, 원 승무원은 내가 이 장황한 이야기를 꺼낸 이유를 짐작한 듯했다.

— …바꾸셨습니까?

"위생을 위해 예전의 예나를 버리고, 색깔이 같은 고양이 인형을 엄선해서 데려왔습니다. 여전히 예나라고 생각하면서요. 나이도 리셋하지 않고 합산해서 세고 있습니다. 왜냐면 이 예나의 모습은, 제 마음속에 있는 예나를 불러내 오는 도구에 불과하기 때문입니다. 제가 예나를 예나라고 믿는 한, 예나는 예나입니다."

— 그럼 지금 옆에 떠 있는 예나도 대략 한… 10년 더 된 것인가요.

"아니요, 지금의 예나는 3년째입니다. 본사에서 이곳 스테이션으로 전출 오게 되었을 때, 전문 공방에 맡겨서 몸을 교체해주었습니다. 그래서 예나는 마음의 나이로 서른한 살, 몸의 나이로 세 살입니다."

— 그런 식으로 생각하셔도 마음이 괜찮으십니까?

나는 반대로 물었다.

"이런 식으로 한 번도 생각해본 적이 없으셨나요?"

원 승무원은 천천히 고개를 끄덕였다.

— 네. 전혀 생각해보지 않았습니다.

"고래(古來) 종교 중 하나에 '일체유심조(一切唯心造)'라는 말이 전해집니다. 세상의 모든 것은 내가 마음먹기에 달렸다는 이야기지요. 인형이라고 다를 게 있겠습니까. 내가 예나라고 믿는 대상이 곧 예나인 것입니다. 피야도 그렇지 않을까요?"

원 승무원은 계속해서 천천히 고개를 끄덕이며 내 말을 묵묵히 듣고 있었다. 설득의 성공이 눈앞에 다가왔음을 나는 직감했다. 나는 좀 더, '종교적'인 이야기를 꺼내보기로 했다. 하지만 그러기 위해서는 가장 현대적인 소재로 이야기를 시작해야 했다.

"한울의료기재사에서는 사이버네틱 부속지(附屬肢)도 취급하시는 거로 압니다."

사이버네틱 부속지는 산업 현장에서 사람의 세 번째, 네 번째 팔이나 다리를 제공하는 데 사용되는 의수나 의족 등을 통칭하는 말이다.

— 맞습니다. 이 배에도 실려 있었습니다.

"사이버네틱 부속지를 사용하려면 미리 뇌 훈련이 필요하지요?"

— 그렇습니다.

사이버네틱 부속지를 사람이 사용하려면, 신경계에 새로운 팔다리가 접속되는 감각, 그것을 다루기 위한 자신만의 노하우를 습득하는 훈련 기간이 필요했다.

그것은 곧, 자신의 머릿속에 자신과 함께하는 새로운 동반자를 입력시키는 일이나 다름없으리라고 나는 설명했다.

"의수가 손상되면 우리는 그것을 교체하고 동일한 기능을 하기를 기대합니다. 피야의 몸도 마찬가지입니다. 승무원님에게 있어 피야는 연장된 신체이며, 확장된 뇌의 기능입니다. 피야는 물체로서 존재하는 게 아닙니다. 승무원님의 머릿속에 정교하게 구축되어 있는 상호작용 체계로서 존재하는 겁니다."

묵묵히 듣고 있는 원 승무원에게 나는 가급적 차분하려고 노력하며 말했다.

"승무원님이 그 체계를 지켜내는 한, 눈으로 보이는 피야의 물성은 얼마든지 대체될 수 있습니다."

내가 풀어놓은 장광설을 듣고 한동안 침묵하던 원 승무원은, 이어 깊은숨을 들이쉬고 내쉬었다. 그리고 품에 안은 피야를 들어 올려, 얼굴을 묻고 다시 깊이 숨 쉬었다. 저러면 피야의 몸에 붙어있을지도 모르는 FR23381 포자를 흡입하게 될 텐데… 하는 생각이 들었지만, 감염을 조기에 인지만 한다면 치료가 어려운 병은 아니었다. 적절한 처치를 받게 될 것이었다.

하지만 노화하는 것은 치료가 불가능하다. 인간도 그렇고, 사물도 그렇다.

죽는 것은 치료가 불가능하다.

내가 보기에 피야의 몸은 죽었다. 정상적인 방법으로 세척하더라도 조만간에 저 늘어난 오른팔은 통째 떨어져 나갈 것이다. 솜이 새어 나오는 왼쪽 발을 통해 몸통의 솜도 점점 유출될 것이다. 몸통은 쪼그라들고, 해어져 갈 것이다.

하지만 피야의 마음은 원강태 승무원의 마음속에 여전히 또렷하게 살아 있기에, 계속해서 '부속지'로서의 피야에게 비추어져 보이고 있는 것이다.

나는 그 느낌을 너무나 잘 안다. 그래서 내가 불려 온 것이겠지.

나는 마지막으로, 한 가지 이야기를 전하기로 했다.

"제가 스테이션에 올라오면서 예나의 몸통을 새로 교체했다고 말씀드렸지요."

— 예.

"원래는 딸아이에게 물려줬던 인형이라고도 말씀드렸고요."

— 예. 그러고 보니, 따님으로부터 인형을 회수하신 겁니까?

조금 놀랍다는 듯 묻는 원 승무원에게 나는 고개를 가로저었다.

"아니요, 둘 다 제 곁을 떠났습니다."

내가 떠올릴 수 있는 가장 슬픈 기억을 떠올리면서 나는 말했다.

"3년 전, 대기권 셔틀 폭발 사고였습니다. 제 배우자와 딸과 예나가 모두 우주의 먼지가 되었지요. 그야말로, 산소 토치로 불태운 것처럼, 시신도 흔적도 모두 대기 중에서 흩어져버렸습니다."

원 승무원은 뭐라고 말해야 할지 모르겠다는 표정으로 나를 멍하니 바라보고 있었다.

"장례식을 마치고 와서 제가 제일 먼저 한 일은 예나를 되살리는 일이었습니다. 가족들의 영혼은 제가 어떻게 할 수 없는 세계로 갔습니다. 하지만 예나의 영혼만큼은 내 마음속에 남아 있으리라고 생각했습니다. 그리고 만약 약간이라도 예나와 섞였다면, 제 배우자와 딸의 영혼도 조금쯤은… 그리고 저는 지상을 떠나기로 마음먹었지요."

내 뜻으로 꺼낸 이야기였지만 오래 이야기하고 싶지 않았다. 나는 빠른 목소리로 이야기를 마무리 지었다.

"…그렇게 된 것입니다. 인형의 영혼은 소중히 해주는 사람의 마음속에 함께 합니다. 사람의 영혼도 아마 조금쯤은 서로의 마음에 흩어져 나누어질 겁니다.

방역지침과 소수종교와 애착인형

그걸 믿어주셨으면 좋겠습니다."

내 말을 들은 원 승무원은 피야를 강하게 껴안았다.

그리고 내게 말했다.

— 제가 그걸 믿어드리지 않으면, 선생님과 함께하는 가족분들의 영혼을 부정하는 것이 되겠군요.

"개의치 않습니다. 저의 믿음은 저의 것이고, 승무원님의 믿음은 승무원님의 것이니까요."

나는 어깨를 으쓱했다.

"단지, 한편으로 저는 회사를 대리하여 선생님을 설득하러 온 것이기도 합니다. 그러기 위해서 저의 믿음을⋯ 이런 표현이 과연 적절할지 생각도 듭니다만, '포교'하러 온 것입니다. 종교인으로서 불러 왔다면 이 정도는 해도 되겠지 하는 오만을 좀 가졌습니다. 만약 불쾌하셨다면 죄송합니다."

— 아닙니다. 그보다 그⋯ 배우자 분과 따님의 명복을 빕니다.

원 승무원이 깊이 고개를 숙였다. 나는 마주 고개 숙여 답하는 것으로 대답을 대신했다.

얼마간 대화가 사라진 조용한 시간이 이어진 후, 원 승무원이 마침내 입을 열었다.

— 다른 건 바라지 않겠습니다. 선생님께서 이용하셨다는 공방을 혹시 소개해주실 수 있을까요.

"얼마든지요. 지금 바로 연락해보아도 괜찮겠습니까?"

— 예.

나는 원 승무원의 허락을 받고, 통신 채널을 잠시 끊었다. 내가 통신을 먼저 연결한 것은 공방이 아니라 바실레프 과장에게였다.

"과장님, 다 듣고 계셨지요?"

— 네, 저기, 그보다, 저야말로 명복을⋯.

"감사합니다. 괜찮습니다. 확인드리고 싶은 것이 있는데, 새 인형을 가져오면 어떻게든 승무원님하고 같이 살균실에 넣어드릴 수는 없는 겁니까?"

— 인형의 투입이 어렵긴 합니다만⋯. 지금 과장님 쓰고 계신 방역 버블 같은 고분자 필름으로 포장을 해서 넣어드릴 수는 있습니다. 껴안으실 수는 있겠지요.

다음은 칼로스 부장이었다.

"부장님도 듣고 계셨지요?"

— 암. 그래서 비용 문제는 어떻게 되는 건가?

가족의 명복 같은 건 묻지 않을 줄 알았다. 나는 빠르게 본론을 말했다.

"제가 알기로 민권평등법상 항행헌장 제177조 거절에 대한 인권보상금이 최저 500만 크립토입니다만, 그럼 그 이내에서 얼마를 지출하든 리스크 방어자금으로 쳐주시는 거겠죠?"

— 인형 제작비용 말이지? 얼마 정도 예상하나?

"1만 크립토 이내입니다."

— 리스크 방어율 99퍼센트로군. 아주 좋아. 그렇게 보고서 올려주고, 결재도 해줌세.

이제야 공방의 차례였다. 나는 신세 지고 있던 지구의 공방에 연락했다.

— 에이블 아트입니다.

"안녕하세요. 고양이 인형 의뢰했었던 현정현이라고 합니다."

— 아하, 안녕하세요. 고양이는 잘 지내고 있나요?

"네. 그보다 한 가지 급하게 의뢰 드려도 될까요?"

나는 사정을 간단히 설명했고, 공방주는 이해해주었다. 만들어야 할 인형의 모습을 전달받는 대로, 최대한 빠르게 제작해서 입자 전송기를 이용해 보내주기로 약속이 되었다. 제작비용은 예상범위를 벗어나지 않았다.

이제 모든 허락이 주어졌다. 나는 다시 원강태 승무원에게 통신을 연결했다.

"승무원님, 공방 스케줄을 확인했습니다. 저희가 비용을 지출해서 피야를 다시 만들어드릴 겁니다. 살균실에서도 방역 봉투 너머로 쓰다듬고 껴안으실 수 있도록 허가도 받아두었습니다. 혹시 괜찮으시다면, 받아들여주시겠습니까?"

원 승무원은 곧바로 대답하지 않았다. 대신, 전혀 다른 이야기를 시작했다.

— 늘 외로웠습니다.

나는 경청하기로 했다.

— 부모님은 제가 일찍 직업을 찾아가기를 원했습니다. 승무원 학교로 보내버린 것도 그 때문이셨겠죠. 그러고도 대단한 직업을 갖기를 바라셨습니다. 일반 항해사로 취직하겠다고 한 이후로는 연락도 잘 안 하게 되었습니다.

그저, 경청했다.

— 친구도 딱히 없습니다. 가까이 접근하는 사람은 업무적인 관계가 아니면, 내게 상처만 줄 거라고 생각합니다. 그러니 어차피, 내가 피야를 생각하는 마음 같은 걸 알아주는 사람은 없을 거라고 생각했습니다.

원 승무원은 차분히 가라앉은, 하지만 회한이 깊이 느껴지는 목소리로 내뱉었다.

— 이런 생각을 하는 사람은 세상에 나 혼자밖에 없을 거라고 생각했습니다.

그리고 원 승무원은 물기 어린 눈으로 나를 바라보며 말했다.

— 하지만 없지는… 않았군요.

나는 고개를 꾸벅 숙였다.

"제가 도움이 되어드릴 수 있었다면 다행입니다."

원 승무원은 눈가의 눈물을 조금 훔쳐내고는 말했다.

— 문을 열고 나가지 않은 이유에는 그것도 있었습니다. 피야를 소각해야 한다는 걸 머리로는 이해합니다. 하지만 이런 식으로 아무런 이해도 못 구한 채, 그저 인형은 피복이니 소각해야 한다는 이유만 가지고서 피야를 데려가려고 쳐들어오는 걸 용납할 수가 없었습니다.

나는 잠시 동안 그에게 공감했다.

특수한 취미는 언제나 몰이해의 대상이 되곤 한다. 내가 예나의 존재를 지금까지 이어 오기 위해 내 마음속에 세워야 했던 많은 규칙들과 믿음은, 타인이 쉽게 이해할 수 있는 것도 아니고, 보통은 선뜻 이해하려고 들지도 않는다. 오직 민권평등법이 규정한 모욕 금지의 원칙이라는 얄팍한 거품의 벽이 있을 뿐. 그 너머에는, 솔직히 이해하고 싶지도 않고 이상하게 보인다는 거부감이 병원성 포자처럼 떠돌고 있다.

나는 그래도 주변의 이해자 내지 방조자를 쉽게 구한 편이었다. 원 승무원은 그렇지 못했다. 나는 처음 불려 왔을 때보다는 조금 더 진심으로 간절한 마음이 되었다. 내가 외로웠던 것보다 조금 더 외로웠을 당신에게, 내가 최소한의 연대자가 될 수 있었으면 하는 마음이 자라났다.

그런 진심을 품었으면 말을 좀 더 진정성 있게 잘했어야지, 하는 후회도 남았지만, 이제는 그저 원 승무원의 마지막 대답을 기다릴 뿐이었다.

이윽고, 원강태 승무원이 답했다.

— 피야를 새로 만들려면 무엇이 더 필요합니까?

"피야의 원래 모습이 어땠나요?"

— 초록색과 보라색 털이 보송보송하게 덮여 있었습니다. 귀 안쪽은 핑크색이었고요. 눈은 구슬처럼 영롱했습니다.

"가능하시면 커뮤니케이션 패드에 그림으로 그려주실 수 있나요? 그 그림을 보고, 제가 아는 한 가장 뛰어난 공방에서 가장 비슷하고 귀여운 털인형을 만들어서 입자전송기로 바로 보내주실 것입니다."

원 승무원은 내 말을 듣고, 앉아 있던 침대에서 일어났다.

그리고 피야를 품에서 떼어 침대 위에 내려놓았다. 그리고 내게 허리 숙여 인사했다.

— 감사합니다. 받아들이겠습니다. 방역조치에 협조하겠습니다.

"저야말로 감사합니다."

나는 반대로, 예나를 내 품에 안고, 버블 안에서 허리 숙여 맞절을 했다.

✳

이후의 진행은 일사천리였다. 원강태 승무원은 선실 문의 강제 잠금을 해제했다. 방역 직원들이 진입해 원 승무원을 데려가고, 선실 내의 침구류(피야를 포함해서)는 모두 위생 봉투에 수거되었다. 산소 토치 소각로로 보내지게 되리라. 이어 작업 직원들이 방역복을 입고 들어가 바닥의 카펫과 선실 벽의 쿠션 따위를 떼어냈고, 다시 방역 직원들이 선실로 들어가 사방에 독한 소독약을 뿌렸다.

그 일련의 과정을 나는 스테이션으로 돌아오는 길에, 그리고 방역 버블을 벗는 동안 스크린으로 확인했다. 밀폐되어 있던 버블 밖으로 나오니 인공적인 공기라 해도 제법 상쾌하게 느껴졌다.

바실레프 과장과 칼로스 부장이 기다리고 있었다. 칼로스 부장이 박수를 치며 환대했다.

"잘했어! 현 과장! 내가 앞으로는 '인형교의 사제'로 불러줌세!"

"진심으로 정중히 사양하겠습니다."

바실레프 과장은 안심한 듯 미소 지으며 말했다.

"아휴, 감사합니다. 덕분에 한 건 해결되었네요."

"승무원분하고 제가 한 약속 잘 좀 지켜주세요. 인형 배송되어 오면 넣어주시고요."

"물론이죠."

다시금 바실레프 과장과 악수를 하고서, 나는 칼로스 부장과 함께 사무구역으로 이동하는 셔틀 정거장을 향해 걸어가기 시작했다.

슬링백에 소중히 갈무리한 예나를 데리고.

✳

돌아가는 셔틀 안에서, 칼로스 부장이 내게 물었다.

"그보다 현 과장, 그렇게까지 할 필요가 있었나?"

"네?"

여전히 빙그레 미소 짓는 표정으로 칼로스 부장이 말했다.

"자네, 생애 독신 아닌가? 배우자도 딸도 없을 텐데."

"그걸 부장님이 어떻게 아십니까?"

"아니, 유가족이면 시민 유가족 연금과 세금 기본공제를 받는데 자네 그거 안 받잖아."

아아, 재무팀이란. 개인정보가 털리기 참 좋은 곳이다.

나는 순순히 고개를 끄덕였다.

"네. 그 부분은 모조리 거짓말입니다. 예나를 그즈음 교체한 건 원래 데리고 있던 인형이 거듭 낡았던 데다, 스테이션 반입 금지 사이즈라 그랬어요. 이 크기로 줄여야 했거든요. 상대를 단시간 내에 설득하기 위해 수단과 방법을 가리지 않았을 뿐입니다."

나는 꺼내서 무릎에 앉혀 놓은 예나를 쓰다듬었다.

"예나는 그냥 제가 귀여워서 데리고 있는 인형입니다."

털결이 고슬고슬, 마음이 편안해졌다. 그런 나를 바라보던 칼로스 부장은 이해했다는 듯 고개를 끄덕였다. 그러고는 내게 물었다.

"그래, 취미는 좋은 거지. 그런데 말이야. 그래도 유사시에는 그 인형 가지고서…."

"압니다."

무슨 말을 하려는 것인지 뻔했기에 나는 외람되게도 부장의 말을 가로막았다.

"사별한 가족 이야기는 거짓말이지만, 인형을 일시적으로 버리거나 교체할 수 있다고 믿는 건 진심입니다. 저 승무원분하고 비슷한 식으로 문제를 일으키지는 않을 테니 안심하세요."

"그래, 그거면 됐네."

잠시 셔틀 속에 레일 소리로만 채워진 정적이 흘러갔다.

칼로스 부장이 불쑥 물었다.

"그보다 그 예나의 목소리라는 것도 거짓말인가?"

"예?"

"딸애가 '냐옹' 하고 목소리 냈다는 거. 자네는 다 거짓말이라고 했는데, 그 부분만 묘하게 진심처럼 들렸단 말이지. 자네 목소리도 좀 톤이 올라가고."

나는 한숨을 푹 내쉬고 말했다.

"아니, 다 지어낸 말이라니까요. 피야 데리고 있던 그분도 그렇게까지는 하지 않으세요. 대화 내용 들으셨으면 아실 거 아닙니까."

"흠, 그래. 그래도 말이야, 저기…."

계속 뭔가를 물어볼 것 같길래, 나는 깔끔하게 선을 그어드리기로 했다.

"뭐든 이해해달라고 제가 먼저 양해 구하지 않을 테니, 그냥 그런가 보다 해주시면 됩니다. 원하지 않으시는 한 인형교를 '포교'하지 않을게요. 어차피 할 생각도 없고요. 불편 끼치지 않겠습니다. 어차피 동의 없는 종교 전도행위도 민권평등법 위반입니다. 제가 그러면 똑같이 취급하세요. 됐죠?"

칼로스 부장은 변치 않는 싱글벙글한 미소만 지으며 고개를 끄덕였고, 나는 포기하고 의자에 몸을 기대었다.

방역지침과 소수종교와 애착인형

사무구역으로 복귀한 뒤, 칼로스 부장은 내게 즉시 퇴근 허가와 함께 이번 달 월급에 붙어 나올 리스크 방어 인센티브와 인사 가점을 약속했다. 나는 그저 감사히 받아들였다. 칼로스 부장은 그러고선 콧노래를 부르며 자기 사무실로 사라졌다. 늘 웃는 상이라 기분을 파악하기 힘들지만, 저 사람은 진짜로 기분 좋을 때는 저렇게 흥얼대곤 했다.

칼로스 부장이 왜 늘 저렇게까지, 가끔은 강박적으로 웃는 상을 유지하려 하는지 궁금할 때가 있지만, 나는 묻지 않는다. 저 사람에게는 '웃음교'의 신앙 이라도 있는가 보지. 그가 항상 싱글벙글한 미소를 지으며 좋은 말이든 날 선 말이든 하는 데는 그럴 만한 이유가 있을 것이고, 나는 그걸 평생 온전히 이해 하기 어려우리라. 남들이 나의 예나에 대해 그러하듯이, 또 내가 원강태 승무원 의 피야에 대해 그러하듯이.

이야기를 길게 들었지만, 사실 감히 내가 원 승무원의 피야 사랑에 대해 충 분히 이해했다고 말할 수 있을지 조심스러웠다. 비슷하게 애착인형을 품고 살 아왔지만, 내가 비교적 평온하게 예나를 곁에 두는 동안, 원 승무원은 피야를 지키기 위해 폭력과 비웃음에 맞서 싸웠다. 다른 삶을 살아온 내가 그것을 온전 히 이해할 수 있을 리는 없으리라.

단지 공감하고, 있는 그대로 존중할 수 있을 뿐이었다.

칼로스 부장은 마치 조기 퇴근이라도 시켜줄 것처럼 말했지만, 내가 사무 실에 복귀했을 때는 이미 재무부의 다른 직원들이 모두 퇴근한 늦은 시간이었 다. 역시 재무부장. 조금도 손해 보는 말을 하지 않는다.

사무실에 홀로 남은 나는 우선 책상에 놔두고 간 출퇴근 짐을 챙겼다. 그러 는 동안 예나는 책상 위의 자기 방석 위에서 가만히 나를 지켜보고 있었다. 짐 을 모두 쓸어담은 가방을 어깨에 메고, 예나를 퇴근시킬 슬링백도 걸쳤다.

그리고 나는 예나를 쓰다듬으며 말했다.

"예나야, 오늘 고생 많았어. 집에 가자."

"미야옹."

예나의 대답 목소리가 자연스럽게 내 성대를 빌려 흘러나왔다. 예나 귀여 워. 정말 귀여워. 털결이 고슬고슬. 생긴 것부터 목소리까지 정말 다 귀여워. 내 사랑. 내 위안. 내 평화.

나는 예나를 한 번 더 쓰다듬은 뒤 슬링백에 태웠다. 🐾

SEE YOU ON SUNLI-DAERO

순리대로에서 만나요

이랑

'한 가지만 하라'는 말을 많이 듣는 사람.
정규앨범 〈욘욘슨〉, 〈신의 놀이〉, 〈늑대가 나타났다〉를 발표했고, 지은 책으로 〈대체 뭐하자는
인간이지 싶었다〉, 〈오리 이름 정하기〉, 〈좋아서 하는 일에도 돈은 필요합니다〉 등이 있다.
단편영화, 뮤직비디오, 웹드라마 감독으로도 일하고 있다. 이랑은 본명이다.

이랑(37세, 인간)
준이치의 동거인이자 간병인

준이치(17세, 고양이)
이랑의 동거묘이자 투병 2년차 환묘

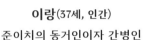

AD　2022년 7월 어느 새벽, 이랑은 연속적인 기침과 호흡곤란 증세를 보이는 준이치를 눈앞에 두고 패닉 상태에 빠져 있었다. 그 일이 일어나기 조금 전, 이랑은 조금이라도 쉽게 잠들기 위해 술을 먹었고 술을 먹었기 때문에 당장 운전할 수 없다는 것을 막 깨달은 상황이었다. 한시라도 빨리 준이치를 병원에 데려가야 했지만 택시를 부르기가 꺼려졌다. 준이치는 택시를 타면 무척 불안해하고 매번 오줌을 지리기 때문이었다. 그래서 지금까지 2년이 넘는 준이치의 투병 기간 동안 차와 면허를 가진 친구 몇몇이 돌아가며 이랑과 준이치를 병원에 태워다줬다. 하지만 매번 친구들에게 부탁하는 것도 민망했고 특히나 이런 새벽 시간엔 더더욱 그랬다. 이랑은 이런 위급한 순간을 상상하며 작년부터 1년 동안 운전면허를 따는 긴 모험을 떠났고, 약 보름 전에야 겨우 도로연수를 마친 참이었다.

그런데 왜 하필 그날, 이랑은 술을 먹었던 것일까.

이유는 있었다. 다음 날 정오에 중요한 미팅이 있기 때문이었다. 오랜 불면증 환자인 이랑에게는 '오늘 밤 과연 잠이 올 것인가' 매일 불안해하는 습관이 있었다. 중요한 일을 앞두고 절대 잠들지 못하는 것은 어린 시절부터 계속 겪어온 일이었다. 안타깝게도 어린 시절엔 수면제도 없이 괴롭고 지루한 밤이 끝날 때까지 그저 견뎌야 했지만, 어른이 된 후로는 다양한 신경안정제와 수면제 그리고 술을 처방하는 것이 가능했다.

그날 밤 이랑은 다음 날의 중요한 미팅을 위해 강제취침용 술을 스스로에게 처방했고, 술기운이 돌자마자 준이치가 기침을 시작했고, 긴급 상황을 위해 막 따놓은 운전면허가 쓸모없다는 것을 깨달았고, 이내 엄청난 절망감과 무력감에 빠져들었던 것이다. 그런 상황에서 이랑은 멀티버스에 살고 있을 2랑과 준2치를 생각했다.

'2랑에겐 불면증이 있을까. 2랑은 오늘 술을 먹었을까. 만약 술을 먹지 않았다면 이런 시간을 보내지 않고 곧바로 준2치를 병원에 데려갔겠지.'

이랑은 술을 먹은 스스로에 대한 실망감과 그럴 수밖에 없었던 평생의 숙제, 불면증의 고통스러운 기억을 잔뜩 안고 한동안 침대 위에 누워 있었다. 하지만 잦아드나 싶었던 준이치의 기침 소리가 다시 이어지자 축 늘어졌던 몸을 힘껏 일으켜 침대 머리맡에 등을 기대고 앉았다. 모든 조명이 꺼진 집 안에서 벽 한쪽만을 비추던 프로젝터가 방 안을 푸른빛으로 채우고 있었다. 그 푸른빛 가운데 즐거워 보이는 아마추어 합창단이 입을 크게 벌리고 노래를 불렀다. 이랑은 침대 주변을 더듬어 리모컨을 찾아 정지 버튼을 눌렀다. 합창단의 움직임과 노랫소리는 멎었지만 방 안의 푸른빛만은 여전했다. 그 빛 속에서 준이치의 검은 등이 얕은 숨으로 빠르게 오르내렸다. 이랑은 준이치의 등을 가만히 바라보았다. 머릿속으로는 고양이의 분당 정상 호흡수 범위를 기억해내려 애를 썼다. 몇 분간 영상이 재생되지 않으면 자동으로 꺼지는 프로젝터가 '퓨후' 소리를 내며 동작을 멈췄다. 그 순간 방 안을 가득 채우고 있던 푸른빛마저 사라지고, 집 전체가 암흑 속으로 잠겼다.

'이렇게까지 눈앞이 컴컴할 일인가.'

지난 주말 땀을 뻘뻘 흘리고 손을 덜덜 떨며 침실 창문에 직접 설치한 암막 블라인드가 이렇게 제 역할을 충실히 할 줄 몰랐지, 이랑은 새삼 놀라워했다. 네 겹으로 촘촘하게 짜인 암막 블라인드는 창밖에서 옅게 새어 들어오려던 가로등 불빛마저 완전히 차단해버렸다. 집 안이 온통 컴컴해진 가운데 조금 전까지 눈앞에 보이던 준이치의 검은 실루엣도 함께 사라졌다. 이랑은 무섭기도 한 동시에 해방감을 느꼈다.

'이대로 모든 걸 잊고 싶다. 그 어떤 고통도 더 이상 내 앞에 나타나지 않았으면 좋겠다.'

그리고 다시 불이 켜져도 눈앞의 모든 것이 사라져 있는 모습을 상상하기 시작했다. 그 사라지는 것들에 이랑도 포함된 상상이었다.
그때 이런 노랫말이 문득 떠올랐다.

사람들은 죽음 이후에 대해 궁금해하고 수없이 많은 이야기를 꺼내지
하지만 우리가 더 많이 이야기해야 할 것은 죽음 이전의 것들이야
이미 우리가 가지고 있는 지금 이 시간—
시시각각 변하는 우리의 몸과 우리의 생각과 우리의 감정에 대해 말이야

사라지는 상상을 멈추기 위해 이랑은 잘 기억나지 않는 멜로디를 더듬더듬 찾아 노래를 불러보았다. 캄캄해서 보이지 않지만 가쁜 숨을 들이쉬고 내쉬며 같은 공간 안에 존재하는 준이치를 똑바로 인지하려고 노력했다. 술을 먹어 스스로 운전할 수 없는 이 상황을 어떻게든 해결해야 했다. 시간은 살며시 흘러 어느새 새벽 4시 가까이 되었다. 이랑은 먼저 야간 진료를 하는 동물병원에 전화를 걸어 당직 의사가 있는지 확인을 했다. 그 뒤엔 가장 가까운 곳에 사는 차와 면허를 가진 친구에게 전화를 걸었다. 잠들어 있다 놀라 전화를 받은 친구는 고맙게도 바로 이쪽으로 오겠다고 대답했다. 친구의 낮고 느린 목소리를 듣고 나서야 이랑은 겨우 침대를 벗어날 수 있었다.

✳

준이치를 병원에 입원시키고 집에 돌아왔을 때, 이미 날은 환하게 밝은 뒤였다. 이랑은 몇 시간 뒤에 있을 중요한 미팅을 도무지 잘해낼 자신이 없었다. 그렇다고 남은 몇 시간 눈을 붙일 자신도 없었다. 이것도 저것도 안 될 것 같을 땐 커피나 한 잔 마시며 앉아 있는 편이 나을 것 같아, 이랑은 평소 잘 마시지 않는 뜨거운 커피를 만들기 시작했다.

'몇 시간 전까지 이 집에는 두 생명이 존재했는데 지금은 하나의 생명만 존재한다. 이 변화 하나로 집 전체가 텅 빈 것 같다. 준이치 없는 삶이 시작된다면 나는 단 하루라도 살아갈 수 있을까.'

몇 시간 전만 해도 눈앞에 실재하던 준이치를 떠올렸다. 이 하나의 생명에 얼마나 많은 기억과 추억, 착각, 망상, 공상, 상상, 환상을 가지고 있는지 아주 깊게 느꼈다. 이랑은 꿈속에서도 자주 준이치를 찾아 헤맸다. 꿈에 나타난 수십, 수백 마리의, 모두 준이치같이 생긴 고양이들 속에서 단 하나의 진짜 준이치를 찾기 위해 뛰고 또 뛰었다. 어느 영화 속 세계관처럼 꿈에 보이는 세상이 멀티버스의 모습이라면 뛰고 있는 사람은 이랑이 아니라 2랑일 거였다.

'2랑도 인생이 고되겠구나.'

그런 꿈은 꼭 진짜 준이치, 아니 준2치를 찾기 직전에 끝났다. 꿈에서 깬 뒤에도 이랑은 불안으로 덜컹대는 마음을 쉽게 다스리지 못했다. 그래서 한동안 눈을 감고 그대로 누운 채 멀티버스의 2랑이 단 하나의 준2치를 찾아냈기를

순리대로에서 만나요

Photograph © Kumagai Naoko

온 마음을 다해 빌었다.

뜨거운 커피를 입 안에 흘려 넣으니 잔잔하게 남아 있던 술기운은 사라지고 아쉬움이 밀려왔다. 지난 1년에 걸쳐 2종 보통 운전면허를 획득하는 지난한 과정의 목표였던 '준이치 병원에 직접 운전해서 데려가기'를 해내지 못한 아쉬움이었다.

그렇다고는 해도, 단 보름 전까지도 전혀 모르고 살았던 도로의 생태계를 마주한 것은 이랑에게 있어 엄청난 사건이었다. 뭐랄까, 37년 인생에서 가장 SF적인 사건이었다고나 할까.

✳

AD 2019년 9월, 국내 최대 규모의 운전학원인 서울 성산자동차운전학원이 노사갈등으로 인해 폐업하게 된다. AD 2021년 7월이 돼서야 면허를 따겠다고 결심한 이랑은 뒤늦게 그 사실을 접하고 좌절을 금치 못했다. 그리고 곧 차선책을 찾아 집에서 가장 가까운 '디지털 운전학원'에 등록했다. 디지털 운전학원은 실내에 설치된 3면 모니터를 보며 핸들이 달린 운전석에 앉아 자동차 게임을 하듯 운전 연습을 할 수 있는 곳이었다. 당시 이랑에겐 지금 살고 있는 AD 2021년이 그가 겪어본 가장 미래였고 그래서 이런 미래에는 디지털로 운전을 배우는 것이 마땅한 일인 줄로 생각됐다. 학원에서 실제 차량과 똑같다고 주장하는 운전석에 앉은 이랑은 가짜 핸들을 잡고 모니터를 보며 디지털 도로를 운전하는 스스로가 대견했다. 며칠 디지털 운전을 경험한 뒤에는 자신감까지 붙어 시뮬레이션 시험을 반복하는 것이 시간 낭비로 느껴질 정도였다. 그리하여 첫 번째 기능시험에 응시하고자 서울 서부운전면허시험장으로 당당하게 향했다.

시험장 앞에 줄지어 선 수십 명의 응시자들 사이에서 이랑은 여유롭게 풍경을 살폈다. 어떤 응시자는 대체 이번이 몇 번째 응시인 건지, 불합격 스티커가 족히 열 개는 넘어 보이는 시험표를 손에 쥐고 있었다. 디지털 학원의 시뮬레이션 기능시험이 너무 쉬웠기에 저렇게까지 불합격을 받을 일인가 싶었지만 응시자의 나이가 지긋해 보이기에 그러려니 했다. 곧 시험장 문이 열렸다. 이랑은 마음이 급한 사람들 틈에 섞여 뛸 듯이 빠른 걸음으로 대기실로 향했다. 대기실에서 번호가 불리길 기다리며 이미 시험을 시작한 차량들을 구경할 생각이었다. 하지만 뭔가 좀 이상했다. 어떤 차량은 출발도 하기 전에 불합격을 받았고, 어떤 차량은 출발 후 5초도 채 지나기 전에 불합격을 받았다. 장내에 수십 명의 응시자가 있었지만 너무 빠르게 불합격이 쏟아지는 통에 대기 순번이 순식간에 줄어들었다. 응시자 스무 명 중 한 명 합격할까 말까 한 수준이었다. 문득 이랑은 불안해지기 시작했다.

'혹시 이 사람들… 전부 디지털 학원에서 운전을 배운 것은 아닐까?'

그리고 예감은 틀리지 않았다.

이윽고 수험번호가 불려 실물 자동차에 올라탄 이랑은 디지털 학원에서 배운 모든 것이 실제와 전혀 다르다는 것을 운전석에 앉자마자 느꼈다. 눈앞에 세 개의 모니터와 운전석만 덜렁 있던 디지털 학원 차량과 달리 실제 차량은 그 크기와 무게감이 압도적이었다. 한여름 뜨거운 아스팔트 도로에서 올라오는 열기와 열린 창문으로 꾸역꾸역 밀고 들어오는 더운 공기가 무섭도록 낯설었다. 그 커다랗고 뜨거운 차 안에서 당황하는 사이, 시험이 시작됐다. 출발하기 전 자동차 내부 몇 가지 기능을 조작하는 문제는 그럭저럭 해냈다. 하지만 엑셀에 첫발을 내디딘 뒤 큰 문제가 터졌다. 차가 출발한 순간, 이랑은 디지털 학원에서는 모니터 속에만 존재하던 사이드미러에 직접 손을 뻗어 각도를 조정했어야 한다는 걸 뒤늦게 알아차렸다. 직전 응시자가 맞춰 둔 사이드미러의 위치가 이랑의 눈높이와 전혀 맞지 않았다. 차는 이미 출발한 뒤였고 이랑은 이 도전이 확실하게 실패할 거라는 생각이 들었다. 달리면서 사이드미러를 조정하는 방법은 알지 못했다. 아니, 모니터 속에만 존재하던 사이드미러를 만져본 적도 없었다. 이뿐만이 아니었다. 시뮬레이션 시험장을 달리는 차라고는 자신 하나뿐이던, 눈앞의 모든 풍경이 조용하고 깨끗했던 디지털 시험과는 달리 실제 시험장은 무척 부산스러웠다. 여러 대의 시험차가 연달아 출발했고, 중간중간 지시를 내리는 감독관들의 목소리와 도중 실격한 차량 번호를 반복해 부르는 안내방송이 시험장에 내내 울려 퍼졌다. 시험에서 중요한 지표가 되는 연석은 낡고 부서져 있었고, 그 사이엔 삐쭉거리며 솟아오른 잡초들이 무성했다. 시청각적으로 모든 것이 혼란스러웠다. 디지털 학원에서 실제와 똑같다고 주장했던 핸들과 엑셀, 브레이크의 감각마저 충격적으로 달랐기에, 이랑은 어디에서 실수했는지 파악하기도 전에 빠르게 실격했다. 디지털 학원에서 더 연습해봤자 시간 낭비일 것은 자명한 사실이었다. 디지털 운전과 실제 운전이 이렇게나 다를 거였다면 차라리 그 학원은 디지털 도로에서만 쓸 수 있는 디지털 면허나 내줬어야 했다. 실제 도로 시험장에 수강생을 내보내면 안 됐다.

이후 이랑이 약 1년여에 걸쳐 운전면허를 획득한 과정은 작가의 재량으로 다음과 같이 과감하게 생략한다. 이랑은 결국 다시 디지털 학원에 갔고, 수많은 유튜브 동영상을 보았고, 넓고 한적한 곳을 찾아 친구의 차로 연습을 했고, 두 명의 개인 운전 강사를 만나 각 10시간씩 총 20시간의 연수를 받았고, 여러 차례의 기능시험과 도로주행 시험을 치렀다.

그리고 AD 2022년 7월, 마침내 2종 보통 운전면허 소지자가 된다.

*

준이치의 건강은 조금 안정됐다 다시 악화되기를 반복했다.

초고령묘 준이치가 앓고 있는 여러 질병 중 준이치를 가장 힘들게 하는 것은 '특발성 유미흉'이라는 병이다. 이 병은 특별한 원인 없이 흉강에 '유미'라 불리는 우유 빛깔의 액체가 차올라 호흡을 어렵게 만드는 게 특징이었다. 이를 억제하기 위한 주사를 하루에도 여러 번 이랑이 직접 준이치의 목덜미에 놓았다. 주사 놓는 시간에 맞춰 평소 4시간 이상 외출은 지양했으나, 부득이하게 그 이상 시간이 소요되는 외출이 생기면 이랑은 집에 굴러다니는 오래된 아이폰의 타임랩스 기능을 켜둔 채로 나갔다. 그리고 집에 돌아와서 CCTV처럼 돌려봤다. 식단 조절과 먹는 약, 영양제도 챙겨야 했다. 겉으로는 흉강에 물이 찼는지 알 수 없었기에 아무쪼록 자주 준이치를 관찰하는 게 중요했다. 콧바람과 구분할 수 없을 정도의 작은 기침 하나도 중요한 신호였고 그 신호는 준이치의 생명과 바로 직결됐다. 준이치의 몸속에 무슨 일이 일어나고 있는지 궁금한 이랑은 눈에 엑스레이 기능이라도 넣고 싶은 마음이었다. 가능한 모든 수단과 방법을 써서 준이치의 상태를 정확히 알고 싶었다. 고양이 목소리를 듣고 통역해주는 앱이 있어 사용해봤지만, 준이치가 분명 화를 내고 있을 때도 '사랑해요'라고 통역하기에 신뢰할 수 없었다. 이런 가운데 집중해서 면허를 따는 일이 쉽지는 않았다. 하루 3시간씩 도로 운전 연수를 받을 때도 마찬가지였다. 막상 자기 생명과 직결되는 운전을 하고 있으면서도 이랑의 머릿속엔 준이치의 생명에 대한 걱정과 불안으로 가득했다.

하지만 두 번째이자 마지막으로 만난 개인 운전연수 강사가 30년 경력의 훌륭한 선생이었고, 그 덕에 이랑은 걱정과 불안을 딛고 운전을 제대로 배울 수 있었다. 짧다면 짧고 길다면 긴 총 10시간의 도로연수 시간 동안 강사와 이랑은 자동차 안에서 많은 대화를 나누었다. 강사는 이랑이 운전에 익숙해지도록 몇 가지 말을 반복했다. "밟아. 죽여. 더 죽여. 완전히 죽여. 꺾어. 더 꺾어. 완전히 꺾어." 강사가 리듬감 있게 반복하는 말들은 이랑에게 노래처럼 들렸다. 그 노래를 들으며 운전에도, 말문에도 조금씩 숨통이 트였다.

이랑	앞으로 저 혼자 운전 할 때도 이 노래가 들릴 것 같아요.
강사	노래?
이랑	밟아. 죽여. 더 죽여. 완전히 죽여. 꺾어. 더 꺾어. 완전히 꺾어.
강사	(웃음) 그러네요. 노래처럼 들리네요.
이랑	그쵸.
강사	실례지만 하시는 일이 뭔가요? 더 꺾어. 완전히 꺾어.
이랑	넵… 아, 저는 노래도 만들고 글도 쓰고 그래요.
강사	예술인이시구나. 밟아.
이랑	옙.
강사	완전히 죽여. 신호를 봐야지. 초보는 앞차만 보고 가는데 그러면 사고 나요.
이랑	근데 저는 신호랑 잘 대화가 안 돼요. 아니지, 일방적으로 듣기만 하는 거니까 이건 대화가 아니겠죠.
강사	명령이죠. 명령.
이랑	언제 이런 게 다 만들어진 거예요? 이걸 개발한 사람들은 누구예요?
강사	글쎄요. 도로교통부, 도로교통공단 뭐 그런 데겠지요.
이랑	저도 거기 참여했으면 얼마나 좋았을까요.
강사	어디요?
이랑	교통신호 만들 때요.
강사	왜요?
이랑	그냥… 저는 이미 정해져 있는 게 있으면 그런 생각이 들더라고요.
강사	그렇게 치면 이 세상에 이랑 씨가 참여해야 될 게 너무 많을 텐데. 죽기 전에 다 할 수 있겠어요? 밟아.
이랑	넵.
강사	브레이크로 발 옮겨.
이랑	옙.
강사	다시 밟아.
이랑	아, 어쩌면 2랑이 다 하고 있을지도 몰라요.
강사	2랑이 누구예요?
이랑	2랑은 멀티버스에 사는 저예요.
강사	그 사람은 여기 이랑 씨보다 뭘 더 잘해요?
이랑	아마 그런 것 같아요. 가끔 꿈에서 보이는데 날기도 하고, 로봇 조종도 하고, 죽었다가도 또 살아나거든요.
강사	꿈에서 보이는 거면 저도 가끔 만나긴 하네요.

이랑	그럼 꿈속의 강4님은 어떤 모습이에요?
강사	저는 꿈에서 만-날 도망만 치던데…? 죽여.
이랑	네.
강사	더 죽여.
이랑	어, 신호!
강사	살-짝 뗐다가 다시 완전히 죽여.
이랑	어떤 때는 있잖아요. 이 앞에 신호가 명백하게 있는데 이걸 안 지키면 어떨까? 그런 생각이 드는 거예요.
강사	그럼 사고 나지, 아니, 죽어요.
이랑	속도 죽여요?
강사	아니, 죽는다고요.
이랑	죽고 싶어서 그런 건 아니고요.
강사	그럼 왜?
이랑	제가요. 배우는 것도 좋아하고 똑똑한 편인데요. 도로에 몇 번 나와 보니까 대-충 이렇고 저런 시스템인 건 알겠는데 여전히 당황스러워요. 이 길은 왜 일방통행일까. 뭔가 이 신호, 이 설계 말고 다른 대안은 없었을까 하는 생각이 드는 거죠.
강사	꺾어.
이랑	넵.
강사	이 자동차 이름 있어요?
이랑	(웃음) 네. 멜섭이요.
강사	멜서비?
이랑	멜섭. 그… 괴롭히고 괴롭힘당하고 하는 SM 플레이라는 말 들어보셨죠? 그런 BDSM 플레이에서 쓰는 말이고요. 남성을 뜻하는 영어 Male과 복종자 Submissive의 앞글자를 따서 멜섭(Malesub)이라고 불러요.
강사	근데 왜 차 이름이 멜섭이에요?
이랑	제가 밟아야 움직이니까요.
강사	(웃음) 말 되네요.
이랑	언젠가 멜섭이가 저에게 갑자기 반항하는 때가 올까요? 급발진하거나, 아니면… 제 차에는 없지만 자율주행하거나 그럴 때 막 나갈 수도 있지 않을까요? 강사님은 자율주행에 대해 어떻게 생각하세요?
강사	모든 차가 자율주행으로 달리면 아마 사고도 덜 나고 덜 막힐 걸요.
이랑	그럴까요.
강사	죽여.

이랑　　이번엔 진짜 속도 죽이는 거죠?

강사　　더 죽여. 완전히 죽여.

이랑　　정말 그럴지도요. 제가 갑자기 팔다리에 쥐가 날 수도 있고, 호흡 곤란이 오거나 공황이 오거나 기절할 수도 있으니까요.

강사　　인간도 기계도 이 세상에 완벽한 것은 없지만요. 밟아.

이랑　　네.

강사　　이랑 씨가 꼭 기억해야 할 것은 도로 위에서는 혼자가 아니라는 거예요. 모든 길에는 흐름이 있으니 그걸 보고 순리대로 가시면 됩니다.

✳

'순리대로.'

　10시간의 수업이 모두 끝난 뒤에도, 이후 면허를 따고 혼자 운전대를 잡고서 '밟아. 죽여. 더 죽여. 완전히 죽여. 꺾어. 더 꺾어. 완전히 꺾어.' 노래를 부르면서도, 빗길을 달리면서도, 야간 운전을 하면서도, 고속도로 운전을 하면서도, 이랑은 '순리대로'라는 말에 대해 생각했다. 인간이 자동차 운전을 하는 게 정말 순리인 걸까. 도로 위에 수많은 차가 아무렇지 않게 달리고 있는 게 무엇보다 가장 순리답지 않다고 느꼈다. 자동차라는 기계 안에 인간이 앉아 도로 위를 달리는 게 대체 어떻게 순리대로인 걸까. 언제부터 시작됐고, 어떻게 이런 형태로 존재하게 되었나. 끊임없이 의문이 들었다.

　눈앞의 풍경도 물론 그랬지만 운전대를 잡고 있는 자기 자신이 가장 순리라고 여겨지지 않았다. 그러면서도 눈으로는 앞, 옆, 뒤를 연신 살피고, 발로는 브레이크와 액셀을 번갈아 누르며, 특정한 불빛의 위치와 색을 보며 길 위에 그려진 선을 따라 달렸다. 이 길 위의 문법은 이랑이 AD 1986년에 태어나기 전부터 존재했다고 알고 있지만 이랑은 서른일곱이 된 AD 2022년까지 이 문법을 알지 못했다. 왜 그랬을까. 알려고 하지 않아서 몰랐던 것일까. 모든 것이 순리대로라고 여겨지진 않았지만 뒤늦게 이 문법을 배우게 된 이랑은 도로 위에서 순리대로 달리기 위해 자신의 생각을 크게 바꿔야 했다. 그리하여 하나의 커다란 생각을 스스로에게 주입했다.

'나는 자동차다.'

이랑은 갖고 태어난 신체 사이즈가 아니라 자신이 움직이고 있는 기계를 자기 몸처럼 생각하기 시작했다. 두 다리로 걷거나 뛰는 것이 아니라 네 개의 바퀴로 움직이는, 평소에 사용하는 몸의 약 20배의 무게에 달하는 아주 무겁고 커다란 기계 몸. 갑자기 커진 몸 크기에 익숙해지기 위해 이랑은 운전석에 앉은 순간부터 자동차가 된 스스로의 크기를 머릿속에 그렸다. 그 크기의 몸으로 어딘가로 들어가기 위해 몸을 돌리고, 달리다 멈추고, 맞은편에 나타난 다른 기계들과 서로 부딪히지 않기 위해 각도를 틀고 양보하거나, 앞서가고 뒤서가는 것들에 익숙해지려 노력했다. 도로에 나선 순간부터는 모든 결정을 달리면서 내려야 했다. 모두 달리고 있을 때 혼자 멈추면 안 됐다. 도로 위에선 기계 안에 탄 사람이 잘 보이지 않았다. 그래서 잘 보이지 않는 사람 대신 기계의 크기에 따라 도로 위의 권력관계가 생기는 모양이었다. 사람들은 눈앞에 보이는 커다란 기계의 생김새에 따라 쉽게 인격을 갖다 붙이거나 동물처럼 생각했다. 실제로 자동차를 디자인할 때 자주 동물을 모델링해서 만든다고 한다. 거미, 뱀, 딱정벌레, 박쥐, 소, 사자, 상어, 악어, 말, 호랑이, 이구아나, 임팔라, 재규어, 코브라, 코뿔소. 특정 동물로 보이지 않는 자동차를 마주할 때는 기계 앞뒤에 붙은 몇 개의 등 모양을 보고 착한 얼굴, 부끄러워하는 얼굴, 성난 얼굴로 감정을 읽었다.

✳

이랑의 펜팔친구이며 올해 11세가 된 T는 온갖 탈 것에 흥미가 많은 어린이다. T는 말을 막 시작하던 유아기 때 엄마, 아빠라는 말보다 앞서 '멈춤'이라는 말을 익혔다고 한다. 도로에 자주 보이는, 커다란 흰 삼각형 표시 안에 '멈춤'이라고 쓰인 경고 문구를 외웠던 것이다. 그 이야기를 처음 들었을 때 이랑은 T를 무척 특별한 아이라고 여겼으나, 운전을 시작한 뒤엔 너무 그럴 만한 일이었다고 생각이 바뀌었다. 그만큼 길 위에는 수많은 신호와 기호로 가득했다. 엄마, 아빠라는 말은 도로 위에서 전혀 볼 수 없었지만 T가 본 '멈춤' 표시는 어디서나 볼 수 있었다. 위험, 멈춤, 감속, 제한속도 30, 50, 차선 변경이 가능한 점선과 불가능한 실선, 곧 횡단보도가 나타날 걸 알리는 다이아몬드 표시, 감속하라는 지그재그선. 수많은 화살표, 빨간색, 노란색, 녹색 신호등, 정확히는 몰라도 단순한 그림 기호로 대충 의미를 파악할 수 있는 표지판들까지. 신호와 기호로 가득한 도로 위에서 이랑은 이방인으로 존재할 수밖에 없었던 외국 생활의 몇몇 순간들을 떠올렸다. 전혀 읽을 수 없는 언어로 쓰인 간판과 표지판을 눈앞에 두고 느꼈던 당황스러운 감정은 쉽게 잊히질 않았다. 식료품점에서 내용물이

들여다보이는 포장이 아니고서는 먹을 것을 고르는 것이 어려웠던 순간. 그림이라도 있으면 다행이었지만 못 읽는 글자뿐이라면 아예 선택을 포기해야 했던 순간들 말이다. 하지만 그런 곳에서도 하루 이틀만 지내보면 몇 가지 말은 금방 외우게 됐다. 아마 낯선 사회에 내던져진 이방인에게는 생존을 위해 꼭 필요한 말들이었으리라. 만나고 헤어질 때 하는 인사와 감사, 사과 표현은 낯선 땅에 도착한 순간부터 사방에서 들려왔고 덕분에 절로 외워졌다. 인사와 감사와 사과의 말들이 오간 뒤에는 보통 "잘 지내?", "요즘 어때?" 하는 질문이 등장했고, 그럴 때 "응 좋아, 너는 어때?" 하는 식의 간단한 대답이 들렸다.

이랑은 살면서 "잘 지내?"라는 질문에 "응"이라고 대답해본 적이 없었다. 그 질문을 들으면 그저 생각이 복잡해지기만 했다. 잘 지낸다는 게 뭘까. 그저 살아 있으면 잘 지내는 걸까. 그냥 지내는 것과 잘 지내는 것의 차이가 뭘까. 지금껏 편안한 인생을 사는 사람을 한 번도 본 적이 없는데, 어째서 다들 저리 쉽게 '잘 지낸다'고 대답할까.

'잘 지낸다는 게 뭘까? 왜 우리는 반가운 마음을 표현하기 위해 "잘 지내?"라고 묻는 걸까. 안 좋은 일이 있으면 나누자는 의미로 묻는 걸까 아니면 못 지낸다는 걸 알지만 당사자에게서 잘 지낸다는 대답을 들은 것으로 책임을 회피하고 싶은 걸까.'

이랑은 죽기 전까지 "잘 지내?"라는 질문에 대답할 수 있을지 자신이 없었다. 그래서 외국어로 몇 가지 기본적인 표현들을 익히고 나면 꼭 다음 문장의 일반형과 질문형을 외웠다.

'인생 힘들지?'
'응, 인생 힘들지.'

＊

준이치가 입원해 있는 병원에서 전화가 걸려왔다. 준이치 흉강에 유미가 가득 찼기 때문에 조금 뒤 흉강에 바늘을 꽂아 유미를 빼내는 '천자' 시술에 들어간다고, 약 1시간 후에 데리러 오라는 내용이었다. 그 전화를 받았을 때 이랑은 이미 병원 주차장에 주차해 둔 자동차 안에 앉아 있었다. 마음이 불안해 마냥 집에서 기다리고 있는 것도 어려웠고 그렇다고 병원 대기실에 앉아 다른 아픈 동물들을 하염없이 보는 것도 힘들기 때문이었다. 이럴 때야 자동차의 쓸모가 실감 났다. 외부에 있어도 적당히 안전한 나만의 공간이 생기는 쓸모. 앞으로 1시간 뒤면 준이치를 만날 수 있다는 생각이 들자 이랑은 안도감과 허기를 동시에 느꼈다. 긴 시간 자동차 안에 구겨져 있던 몸도 좀 펴볼 겸 차에서 나와 조금 걷다가 '에베레스트'라는 이름의 카레집에 들어갔다. 전에도 병원에서 길게 대기해야 할 때 종종 배를 채우러 왔던 네팔음식점이다. 카레집이라고 하면 다들 쉽게 인도 카레를 떠올리는 경우가 많아서인지 이곳에서 일하는 직원들은 여기가 네팔음식점이라는 것을 몇 번이나 강조해 말한다. 그래도 여전히 많은 사람들이 식당에 들어서면서 "여기 인도 카레 맛집이야."라고 속 긁는 소리를 한다. 이곳 메뉴판 첫 페이지에는 '에베레스트'에 관한 설명이 그럴싸한 설산 사진을 배경으로 한가득 쓰여 있다.

세계 10대봉 가운데 네팔은 에베레스트를 포함하여 8개봉을 차지하고 있는 자랑스러운 나라입니다. 에베레스트는 네팔어로 사가르마타(우두머리), 티베트 어로는 초모롱마(세상 모든 여신의 어머니)를 의미하는 것으로 알려져 있습니다. 에베레스트는 영국의 삼각측량법으로 세계 최고봉으로 공인 결정되었습니다. 에베레스트는 공식명칭은 영국의 국유지 측량감독인 조지 에베레스트를 기리기 위해 그의 이름을 따서 명명하게 되었습니다. 에베레스트의 높이는 1955년에 측량된 8,848m로 승인되었습니다.

비문과 번역 투의 문장들 사이로 이 식당을 찾은 사람들에게 올바른 정보를 전달하려 노력하는 정성이 보였다. 하지만 사람들에게 인도 카레 맛집으로 불리는 네팔음식점 '에베레스트'가 영국 측량감독의 이름이라는 사실은 어쩐지 이상했다. 왜 가게 이름이 '사가르마타'나 '초모롱마'가 아닌, 에베레스트가 된 것일까. 가장 유명한 이름이면 되는 걸까. 게다가 네팔음식점 안 티브이에서는 인도 방송이 흘러나오고 있었다.

이랑은 카레와 난을 먹을까 고민하다 오늘은 왠지 손에 기름을 묻히며 밥을 먹는 게 죄스럽게 느껴져 간단한 양고기 볶음밥을 시켰다. 5분도 채 지나지 않아 하트모양으로 틀이 잡힌 양고기 볶음밥이 나왔다. 매운 커리와 양고기 그리고 네팔산이 아닌 인도산 쌀을 볶아 만든 볶음밥 위에는 과하게 진한 핑크빛 칵테일 체리 반쪽과 토끼 귀 모양으로 얇게 썬 오이와 당근으로 꾸며져 있었다. 요구트 한 접시도 같이 나왔는데 매운 볶음밥에 곁들어 먹는 세팅인 듯했다. 맛을 상상하기 어려운 조합을 앞에 두고 이랑은 모험심 없는 마음에 발동을 걸어 보았다. 볶음밥 한 숟가락을 뜨고 그 위에 체리 반쪽을 올린 뒤 숟가락을 요구트 접시에 살짝 담갔다가 입으로 가져갔다. 행여 이상한 맛을 느낄까 두려워진 이랑은 한두 번 엉성하게 씹고 바로 목 뒤로 넘겼다. 짧은 순간 달고 신 맛이

순리대로에서 만나요

혀 위를 반짝 스치고 지나갔다.

'세상을 살아가는 동시에 이해까지 하기는 정말 어렵군.'

이랑은 자신의 앞에 놓인 상황, 매번 직접 참여하고 수행하는 이 상황들이 낯설기만 했다.

'이 모든 현상을 파악하고 적응하고 흐름에서 벗어나지 않는 행동을 하려면 항상 긴장상태로 살아야 하는 걸까.'

그래도 살아가는 가운데 종종 즐거운 기분이 들기도 했다. 차 안에서, 도로 위에서, 준이치가 입원해 있는 병원 대기실에서 그리고 인도방송이 나오는 네팔음식점 안에서도.

*

강사 아까 차 타기 전에 안녕-한 분은 남자친구?

이랑 남자친구는 아니고, 애인이에요.

강사 뭐가 달라요?

이랑 아, 이 세상엔 남자랑 여자만 있는 게 아니기 때문에 애인이라고 불러요. 그리고 저와 제 애인은 폴리아모리 관계에 있어요.

강사 그게 뭔가요?

이랑 1:1 독점관계가 아닌 여러 사람이 동시에 연인관계를 맺는 거예요.

강사 일부다처제 같은 건가요?

이랑 결혼으로 맺어진 건 아니니까 '부'나 '처'라고 꼭 부르진 않지만요.

강사 말은 그럴싸한데 싸움이 많을 것 같네요.

이랑 질투와 사랑에 대해서 더 많이 고민하게 돼서 저는 좋아요.

강사 도로에도 가끔 삐딱선을 타는 차들이 있죠.

이랑 삐딱선으로도 차들이 계속 다니기 시작하면 나중엔 그것도 하나의 길이 되지 않을까요.

강사 제가 옛날 사람이라 그런지, 아니면 운전 강사라 그런지 아무튼 저는 삐딱선으로 가는 걸 가르치진 않지요.

이랑 아닌데요? 이미 저한테 삐딱선을 가르쳐주셨어요. 아까처럼 눈치껏 상황에 따라 길이 없어도 진입해야 하는 순간이 있었잖아요.

강사 근데 왜 저한테 얘기해준 거에요?

이랑 어떤 거요?

강사 그 일부다처제 비슷한 거.

이랑 혹시 강사님이 앞으로 만날 학생들 중에 저랑 비슷한 분이 있을 수도 있으니까요.

강사 아, 그때 당황하지 말라고요?

이랑 언젠가는 그런 세상이 오겠죠?

강사 어떤?

이랑 저나 제 애인들이 삐딱선이라고 불리지 않는 세상이요. 제가 좋아하는 어떤 사회학자가 이렇게 말했거든요. 사회운동이라는 건 이미 대안적인 세상이 도래한 것처럼 행동하면서 원하는 바를 주장하는 거라고요.

강사 그렇군요. 순리대로 살다 보면 그렇게 되겠지요. 아무튼 만나서 반가웠어요.

이랑 자꾸 듣다 보니, '순리대로'라는 이름의 대로가 어딘가에 있을 것 같아요. 제가 가는 길에 언젠가 이름이 생긴다면 그 이름으로 할래요.

강사 (웃음) 그래요. 순리대로에서 마주치면 인사 나눠요.

이랑 네, 순리대로에서 만나요. 🐾

Photograph © Kumagai Naoko

ESSAY

최근의 기술 발전으로 사라지거나 변화하는
사회의 모습을 일터와 작업장의 맥락으로 풀어본다.
일하는 삶의 연속점과 불연속점은 어디에 존재하며
어떻게 변화하는가.

어떤
대답의 소멸

한승태

르포작가. 일하며 글을 쓴다. 쓴 책으로
《인간의 조건》과 《고기로 태어나서》가 있다.

어떤 대담의 소멸

　　지구상에서 택배 상하차, 일명 '까대기' 일이 사라진다고 했을 때 무엇이 가장 아쉬울지 묻는다면 나는 퇴근길 인사를 꼽겠다. 내가 일했던 물류센터의 관리자들은 하나같이 어린 남자들이었다. 나이는 많아야 서른. 쉬는 시간이면 핸드폰을 붙들고 날개 달린 갑옷을 입은 기사가 몬스터들을 때려잡는 게임을 하고, 언제나 어깨의 문신이 살짝 드러나는 반팔 티를 입고 있었다. 택배 상하차 작업장은 목소리 큰 남자들의 세계였지만 이들은 그런 남자들 사이에서도 우두머리의 기운을 잃는 법이 없었다. 그중에서도 내가 일했던 조의 담당은 유난히 무섭고 딱딱했다. 수시로 이곳저곳을 오가며 작업이 늦어지는 곳이 없나 확인하고 반복해서 지시를 어기면 상대가 경력이 십 년이건 나이가 쉰이건 상관하지 않았다. 삿대질을 하며 "경고예요. 또 그러면 집으로 돌려보내는 수가 있어요." 하고 소리쳤다. 관리자들은 하얀색 안전모를 썼기 때문에 '하얀 헬멧'으로 통했지만 다들 이 친구만큼은 존경과 두려움의 뜻을 담아 '감독'이라고 불렀다.

　　나는 임금이 가장 높은 새벽반에서 일했는데 근무 시간이 저녁 7시 반부터 다음 날 아침 8시 반까지였다. 까대기를 TV나 영화로만 접한 사람은 박스를 짐칸에서 내려서 컨베이어 벨트(여기서는 그냥 '레일'이라고 부른다) 위에 올려놓기만 하면 된다고 생각하지만 실제 작업에는 나름대로의 방식과 절차가 있다. 내가 일터에서 사랑하는 순간들이 이런 것을 발견할 때다. 너무나도 뻔하고 단순해 보이는 현상 속에서 다양한 체계와 규칙들을 발견하게 되는 순간들. 조금의 상상력도 자극하지 않는 평범하고 보잘것없던 존재들이 고통을 함께한 사람에게 자신들의 비밀스러운 단면들을 펼쳐 보여주는 순간들.

　　컨테이너가 도착하면 레일을 사이에 두고 두 사람이 나란히 선다. 작업은 우리가 임의로 시작할 수 없다. 모든 컨테이너의 문에는 번호가 새겨진 플라스틱 잠금장치가 묶여 있는데 먼저 관리자가 이걸 제거하고 번호 부분을 회수한 다음 무전기로 관제실에 작업 시작을 알려야 한다. 일을 할 때는 경력이 더 많

어떤 대답의 소멸

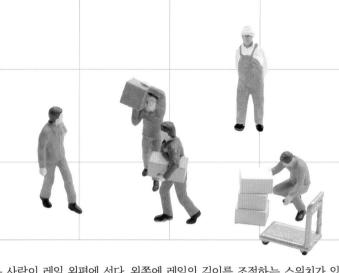

은 사람이 레일 왼편에 선다. 왼쪽에 레일의 길이를 조절하는 스위치가 있기 때문이다. 컨테이너 안으로 들어갈수록 레일을 조금씩 더 빼내어 작업하도록 조작하는 게 경력자의 몫이다. 문이 열리면 그때부터 본격적인 까대기 작업을 시작한다.

"여기도 그냥 막하는 게 아니라 우리 나름대로 방식이 있다고. 먼저 박스를 올릴 때는 반드시 송장이 위로 올라오게 놔야 돼. 이 박스들이 쭉 가다가… 저 앞에 기계 보이지? 저게 바코드 리더기야. 그래서 송장이 위로 보이게 놓아야 저기 밑으로 지나가면서 다 여기 물류센터에 하차했다고 컴퓨터에 입력이 되는 거야. 이게 별거 아닌 거 같아도 은근 힘들어. 왜냐면 사람들이 다 박스 위에 송장을 붙이는 게 아니거든. 어떤 사람들은 밑에 붙이고 어떤 사람들은 옆면에 붙이고 그래. 밑에 붙인 건 괜찮아, 위에 안 보이면 바로 뒤집어서 보면 되니까. 근데 이 옆면에다 붙여놓으면 그거 찾느라 상자 들고 뱅뱅 돌리는 거야. 가벼운 건 상관없지만 책이나 아님 쇳덩어리라도 들어 있어봐. 송장 찾아 상자 돌리느라 힘 다 빠져.

짐을 내릴 때는 위에서부터 쭉 내리다가 여기 레일 높이까지만 내려, 밑에 있는 건 올리지 말고. 그렇게 첫째 줄 다 내리고 두 번째 줄까지 해. 그렇게 해놓으면 우리 앞에 레일 높이 맞춰서 편편한 면이 생기게 되잖아. 그러면 저 깊숙이 있는 것들을 이 편편한 데로 쓰러뜨려. 이 수직으로 있는 한 줄을 밑에서부터 잡아서 살살 빼내, 그럼 이게 길쭉한 기둥처럼 분리가 살짝 되잖아, 이걸 넘어뜨리는 거야. 왜 쓰러뜨리냐 하면 이게 천장이 엄청 높아서 맨 위에 있는 건 까치발 해도 잘 안 잡혀, 근데 이렇게 쓰러뜨려 놓고 하면 바로바로 잡을 수 있어서 편하고 또 속도도 빠르지.

짐을 쓰러뜨릴 때도 규칙이 있어. 레일 가까이 있는 것들은 뒤로, 그러니까 저 컨테이너 안쪽으로 쓰러지게 하고 벽 쪽에 있는 건 가운데로, 레일 쪽으로 쏟아지게 해. 그렇게 해야 잡기 편하고 또 다른 짐들을 쓰러뜨릴 수 있는 공간이 나온다고. 그런데 이때 조심해야 돼. 잘못해서 박스가 내 쪽으로 무너질 때가 있다고. 그럴 때는 몸으로 막지 마. 아까 보니까 높이 있는 거 떨어질 때 손으로 막고 그러던데 그렇게 하지 마. 그렇게 짐이 쏟아질 때는 뒤로 확 물러나서 피해. 바닥에 떨어지게 내버려두라고. 그런 거 가지고 여기서 뭐라고 하는 사람 아무도 없어.

상차할 때도 규칙이 있어. 크고 무거운 거는 밑에 깔고 작고 가벼울수록 위로 올리고. 그런데 자그마한 상잔데 엄청 무거운 것들이 있다고, 뭐 아령이나 자동차 부품 같은 거. 그런데 상차하는 놈들 중에 그런 거를 그냥 맨 위에 올려버리는 놈들이 있어. 그런 거 떨어지는 거 막다가 머리에 맞으면 크게 다쳐. 그러니까 어떤 경우든 짐이 내 쪽으로 떨어지면 그냥 바닥에 떨어지게 놔둬."

까대기 작업을 할 때는 두 가지 속도를 따라가야 한다. 첫째는 레일이다. 레일 속도는 그날그날 작업 상황에 맞춰 관리자가 설정한다. 평균적으로 건장한 성인 남자가 쫓아가기 조금 벅차다 싶을 정도인데 작업이 밀려 있을 때는 정말 사람 잡겠다 싶을 정도로 돌린다. 레일 작업의 단점 중 하나가 일하는 속도가 바로 드러난다는 거다. 우리가 레일 속도를 따라가면 박스가 레일 위에 촘촘하게 놓인다. 그렇지 않을 때는 박스와 박스 사이의 간격이 쭉쭉 벌어진다. 띄엄띄엄 점 찍듯이 짐이 실려 나오는 모습이 계속되면 여지없이 관리자가 찾아온다. 두 번째로 신경 쓸 속도는 바로 옆 사람이다. 이상적인 하차 작업은 떡메 치듯 이어져야 한다. 한 사람이 짐을 내려놓고 돌아서면 바로 이어서 다음 사람이 짐을 내려놓는 식이다. 그런데 어느 한쪽이 그 속도를 못 따라가면 상대가 짐을 들고 기다리는 순간들이 늘어나게 된다.

새벽 1시까지는 견딜 만하다고 생각하지만 4시를 넘어 졸음과 피로가 동시에 쏟아지면 퇴근 시간까지 버틸 수 있을까 싶은 걱정이 몰려온다. 위기는 주로 두 부위로 집중되는데 허리가 먼저고, 다음은 손목이다. 허리가 아니라 무릎으로 무게를 들어 올리라는 조언은 이곳에선 수영할 때 물 밖으로 고개를 내밀어 숨을 쉬라는 지시와 동등한 중요성을 가진다. 그렇게 안 하면, 죽는다. 이 당연한 가르침을 경시한 사람은 몸을 한 번 굽혔다 일어서는 것이 높은 산에 올랐다 내려오는 것만큼의 용기를 필요로 하는 일이 될 수 있다는 사실을 깨닫게 된다.

손목에 힘이 안 들어가기 시작하면 이미 내 의지대로 근육을 움직일 수 없게 됐다는 뜻이다. 고맙게도 상자에 손 넣는 구멍이 있으면 거기에 손을 걸고

Anyone can run it.

But making it do what it is supposed to do, *that's the*

big thing.

Studs Terkel, Working: *People Talk About What They Do All Day and* *How They Feel About What They Do, The New York Press, 2011*

상체 힘으로 들어 올리지만, 그런 게 없을 때는 팔을 상자 밑으로 깊숙이 집어넣어 들어 올린다. 몸은 술 취한 듯 이리저리 휘청거리고 무릎을 굽힌 다음에는 옆 사람이 들을 만큼 용 쓰는 소리를 크게 내야 일어날 수 있다. 이 지경까지 되면 선배도 이런 꼴을 자주 봐온 덕분인지 그러려니 하고 내버려둔다.

8시에 하차 작업이 끝나면 남은 30분 동안은 청소를 했다. 마지막으로 간단하게 조회를 하고 나면 퇴근이었다. 그리고 이때, 앞서 말한 그 문제의 '감독'이 작업장을 나서는 직원들에게 인사를 건넸다. 얼굴은 땀으로 번들거리고 옷에는 허연 소금 자국이 짙게 배어 있는 사람들에게 육사 생도만큼이나 깍듯한 태도로 허리를 꾸벅 굽히며 말했다. "수고하셨습니다." "수고하셨습니다." 그 목소리에는 자신과 똑같은 동작을 반복하며 먹고사는 사람들에 대한 단단한 존중심이 담겨 있었다. 내게는 그 한마디가 삶의 의미를 비춰주는 거울이었다. 그 거울 안에서 스스로의 한계를 버텨낸 나 자신, 온전하게 한 사람 몫의 일을 해낸 나 자신, 공동체의 일원으로서 당당하게 인정받은 나 자신을 봤다. 비록 연체동물처럼 흐느적거리고 있긴 했지만.

무엇보다도 이 "수고하셨습니다."라는 한마디 속에는 인간으로서 갈구하게 되는 질문의 대답이 일정 부분 담겨 있었다. 여러분과 내가 심장 박동수만큼 묻게 되는 질문. "나는 누구입니까?" "인간은 무엇입니까?" 나는 인간을 망망대해에서 날개를 다친 채 헤엄치고 있는 바닷새라고 상상하곤 한다. 무한한 가능성을 지녔지만 그 가능성은 저마다의 이유로 꺾여버렸고 이제는 방정맞다 싶을 정도로 발을 놀리지 않으면 익사하고 마는 바다 위의 하얀 점이라고 말이다. 그런데 이 새는 오직 바로 저 질문들에 대한 답을 얻을 때만 발길질을 할 힘을 얻을 수 있다.

만약 다가오는 세상이 직업소개소에서, 콜 센터에서, 택배 물류센터에서, 또 그 비슷한 일상의 공간들 속에서 우리는 누구이고 인간은 어떤 존재인지에 대해 대답해주던 목소리를 잠재워버린다면, 허무의 바다 속으로 가라앉지 않기 위해 발버둥 칠 힘을 우리는 어디서 찾아야 할까?

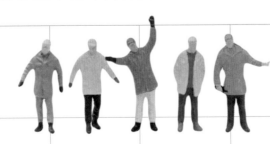

어떤 대답의 소멸

Who am I? AND What is a human being?

Hong Jee Woon

홍지운

Interviewed by **SEOL JAEIN,** Photo by **AUGUSTINE PARK**

홍지운

"저, 삭발을 할 것입니다. 그러니 뭐든 시켜주십시오."

신작 소설집 《공상연애소설》이 곧 출간되니 인터뷰를 하자는 편집부의 말에 홍지운 작가는 난데없는 삭발 선언으로 응답했다. 사진 촬영에 제법 진심인 편집부는 뒤집어졌다.

'세계 3대 대작가─알랭 드 보통, 베르나르 베르베르 그리고 홍지운'과 같은 카피나, 광장시장에서 돼지머리를 들고 있던 메탈리카의 사진을 오마주하여 '한국 관광을 온 외계인' 컨셉으로 가자는 투의 아이디어들이 와르르 쏟아졌다. 창간 이후 가장 웃음이 넘쳐났던 회의 테이블이었다. 그로부터 몇 주 후, 인터뷰를 하러 등장한 작가의 머리는 편집부의 기대보다 조금 더 길었다. 장난 섞인 타박을 듣자 작가는 "생각보다 머리가 더 빨리 자라더라고요… 어디 가서 다시 밀고 올까요?"라고 물었다.

이 일화만큼 작가를 잘 대표할 수 있는 건,
아마도 그의 소설 말고는 없을 것이다.

첫 번째 단편집 《대통령 항문에 사보타지》에는 정말, 더러운 성격이 고스란히 노출되었어요. 그때를 후회하거나 잘못 행동했다고 여기는 건 아닌데, 나이를 먹고 나니까 아직도 변화 없이 그렇게 사는 건 꼴사나울 수도 있겠다는 생각이 들더라고요. 젊어 보이고 발랄해 보이고 싶어 발버둥 치면 티가 나잖아요. 그런 모습을 들키고 싶지는 않아요.

더러운 성격이요? 되물었다. 눈앞에 보이는 작가는 지극히 깍듯하고 자신을 낮춰 주위의 사람을 높이는 데 익숙했으며 또한 자로 잰 듯 반듯이 앉아 있었기 때문이다.

작가지망생 시절이 워낙 길었어요. 첫 번째 단편집에는 특히 작가라기보단 독자의 자아가 많이 담겨 있고요. 그때 저는 2000년대 초반의 문화적인 분위기에 완전히 젖어 있었어요. 사랑에 실패하고 성장에 실패하고, 무너진 자기 자신을 바라보면서 가슴이 서늘해지는 정서를 담은 작품들이 진짜 예술이고 우월하다고 여겼는데, 개중 폭력적인 작품들도 많았죠. 지금 와서는 용인될 수 없는 형태의 혐오를 디폴트라 생각하고, 그대로 드러내는 작품들이요. 그런 착취적인 면이 제 작품에 들어갔다고까지 생각하진 않지만, 그때의 저 자신이 가볍고 쉽게 그 소재들을 받아들였던 것 같아요. 20대 때 모르고 한 거죠.

이젠 절대 그래서는 안 돼요. 그때 저는 언더독이고 챌린저였죠, 하지만 지금은 제가 언더독 감성으로 작품을 쓴다면 기만이라고 생각해요. 언더독이 될 수도 없고, 되어서도 안 돼요. 아, 물론 판매부수는 언더독이나 다를 바가 없지만요!

《공상연애소설》의 작품 해설을 쓴 청강문화산업대 문아름 교수는 지면에 대고 단언했다. "홍지운은 나이가 들었다."

예전에도 분명 다정한 이야기를 만들고 싶었어요! 저는 너무나 다정하고 감동적인 장면을 의도하고 썼는데 읽은 이들이 다들 그랬죠. 이거 이상해, 감정이 되게 비틀려 있네, 변태적이야. 그런 지적을 받았어요. 그런데 지금은 다정함과 이상함을 조금 더 잘 분리해서 쓸 수 있게 된 것 같아요. 물론 전 이상한 글이 나쁘다고는 절대 생각하지 않는데, 의식적으로 도구화하여 사용하지 않은 특성이 의도하지 않은 형태로 돌출되는 건 좋은 경험이 아니더라고요.

그렇다. 《공상연애소설》의 수록작인 〈당신이 잠든 사이에〉는 이 작품집에서 가장 로맨틱한 작품이라 일컬을 만한데, 이야기가 될 씨앗을 10년 가까이 품고만 있었기에 비로소 지금 다정한 성장서사가 되어('dcdc'란 필명을 쓰던 8년 전의 인터뷰를 찾아보면 이 작가는 성장서사를 쓰지 않는다는 내용이 나온다. 그리고 그 인터뷰에서 작가는 이 작품의 아이디어에 대해 이미 언급해두었다.) 독자를 만날 수 있게 되었다.

홍지운

그 소설은 누군가를 사랑할 줄 알게 된 사람의 이야기죠. 몇 년 전 세웠던 계획대로라면 사랑으로 인한 재앙을 다루는 글이 되었을 거예요. 파괴적이었을 게 분명해요. 저는 지금의 다정한 결과물이 좋아요. 묵혀두어서 다행이라고 생각해요.

대중을 상대로 한 장르 작품이면 결말 역시 대중을 위해야 하는 것 같아요. 그리고 제가 좋아하는 작품 중에선 마음 한 구석이 따뜻하고 행복해지는 내용들도 많은데, 어렸을 땐 그 진가를 잘 몰랐어요. 요새 다시 곰곰이 보고 나서, 그런 작품이 훨씬 치열한 고민과 계산에서 나온다는 깨달음을 얻게 됐죠.

마침내 성장을 다정하게 다루게 된 이유가 오로지 나이 때문일까?

장편을 써서 달라진 것도 분명 있어요. 단편소설에서는 강한 사건 하나에 인물이 휘말리는 것만으로도 분량이 채워지죠. 그러면 원고지 70매가 딱 나와요.

데뷔 초창기, 공모전이란 오로지 순문학 공모전밖에 없던 시기에 단편 기준 분량이 원고지 70매였어요. 그 70매에 저 역시 익숙해져버렸고요. 그런데 장편을 써본 후 확 달라졌죠. 인물을 성장시키고 활동하게 연료를 주지 않으면 장편의 분량이 나오지 않더라고요. 게다가 SF가 독자들의 사랑을 점점 더 많이 받으면서 150매, 200매짜리 공모전들도 여럿 등장하고 있잖아요? 그 정도 분량에서는, 성장을 시키지 않으면 끝을 맺을 수가 없어요.

홍지운

작가 자신 역시도 계속해서 성장하고 있다. 특히 현재 청강문화산업대에서 웹소설 창작 전공 교수로 학생들을 가르치고 있으므로 분명 '가르치는 경험'의 영향을 작품이 받지 않을 리 없을 터였다. 흔히들, 가장 빨리 실력을 향상시키는 방법은 타인을 가르치는 것이라고 하지 않던가.

> 예전에는 소재에 집중했어요. 만약 '좀비'라고 예를 든다면 좀비란 뭘까, 좀비에 대해서 내가 다른 창작자와는 다른 시각을 가질 수 있을까, 그걸 어떻게 이야기에 반영할 수 있을까. 그런 고민을 치열하게 했죠.
>
> 그런데 지금은 형식적인 실험이 우선이 되었어요. 유용하다고 생각하는 플롯 구조를 시도하는 식이죠. 예컨대 〈공상연애소설〉은 제 개인적으로 진행하던 구조적인 글쓰기 실험의 완성판이에요. 장면의 배치와 반복, 대칭, 전복 등을 다 의도해서 썼어요.

그 소설에는 재미난 탄생 비화도 있었다.

> 사실 그 소설은 학생들 덕에 나왔어요. 단편소설 쓰는 과제를 줬는데 학생들이 분량을 도저히 지키지 못하는 거예요. 3만 년 전의 세계관부터 나열해요. 1년당 한 글자만 써도 3만 자인데! 그래서 보다 못해 제가 직접 보여주기로 했어요. 문제집에 딸린 해설지처럼. 딱 3일간 일어나는 이야기. 3만 년 간의 대서사시를 쓰고 싶어 하던 학생들 입장에서는 너무나 짧은 시간이죠. 게다가 장면은 일곱 개뿐이에요. 그 소소한 재료를 배치했더니 단편소설 하나가 뽕 나왔어요. 수업 자료로 썼습니다.

아무리 곱씹어도 멋진 비하인드가 아닌가. 마치 제자 앞에서 직접 대련을 선보이는 무술 사범과 유사하다. 그러고 보니 작가는 인터뷰 내내 학생 이야기를 참 많이 했다.

> 편하게 수다 떨고 싶은 작가가 되고 싶은데, 그런 면에서 볼 때 교육자로서는 실패했죠. "야, 너희들 나만 믿고 따라와. 내가 고수가 되는 비법이 있어"라고 카리스마 넘치는 일타 강사처럼 단언할 수 있거나, 아니면 적어도 작가로서 잘 나가서 학생들이 그 기운에 감탄하게 만들어야 하는데 저는 어렸을 때부터 그런 게 싫었어요. 과도한 자신감과 기싸움 같은 것. 저는 이거 이렇게 하면 되지 않을까? 이러면 어떨까? 같이 한번 해보자! 라고 말하며 가르치는 식이에요. 학생들한테 미안하죠.

그러나 강사와 선생은 다르다. 강사는 어디든 존재하고 닿기 쉽다. 작법서로, 동영상 강의로(물론 작가도 작법서《시나리오 레시피》를 썼다. 인터넷 서점 여기저기서 높은 별점을 자랑한다!). 그러나 선생은 만나기 어렵다. 평생 한 사람도 만나지 못할 수도 있다.

> 가르치고 있는 학과의 학생 정원이 늘어났어요. 이번 학기에만 학생 기획서를 500개쯤 피드백했죠. 1인당 총 네 번씩 피드백을 하는데 가면 갈수록 퀄리티가 예상보다도 훨씬 더 빠르게 올라가요. 그러니 기대되지 않을 수가 없는 거예요. 이 친구들이 빨리 시장에 나와서 완성된 작품으로 독자를 만났으면 좋겠어요. 학생들 보는 게 진짜 신나요.

누가 들어도 선생의 말. 갑자기 작가가 SF계에서 오랫동안 '덕질의 아이콘'이었다는 사실을 떠올렸다. 작가는 이제 학생들을 덕질하고 있는 걸까?

> 그렇죠. 학생 말고도, 덕질할 거야 넘쳐나요! 시간은 변함없이 24시간인데 작가인 동시에 오타쿠인 저는 점점 힘들어져요. 봐야 할 게 너무 많거든요. 예전엔 서울아트시네마나 영화제 가서 영화를 봤는데 이제는 OTT에 봐야 할 영화가 수두룩하게 올라오죠. 몇 년 전만 해도 한 달에 한 권 정도 사면 한국 SF는 다 읽었다, 라고 말할 수 있는 시기였어요. 지금은 절대 불가능하죠. 볼 게 많아서 정말 행복해요. 그리고 시간이 없어서 너무 초조해요.

그렇게 좋은 작품이 많은 거냐 물었더니 그뿐 아니라 엉망진창인 작품에서도 얻는 게 많다는 대답이 왔다. '반면교사' 같은 게 아니었다.

> OTT에서 아무도 안 볼 법한 영화를 찾아 틀어보세요. 저예산에 각본이 엉망진창일수록 의외로 플롯 구조를 들여다보기에 좋아요. 그리고 반대로, 정말 마이너한 B급 소재에 무드인데 구조적으로 얼마나 깔끔하게 완성시켰느냐에 따라 대중을 납득시킬 수 있는 작품도 있고요. 그러면 얼른 그 방식을 기억에 넣고 체화하는 거죠.
>   소설을 볼 땐 좀 달라요. 작가를 주로 파악하죠. 소설은 창작자가 외부의 개입이나 간섭에서 가장 자유로운 매체 중 하나잖아요. 그래서 저는 고유성을 소설이란 매체의 가장 중요하고 매력적인 부분이라고 생각해요. 구조적 완전성이나 캐릭터성은 영화나 게임이 훨씬 낫죠. 소설에서는 그게 무너지는 순간들이 훨씬 중요해요. 이게 더 재밌고 구조적으로도 맞고 잘 팔리겠지, 하지만 나는 지켜나가고 싶은 고집이 있어. 그걸 보여주는 순간이요.

홍지운

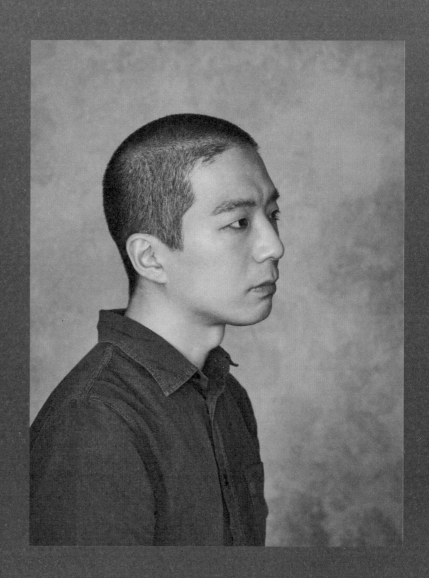

아무래도 그냥, 이야기의 형태를 띤 창작물이라면 다 좋아하는 것 같다. 작가는 '시간이 없어서 분하다'고 말했다. 읽을 책도 볼 영화도 할 게임도 너무나 많다면서. 그러더니 목소리를 높였다. "작가에게 가장 필요한 도구는 식기세척기랑 음식물쓰레기 처리기입니다!"

> 창작은 삶의 목표가 아니라 삶의 방식이 되어야 하지 않을까요. 너무 좋아하고 즐기면서, 또 너무나 재미있게. 팔순이 되어서도 저는 이걸 할 수 있어야만 해요. 그리고 충분히 그럴 수 있을 것 같아요.

오래 나눈 많은 이야기를 한정된 분량 안에 다 녹여내지 못했는데, 가장 인상적이었던 것은 사실 지속가능성에 대한 작가의 확신이었다. 지치지 않는 덕심과, 스스로에 확신을 주는 자신만의 고유한 틀, 자신을 옳은 방향으로 컨트롤할 수 있는 기민함, 그리고 작품에 대한 책임감. 그런 성질들이 얼마나 중요하며 또한 유지되기 힘든 것인지를 명확히 알고 관리하는 이였다. 그를 선생(혹은 사범)으로 둔 제자들은 얼마나 건강한 창작활동을 하게 될까? 생각하니 조금 부러워졌다.

아직도 몇몇 사람들은 작가란 직업에서 '간지'를 찾을지 모른다. 자기파괴적인 생활방식이나 이 세상 사람의 것이 아닌 듯한 기벽, 타인의 말을 듣지 않는 옹고집, 그리고 원고를 쓰며 하염없이 피워대는 담배와 마시는 술 같은. 한때 예술가란 그래야 한다고도 생각했다. 그러나 지금은 그런 작가를 별로 보고 싶지 않다. 자신이 그린 지도대로 건강하게 뚜벅뚜벅 나아가는 작가를 보고 싶다. 함정 같은 건 이미 다 파악해놓았기에 쉽게 넘을 테지. 촬영컷을 보며 "완전 대작가처럼 나왔어요!"라고 박수를 치던 편집부의 말이 그의 미래의 일부가 되길 바란다. 작가는 작법서 계의 홍성대(《수학의 정석》의 저자)가 되고 싶다고 하지만, 뭐, 이것도 되고 저것도 되면 더 즐거운 법 아니겠는가. ▶

홍지운

한국 SF 어워드 대상 수상작가 홍지운
4년 만의 소설집

"이렇게나 멋진 너를
좋아할 수 있는 곳이 꿈속뿐이라니.

그렇게 생각하면 정말 슬프지 않니?
꿈속에서조차 말이야."

다정한
사랑이야기가
가득해요

표지 일러스트
람다람 콜라보!

"연애를 글로 배울 거라면 이 단편을 읽으라고
하고 싶을 정도인데 그 이유는 명확하다.
내가 이 작품을 읽고 그와 결혼하기로 결심했기 때문이다."

— 문아름 청강문화산업대학교 교수

Serial
Novel

Cheon
Seon-Ran

A Planet Not on the Map

연재 소설

지도에 없는 행성 ❸

천선란

아마도 SF 소설을 주로 쓰는 소설가

№ 3.

마음의 근육

라코트는 지하 4층과 3층의 총 관리감독자다.

라코트는 타우드며 지구인이다. 키는 나와 엇비슷하고 프랑스어를 사용했다. 라코트가 하는 일은 2성 쿠비아 관리자의 명령을 수행하고 전체적인 질서를 유지시키는 것이다. 한마디로 타우드들 중에서도 우위에 있다는 뜻이다. 이런 식으로 라코트를 정의하는 걸 좋아하지는 않지만 라코트가 자신을 그렇게 정의했으니 별수가 있나. '같은 타우드보다 더 우월한 타우드.' 그 문구에 도대체 무슨 득이 있는지는 모르겠지만 라코트는 그렇게 불리기를 원했다. 같은 직업에 종사하고 있어도 자신의 이름을 부르는 것을 용납하지 못했다. '관리자님' 혹은 '감독관님'이라고 불러야 돌아보는 사람이다. 내가 공중정원에서 제일 싫어하는 우주인 중 단연 당당하게 상위권을 차지하고 있다. 그러므로 우리 사이가 좋지 않은 건 당연했다.

라코트는 내게 어리고 멍청한 애가 싸가지까지 없다고도 말했는데 도대체 내가 라코트에게 나이 들고 똑똑하며 예의 바르게 보일 필요가 도무지 생각나지 않았다. 라코트가 먼저 나이만 먹고 실속에 눈이 먼 기회주의자처럼 행동하지 않았던가. 그러니 눈을 씻고 찾아도 라코트에게 잘 보여야 할 이유를 발견할 수 없는데 말이다. 나는 라코트와 함께 일하고 있지도 않다. 라코트는 엄연히 지하 3, 4층 관리자이며 그곳을 벗어나면 어떤 권력도 행사할 수 없다. 라코트는 내게 그저 깐깐하고 재수 없는 고객일 뿐이다. 라코트를 격식 맞춰 부를 필요가 없다는 뜻이다. '고객님'이 내가 라코트를 부를 때 사용하는 호칭이며 때에 따라서는 '저기요'나 '이봐요'까지 넘나들었다. 언제나 라코트가 나를 한 방 먹일 궁리를 하는 게 눈에 훤히 보였지만 한 번도 성공한 적은 없었다. 와우드나 하우드에게는 허리를 잔뜩 굽히다가 타우드만 보면 턱을 치켜드는 그 꼴사나운 행동을 모두가 싫어했다. 그렇게 한다고 자신이 와우드가 되는 것도 아닌데 말이다.

이런 라코트와의 사이가 틀어진 결정적인 계기는 따로 존재했다. 물론 그 사건 전에도 서로를 싫어하고 있었음은 맞지만.

3년 전이었다. 지상 2층, 식료품 및 잡화를 파는 가게에서 물건 하나가 사라졌다. 결론을 말하자면, 와우드 아이가 물건을 훔친 사건이었다. 그러나 라코트의 그 멍청한 머리로 추리한 탓에 타우드 아이가 범인이 될 뻔했다. 타우드 아이의 범행 현장을 두 눈으로 봤다는 가짜 증언 탓이었다. 그때 그 자리에 내가 없었다면 라코트의 뻔뻔한 말 때문에 타우드 아이가 범인으로 몰렸을 것이다. 사실 조금만 주의 깊게 생각해보면 라코트의 증언은 전혀 말이 되지 않았다. 아니, 깊게 생각하지 않아도 알 수 있었다. 그 물건은 신장이 작은 타우드 아이의 손에 닿지 않기 때문이었다. 타우드 아이의 몸에서도 훔친 물건이 나오지 않았으니 그 아이가 범인이 아니라는 건 너무나도 자명한 사실이었다. 하지만 라코트의 말을 철석같이 믿은 여론은 타우드 아이가 물건을 훔친 뒤 어딘가에 숨겨놓을 것이라는 쪽으로 흘러갔다. 그 주장에 반기를 들었던 것이 나였다. 나는 아이가 물건을 훔칠 수 없는 이유를 읊었고, 아까부터 주변을 서성이며 잔뜩 겁먹은 모습을 보이던 와우드 아이를 불렀다. 그러고는 아이에게 차분히 설명했다.

'누구든 한 번쯤은 실수할 수 있어. 그렇지만 그건 실수를 인정하고 사과하면 끝나는 일이야. 그런데 실수를 끝까지 은폐하려고 하면 죄가 되는 거지. 누군가가 용서해줄 수 있다고 할 때 사과해야만 해. 만일 너에게 지금 그 기회가 주어진다면 너는 어떻게 하겠니?'

그러자 와우드 아이는 곧 주머니에서 훔쳤던 시계를 꺼냈다. 라코트는 자신의 증언이 틀렸다는 걸 부정했다가 곧 꼬리를 내릴 수밖에 없었다. 나는 라코트더러 타우드 아이에게 사과하라고 요구했지만 라코트는 그 아이도 수상한 짓을 했기에 오해받아 마땅하다는 말을 주절거리고는 끝내 사과 없이 자리를 떠났다.

라코트가 나를 싫어하게 된 결정적인 이유가 이 사건 때문만은 아니었다. 이 사건과 바로 연결되는 다음 지점이 또 있었다. 디그바드가 이 작은 소동을 알게 된 것이었다. 디그바드는 다음 날 나를 보기 위해 직접 지하 2층까지 찾아왔다. 하필 라코트가 식당에 함께 있을 때였다. 라코트는 디그바드가 직원 식당으로 들어서자마자 먹던 식사도 멈추고 달려나갔다. 디그바드를 꼭 보필해야 한다는 사명감 따위를 가지고 있던 모양이었다. 그런 라코트를 두고 디그바드가 나를 찾은 것이다. 자신에게 인사하는 라코트를 쳐다보지도 않고서. 디그바드는 누명을 쓸 뻔한 타우드 아이를 구해내고 진범을 잡아낸 일을 칭찬해주기 위해 왔다고 말했다. 그 순간 라코트의 배알이 꼴리는 소리가 나한테도 들렸다. 그날 온종일 라코트 생각만 하면 즐거웠고, 이후로 라코트는 나만 보면 이를 갈았다. 내가 조금만 더 작았더라도 내 머리를 손가락으로 툭툭 밀쳤을 텐데 안타깝게도 내가 자신보다 약간 더 컸기에 라코트는 늘 눈을 치켜뜰 뿐이었다. 뼈에 살점만 붙어 있는 라코트보다 내가 더 건장하기도 했으니 싫어하는 만큼 괴롭히지 못해 못마땅해하는 게 언제나 보였다.

라코트는 저 멀리서부터 나를 발견하고는 성큼성큼 다가왔다. 눈빛에서부터 이미 화가 가득 차 있었다.

"이 시간에 네가 여기를 왜 와? 지금 여기 바쁜 거 안 보여?"

"볼 일이 있어서 왔겠죠."

말을 길게 섞고 싶지 않아서 나는 눈도 마주치지 않고 짧게 대답했다.

"뒤에 저 애는 누구야?"

라코트는 그레이스를 검지로 삿대질하듯 가리켰다.

"누군들 그걸 내가 당신한테 굳이 말해야 하나요?"

나는 라코트의 팔을 붙잡아 내리며 대답했다.

"여기는 내 구역이야."

"이곳에 오는 방문자를 전부 검사하라는 지시라도 받았나요?"

라코트가 내게 이마가 닿을 정도로 얼굴을 들이밀었다.

"너는 모르겠지만 요즘 공중정원에는 꽤 심각한 일이 있거든. 이럴 때일수록 누가 시키지 않아도 눈치 빠른 자가 알아서 일을 하는 거지."

"그게 무슨 일인데요?"

시치미를 떼고 물었다. 라코트는 침입자에 대해 알고 있다면 자신의 위치를 과시하기 위해 정보를 흘릴 사람이었다. 하지만 정확하게 알지 못하고 어디선가 주워듣기만 했다면, 혹은 그런 분위기만 어렴풋이 읽은 게 전부라면 알려주지 않겠지.

"극비사항이라 알려줄 수야 없지. 아무튼 조심하라는 이야기야. 너같이 자기밖에 모르는 이기적인 타우드는 특히나 더. 또 무슨 사고를 칠지 모르니까 내가 눈여겨보고 있을 거야."

라코트 같은 성격을 적으로 돌리는 일은 여간 귀찮은 게 아니다. 별 위협도되지 않는 말들을 일일이 들어줘야 하기 때문이다. 마땅히 해야 할 말이 떠오르지 않아 알겠다고 대답하고는 대화를 끊었다. 라코트에게 빼앗길 시간 따위 없었다. 나야말로 '진짜' 극비의 일을 하고 있으니 말이다. 라코트를 지나쳐 장을 찾기 위해 주변을 돌아봤다. 밝지 않은 조명 탓에 사람 구분이 힘들었다. 지하 4층은 전력공급량이 전 층 중에서 가장 낮았다. 어둡고, 덥고, 습한 곳이었다. 오래 있는 것만으로도 숨이 차고 땀이 날 정도였다. 그레이스는 숨이 조금 차지만 충분히 견딜 만하다고 말했다.

장은 적어도 내가 아는 한에서는 공중정원에서 가장 뛰어난 엔지니어다. 아니, 모두가 그렇게 생각할 것이다. 유일무이한 존재. 공중정원에서 장의 실력을 대체할 우주인은 없다. 장의 업무는 공중정원의 심장이라 불리는 원심기 관리였다.

장은 아침 일찍부터 동력실의 중심인 원심기를 살펴보고 있었다. 머리카락을 돌돌 말아 올린 채였고 목덜미와 등에 땀이 흥건했다. 가슴을 꽉 잡아주는 스포츠 속옷을 입고는 등과 팔 근육을 여과 없이 드러냈다. 도무지 나이 쉰의 여자로는 보이지 않을 만큼 말이다. 높은 온도와 습도에서 가장 뜨거운 원심기를 만져야 하는 일은 보통의 체력으로는 할 수 없는 고난도 업무였다. 장은 매일 아침과 저녁 코어 운동을 빠뜨리지 않았다. 장은 자신을 찾아온 나와 그레이스를 번갈아 바라보더니 5분만 기다려달라고 말했다. 우리는 군말 없이 구석의 의자에 앉아 장을 기다렸다.

일을 끝내고 돌아온 장에게 나는 찾아온 본론부터 말했다. 장은 왜 묻느냐는 질문 대신 기계적 결함이 있었던 것은 아니라고 대답하면서 수건으로 이마에 흐르는 땀을 쉼 없이 닦았다.

"그렇다면 왜 갑자기 닫은 거예요?"

"그 전에 내가 먼저 너희가 이 일을 왜 궁금해하는지 물어봐도 되겠니?"

그레이스와 눈이 마주쳤다. 그레이스의 손을 꽉 잡았다. 장은 믿을 수 있었다. 장이라면, 우리의 사정을 이해할 것이고 도와줄 거였다. 내게 운동을 해야 한다고 처음으로 이야기해준 사람은 장이었다. 구두를 들고 계단에 주저앉아 울고 있던 열 살 때였다. 장은 내 눈높이에 맞추기 위해 두어 계단 밑에 앉아서는 몸이 힘들어서 울고 있느냐고 물었다.

'몸이 힘들어서 울고 있는 게 아니에요.'

정말로 몸은 하나도 힘들지 않았다. 정확하게 기억은 나지 않지만 내가 힘들었던 건 마음 그 언저리쯤 때문이었다. 그러니 운동과는 전혀 상관없는 일이라고 생각했다. 하지만 장은 내 앞에 주저앉더니 주먹을 쥐어보라고 시켰다. 그러고는 자신의 가슴을 세게 쳐보라고 말했다. 내가 망설이자, 장은 주먹으로 자신의 가슴을 세게 내리치며 괜찮으니 이렇게 있는 힘껏 치라고 말했다. 나는 처음엔 약하게 쳤다가 두 번째에는 제법 세게 내리쳤다. 그리고 느꼈다. 단단한 책상을 내리치는 듯한 울림을 말이다. 내 가슴을 때릴 때와는 전혀 다른 감각이었다. 장은 그것을 '마음의 근육'이라고 말했다.

마음의 근육은 가장 늦게 생긴다. 강해지기 위해서는 우선 운동을 해야 한다. 그럼에도 불구하고 힘들 때는 눈물을 아주 조금만 빼내면 된다. 장이 내게 알려준 비법이었다. 그리고 장의 말은 사실이었다. 장은 언제나 과묵하게 진실만을 추구하는 사람이었다. 옆에 있다는 것만으로도 힘이 되는 그런 존재.

그러니 장이 내게 이유를 물었을 때 장에게 솔직하게 말해도 되지 않을까

Illustration © SAI

고민했다. 하지만 나는 결국 진실을 털어놓지 않았다. 장을 믿지 못해서가 아니었다. 혹여 나중에 문제가 생겼을 때 장이 연루되게 하고 싶지 않을 뿐이었다. 나는 디그바드의 명함을 내밀었다.

"비밀임무를 수행 중이에요. 그래도 디그바드에게는 장에게서 들었다고 하지 않을 거고요."

장의 시선이 이번에는 그레이스에게 향했다.

"얘는 친한 동생이에요. 이번에 공중정원에 놀러 왔는데 방에 혼자 두기 그래서 데리고 왔어요. 입이 무거워서 괜찮아요."

그레이스가 장을 향해 고개 숙여 인사했다. 장은 곧바로 기억을 더듬으며 입을 열었다.

"13년 전이었을 거다. 내가 열한 번째 게이트를 폐쇄하라는 명령을 받은 것이."

"13년 전이요? 헙."

나는 너무 놀라 소리 지르듯 되묻고는 곧바로 입을 틀어막았다. 다행히도 동력실의 직원들은 우리에게 관심이 없었다.

"하지만 닫은 게 그때라는 이야기지 열한 번째 게이트는 더 오래전부터 사용되지 않았을 거야. 한 달에 다섯 번은 정기적으로 검사해야 하는 게 게이트 운영규정인데 열한 번째 게이트는 그것마저 하지 않은지가 꽤 됐으니까."

"그럼 위험한 거 아니에요?"

"그렇지. 그러니까 오랫동안 사용하지 않았다고 보는 게 맞겠지. 훨씬 오래전부터 말이야."

"지금까지 왜 아무도 그 사실을 몰랐죠?"

"당연하게 생각하는 것들은 눈여겨보지 않으면 변화를 모를 때가 더 많잖니."

그렇지만 이 사실은 내겐 적잖게 충격이었다. 지구로 가는 게이트가 아주 오래전부터 사용되지 않았는데 아무도 몰랐다니. 코끝이 매워지더니 속에서부터 울컥 눈물이 나려고 했다. 슬퍼서는 아니었다. 그저 무관심 속에 오래도록 닫혀 있던 지구 게이트를 떠올리니 몸이 제멋대로 반응했을 뿐이다. 나는 울지 않기 위해 눈에 힘을 줬다. 장에게 집중해야 했다.

"그 사실을 왜 아무에게도 말하지 않으셨어요?"

"좋은 일이 아니니 그다지 떠벌리고 다닐 필요가 없다고 생각했어. 알려야 할 필요성을 느끼지 못했지. 게이트가 문을 닫은 명목이 '부적합'이라는 단어 때문이었거든."

"그게 어떤 문제인지는 아시나요?"

"그건 모르겠구나. 내가 한 일은 마지막으로 게이트를 닫은 것뿐이라서."

나는 차분하게 방금 나눈 대화를 속으로 한 번 정리했다. 지구로 가는 열한 번째 게이트는 13년 전에 완전히 닫혔다. 하지만 지구의 물자들은 여전히 공중 정원에 들어오고 있다. 열한 번째 게이트가 아니라 다른 통로를 통해 들어오고 있는 것일지도 모른다. 그렇다면 도대체 왜 그런 상황을 만든 것일까? 왜 아무 도 지구로부터 도착하는 새로운 게이트 위치를 알지 못하는 걸까. 다른 게이트 의 가능성을 열어놓고 공중정원을 살펴봐야 할 것이다. 다행스러운 것은 그 누 구보다도 공중정원의 내부구조는 내가 잘 알고 있다는 사실이었다. 아직 딱 한 곳만은 가보지 못했지만 말이다.

"장, 엔지니어의 출입카드로는 모든 구역을 통과할 수 있나요?"

"그렇지. 대신 기록이 남는단다."

이래서는 장에게 카드를 빌릴 수도 없었다. 디그바드의 명함으로 지나가게 해달라고 말하는 방법도 있겠지만 이 방법을 쓰면 그레이스를 방에 두고 혼자 돌아다녀야 할 것이다.

"공중정원을 마음대로 돌아다닐 수 없는 게 문제인 거지? 지금."

"예, 그렇지만…."

"디그바드의 비밀임무면 다른 쿠비아들도 모를 테니 너희에게 협조를 해 주지 않을 테고. 그렇지?"

나는 얼떨결에 고개를 끄덕였다.

"그럼 나는 나중에 쿠비아나 디그바드에게 그리 말하면 되겠네, 그렇지? 단 지 너희의 비밀임무를 도와주려고 했을 뿐이라고. 무슨 문제가 생기든 말이야. 너희는 비밀임무를 수행 중이니까. 나한테는 여분의 출입카드가 하나 더 있는 데…."

장의 의도를 그제야 알아차릴 수 있었다. 장이 주머니에서 출입카드를 꺼 내 넘겼다. 카드를 받아도 되는 것일까. 장의 선의를 내가 이용하는 것은 아닐 까. 나중에 장이 난처해지면 어떡하지…. 고민들이 앞다투어 머리를 지배했다. 적어도 장에게는 진실을 말해야 할 것 같았다.

"하지만 장, 실은…."

"어떤 위대한 일에는 굳이 많은 이유를 붙이지 않아도 된단다."

그때 장의 눈빛을 보고 깨달았다. 장은 알고 있었다. 비밀임무라는 빌미를 토대로 내가 다른 모략을 꾸미고 있다는 사실을 말이다. 그걸 알고서도 나를 도 와주려는 것이었다. 장은 돌연 내게 허리를 당당히 펴고 앉으라고 했다. 그러고 는 곧 주먹을 쥐고 아프지 않게 내 가슴을 툭 쳤다. 내 가슴에서는 판판한 나무 판자를 두드릴 때의 울림이 났다.

"마음의 근육이 튼실해졌네. 카드를 잃어버리지 않을 것 같아."

장이 내 손 앞까지 카드를 내밀었다.

"자, 받아. 대신 기념으로 가지는 건 안 된다. 알겠니? 딱 두 개밖에 나오지 않아서 말이야. 규정이라 어쩔 수가 없네."

장의 카드를 받았다. 고맙다는 말을 하고 싶었는데 말이 나오지 않아 고개만 쉼 없이 끄덕였다. 그러고는 가까스로 입을 열었다. 내 말을 듣고 장이 카드를 도로 가져간다고 해도 전혀 상관없었다.

"어쩌면 장이 위험해질지도 몰라요."

"이 원심기의 구조를 눈감고 그릴 수 있는 사람은 이곳에 나밖에 없어. 나사의 위치와 숫자까지도 다 알고 있지. 모래알갱이만큼 작은 태엽의 개수까지도 외우고 있다고. 벌은 있을지언정 아무도 나를 해할 수는 없어."

"하지만 와우드들은 법에 엄격해요."

결국 이것이 문제가 되는 일임을 내가 스스로 밝히는 꼴이었다. 장의 눈을 마주 볼 수 없었다.

"달래야, 나를 봐."

장의 부드러운 손짓에 나는 고개를 돌렸다. 장의 얼굴이 뿌옇게 흐려져 잘 보이지 않았다. 나를 믿어주는 사람을 속이는 일이 이토록 힘든 일이었음을 진작 알았더라면 나는 장에게 오지 않았을 것이다.

"공중정원에서 나를 대체할 수 있는 사람은 아무도 없어."

"……."

"나는 공중정원의 가장 밑에서 일하고 있지만 내가 없으면 공중정원은 돌아가지 않는단다. 그들도 그걸 잘 알고 있어. 나는 말이다, 원심기의 소리만 들어도 어느 부분에 결함이 났는지 알아낼 수 있어. 그러니 괜한 걱정은 마."

장이 벽에 걸린 시계를 확인하고는 그만 허리를 폈다. 곧 작업장에 인부들이 쏟아져 들어올 것이라고 했다. 비밀임무를 완벽하게 수행하기 위해서는 지금 나가는 것이 최적의 타이밍이었다. 나는 그레이스와 함께 자리에서 일어났다. 장이 내게 손을 내밀었다. 나는 영문도 모른 채 손을 맞잡았다.

"내게 지구 게이트에 대해 물어본 사람은 네가 처음이야."

장이 웃으며 말했다.

"네가 묻지 않았다면 나도 까마득하게 잊을 뻔했다."

"꼭 돌려드릴게요, 카드요."

"기다리고 있으마."

나는 그레이스의 손을 잡고 계단으로 향했다. 뒤를 돌아봤을 때 장은 미련 없이 자리를 뜬 후였다. 아마 장은 쓸데없는 생각에 잠겨 있을 시간이 없을 거였다. 장의 말처럼 장은 이 공중정원에서 대체불가의 인력이 아니던가.

계단 앞에서 라코트를 다시 마주쳤다. 나를 그냥 지나치지 못하는 라코트는 삿대질하며 또 똑같은 소리를 반복했다. 자신이 주시하고 있으니 언제든 몸을 사리라고 말이다. 이번에는 조금만 수상한 행동을 해도 디그바드에게 데리고 갈 거라는 말도 덧붙였다. 결국 걸음을 멈추고 라코트를 돌아봤다. 웬만하면 참겠는데 지금은 그냥 넘어가주고 싶지가 않아졌다. 라코트의 높은 콧날을 한번에 무너뜨릴 방법이 있지 않은가.

"어쩌죠? 디그바드 님이 직접 지시하신 비밀임무라서요."

'직접'이라는 단어에 일부러 더 힘을 줬다. 얼빠진 라코트의 얼굴이 얻어터진 샌드백처럼 보였다. 아마도 라코트는 오늘 밤 궁금증과 열등감에 휩싸여 잠을 이루지 못하리라. 내일이면 그림자가 짙게 드리운 얼굴로 나타나겠지. 하지만 난 그 얼굴을 보지 못할 거였다. 오늘 안에 그레이스와 함께 공중정원을 빠져나갈 계획이니 말이다. 디그바드가 공중정원 전체에 수배를 내려 침입자 포획을 지시하기 전에 이곳을 떠나야 했다. 예상컨대, 그 마지노선은 늦어도 내일 밤이었다.

눈치를 보는 것인지 그레이스는 지하 3층으로 올라가는 동안 조용히 내 뒤만 쫓았다. 괜찮다고 내가 먼저 상태를 알려야 하지 않을까 싶어 걸음을 멈추고 그레이스를 불렀다. 하지만 그레이스의 시선은 내가 아니라 다른 곳에 있었다. 계단은 외벽을 둘러 나 있었으므로 계단을 오르는 동안에는 각 층의 전경을 전부 볼 수 있었다. 지하 3층 중앙에는 전 층을 통과하는 승강기가 있었고 그 승강기를 중심으로 반쪽은 쓰레기 압축장, 나머지 반쪽은 쓰레기 분류장이었다. 그레이스의 시선은 거기에 닿아 있었다.

공중정원에서 발생하는 모든 쓰레기는 이 지하 3층으로 온다. 쓰레기는 분류하지 않고 한꺼번에 압축한다. 총 다섯 번의 압축과정을 거쳐 50킬로그램의 쓰레기를 지름 10센티미터의 정사각형 큐브로 만든다. 이렇게 쌓인 쓰레기는 이후 우주선박에 실려 다른 행성으로 옮겨진다. 쓰레기를 실은 우주선박은 열한 개의 행성을 번갈아 방문한다고 했다. 한 행성에 쓰레기 우주선박이 방문하는 주기는 100년이다. 그동안 이곳에서는 큐브로 압축한 쓰레기들을 차곡차곡 쌓아놓는다. 그레이스의 시선을 붙잡은 것은 쉬지 않고 돌아가는 컨베이어벨트일 것이다. 층마다 발생한 쓰레기는 곧바로 지하 3층으로 이동되며 큐브로 만들어지기까지 우주인의 손길은 하나도 닿지 않는다. 드문드문 지구인들이 있기는 했지만 이는 기계를 살펴보기 위함이지 쓰레기를 처리하기 위해서는 아니다. 난간을 붙잡고 바라보고 있는 그레이스에게 말했다.

"장난감 블록 만드는 것 같지 않나요?"

그레이스가 고개를 끄덕였다.

"여기는 타우드만 출입 가능해요."

"왜요?"

"다리가 두 개인 타우드만이 이 더러운 땅을 제일 적은 면적으로 밟기 때문이죠."

웃긴 이유였다. 어쨌든 그렇게 들었으니 어쩌겠는가. 그레이스의 표정이 잔뜩 구겨졌다. 그레이스가 듣기에도 어이없는 이유였을 테지. 마음 같아서는 지하 3층의 구석구석을 설명해주고 또 가끔 쓰레기통에 들어갔던 하우드 아이가 여기까지 휩쓸려 내려왔던 일화들을 이야기해주고 싶었지만 시간이 없었다. 나는 구경할 시간이 더 필요하냐고 물었다. 그레이스가 먼저 내 손을 잡고 계단을 마저 올랐다.

다음으로 갈 곳은 지상 2층이었다. 지구의 물자를 운반하는 트럭 트랙터를 찾아 그 경로를 추적해야 했다. 오전 6시. 지구의 물자가 들어오는 시간이다. 오전 6시까지는 고작 20분 남았다. 하지만 시선은 계단을 오르는 내내 드문드문 나 있는 동그란 창으로 향했다. 공중정원은 거문고자리 근처에 위치해 있다. 공중정원에서 가장 가까운 행성은 '케플러-442'로 와우드들의 행성이다. 이곳에서는 지구가 보이지 않는다. 나는 지구가 송두리째 사라진 상상을 했다. 설령 그렇게 된다 하더라도 역시나 멀어서 알 수가 없다. 광활하고 적막한 이 어디 한가운데, 점처럼 찍혀 있던 행성 하나가 소리도 없이 사라진 것만 같았다. 내가 가야 할 곳.

이쯤에서 확실한 사항들을 정리해둘 필요가 있었다.

하나, 열한 번째 게이트는 13년 전에 폐쇄되었다.

둘, 폐쇄된 이유는 알 수 없다.

셋, 하지만 다른 통로로 지구의 물자는 계속 운송되고 있다.

생각보다 난항이 많았지만 아직 포기할 정도는 아니었다. 다만 한 가지 신경 쓰이는 게 있다면 지구 게이트의 폐쇄를 공식적으로 발표하지 않았다는 점이었다. 왜 아무도 이야기하지 않았을까? 공중정원의 사람들이 알 필요가 없어서? 아니면 알면 안 돼서? 어느 쪽이든 이해할 수 없었다. 열한 개의 게이트는 우주의 열한 가지 평화와 같다고 어릴 때부터 배웠다. 사무국장도 그렇게 말했다. 열한 개의 행성들이 서로 협정을 맺을 때 약조한 사항이다. 첫 번째 행성은 우주를, 두 번째 행성은 자연을, 세 번째 행성은 공존을, 네 번째 행성은 재생을… 그렇게 순서대로 빛과 시간, 질서, 균형, 법, 생명을 약속했으며 마지막 지구의 약조 사항은 평등이었다. 그런데 그런 게이트를 말도 없이 폐쇄할 수 있는 것이란 말인가. 무언가 잘못됐다는 느낌이었고 또 누군가가 무엇을 숨기고 있다는 생각도 들었다.

"표정이 아까부터 슬퍼 보여요."

그레이스의 말을 듣고 나는 화들짝 놀랐다. 황급히 손을 저었다. 괜히 민망해져 귀가 달아오르는 느낌이었다.

"그냥 생각을 하고 있었어요."

"셀은 분명 지구에 먼저 도착했을 거예요."

그레이스가 내 손을 붙잡았다.

"우리는 어렸을 때부터 잘 통했거든요. 서로에게 안 좋은 일이 생기면 서로 바로 알았죠. 지구가 없어졌다면 저에게도 어떤 느낌이 왔을 거예요. 그 애가 잘못됐을 테니까. 하지만 그런 기운은 전혀 없으니 걱정하지 마세요. 단지 이곳에서는 안개 때문에 잘 보이지 않는 게 아닐까요. 문이 막혔다고 해서 없어진 건 아니잖아요."

우리는 계단을 마저 올랐다. 지상 1층에서부터 외벽이 아닌 중앙 계단을 이용해야 했다. 여전히 복잡한 1층 게이트를 비집고 달렸다. 그 순간 누군가 달려가는 내 어깨를 붙잡았다. 디그바드였다. 그의 얼굴을 보자마자 심장이 지하 4층까지 떨어지는 줄 알았다. 디그바드는 쿠비아 두 명을 대동한 채였다. 어디를 가고 있던 것일까. 아니면 처음부터 나를 미행하고 있었나? 나는 한걸음 뒤로 물러났다. 디그바드는 그레이스의 얼굴을 골똘히 바라봤다.

"조수예요."

생각보다 입이 먼저 움직였다. 그레이스를 뒤로 숨기지 않고 앞으로 끌어당겼다. 디그바드는 침입자의 얼굴을 알지 못한다. 알았으면 그레이스는 진작 잡혀갔을 테니까.

"우리 가게에서 새로 뽑은 직원이에요. 배달을 도와주고 있어요. 제가 지금은 좀 바쁘니까요."

심장이 세차게 뛰었다. 디그바드의 눈을 피하지 않기 위해 노력했다. 디그바드는 허리를 살짝 굽어 내 눈을 쳐다봤다. 거짓말한 아이에게 진실을 채근하는 어른의 눈빛 같았다. 하지만 아이의 거짓말이 얼마나 체계적으로 설계되어 나오는 것인지 어른들은 잊어버리고는 한다. 심지어 머리가 조금 자란 아이는 뻔뻔함까지 갖추고 있다. 몇 초를 마주 보고 있던 디그바드가 이내 허리를 폈다. 내 어깨를 다정하게 감싸며 일행이 없는 곳으로 이끌었다. 그레이스에 대한 의심은 사라진 듯했다. 디그바드는 일행과 조금 떨어져 걸음을 멈췄다. 쿠비아와 단둘이 남은 그레이스가 불안한지 자꾸만 뒤를 흘겼다.

"단서가 나왔다."

숨을 삼키며 디그바드를 바라보았다. 침착해야 한다. 나는 범인을 숨겨주는 공범이 아니고 디그바드와 함께 움직이는 짝꿍 형사이다. 속으로 그렇게 주문을 외웠다.

"무슨 단서죠?"

"범인의 발자국이 나왔어. 타우드이더구나."

타우드로 수사망이 좁혀지면 수사는 더욱 빨라질 것이다. 다행히도 이번에는 내 머리가 제법 빨리 돌아갔다.

"하지만 정말 타우드일까요? 살해를 저지르고 온 극악무도한 살인범이라고요. 그렇게 쉽게 흔적을 남기지 않을 거예요."

"그렇다면 그 두 개의 발자국은 뭐지?"

"다른 종족일 수도 있죠. 와우드나 하우드는 두뇌가 뛰어나니까 일부러 타우드가 의심받게 발자국 두 개만 찍었을 수도 있잖아요."

디그바드는 잠시 생각에 잠겼다가 수긍하듯 고개를 끄덕였다.

"일리 있는 말이구나."

"타우드로 용의자를 좁히지 않고 수사하는 게 좋을 것 같아요. 언제 범인이 파놓은 덫에 걸릴지 모르니까요."

디그바드 너머로 1층 시계를 봤다. 6시까지는 고작 8분밖에 남지 않았다. 시간이 여유롭지 않았다. 지금 당장 2층으로 뛰어 올라가야 할 판이었다.

"용건은 다 끝나신 건가요?"

옆에 라코트가 있었다면 방금 내 말을 듣고 놀라 턱이 빠졌을 것이다. 감히 누가 디그바드와의 대화를 먼저 끊을 수 있을까. 나처럼 범죄를 은폐해 한시라도 빨리 공중정원을 도망가려는 자가 아니라면 할 수 없으리라. 디그바드는 마지못해 고개를 끄덕였다.

"네가 알아낸 것이 있는지 궁금하구나."

아직 알아낸 게 없다고 하는 것이 가장 안전한 방법이겠으나 그렇게 말했다가는 디그바드의 신뢰를 떨어뜨릴 수도 있었다. 나에 대한 필요성을 잃고 여기서 명함을 돌려달라고 하면 어쩌겠는가? 신뢰를 위해서 무엇이든 말하는 게 좋을 것이었으며, 그 정보는 되도록 사실에 입각해야 했다. 그리고 다행스럽게도 나에게는 그레이스에 대한 이야기를 꺼내지 않고도 정확하게 말할 수 있는 정보 한 가지가 있었다. 디그바드에게 가까이 다가오라고 손짓했다. 디그바드가 허리를 굽혀 귀를 내밀었다.

"라코트가 무언가를 알고 있는 낌새였어요."

"라코트?"

아, 라코트가 디그바드의 표정을 봤어야 했는데. 라코트라는 이름을 살아오며 처음 듣는다는 이 표정을!

"네, 지하 담당자예요. 공중정원에서 벌어지는 일을 자신이 다 알고 있다고 말하는 자예요. 오늘 새벽 일찍 수사하러 내려갔을 때도 저에게 공중정원에 일이 있으니 몸을 사리라고 했죠. 디그바드 님이 말을 안 하셨다면 그자가 공중정원에 일이 있다는 걸 어떻게 알겠어요? 분명 침입자와 접촉이 있었던 거예요.”

나는 쉬지 않고 말했다. 다 말하고 나서야 너무 빠르게 말한 건 아닌가 싶었지만 디그바드는 말을 알아들은 눈치였다. 디그바드가 쿠비아를 데리고 지하로 향했다. 나는 그들이 눈앞에서 완전히 사라진 후에야 시간을 다시 확인했다. 이제 5분밖에 남지 않았다. 그레이스의 손을 붙잡고 허겁지겁 2층으로 달렸다. 지구에서 오는 물자는 식료품이 대부분이었다. 그중에서 가장 크게 차지하는 것은 초콜릿, 젤리와 같은 디저트류와 와인, 막걸리 같은 발효된 주류, 마지막으로 육포 같은 육가공품과 젓갈이었다. 지구의 식료품은 공중정원에서도 인기가 좋았다. 각 행성마다 자라는 작물이 다른 건 당연했으나 지구의 것은 조금 더 풍성하고 다채로웠다. 공중정원을 떠나본 적 없는 내가 보기에도 다른 행성의 식료품보다 지구의 식료품이 훨씬 화려했다. 그중에서도 ‘젓갈’은 특히 공중정원에서 꼭 사 가야 할 특산품으로 유명했다. 물에서 사는 연체동물을 썰어 어떤 양념에 절여둔 것인데 소량만 섭취해도 염분을 많이 충전할 수 있다는 이유였다. 가게에 납품되는 종류 외의 채소나 육류 등 원재료는 곧바로 지하 2층 식당으로 향했다. 식당으로 향하는 트랙터는 냉장과 냉동고였다. 그러니 트랙터에 몰래 잠입해 지구 물품의 유통 경로를 확인하려면 지상으로 오는 저 트랙터들을 노리는 게 수월했다.

식료품점들은 이제 도착하기 시작한 트랙터로 분주했다. 가게마다 박스가 수북하게 쌓였다. 지구의 상점들이 모여 있는 지점은 ‘12시’ 구역이다. 계단을 통해 올라온 곳이 ‘6시’ 구역이었으므로 가게를 둘러 달려가야 했고, 때마침 트랙터에서 지구 물품을 내리고 있는 모습이 눈에 보였다. 거의 끝물처럼 보였다. 그레이스에게 더 달릴 기력이 있는지는 몰랐지만 어쩔 수 없었다. 일단은 달리는 수밖에. 물건과 우주인이 가득한 길을 내달리기란 쉽지 않았다. 하지만 지구 트랙터가 물건을 다 내리고 정리하고 있는 모습만을 노려보며 더 속력을 냈다. 조금만, 조금만 더 달리면 닿을 것 같았다. 딱 한 걸음이면 트랙터가 떠나기 전에 도착할 수 있을 텐데! 그렇게 막바지 속력을 끌어모으던 순간 나는 붙잡고 있던 그레이스의 손을 놓쳤다. 달리고 있던 몸을 갑작스럽게 멈추기란 쉽지 않았다. 뒤돌며 다리에 힘을 줬지만 결국 몸이 앞으로 고꾸라져 우주인들 사이를 가르며 몇 바퀴 굴렀다. 몸이 멈추자마자 곧바로 그레이스부터 찾았다. 그레이스는 내가 손을 놓쳤던 지점에 넘어져 있었다.

일하던 우주인들이 전부 우리를 쳐다보았고 때아닌 이른 새벽에 소란이 일어나자 주변에 있던 쿠비아들이 이쪽에 관심을 갖기 시작했다. 넘어진 그레이스를 붙잡아 일으켰다. 무릎이 쓸렸는지 바지가 검붉게 물들어 있는 것을 보았으나 지금은 상처까지 살펴봐줄 시간이 없었다. 절뚝이며 걷는 그레이스를 이끌고 가게 뒤편으로 갔다. 지구의 트랙터가 출발하는 소리가 들렸다. 지금이라도 나만 뛰어가면 트랙터를 따라갈 수 있지 않을까. 트랙터의 경로만 확인하고 다시 돌아오면 되지 않을까. 그렇지만 도저히 다친 그레이스를 혼자 두고 갈 수 없었다. 그레이스를 땅에 앉혔다.

"바지 올려봐요."

"그냥 넘어지면서 살짝 쓸린 것 같은데…."

"알았으니까 올려봐요."

그레이스가 못 이기는 척 바지 밑단을 접어 올렸다. 큰 상처는 아니었지만 그래도 약을 바르고 반창고를 붙여놓아야 하는 수준이었다. 이 근방에 약국이 있어 다행이었다. 그렇지만 마음이 편치 않았다. 어쨌든 내 탓이었다. 트랙터를 따라가야 한다는 생각에 사로잡혀 함께 달리고 있는 사람을 생각하지 못했다.

그래도, 비록 트랙터는 놓쳤지만 방법이 다 사라지지는 않았을 것이다. 다른 방법을 고민하고 강구하면 그만이었다. 뾰족한 수가 떠오르지 않으면 오후 3시에 오는 트랙터를 쫓으면 됐다.

"죄송해요, 저 때문에 놓쳤어요."

그 말을 듣자마자 방귀 뀐 놈이 성낸다고, 하마터면 사과하지 말라며 내가 목소리를 높일 뻔했다. 훅 올라왔던 목청을 한껏 내리고는 그레이스에게 말했다.

"내가 욕심내서 생각 못 하고 뛴 거예요. 사과할 필요 없어요. 일단 지금은 약국에서 약을 사서 발라야겠어요. 같이 걸을 수 있겠어요? 약국은 바로 이 앞이에요."

그레이스가 나에게 미안함을 느낄 필요가 전혀 없는 일이었다. 나는 그레이스를 일으켰다.

"지금 안 나가는 게 좋을걸?"

익히 아는 목소리였다. 뒤돌자, 품에 상자 하나를 든 제아가 우리를 바라보고 있었다.

"관리자 쿠비아가 아까 무슨 소란이 일어났는지 캐묻고 다니던데? 아직 돌아다니고 있을 거야. 들킨다면 신분도 확인하려고 할 거고. 필요한 거 있으면 나한테 말해. 가져다줄게."

이름은 차제아. 지구인이다. 막걸리를 파는 식료품점에서 일하고 있는, 말하자면 친구라고 할 수 있겠다. 더 자세하게 소개하면 좋겠지만 지금은 잠시 미루자. 가게 앞을 살피자 제아의 말처럼 관리자 쿠비아 두 명이 가게 주인들에게 아까 일어났던 소란에 대해 묻고 있는 것이 보였다. 나는 알아볼지라도 그레이스는 알아보지 못할 이들이었다. 지금 같이 밖으로 나갔다가는 나를 알아보고 다가온 쿠비아들이 그레이스에게도 신분확인을 요구할지 모른다. 나는 제아에게 말했다.

"상처에 바를 연고랑 반창고가 필요해."

제아가 잠시만 기다리라 하고는 자리를 떴다. 제아는 믿을 만했다. 그렇다고 내가 저 애의 깊은 내면까지 안다고 말하는 건 조금 과장이었다. 누구라도 제아의 속을 알지 못할 것이다. 제아는 정의로워질 기회도 자신이 귀찮거나 골치 아프면 거절하는 성격이었고 대신 좀 흥미롭거나 재미있다 싶으면 도와주는 편이었다. 성상 자체가 온순하고 침착한 것을 감안하면 의외의 면이라고 할 수도 있겠으나 내 생각은 반대다. 정적이고 차분하다 보니 사는 게 퍽 심심한 것이다. 제아가 돌아오기를 기다리는데 그레이스의 표정이 꼭 제아의 소개를 바라는 눈짓이었다.

"쟤는 친구예요. 쿠비아를 데리고 오는 짓은 죽어도 안 할 테니까 걱정 마요. 들킨 게 조금 당황스럽기는 하지만 어쩌면 잘된 일일지도 몰라요."

제아는 연고와 반창고를 가지고 돌아왔다. 그레이스가 약을 바르는 동안에도 제아는 내 옆에 함께 웅크려 앉아 자리를 떠나지 않았다. 이 흥미로운 순간을 제아가 놓칠 거라는 생각은 당연히 들지 않았다.

"가게로 안 돌아가?"

내가 넌지시 물었다.

"오픈 전이라 상관없어."

제아는 그렇게 대답하고 입을 다물었다. 오히려 내가 답답해지는 건 무슨 경우란 말인가. 무슨 일인지, 그레이스는 누구인지 물어보기라도 했다면 적당히 그럴듯한 변명이라도 했을 텐데. 물어보지도 않는 사람에게 먼저 주절주절 말하는 건 더 수상해 보일 터였다. 제아는 그레이스가 반창고를 다 붙일 때까지 입을 열지 않았다. 옆에서 사람 속이 터지는 줄도 모르고 말이다. 나는 그레이스와 함께 자리에서 일어났다.

"도와줘서 고마워. 나 간다."

눈치 빠른 우주인이라면 내 말이 어딘지 모르게 떨떠름한 걸 알았을 테지만 제아에게는 그런 기대를 하지 않았다. 제아는 상황을 파악하는 면에서 기지가 뛰어나지만 사람 마음을 읽는 분야에는 영 재능이 없기 때문이다. 관리자 쿠비아가 거리에 없다는 걸 확인하고 가려는데 뒤에서 제아가 말을 걸었다. 그리고 내 예상대로 제아는 이 재미난 상황을 놓칠 애가 아니었다.

"곧 아침 식사 시간이야. 우리 가게로 배달 오는데 추가로 더 주문할 수도 있고."

고개를 돌렸다. 제아의 다음 말을 기다렸다.

"아침은 먹어야 하지 않아?"

뭐, 그다지 배고프지는 않았다. 그렇지만 그레이스는 배가 고플 수도 있고 움직이려면 어쨌든 열량이 필요했으니 밥을 먹어두는 게 더 효율적인 방향이리라.

하는 수 없이 고개를 끄덕였다.

✳

그레이스와 나는 아직 문을 열지 않은 가게 안 테이블에 앉았다. 평소에는 제아가 책을 읽거나 무언가를 적을 때 사용하는 테이블이었다. 테이블 옆에는 종이 뭉텅이가 내 무릎까지 쌓여 있었다. 제아가 쓴 소설을 읽는 우주인은 나밖에 없었다. 제아의 글을 다른 종족에게 읽히려면 번역 프로그램을 한 번 돌려야 하는데 웬만큼 중요한 문서가 아닌 이상 공중정원에서는 번역 프로그램을 누구에게나 허용하지 않았다. 이곳에 있는 여러 종족들 사이에서 공통의 화두가 된다면 모를까. 하지만 그러려면 먼저 읽혀야 한다는 모순이 작용했으므로, 제아는 대체로 써두고 혼자 간직하는 스타일이었다.

제아는 가게로 돌아오자마자 전화로 2인분을 추가 주문했다. 지하 2층에 직원들을 위한 식당이 있었지만 이렇게 가게를 일찍 여는 경우에는 대체로 배달을 시켰다. 제아는 주문을 마치고 아침에 배송 온 막걸리를 꺼내 묵묵히 진열했다. 가만 앉아 있는 게 더 눈치 보일 때쯤 내가 먼저 말꼬를 텄다.

"좀 도와줘?"

대화가 이어지면 신분도 없는 그레이스에 대한 변명을 미룰 수 있지 않을까 싶었다.

"내 일인데 뭘."

제아가 깔끔하게 대화를 잘랐다. 더는 노력하지 않기로 했다. 어쨌든 제아가 음식을 주문하는 척 쿠비아를 이곳에 초대하지는 않았으리란 확신이 있었다. 나는 이곳에 들어온 이후로 줄곧 불안해 보이는 그레이스에게 소리 없이 입술을 움직여 말했다.

"걱정하지 마요."

내 말을 알아들었는지 그레이스가 고개를 끄덕였다. 이 가게는 내게도 익숙했다. 벽에 붙은 커다란 지도는 지구의 대륙을 담아놓은 세계지도이다. 제아는 그 지도 중 한 곳에 점을 찍어 놓았는데, 어이없게도 그 작은 땅이 우리의 고향 땅이라고 했다. 커다란 대륙에 불쑥 튀어나온 종기 같은 저 섬이 나라라니.

제아는 몇 번이나 축척에 관해 이야기했지만 내가 보기에는 언제나 다섯 걸음에 끝날 것 같은 작은, 며느리발톱 같은 땅이었다. 이런 곳에서 사람이 꾸역꾸역 모여 산다고 했던가. 그래도 외롭지는 않을 것 같았다. 이토록 좁은 땅에서 서로 모여 사니 답답해도 어떻게든 살을 부대낄 수밖에 없으니까. 하지만 언제나 생각해도 너무 작았다. 검지로 툭 누르면 전부 가려지는 이 땅이 내 고향이라니.

제아가 식사를 끝마칠 때쯤 물었다.

"내가 정확히는 모르지만 말이야."

제아는 아직 열지 않은 가게 문을 한번 확인하고는 말을 이었다.

"지구의 트랙터가 오는 방향은 알고 있어. 확실한 건 지구의 트랙터는 다른 트랙터들처럼 지상 1층으로 내려가지 않고 위로 올라간다는 거야."

"그걸 네가 어떻게 알고 있어? 아니, 그 이전에 그걸 나한테 갑자기 왜 알려주는 거야?"

"네가 아까 죽기 살기로 달렸던 이유가 트랙터를 쫓으려는 거 아니었어? 어제 공중정원을 활보하고 다녔던 이유도 이거랑 연관되어 있는 거 아니야?"

"다 보고 있었어?"

"너를 지켜본 건 아닌데 내가 보는 장면에 다 네가 있던걸."

공중정원에서 일어나는 사건사고란 전부 다 알고 있는 제아가 내 행동거지를 모를 리가 없지.

"물론 그게 다른 분 때문이라고 생각은 못 했지만."

제아가 그레이스를 잠시 쳐다보았다가 곧바로 시선을 돌렸다.

"그리고 네가 생각보다 큰 사고를 치려고 하는 것도 몰랐고."

"큰 사고는 아니야."

통하지 않을 거라는 걸 알면서도 나는 애써 변명했다.

"관리자 쿠비아가 움직이는 건 10년 만에 보는 것 같은데."

"나를 도와줄 거야?"

"우선 먹은 걸 좀 치우고 같이 이야기를 나눠볼까."

알게 모르게 제아는 꽤 즐거워 보였다. 나로서는 다행이었다. 말만 멋들어지게 한다면 제아는 망설이지 않고 이 일을 도와주려고 노력할 것이다. 하지만 그 전에 짚어봐야 할 점이 있었다. 나는 제아가 이 일에 관여하기를 원하는가?

장과 마찬가지로 제아는 내가 공중정원에서 아끼는 몇 안 되는 우주인 중 한 명이었다. 어쩌면 제일 아끼고 있을지도 모르지. 어찌 됐든 그런 제아에게 위험을 주고 싶지 않았다. 나 때문에 제아가 위험해지는 건 상상만으로도 끔찍하니까.

이번에는 반대로 최선의 상황을 생각해보았다. 나보다 관찰력이 좋은 제아가 나를 도와줘서, 무사히 지구로 향하는 게이트를 찾았을 경우를 말이다. 나는 그레이스와 함께 지구로 갈 수 있을 것이다. 제아를 공중정원에 두고서. 그렇다면 이건 정말 최선의 상황일까? 그레이스를 만난 이후 한 번도 해본 적 없는 고민이었다. 제아와 이곳에서 헤어져야 한다니. 갑자기 모든 것이 막막하게 느껴졌다. 떠나간다는 것은 누군가와 헤어진다는 것이다. 그 간단한 사실을 왜 지금에서야 떠올린 것일까. 헤어짐이 없는 여정이 있을 수 있을까?

아침상을 다 치우고 셋이 테이블에 모여 앉은 지 한참이 지난 후에도 나는 입을 열지 않았다. 제아에게는 디그바드의 비밀임무라는 어설픈 변명이 통하지 않을 것이다. 설령 내가 그 정도만 말한다고 하더라도 곧 모든 사실을 알아내겠지.

"제 이름은 그레이스예요."

그때 정적을 깬 것은 그레이스였다.

"저는 공중정원에 온 침입자입니다. 쿠비아가 찾고 있는 사람이 바로 저예요."

순식간에 말한 탓에 그레이스의 말을 자를 수가 없었다. 내가 놀라 자리에서 벌떡 일어났다. 그레이스는 꽤 침착했다.

"언니의 친구라고 들었어요. 아까는 도와주셔서 정말 감사합니다. 맛있는 식사까지 대접해주셨는데 인사가 너무 늦었네요."

그레이스가 자리에서 일어나 허리를 숙였다. 제아가 허겁지겁 그레이스를 따라 일어나 인사를 받았다. 얼떨결에 테이블을 앞에 두고 셋 다 서 있는 꼴이 됐다. 제아가 먼저 자리에 앉자고 제안하지 않았다면 우리는 서로의 눈치를 보다가 그대로 서서 대화했을지도 모른다.

"제 예상이지만 당신이 저희를 해할 것 같지는 않았습니다. 저희를 신고하려고 했다면 지금까지도 기회는 충분히 많았을 테니까요. 이 정도 대접받았다면 사실을 알리는 게 맞는다는 생각이 들었어요."

그레이스의 말이 맞았다. 제아가 그럴 아이가 아니라는 것은 나도 잘 알고 있지 않은가. 결국 그레이스의 말에 나도 목소리를 얹었다. 거두절미하고 본론부터 꺼냈다. 제아도 구구절절한 줄거리보다는 다음 장면을 더 궁금해할 테니.

"지구로 가야 해."

"그런데 지구로 가는 게이트가 닫혀 있는 게 문제인 거지?"

제아가 자리에서 일어났다. 테이블이 아닌 계산대가 있는 책상으로 가서는 서랍을 열었다. 공책 한 권을 꺼내 무언가를 찾았다. 나는 지구의 게이트가 닫혀 있다는 사실을 제아가 알고 있다는 사실에 한 대 얻어맞은 표정으로 제아만 기다렸다.

"4년 전에 관리자 쿠비아가 열한 번째 게이트의 디스플레이에서 경로를 완전히 지웠어. 그러니까 이제는 열한 번째 게이트를 열어도 그곳에서는 지구로 갈 수가 없다는 거야. 저장된 경로가 없으니까. 언제 게이트를 폐쇄했는지는 나도 정확하게 모르겠어. 그렇지만 꽤 오래됐다는 건 확신해. 적어도 내가 관찰하고 나서부터는 사용한 적이 없으니까."

그레이스와 눈빛을 주고받았다. 그레이스도 꽤 놀란 표정이었다.

"지구로 여행 가는 여행객들도 매해 그 숫자가 줄더니 지금은 아예 없어. 마찬가지로 지구에서 공중정원에 오는 여행객들도 없지."

"너는 그걸 어떻게 알고 있는 거야?"

"이게 내가 하는 일이라는 걸 너도 잘 알잖아. 그리고 지금 내가 어떻게 알고 있는지가 중요해?"

제아가 공책을 가지고 테이블로 돌아왔다. 제아가 하루도 빠짐없이 기록한 공중정원 관찰일지였다.

"처음에는 무슨 문제가 있다고 생각했거든. 결함이 커서 수리가 오래 걸린다고 생각했어. 여덟 번째 게이트에서도 그런 일이 있었거든. 아니면 경로를 유성이 가로질러 지나갈 때도 며칠씩 게이트를 닫아두기도 하니까. 하지만 지구의 경우는 조금 달랐어. 그렇게 게이트가 닫히는 경우는 물자도 완전히 끊겨야 하는데 너도 알다시피 아니었거든. 지구의 물자는 계속 들어오고 있어. 열한 번째 게이트가 아니라 다른 경로로."

"13년 전에 닫혔어. 장한테 들었어."

"그렇게나 오래됐다고? 그럼 우리가 고작 여섯 살 때잖아."

"응, 그 시간 동안 아무도 지구 게이트가 닫혔다는 사실을 말하지 않은 게 나도 이상해."

공책에는 관찰 날짜와 시간이 낱낱이 적혀 있었고 때에 따라 제아 자신이 목격한 장면을 그려 놓기도 했다. 그 세밀함은 이 기록이 사실이라는 가장 정확한 증거였다. 빼곡하게 적힌 제아의 공책을 천천히 살폈다. 누군가 지구에 갈 수 있는 길을 완전히 차단한 꼴이었다.

내가 공책을 끝까지 살폈을 즈음 제아가 물었다.

"이 정도 내 정보를 공유했으니 나도 궁금한 걸 이제 물어봐도 되겠지? 이분이 왜 이곳으로 도망쳐 왔는지."

그레이스와 나는 서로 눈빛을 주고받았다. 곧 그레이스가 입을 열었다. 그레이스는 처음 내게 했던 말보다 훨씬 정돈되고 차분한 문장과 목소리로 자신의 이야기를 전했다. 제아는 말을 자르지 않고 끝까지 들었다. 그레이스는 셀에 대해, 셀이 천재였지만 타우드라는 이유로 멸시받았던 것에 대해, 셀에게 삶을 선택할 권리가 없었던 것에 대해, 가장 오래된 친구이자 함께 평생을 보낼 연인이었던 그레이스와 셀을 자신의 행성에서는 허락하지 않던 때의 기괴함에 대해, 결국 셀을 죽이려고 했던 와우드를 살해하고 셀과 지구에서 만나기로 약속한 후 공중정원으로 도망친 것에 대해 전부 말했다.

제아의 첫 마디는 명료했다.

"그런데 왜 하필 지구에서 만나기로 한 거야?"

공중정원에 있는 지구인들은 한 번도 지구에 가본 적 없는 사람들이었다. 심지어 지구에 관련한 책을 읽은 적도 없었다. 지구에 대해 듣고 있는 제아의 표정은 마치 정오마다 빛나는 공중정원의 빛 같았다. 그레이스의 말이 아무도 가본 적 없는 낯선 세계의 모험담 같은 이야기로 들린 것이다. 누구나 현혹될 만큼 구미가 당기는 세계이지만 가는 길이 지도에 나와 있지 않은 오아시스의 땅.

그레이스의 표정은 말을 하는 내내 들떠 보였다.

"저는 그곳에서 셀과 결혼을 할 거예요. 우리는 초록색이 들어간 옷을 함께 입기로 했어요. 많은 사람의 축복은 필요하지 않아요. 우리에게 필요했던 건 우리가 평생 함께 사랑할 거라는 맹세와 함께 지낼 아늑한 집, 그리고 그런 우리를 이상하게 바라보지 않는 아주 평범하고 그래서 지루한 시선이 전부였으니까요."

제아가 나를 바라봤다. 그 눈에는 입 밖으로 꺼내지 않은 질문이 담겨 있었다. 그레이스의 이야기를 전부 다 듣고 난 후에 응당 할 만한 질문이었다. 제아의 눈빛을 문장으로 옮기자면 이랬다. 너도 지구에 갈 거야? 그래서 도와주고 있는 거야?

"나도 지구로 가고 싶어."

어쩐지 간절함이 부족한 것 같아 곧바로 말을 덧붙였다.

"너는 우리의 행성이 우주에서 가장 아름다운 행성이라는 게 믿어지니? 결국 그 하찮고 작은 타우드들이 우주에서 가장 평등한 행성을 이룩했다는 것이 믿어져? 나는 거짓말 같아. 한 번도 본 적이 없어서 그런가 봐."

"쿠비아를 상대로 네가 이기고 지구로 갈 수 있을 거라고 생각해?"

제아의 대답은 예상 밖이었다. 나는 수그러들지 않는 호기심이 제아를 기꺼이 모험의 세계로 인도할 줄 알았다. 하지만 지금 제아의 말에서는 낯선 세계로의 호기심보다 이 세계의 두려움이 먼저 느껴졌다. 제아의 말에 당황한 건 오히려 나였다. 나는 허겁지겁 주머니에서 디그바드의 명함을 꺼냈다.

"하지만 나는 디그바드에게서 명함도…."

"네가 그렇게 하지 않아도 어차피 우리는 곧 가게 될 거야. 억지로 탈출을 시도했다가 잘못되면 도망자 신세만 될지도 몰라. 죄가 가중될 수도 있고."

제아의 말이 맞다. 그런데 왜 나는 자꾸 지구에 영영 갈 수 없을 거라는 확신이 드는 걸까. 기다려서는 영원히 갈 수 없을 것만 같았다.

가게 오픈까지 10분밖에 남지 않았다. 문득 제아가 이제 와서 이 일에 관여하지 않겠다고 말하는 게 어려울 수 있겠다는 생각이 들었다. 내가 먼저 자리에서 일어났다. 제아에게 선택권을 넘기는 것이 아니라 내가 먼저 제아를 잘라내야 했다. 제아를 위험에 빠뜨리고 싶지 않았다. 지키고 싶었다. 고맙다고 말하려 입을 열었지만 내 첫 운보다 제아의 말이 더 빨랐다.

"디그바드의 방에 비밀 공간이 있다는 거 알고 있어?"

"갑자기 그게 무슨 소리야?"

나는 어안이 벙벙해 뜸을 들이다 물었다. 제아는 자리에서 일어나 가게 문을 열기 시작했다.

"점심때 다시 이곳에서 만나. 일종의 접선지라고 생각해. 어차피 지금은 아무것도 할 수 없잖아. 그레이스는 이곳에 있어도 좋아. 네가 구두 배달하는 걸 따라다니는 건 나도 힘드니까."

"너 지금 그 말은…."

"너희를 발견한 처음부터 이미 한 팀 아니었어? 뭐해. 빨리 가지 않으면 형이 가만두지 않을 것 같은데. 내 질문은 일종의 관문이었어. 원래 주인공들은 다 그런 관문을 거치거든."

내게 정말로 든든한 조수가 생겼다.

↘ 다음 호에 계속 ↖

Graphic
Novel

Jinkyu

The Old Paradigm
— for Time Travel

연재 만화

시간여행에 대한 구 패러다임 ④

진규

서울 출생이나 서울보다 경기도 인근 섬에서 더 오래 살았다.
중학생 때부터 만화가가 되겠다고 결심하고 만화전공으로 대학을 졸업한 뒤
아직도 만화를 그린다. 좋아하는 일을 오래 하기 위해 노력하고 있다.

P. 232-247

저게 뭐지?

집... 같은데요.

누가 있어요.

어서 가자.

안유혁!

우주연합군
과학 장교,
진 마스레이다!

시간여행에 관해
이야기 좀 하지!

-!!

파앗

도망
가지 마!

237

자, 잡았다….

하아…

여기, 여분의 장치야.

…고맙게 됐어.

내가 네 인생만
망친 꼴이
되었잖아.

시간을 되돌릴
필요 없었어.

죽은 대로
내버려 뒀어도
됐어.

새로운 삶…

나 같은 건
잊어버리고
새 삶을 살았어도
됐다고.

우주는, 매번
새로운 것이
생겨나.

새로운 별,
새로운 행성,
새로운 블랙홀이
태어나지.

그건 매번
헌 것들이
생겨난단 말이기도
하잖아.

240

시간을
넘어볼게.

왜…?

그냥 네 시간을
알고 나니까 나도 널
더 알고 싶어져서 그래.

그뿐이야.

감동의
순간이잖아요-

둘이 만나서 마음을
터놓는 타이밍이라니-
소설 속 한 장면이라고요.

뭐야?!

잉-

잉-

시끄러워!

찰칵

!?

사진이
나왔어요.

이건 유혁 씨
드릴게요.

아…
고마워.

243

호퍼 대위와의 오찬. 얼마나 남았지?

10분 후 출발하셔야 합니다.

그 전에 검색해줄 게 있어.

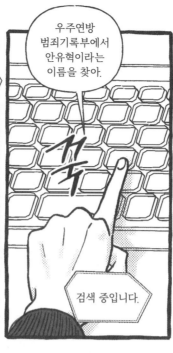

우주연방 범죄기록부에서 안유혁이라는 이름을 찾아.

꾹

검색 중입니다.

검색 결과가 1건 있습니다.

…뭐로 등록되어있지?

쌍방 폭행 사건입니다만, 훈방 조치로 사건 종결입니다.

후우….

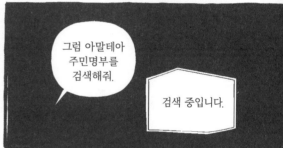

그럼 아말테아 주민명부를 검색해줘.

검색 중입니다.

검색 결과가 1건 있습니다.

전입신고 시 첨부된 사진입니다.

…….

인쇄할까요?

…응.

245

떠리링~

언제부터 등록되어 있었어?

지잉~

목성력 32년부터 현재까지 입니다.

인쇄 완료되었습니다.

호퍼 대위 이십니다.

INCOMING CALL
Hopper

연결해.

마스레이 장교!

나 지금 예약한 식당에 와 있는데. 어디쯤이야?

그거 말인데.

야, 이 미친놈아! 너, 내가 이 식당 예약하려고 얼마나 힘들었는데!

밤마다 예약 사이트 뒤적거리고 눈이 빠져라-! 어?

아는데, 미안.

군 동기면 다야? 어?

급한 출장이라고.

미안한데, 다음으로 미루자.

뭐?

멍..

Yoon Ian

윤이안

Interviewed by **SEOL JAEIN**, Photo by **MELVA KIM**

윤이안

신인이라는 말은 우습다. 신인이라고 소개되는 순간 정말로 신인이 되어 버린다. '패기'나 '풋풋' 같은 단어가 한줄평에 등장할 테고 가끔은 '미숙'과 같은 어휘도 보일 수 있을 터이다. '미숙'이란 단어를 선택한 독자는 그가 언제부터 글을 썼는지, 얼마나 오래 재료를 다듬고 숙성시켰는지 알지 못할 가능성이 높다. 어쩌면 음식점을 오픈하는 것과도 비슷하다. 맛을 보고는 '신생 가게라 그런가요, 좀 더 내공을 쌓을 필요가…'와 같은 리뷰를 쓰는 손님은 주인장이 칼질을 시작한지 반년 된 초보인지 아니면 몇십 년 동안 남의 주방에서 손목이 나가도록 뭘질을 하다 왔는지 알 도리가 없다. 경력을 광고하지 않는 한 말이다.

그리고 애석하게도 문학계에서 지금껏, 광고할 수 있는 경력은 지면이 존재해야만 가능했다. 지면이 와야 경력으로 인정되고 그 경력이 한참 쌓여야 신인이라고 분류라도 될 수 있는 초현실적 생태계(그러니 분명 오랫동안 글을 써온 SF작가들이 신인으로 호명되는 웃지 못할 상황들 역시 자꾸만 벌어지는 것이다). 아마 현재의 국내 SF계에서 흔히 보이는 다작의 경향성도 그래서가 아닐까. 지면이 올 때 미친 듯 살아남아야 한다는 걸 모두들 경험을 통해 아는 것이다.

윤이안 작가는 스튜디오에 들어서자마자 "너무 떨려서 어떡하죠?"라고 말했다. 그는 자신을 신인이라고 인식하고 있었다. 그러나 실은 한예종 서사창작과에 재학 중이던 2016년 경향신문 신춘문예에 SF 소설 〈사랑 때문에 죽은 이는 아무도 없다〉가 당선되어 등단한 이다. 이른바 '메이저 신춘문예'로 등단한 이후 6년. 작가는 어디에서 무엇을 하고 있었을까.

데뷔 이후로 청탁을 거의 못 받았어요. 투고 메일을 20군데 넘게 돌렸는데 다 안 됐고요. 등단 이후 4년만에 냈던 첫 소설집 《별과 빛이 같이》는 일반인 책 출간 프로젝트인 '경기 히든작가'에 신청해 선정되어서 나온 거예요. 사실상 그 책 판매고는… 슬펐고요. 내 소설이 재미가 없나 보다 생각했어요.

작가는 자꾸 자신에게로 화살의 방향을 돌렸는데 《별과 빛이 같이》를 읽은 에디 터로서는 활을 빼앗아 무릎에 대고 분질러버리고 싶은 입장이었다. 미안하지만 저는 그 소설집 재미있었다고요, 작가님(에디터의 원픽은 〈기린에게〉다). "그게 아 니라, 누군 밀어주고 누군 안 밀어줘서 그런 거 아니에요?"라 묻자 작가는 고개 를 저었다.

충분히 준비되지 않은 상태에서 등단했다고 생각해요. 지금 그 작품을 보면 제 기준으로도 너무 미숙한 점들이 빤히 드러나요. 장르소설 문법을 전혀 모르고 마구잡이로 쓴 소설인데 덜컥 당선이 되어서…. 당시에 리뷰를 찾아봤는데 "이건 SF가 아니다"라고 비판하는 글이 있었어요. 문법을 모르고 무작정 쓴 거 니까 그런 소리를 들어도 항변할 수가 없었죠. 그런데 그때의 저에게는 그게 최선이었거든요. 지금은 그걸 인정하려고 노력해요. 저때 나는 저만큼 쓰는 게 최선이었구나, 하고요.

또 죄송하지만 등단작 되게 좋은데요, 작가님. 게다가 그때 작가님은 이미 소설 을 숱하게 쓰고 지옥의 합평(그는 '합평이 무섭다'는 말을 등단 당시의 인터뷰에서 참 많이 했다)을 통과하고 있던 분이었잖아요, 지금 무슨 소리를 하시는 걸까.

지면이란 게 쉽게 오지 않는다는 걸 이미 너무 잘 알고 있어서요, 지금은 포기한 상태예요. 나한테 지면이 오지 않는 상태는 아주 평이한, '보통의 상태'다. 게다 가 저는 사실 독자의 존재를 실감한 적도 없어요. 혼자 쓰던 기간이 너무나 길었 기 때문에요. 독자란 말 자체가 너무 낯설어요.

이쯤 되니 화를 내기도 지쳤다(당연히 작가에게 화를 내서는 안 됐다. 작가에게는 잘 못한 것이 전혀 없기 때문이다. 이는 그저 에디터의 성질머리가 더러운 탓이다). 그리하 여 일단은 궁금한 것을 먼저 묻기로 하였다. 아직 SF가 기존 문단에서 쉽사리 '문학'으로 받아들여지지 않던 2016년, 안드로이드 '이안'이 등장하는 SF로 등단 한 이후 지면이 없던 시기를 거쳐온 작가는 무엇을 하였을까.

252

아까 말씀드렸듯 SF가 아니라며 힐난하는 리뷰를 봤거든요. 그래서 "그러면 SF 문법이란 게 뭔데?"라는 의문이 생기는 거예요. 궁금하니 공부를 해야죠. 그러니까 저는, 'SF가 아니'라던 평 때문에 SF에 입문을 하게 된 거예요.

원래 어렸을 때부터 책으로 도피하는 아이였어요. 미스터리, 로맨스, 판타지… 장르도 가리지 않고 다 봤는데 이상하게도 SF를 그때까지 제대로 읽은 적이 없었죠. 오기에 가득 차서 읽을 책을 찾기 시작했는데 딱 아작 출판사 초창기와 맞물리던 시기였어요. 레이 브래드버리나 코니 윌리스처럼 당시에 번역되어 나오던 외국 걸작으로 입문을 했죠.

그리고 작가는 2019년, 아작에서 진행한 신인작가 양성 프로젝트 '폴라리스 워크숍'에 신청서를 넣었다. 등단을 했지만 SF계에서는 인정되지 않을 거라 여겼기 때문이었다. 등단 이력 때문에 신청은 반려되었다. 그러나 작품을 본 아작 측에서 먼저 출간을 제안했다. 그렇게, '공부'를 하러 왔던 작가는 그대로 출간계약서에 사인을 했다.

아마 입문하고 배우려 했던 시도 자체가 이미 작가의 작품 세계에 변동을 일으켰기 때문일 것이다.

윤이안

한예종에서 공부하던 시절에는 개인의 감정에 집중해서 글을 썼거든요. 제가 혼자 써서 혼자 보는 글이었기 때문에 저에게 위로가 되는 소설을 쓰는 게 좋았어요. 상실과 치유 쪽에 집중을 했고요. 그런데 SF 소설을 연구하고, 또 졸업 이후 시나리오 작법을 공부하면서, '움직이는 인물'을 만들어내는 게 재미있다는 걸 깨닫게 되었어요. 사건이 생기니까요. 한동안 그 두 가지 스타일을 병행하며 작업을 했는데, 최근 들어서는 인물을 끝없이 행동하게 만드는 쪽이 아무래도 제게 더 맞지 않나, 하는 확신을 가지게 됐어요.

그 확신 덕일까. 작가는 올해 두 권의 소설을 내게 됐다. 기후 미스터리 《온난한 날들》(안전가옥), 그리고 SF와 판타지가 버무려진 단편집 《세 번째 장례》(아작, 근간)다.

《온난한 날들》이 그런 변화가 가장 잘 드러난 작품일 거예요. 《세 번째 장례》가 중간쯤에 있고요. 한 해에 두 권의 책이 나오다니 정말로 예외적인 해예요! 정말 기쁘죠.

작업 스타일은 조금 달랐어요. 아무래도 단편과 장편의 차이랄까요. 원래 저는 '이런 이야기를 쓰면 좋겠다!' 정도만 잡아놓고 시작하는 스타일이었어요. 기껏해야 로그라인 정도. 그래서 사실 인물들이 어디로 갈지, 결말이 어떻게 될 지는 저도 모르는 상황이에요. 그런데 장편을 쓰면서는 조금 더 세밀한 지도를 만들어야 했죠. 안전가옥과 작업할 때는 트리트먼트를 모두 짜놓고 집필했어요. 처음 해본 시도였죠. 중간에 한 번 완전히 갈아엎은 때가 있었지만 그래도 원고가 막히진 않으니 그 방식도 좋더라고요.

요새 기본적인 흥미 요소는 언제나 인물의 움직임이에요. 장르 공부를 하기 전까지는 인물의 성격, 파생되는 관계 정도에 초점을 맞췄다면 지금은 이 애들이 행동하는 걸 보며 뿌듯해하는 거예요.

그러나 전과 후를 관통하는 줄기가 하나 있었으니 '사람'이었다. 작가는 사람을 그린다.

사람이 사람 아닌 것을 사랑하는 상황이 재미있어요. 이를테면 AI 스피커를 사랑하고 의지하는 사람에 대한 소설(〈어릿광대를 보내주오〉) 같은 게 그런 생각에 집중하면서 나온 거예요. AI보다는 사람들이 그로 인해 어떻게 변화하는지, 어떤 생각을 하는지, 그쪽에 더 관심이 있어요. 사람은 어째서 기어코 안드로이드를, 기계를 사랑하게 되는 걸까요? 동시에 왜 어떤 사람은 기계에게, 타자에게 그렇게 잔인할 수 있을까요? 그런 생각을 해보는 게 재미있어서요.

"사람들은 어떻게... 자기가 자기인 걸 확신하죠?"

한 치의 의심도 없이 그런 일이 어떻게 가능할까.
현진은 전송 수술을 받은 후 자신의 삶이 훨씬 쾌적해졌다며
웃던 사람들의 얼굴을 떠올렸다. 그딴 게 가능하다고?
현진의 물음에 디렉터는 볼을 몇 번 긁적이고는 대답했다.

"그렇게 깊이 생각하지 않기 때문에 살아갈 수 있는 거예요."

〈세 번째 장례〉 중에서

《세 번째 장례》, 윤이안 지음, 아작 펴냄 (근간)

윤이안

그런데 에디터님이 질문지에, 제 소설에서는 인물의 배리에이션이 큰데 그에 비해 안드로이드 등의 무생물은 그렇지 않은 것 같다고 쓰셨잖아요. 저 이런 생각을 해본 적이 없는데 읽고 걱정됐어요. 저 아직도 SF에서 멀리 있는 건가… 불안해서요.

맙소사. 그런 질문을 던진 이유는 그의 SF가 가지고 있는 독특함 때문이었다. 바보 같고 구멍이 나 있고 그만큼의 다정함을 지닌 무생물을 통해 서로 다른 수많은 인간이 구원 받는 과정이 흥미로워서. 아무래도 질문을 잘못 전한 것 같다는 자책을 하며, 어느 쪽으로 화제를 돌려야 할지 머리를 굴렸더니 키워드가 하나 나왔다.

세계관이요? 맞아요. 같은 세계를 공유하는 다른 인물이 있으면 재미있지 않을까 해서 서서히 쌓아가고 있어요. 이름이 특이한 고양이('밤에 뜨는 달')를 만들고, 그 고양이를 키우는 사람이 겪는 좀비 사태를 상상하고, 그 좀비 사태가 터졌을 때 다른 사람은 어떤 시간을 보냈을까 또 상상하고… 그런 식으로 넓혀가는 거죠. 사실은 제가 재미있어서 해보는 거예요. 그런 방식을 택하면 거기서 또 제가 배우는 게 있고요.

배운다는 말을 참 많이 한다. 읽는다는 말도. 그러니 하고 싶은 게 많지 않을까 했다. 역시나 그랬다.

웹소설도 재미있게 보고 있어요. 여러 장르의 소설을 아주 쉽게 접할 수 있는 형태인 것 같아서 공부 중이에요. 작업 시간도 더 늘릴 거고요. 일단 저 자신에게 주는 선물로 좋은 의자 먼저 사려고요. 허리 안 아프게요.

좋은 의자에 앉아서 마침내 어떤 작가가 되고 싶을까.

'마침내'요? 모르겠어요, 그런 먼 목표는 하나도 없어요, 아직. 정말 코앞만 보고 더듬더듬 가고 있는 것 같아요. 그래도 듣고 싶은 말은 있어요. 페이지터너. 그 말을 듣고 싶어요. 소설이 살아남을 수 있는 길 중 하나라고 생각해요. 낮잡아 보는 사람들도 있지만 아니에요, 얼마나 이루기 힘든 건데요. 게다가 페이지가 술술 넘어가는 소설은요, 쓰는 사람도 신이 나는 경우가 많으니까요. 그 정도가 제가 상상할 수 있는 가장 먼 목표예요.

'그래도 영애야, 너랑 있으면 내가 아무리 우스워져도 즐거워.'

《세 번째 장례》의 교정지 마지막 페이지에 적힌 문장에 연필로 여러 번 밑줄을 치다 생각했다. 걸쭉하게 욕을 뱉는 AI 스피커가 등장하는 마지막 수록작은 어느 동네에서나 볼 수 있을 법한 사람들의 이야기였으며 저 문장 역시도 참 단순한 문장이었다. 그러나 어떠한 종류의 시간을 통과한 누군가의 표현은 지극히 단순해질 수밖에 없으며, 단순한 문장으로 손에 든 연필의 심을 닳게 만드는 것은 그 시간의 누적에서 오는 무형의 힘이라고. 오늘도 작가는 의자에 앉아서 읽고, 공부하고, 돌아보고, 인물들을 불러다 한 뼘씩 움직이며 사람과 사랑하는 대상에 대해 물을 것이다. 받아 적을 것이다. 그 시간 동안 덜 걱정하고 더 기뻐했으면 좋겠다. 그리고 무엇보다, 안전한 의자를 찾아냈으면 좋겠다. 믿고 몸을 맡길 만한 의자, 시간이 흘러도 여전히 견고한 의자. 그리고 무엇보다 어느 오후 슬며시, 작가의 모호한 물음에 평상시의 성마른 삐걱거림 대신 "내 생각은 말이야", 라고 뻔뻔하게 대답할 수 있는 의자를 샀으면 한다. 그러고는 눈을 크게 뜨고 빤히 쳐다보는 것이다. 어이, 인간. 왜 놀라? 당신의 하루하루가 나를 만들었어, 그러니 이제 나를 사랑해주는 것이 어때? 라는 마음을 담아서. ✒

SF
TMI

생태 SF로서
팔리기 무난한 이야기와 새로운 이야기

내 상상 속 설정이 너무 말이 안 될까 봐 걱정이시라고요?
분야의 전문가가 알려주는 SF TMI 코너를 보시죠!

곽재식

소설가. 숭실사이버대 환경안전공학과 교수.

The war with the dragon

*Le Sainte Bible: Traduction nouvelle selon la Vulgate
par Mm. J.-J. Bourasse et P. Janvier. Tours: Alfred
Mame et Fils, 1866, France, Gustave Doré*

뱀파이어, 그러니까 흡혈귀 같은 동물이
현실 세계에 실제로 있을까?

이런저런 동물에 대한 진귀한 이야기를 들어본 사람이라면 일단 흡혈박쥐 이야기를 가장 먼저 떠올릴 것이다. 박쥐는 대개 어두운 곳에서만 살고 빛을 싫어한다. 그 모습을 징그럽게 생겼다고 생각하는 사람도 많다. 검은 날개로 몸을 감싸고 있는 모습은 망토를 두른 모습의 드라큘라와 닮은 점도 있어 보인다. 그런데 실제로 피를 빨아 먹는 박쥐가 있다. 중앙아메리카와 남아메리카 지역에 사는 데스모두스라는 속명이 붙은 박쥐가 그렇다. 그렇다면 데스모두스 박쥐를 흡혈귀와 닮았다고 이야기해 볼 수 있을 것 같다.

흡혈박쥐보다 훨씬 더 흔한 동물 중에서도 흡혈귀와 비슷한 동물을 찾아볼 수 있다. 일단 곤충도 동물이라는 생각을 해보면, 모기를 쉽게 떠올릴 수 있다. 모기는 흡혈박쥐와 달리 전 세계의 많은 나라에서 흔하게 찾아볼 수 있다. 아마 대부분의 사람들이 모기에게 물려 피를 빨려 본 경험을 갖고 있을 것이다.

A. Common Bat B. Great Bat C. Long-Eared Bat, English Penny Magazine (1843)

THE Vampire Bats

Middle Validate Tangles, No Homework, Magasin Pittoresque (1846)

모기는 이런저런 병을 퍼뜨리기도 하며 여러모로 사람에게 해를 끼치니 흡혈귀의 사악한 느낌과도 합치한다.

그러나 모기보다도 훨씬 더 흡혈귀에 가까운 동물로 꼽아볼 수 있는 것이 하나 있다.

털진드기라고 하는 동물이다. 한국 각지에 퍼져 사는 조그마한 벌레다. 거미강에 속하는 생물이기 때문에 몸의 구조는 거미와 비슷하다. 다만 다리가 여덟 개 달렸고, 거미처럼 배가 큰 편이다. 대체로 다리 길이가 긴 편인 거미와 달리 다리가 짤따랗게 생겼다는 점은 눈에 뜨이는 차이다. 그보다 더 큰 차이점이 있다면, 몸의 크기다. 대체로, 우리 눈에 흔하게 뜨이는 거미는 크기가 그래도 1센티미터쯤은 되어 쉽게 알아볼 수 있다. 하지만 털진드기는 대개 그보다 훨씬 작다. 애벌레일 때는 1밀리미터도 되지 않아서 거의 눈에 보이지도

않는다. 수풀에 살기 때문에 털진드기를 찾아보기도 어렵겠지만, 굳이 찾아내서 볼 수 있다고 해도 작은 점으로 보일 뿐, 확대할 수 있는 장비를 사용하지 않으면 그게 생물인지 아닌지, 다리가 여덟 개인 거미와 닮은 벌레인지 어떤지 알아보기도 어렵다.

털진드기와 그 애벌레는 사람에게 붙어 피를 빨아먹을 수 있다. 그런데 막상 모기보다 훨씬 몸집도 작고 모기처럼 사람 피부에 찔러 넣어 피를 쪽쪽 빨아 먹을 수 있는 대롱도 없다. 그렇기 때문에 털진드기 애벌레는 사람 피를 빨아 먹기 위해 독특한 방법을 사용한다. 입에서 사람의 살갗을 살짝 녹일 수 있는 물질을 뿜어내어 작은 구멍을 내고 거기에서 피를 빠는 것이다. 그 과정에서 사람은 거의 아무런 느낌을 느끼지 못한다. 피를 다 빨고 나면 그 자리가 아물면서 딱지가 앉게 되는데, 딱지는 까만 모양으로 꽤 크게 생긴다. 언뜻 보면 영화에 나오는 흡혈귀의 이빨 자국과 상당히 비슷한 느낌이다. 여기까지만 봐도 흡혈귀와 아주 비슷하다.

이렇게 사람의 피를 빤 털진드기 애벌레는 간혹 자기 입에 살고 있던 특정한 세균을 사람 몸속에 옮기기도 한다. 그 세균에 감염된 사람은 열이 나는 증상을 겪을 수 있다. 그런데 그 잠복기가 2~3주까지 길어지는 경우도 있기 때문에 자기가 왜 그런 증상을 겪는지 모르는 경우가 많다. 그냥 지독한 감기에 걸렸나 생각하는 정도다. 그러나 증세가 심해지면 생명이 위험해지기도 한다. 신경이 상해서 정신의 혼란을 겪는 경우도 있다고 한다. 갑자기 옆에 있는 사람

을 공격하려 들었던 사례도 보고되어 있다. 무슨 병 때문에 사람이 그렇게 변했는지 알지 못한다면, 이 사람이 갑자기 악령에 들렸다고 착각할 수 있을 만한 상태가 된다. 이 병을 확인하기 위해서는 몸 구석구석에 물린 자국이 있는지 찾아보는 것이 가장 확실한 수단이라고 한다.

이 병의 이름은 쯔쯔가무시증이다. 한국에서는 가을철에 특히 많이 발생한다. 산에 올라갈 때나 벌초 혹은 성묘하러 갔을 때, 쯔쯔가무시증을 조심해야 하니 함부로 풀숲에 앉지 말라는 이야기를 들어본 적이 있을지 모르겠다. 공포물이나 SF의 소재가 됨 직한 이런 흡혈귀 같은 동물이라니, 정말로 세상에 있는 건가 싶을 정도로 기이해 보이는데, 2021년 한국에서 쯔쯔가무시증에 걸린 것으로 확인된 환자는 한두 명 수준이 아니었다. 5,000명이 넘었다. 이 정도면 무척 흔한 편이다.

과거 기록을 보면, 사람들의 야외 활동이 많은 해에는 이보다 훨씬 더 쯔쯔가무시증 발병자가 많을 때도 있었다. 앞으로 기후변화가 심각해지면 벌레들이 활동할 수 있는 더운 계절이 더 길어질 테니 쯔쯔가무시증의 피해 역시 더 커질 거라는 전망도 나와 있다.

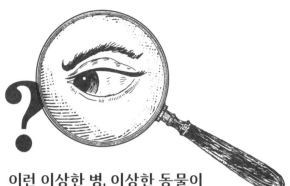

이런 이상한 병, 이상한 동물이
왜 별로 안 알려져 있을까?
왜 그다지 SF, 공포물, 모험물 소재로
자주 활용되지 않았을까?

왜냐하면 쯔쯔가무시증은 한국에 많은 병이기 때문이다. 쯔쯔가무시증은 한국, 베트남, 중국, 일본 등 한국 근방의 몇몇 나라에서만 자주 발생한다. 유럽이나 미국에서 발생하는 사례는 거의 없다. 그렇기 때문에 유럽에서 만든 자연

다큐멘터리나 유럽 사람들이 쓴 자연과 생태계에 대한 칼럼을 읽어 본들 털진드기 이야기를 보기는 대단히 어렵다.

이런 식으로 한국에서 비교적 흔한 생물 중에도 이상하고 독특한 습성을 가진 것들은 상당히 많다. 그렇지만 그저 유럽과 미국에 별로 알려지지 않았다는 이유만으로 이야깃거리로 퍼지지 않은 사례를 찾아보기는 어렵지 않다. 혹시, 밥반찬으로 먹는 김이 번식을 하기 위해서는 굴 껍데기 속을 파고 들어가 살아야 하는 습성이 있다는 사실을 들어본 적이 있는가? 여름철 기운이 없을 때 자주 먹는 장어구이의 재료가 되는 뱀장어가 별로 크지도 않은 몸집으로 한반도의 강물에서부터 3,000킬로미터 떨어진 태평양 한가운데의 깊고 깊은 물 속을 다녀오는 습성이 있다는 사실은 어떤가? 지금과 기후가 달랐던 구석기 시대 충청북도 청주 지역에서 코끼리, 코뿔소, 하이에나, 원숭이가 뛰어놀았다는 이야기는 어떤 느낌인가?

현실의 생물들이 갖고 있는 습성은 대단히 다양하여 사람의 뻔한 상상력을 초월하는 경우가 적지 않다. 게다가 그 생물들이 생태계 속에 적응하여 사람들과 관계를 맺고 살아가는 방법을 살펴보면 이상한 이야깃거리, 기이한 사연이 많다. 다른 선진국에서 나온 과학 교양 도서나 TV 프로그램에 언급되지 않았

기에 지금까지 우리 눈에 덜 뜨였던, 우리 주변의 이야기, 한반도와 한국에 관한 내용을 살펴보면 소설에서 사용할 수 있을 만한 새로운 소재를 찾기 좋을 거라고 나는 생각한다. 단순히 소재가 새로울 뿐만 아니라, 한국이라는 공간에서 실제로 벌어진 사건과 타인의 경험을 독자가 가깝게 느낄 수 있다는 사실도 장점이 될 것이다. 한국에 대해 더 잘 아는 한국 작가일수록, 그 소재에서 펼쳐지는 이야기에서 더 실감 나는 사연, 더 생생한 관점의 줄거리를 선보이기에 좋은 점이 있을 거라고 본다.

단, 새로운 이야기를 쓰는 데에는
다른 어려움이 고민거리가 되기도 한다.

우리는 새로운 이야기보다는 새롭지 않은 이야기에 훨씬 익숙하다. 그래서 이야기를 팔고 사는 사람들은 새롭지 않은, 흔한 관점으로 먼저 이야기를 기대하고 생각한다. 생태계를 이루는 생물과 환경의 관계에 관한 이야기도 마찬가

지다. 적지 않은 사람들이 오래전부터 지난 시절 유행했던 옛 관점을 기준으로 이야기를 받아들인다.

예를 들어 유럽과 미국에서 지금껏 나왔던 환경 분야의 이야기를 보면, 그 문화적인 전통 때문에 종말론적인 징벌 이야기가 대단히 흔했다. 사람들이 너무 흥청망청 방탕하게 살고 있기 때문에, 하늘이 그 죄를 보다 못해 모두를 벌하는 심판을 한다는 줄거리 말이다.

그 심판의 날이 오면, 세상은 모두 망하고 사람들은 모조리 죽는다. 이런 이야기는 이전 시대, 유럽의 문화적 전통에 뿌리를 둔 환경 분야의 SF에서 흔하게 나오던 주제였다. 종말론 이야기는 사람의 관심을 끄는 장점이 있고, 세상이 끝장난다는 종말을 소재로 내세우면 다른 모든 '일을 하는' 사람들의 노력을 넘어서서 작가의 생각을 우위에 둘 수 있는 특징이 있다. 그래서 이런 이야기들이 더 인기를 얻었던 것 같다.

그러나 이런 생각은 실제 환경과 생태계의 현실 문제와는 다소 차이가 있는 것도 사실이다. 기후 변화가 심해지면 산에서 약초 캐던 사람들이 털진드기의 피해를 더 크게 입을 것이다. 산에서 약초 캐며 살던 사람들이 유독 방탕하고 비도덕적으로 살았기 때문에 응징을 당한 것인가? 기후 변화의 원인인 이산화

What is THE New Story?

Middle Validate Tangles, No Homework, Magasin Pittoresque (1846)

우
리는 새
로운 이야기보다
는 새롭지 않은 이야기
에 훨씬 익숙하다. 그래서 이야
기를 기대하고, 팔고 사는 사람들은 새
롭지 않은, 흔한 관점으로 먼저 이야기를 기대
하고 생각한다. 생태계를 이루는 생물과 환경의 관계
에 관한 이야기도 마찬가지다. 적지 않은 사람들이 오래전부
터 지난 시절 유행했던 옛 관점을 기준으로 이야기를 받아들인다.

탄소 배출에 큰 짐이 있는 선진국 사람들이 털진드기에 물린 한국의 약초 캐는 사람들에게 찾아와 사과하고 배상이라도 해줄 것인가? 이렇게 생각해보면, 기후 변화의 문제는 옛이야기 속에서 유행했던 종말, 심판, 회개, 선과 악의 대결이라는 차원이 아니라 어떻게 환경 문제의 피해를 최대한 줄여 나가면서 우리 공동체의 약자를 보호해나갈 것인가에 대한 좀 더 다양하고 복잡한 과제에 가깝다.

그렇다면 이야기를 만들어 유통하는 현실의 상황은 어떨까? 기후 변화에 대한 영화를 만들기 위해 투자하는 사람들의 다수는 6~70년 전에 미국 작가들이 만들어놓은 아주 익숙한 장면, 그러니까 미래에 북극과 남극이 녹아내려 엄청난 대홍수가 일어나고 도시들이 모두 물에 잠기는데, 뜻 있는 착한 사람들만이 여러 동물 식물들과 함께 대피용으로 만든 배를 타고 피신한다는 이야기를 주로 기대하기 십상이다. 너무나 오랜 세월 여러 번 반복되고 있는 주제다. 그런 종말론을 기대하고 있는 영화사 높은 분들께 사실은 털진드기를 소재로 이야기를 꾸미면 훨씬 더 신기할 거라 설명한다고 한들, 알아듣게 말을 전하기는 쉽지 않다. 그런 것이 현실의 한계이긴 하다. 여러 사람이 발을 담근 채 일을 크게 벌이면 이야기가 식상한 방향으로 재미없게 굴러가기 쉽다.

269

＊

그렇지만, 나는 문학이라면, 특히 SF 문학이라면 그런 한계를 깨고 새로운 도전을 하기에 좋은 분야가 아닌가 생각한다. 소설은 대개 혼자서 쓴다. 그 결과는 흰색 바탕에 검은색 기호가 전부인 글로 나올 뿐이다. 특별히 입김을 불어넣을 투자사도 없고, 이런 내용을 넣어야 흥행할 거라고 괜히 압박하는 제작사 고위 관계자도 없다. 작가가 자기 생각을 참신한 이야기로 부담 없이 마음껏 뜻대로 펼쳐 실험해보기에, 문학만큼, 소설만큼 좋은 수단이 없다.

그래서 나는 SF 문학에서 우리 주변, 현실의 생태계가 가진 새롭고 독특하며 다양한 모습들을 소재로 활용해서 더 놀라운 모습을 새로운 이야기로 펼쳐 보이는 도전이 많아지기를 꿈꾼다.

사실 그게 더 재미있으니까.

Graphic
Novel

Luto

Snow Gravity Flows

연재 만화

중력의 눈밭에 너와 ④

루토

1997년생으로 추상적 우주와 식물, 음악으로 채운 세계를 그린다.
다양한 분야를 공부해서 SF 위주의 만화에 접목시키려 노력한다.
우리 세상에 대해 끝없이 고민한 흔적을 창작하고자 한다.
청강문화산업대학교 웹툰만화콘텐츠전공 학사학위과정을 졸업했다.

내 오르골에게,
돌아가고 싶어.

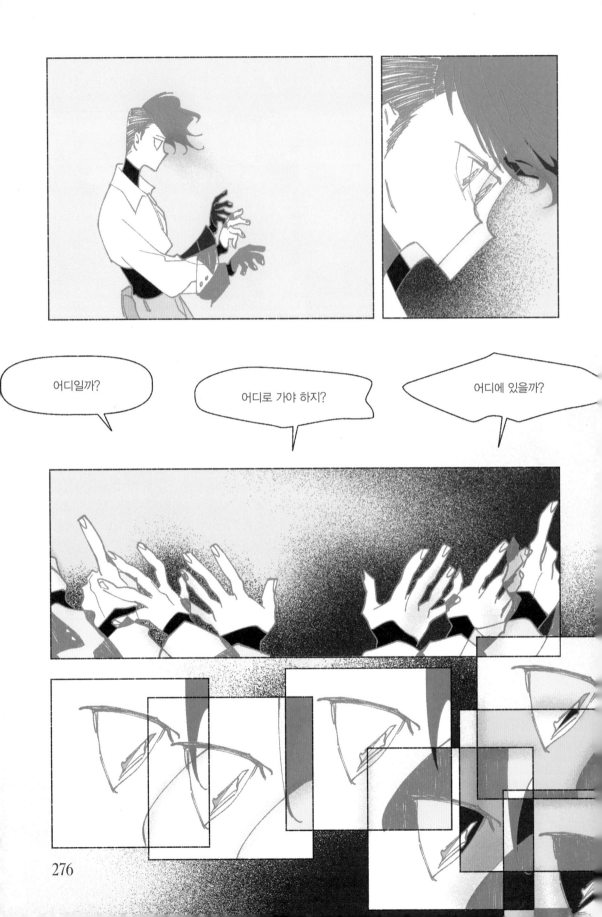

어디일까?

어디로 가야 하지?

어디에 있을까?

279

오르골에게.

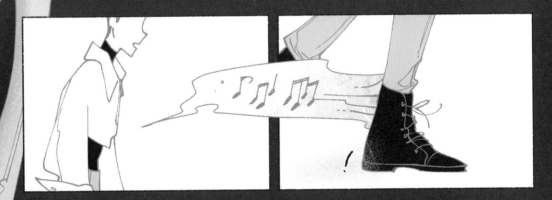

돌아가기로 했지.

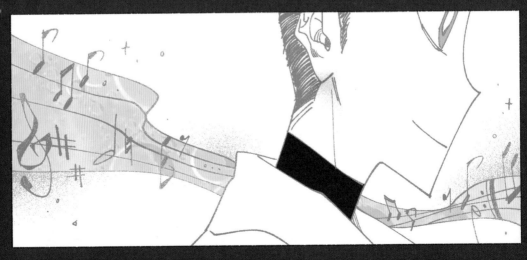

…내가 빠졌었던
블랙홀.

시간은

모든 걸 앞으로만
떠미는 줄 알았는데,

중력처럼,
나에게 돌아오게
해주는 거였구나.

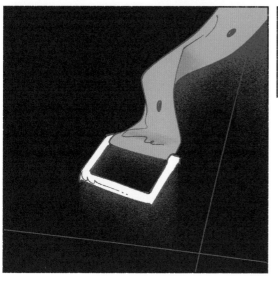

그래서 답장을 하게 된 거야.

나는 파도가 아니야.

너는 시들어버린 게 아니고.

끝과
이별은,

아직도
두려워.

난 그저,

중력장을 따라 흘러가는
미약한 물결일 뿐이니.

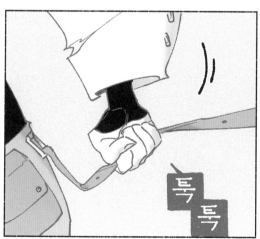

하지만 이제는,

어디로 흘러가든
돌아올 수 있다는 걸 알아.

모든 게 끝나버려도,

그 문제의 시간 요소들이,

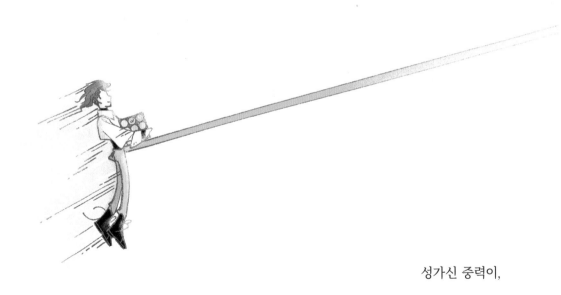

성가신 중력이,

우리의 오르골에게 돌아오게 해줄 테니까.

그러면 나는,

흐르는 물결과,

피어나는 꽃과 같이,

너를 기다리고 있을게.

너도, 언젠간 돌아올까?

나는, 믿어.

네 오르골이 들려줄 너의 지금을.

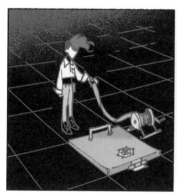
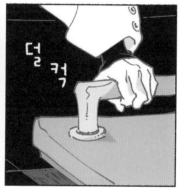

우리는,
현재니까.

네가,
너의 모든 순간을
지낼 수 있기를.

우리의 시간을 기다리며,
물결이가.

—끝

MEMENTO SF

메멘토 SF · 리뷰

Science Fiction Memento

P. 297—327

《리시안셔스》

한여름 밤의 꿈처럼
확실하게 각인된 발자국

최의택

1991년 충청북도 출생해 2006년 독립 월드컵이 열리기까지 체험 파란만장한 삶을 살았다. 월드컵 개막식과 함께 시작된 원룸 생활 이후, 박물을 거꾸로 같은 등이 자아낸 세상에서 아등바등 살기 위해 글을 쓰고 있다. 감칠한 이야기와 누부신 이야기 전부를 좋아하기 때문일까, 정반 작으로 회색 톤의 글을 쓰는 편이다.

작품을 넘어 작가를 좋아하게 되는 경우가 있다. 정말로 작가를 인간적으로 좋아한다는 말이 아니다(대체로 그런 편이지만). 엄밀하게 말하면 작가보다는 그의 세계관 또는 가치관을 좋아하는 것이리라. 물론 그밖에도 많은 이유가 있을 텐데, 나의 경우에는 '분위기'에 '훅 가는' 경향이 있다. 문체라고 해도 크게 다르지 않겠지만, 그보다는 더 많은 것을 아우르는 것으로서의 '분위기'에 좀 많이 약하다. 보통 소설집은 그 자체가 하나의 분위기를 이룬다고 해도 틀린 말은 아닐 텐데, 따라서 나 같은 사람에게는 매우 위험할 수 있는 형식인 셈이다.

《리시안셔스》와 작가 연여름, 그리고 그의 분위기는, 딱 요즘의 내 취향이다. 그렇기에 심장이 너덜너덜해진 채 쓰는 이 리뷰는 《리시안셔스》와 작가 연여름의 분위기에 대한 이야기가 될 것이다.

소설집 《리시안셔스》의 마지막 장을 덮으면서 나는 '떨어짐'을 느꼈다(작가의 말이 없어서 그 느낌은 더욱 아프게 다가왔다). 수록된 작품에서 인물들은 대체로 상실과 관련돼 있다. 이미 겪었거나 겪고 있거나 겪게 될 상황에 인물들은 놓여 있고, 그런 인물들의 모노드라마의 독백 같은 마음을 우리는, 어쩌면 그 인물 본인보다 더 가까이에서, 보고 듣고 느낀다. 반려인간으로서 주인으로부터 버림받을 가능성에 떨고, 아이를 잃고 트라우마로 고통 받다가 그에 대한 기억을 지울 수 있는 기회를 앞에 두고 고민하며, 코마에 빠진 동료의 얼마 남지 않은 하루하루를 곁에서 함께하며 자신의 마음을 들여다본다. 모두가 동면 중인 우주선에서 홀로 궁상 떨다가 폐기를 앞둔 안드로이드 승무원과 무용한 꿈을 꾸는가 하면, 평행 세계와 그곳의 사람들을 뒤로하고 자신의 세계로 돌아가며, 자기만의 방식으로 헤어진 사람을 애도하는 존재의 이야기들. 그리고 마침내 우리는 《리시안셔스》라는, 연여름이라는 세계에서 떨어져 나온다. 물론 작가의 말도 없이(푹 빠져서 읽은 책에 작가의 말이 없는 건 한참 몰입해서 본 영화의 엔딩 크레디트가 올라가기 시작하는 동시에 극장의 불이 켜지는 것처럼 아쉬운 일이다).

노파심에 짚고 넘어가자면 위의 내용을 일반적으로 상실에 동반되는 아픔 날것 그대로 얄팍하게 대리 체험하는 것은 아니다. 그보다는 사람의 마음을 속절없이 무너뜨리는 식에 가깝다. 마치 화학적으로 정제된 작은 알맹이가 입 안으로 들어가 몸 속 깊숙한 곳에서 본질적인 변화를 야기하듯. 그것도 아주 은근하게. 가랑비에 옷이 젖는다 했나. 당신은 《리시안셔스》를 통해 자신도 모르는 사이 흠뻑 젖어 있는 스스로를 발견하게 될 것이다. 그리고

리시안셔스
연여름 지음, 황금가지 펴냄

나면 어느새 발 디디고 서 있던 연여름이라는 세계가 어쩔 수 없이 좋아질 것이고, 그곳에 버려진 비닐 봉지조차 사연 있게 느껴질 텐데, 그쯤 되면 이미 당신은 연여름의 '반려독자' 다. 잠깐, 거기 있는 보라색 자리는 내 거다.

전체적인 분위기에 대한 이야기를 하느라 생략했지만, 수록작 중에는 심금을 울리는 작품 말고도 은근하게 미소 짓게 만드는 작품 또한 끼어 있다. 달달한 디저트처럼. 그 역시 연여름이라는 세계에 대한 기대치를 한껏 높이는 복병이다. 이 완벽한 것만 같은 세계가 사실은 전부가 아니라는 깨달음은 어서 빨리 이 작가의 다른 면모를 보고 싶게 한다(거기에는 작가의 말이 있을까).

《리시안셔스》를 읽은 나는 먼저 가서 기다리고 있겠다. 거기, 이 글을 읽는 당신, 나와 함께 연여름의 반려독자가 되지 않겠는가? 🐾

②

정해진 궤적을
따라가는 운동의 아름다움

이산화

SF 작가. 장편소설 《오류가 발생했습니다》와 《밤은 짧고 리스트 컷선》, 연작소설 《기이현상청 사건일지》, 소설집 《증명된 사실》 및 다수의 단편을 발표했다. 2018년 및 2020년 한국 SF 어워드 중·단편소설 부문 우수상을 수상하였다.

가끔 찾아가는 트위터 계정 중에 @ThreeBodyBot이라는 곳이 있다. 이 계정에 올라오는 트윗은 오로지 한 종류, 2차원 공간에서의 삼체문제 시뮬레이션 영상뿐이다. 각각의 영상 속에서 파란 점, 빨간 점, 노란 점은 까만 우주를 배경으로 어지러이 엇갈려 날아가다가 충돌하기도 하고, 혹은 영영 멀어지기도 한다. 여기에 계정 주인이 바흐나 라흐마니노프나 짐머의 음악을 사려 깊게 곁들여놓은 덕택에, 세 점의 운동은 때론 지극히 혼란스럽고도 우아한 왈츠 동선을 연상시키기도 한다. 멀찍이 선회하다가 급격히 방향을 바꿔 돌아오고, 손을 잡은 채 격렬히 빙빙 돌며 나아가고, 아름다운 나선을 그리며 무대 저편으로 한없이 멀어지는 세 무용수의 모습을 상상하기란 어렵지 않다.

물론 삼체문제 시뮬레이션 영상 속의 세 점은 무슨 예술적 열정을 가지고서 움직이는 것이 아니다. 단지 계정 주인이 직접 만든 프로그램에 따라 질량과 시작 속도가 부여되었을 뿐. 이렇게 초기 조건을 주는 순간 각 점의 향후 움직임은 벗어날 수 없는 중력의 법칙에 따라 확고히 결정된다. 그럴듯한 음악과 함께 흘러가는 영상의 내용은 단지 이렇게 결정된 대로 날아가는, 말하자면 조금 복잡하게 던져진 공의 궤적에 지나지 않는다. 그런데도 사람은 그 궤적으로부터 자연스레 있을 리 없는 의도를, 감정을, 예술을 읽어낸다. 아름다움을 읽어낸다.

배명훈의 새 장편소설 《우주섬 사비의 기묘한 탄도학》을 읽는 동안, 나는 줄곧 그 아름다운 삼색의 궤적들을 떠올리고 있었다. 삼체문제 시뮬레이션에서처럼 이 소설은 스페이스 콜로니 '사비'에 모여든 각 인물의 초기 조건을 섬세하게 설정해둔 다음, 그들이 주어진 조건 아래서 제각기 동분서주하는 행적을 쭉 따라간다. 누군가는 순간의 변덕과 실수 때문에 사비에 떨어져 비밀 정보원 임무를 덜컥 떠맡고, 또 누군가는 저주와도 같은 임무를 완수하기 위해 저격 연습에 매진한다.

이들의 움직임에 역동성을 더하는 건 그 어떠한 외력의 개입도 아닌 각자의 상호작용이다. 질량을 지닌 물체 사이의 거리가 가까워질 때에 생겨나는 궤도 변화. 수수께끼의 저격수가 남긴 경이로운 탄착흔에 마음을 빼앗기는 공무원이 있고, 생명의 위협을 감수하고서라도 목표를 이루려는 조직 두목도 있다. 사비는 부패와 폭력이 만연한 공간이지만, 온갖 부조리와 음모와 협잡질이 이야기 곳곳에서 소용돌이치지만, 그조차도 등장인물들의 발목을 붙잡는 대신 힘껏 내달리는 운동량에 합쳐져 함께 나아간다. 처음부터 그려져 있던 과녁에

안정적으로 도달해 가뿐히 꽂힐 때까지.

이 모든 과정이 단 하나의 사고실험을 중심으로 돌아간다는 점이야말로 《우주섬 사비의 기묘한 탄도학》이 그려내는 궤적을 특히 아름답게 만든다. 고속으로 회전하는 원통형 콜로니 안에서 총알은 어떻게 날아갈까? 장거리 저격은 어떤 형태가 될까? '말은 쉽고 계산은 어려운' 전형적인 고전역학적 아이디어를 한껏 활용해, 작가는 이야기 속 탄환과 사람들이 서로 얽히고 교차하며 복잡한 춤을 추도록 이끈다. '원심력을 이용해 인공중력을 구현하는 스페이스콜로니'라는 SF에선 이미 익숙하기 그지없는 소재의 가능성을 처음부터 끝까지 최대한으로 활용하면서.

이야기를 무겁게 풀어내는 대신 의도적으로 "신나는 스텝"을 선택했다는 작가의 말 그대로, 《우주섬 사비의 기묘한 탄도학》은 길지 않은 분량 내내 유머와 리듬을 잃지 않고 뛰노는 경쾌한 책이다. 비록 작중 세상은 문제투성이이며 인물들에게도 제각기 어두컴컴한 구석이 있지만, 이 소설은 그러한 어둠조차도 신나는 스텝을 한껏 밟기 위한 초기 조건으로 삼아버린다. 그렇게 하여 거침없이 우주를 가로지르는 춤의 궤적엔 정말로 탄도학적인 아름다움이 있다. 발사된 탄환이 어떤 경로를 따라갈지 미리 정해져 있음에도, 그 정해진 경로가 그려지는 모습을 다만 넋 놓고 바라보게 되는 아름다움이. ▸

우주섬 사비의 기묘한 탄도학
배명훈 지음, 자이언트북스 펴냄

Who you gonna call?
기이현상청!

이나경

환상문학웹진 거울 필진.
소설집 《극히 드문 개들만이》를 썼다.

당연한 얘기지만 기이현상청이 출범하기 전에도, 그러니까 "수도 서울을 하나님께 봉헌합니다."라는 2004년 당시 서울시장의 발언으로 인해 영적 균형이 흔들려 수도권 기이현상이 빈발하기 전에도 불온하고 위험하고 수상쩍은 일들은 일어났다.

나로 말하자면 초등학교 5학년 때 처음으로 내 주변의 기이를 인지했다. 친구네서 오컬트 영화 〈오멘〉을 시청한 뒤였는데, 집에 돌아와서도 꺼림칙한 기분을 가눌 길 없던 탓에 안방에서 성경책을 가져와 요한묵시록을 펼쳤고 거기서 기어이 짐승의 숫자 666을 찾아내고야 말았다. 그 순간 웬 간드러진 음성이 귓전에 속삭였(던 것 같)다. "거봐, 진짜라니깐." 그러더니 낄낄대며 비웃는 것이었다. 정신이 아득해지기 전에 나는 얼른 책을 덮었다. 그리고 이에 관해 오랫동안 침묵했다.

대학 시절의 일화는 더 섬뜩하다. 그날은 토요일이라 동네 친구네서 오후 내내 〈사일런트 힐〉을 했다. 〈사일런트 힐〉은 안개 긴 마을에 고립된 주인공이 사라진 딸을 찾아 이리저리 배회하는, 그러면서 괴물도 물리치고 수수께끼도 풀면서 진실에 다가가는 호러 게임이다. 게임은 무섭지 않았다. 솔직히 무서웠지만 그럭저럭 견딜 만했다. 문제는 현실이었다. 해질 무렵 친구네서 나온 나는 아파트 입구에서 그만 얼어붙었다. 희푸릇한 안개가 지천으로 깔려 있었다. 어찌나 짙은지 소독차 부대가 총출동한 수준이었다. 정황상 저 음험한 안개는 나를 위해 생성된 것임을, 그리고 저 속엔 응당 괴물이, 재액이, 죽음이 도사리고 있음을 직감한 나는 다급히 우군을 호출했다. 조금 전까지 함께 괴물을 물리쳤던 그 친구 말이다. 우리는 목숨을 걸고 안개 속으로 뛰어들었다. 작은 소리에도 예민하게 반응하면서 신중히 걸음을 옮겨 중간 지점인 사거리에 무사히 다다랐고, 그곳에서 서로의 안녕을 빌며 두 번째로 작별을 고했다. 그날 이후 두 번 다시 친구를 보지 못했다(마지막 문장엔 약간의 과장이 있음을 자백한다. 실제로는 천 번쯤 더 봤다).

이러한 일들은 누구에게나 일어날 수 있다. 특이한 체질을 타고났거나 집안 대대로 저주를 받았거나 무슨 금기를 어겨서가 아니란 얘기다. 예컨대 서점에서 잡지를 훑어보거나 개를 산책시키는 중에도 우리는 불가해한 상황 또는 존재와 맞닥뜨리곤 한다.

책에 소개된 사례도 마찬가지로 지극히 일상적인 풍경에서 시작한다. 사람들은 늦은 점심에 신상 삼각김밥으로 끼니를 때우다가도, 또는 화창한 날에 모처럼 고궁 나들이를 갔다가도 느닷없이 봉변을 당한다. 밤사이 괴한이 문화예술센터 건설 현장에 쌓아둔 토사를 무너뜨리거나 미세먼지 대책을 요구하는 환경단체의 시위에 웬 남성이 난입해 폭력을 행사하는 등 민형사 책임을 물을 법한 사건도 알고 보면 기이와 얽혀 있다.

이처럼 우리 이웃에 이상한 일이 생기면 누굴 부를까? 적막한 복도에서 기묘한 실루엣을 목격했다면 우리는 과연 누구에게 도움을 청해야 할까? 글쎄, 대한민국엔 기이현상청이 있다.

기이현상청에선 기이가 유발하는 갖가지 위험 상황들을 통제한다. 날뛰는 기이를 진정시키는 과정에서 직원들은 다른 기이에게 도움을 청하기도 하고 아예 기이를 조직 구성원으로 영입하기도 한다. 그렇게 수단과 방법을 가리지 않고 한 가지 목적, 즉 영적 균형을 이루는 데 집중함으로써 국민을 보호하고 사회의 안전을 영위한다.

《기이현상청 사건일지》는 제목 그대로 기이현상청에서 다루었던 기이 관련 사건들을 연작소설의 형태로 소개한다. 그런데 전말을 공개할 수 있는 사건이라면 이미 근사하게 수습됐을 터, 이는 결국 이 소설집이 특정 정부 부처의 선전물로 전락할 위험을 내포한다. 아닌 게 아니라 여기 엄선된 사건들은 대체로 원만하게 해결된다. 아뿔싸.

…라고 하기엔 이르다. 이산화 작가는 결코 호락호락하지 않다. 내가 본 바로는 한순간도 호락호락했던 적이 없다.

프롤로그 격인 첫 번째 소설을 제외하면 나머지 네 소설 중 무려 절반이 기이현상청과 직접적인 연관이 없는 에피소드로 채워져 있다. 물론 하나는 기이현상청 직원 개인의 일탈에 따른 해프닝이고 다른 하나는 지방의 기이 관련성 사전 조사 업무에 나선 하청 업체의 분투기이므로 관련이 아주 없지는 않다. 다만 이들의 이야기가 이른바 선전에 득이 되지 않을 것임은 자명하다. 결국 작가는 여유롭게 프로파간다 혐의를 벗을 뿐 아니라 한층 더 입체적이고 사실적으로 대상을 드러낼 기회로 이를 활용한다.

대신 나머지 절반에선 기이현상청의 활약상을 확실히 그려낸다. 특히 마지막 에피소드인 〈왕과 그들의 나라〉의 후반부를 장악하는 스펙터클은 가히 압도적이다.

실은 조금 전에 기이현상청에 관해 반드시 언급해야 할 사실이 떠올랐는데… 위 문장을 마무리하는 새 깜빡 잊어버렸다. 뭐였지? 뭐더라? 기억의 갈피라도 잡아보고자 인터넷에 기이현상청을 구글링했으나 이 책에 관한 것들 외엔 아무것도 나오지 않았다. 홈페이지도, 뉴스 기사도, 아무것도!

그리고 그때, 수십 년간 한시도 잊어본 적 없는 그 간드러진 웃음소리가 귓전을 때리기 시작했다. 낄낄낄!

아… 아무래도 이제 나는 침묵하는 게 좋겠다. 🐾

가장 낮은 것이 가장 높은 것

박문영

소설·만화·일러스트레이션을 다룬다.
SF와 페미니즘을 연구하는 프로젝트 그룹 'SF × F'에서 활동 중이다.

〈센과 치히로의 행방불명〉 도입부를 생생하게 기억한다. 음식만 있고 주인은 없는 거리, 치히로의 부모는 겁도 의심도 없이 요리 앞에 앉는다. 불안해하는 딸이 불러도 돌아보지 않는다. 접시에 얼굴을 파묻은 두 사람은 점점 말이 없다. 해가 지자 치히로의 부모는 돼지로 변한다. 요괴가 휘두르는 파리채에 맞은 아빠는 괴성을 지르며 쓰러진다. 하지만 돼지가 된 그는 딸을 알아보지 못한다.

수많은 판타지가 인간을 비인간으로 은유하는 기법을 사용한다. 주인공은 자신과 대화할 수 없는 타자를 돼지, 악어, 불곰과 같이 느끼고 그때의 정동은 일종의 진실을 내포하고 있다. 반대의 경우도 마찬가지다. 비인간이 된 존재는 인간이라는 낯익은 종을 낯설게 드러낸다. 어디까지가 인간인가. 어디까지가 나인가. 그리고 서로를 인간이라고 부르는 우리는 누구인가.

김보영의 《진화 신화》는 SF의 그러한 오랜 질문이 매우 고유하고 능동적인 형태로 드러나는 소설이다. 이야기는 《삼국사기》 원전과 달리 고구려 제6대 태조대왕의 아들 '막근'이 태조대왕의 동생 차대왕에게 살해당하지 않고 도망쳤다는 가정을 바탕으로 전개된다. 소설의 화자인 '나'는 바로 '막근'이다. 숙부인 왕의 명령은 간단하다. 선왕의 씨인 '나'를 죽이라는 것. '나'는 왕과 왕의 자객들을 피해 굴속으로, 물속으로 내내 숨어든다. '나'는 흰 호랑이, 머리가 둘인 거북이, 아홉 개의 하얀 꼬리가 있는 여자를 만난 후 더 깊은 곳으로 침잠한다. 세상으로 나올 때마다 곁의 사람들이 죽자 누구의 눈에도 띄고 싶지 않다는 '나'의 소망은 더욱 강렬해진다.

《진화 신화》를 난세의 영웅담 또는 통과제의를 따르는 역사 판타지로 축약하는 일은 표피적인 해석일 것이다. 그렇게 간추리기에는 이 단편이 가진 결이 몹시 풍부하기 때문이다. 원한다고 믿는 것과 정말 원하는 것은 과연 같을까. 소설의 내부 동력은 '생물이 자신이 원하는 것과 완전히 반대되는 형상으로 변하는 경향성', 심리학의 반동형성에 대한 개념이다. 하지만 좋은 이야기가 그렇듯 하나의 개념은 하나의 개념으로 멈추지 않고 더 멀리, 널리 나아간다. 《진화 신화》는 원형과 무의식에 대한 분석으로, 정체성 철학으로, 사이보그 담론으로 이어가도 흥미로운 이야기이다.

알레고리와 아이러니를 탁월하게 활용하는 작가는 이 소설 안에서 매력적인 역설을 꿰어간다. 아름다움과 추함, 삶과 죽음, 인간과 축생, 위와 아래, 변하는 것과 변치 않는 것

서로의 머리와 꼬리를 물고 끝나지 않을 춤을 춘다. 이 원이 도는 동안 비참한 것은 신령한 것으로, 낮고 작은 존재는 높고 큰 존재로 탈바꿈한다. 인간에게서 멀어질수록 고립되던 '나'는 이제 인간에게서 멀어질수록 고결하다. 추락하던 주체가 새로운 비체♦로 도약하는 셈이다.

《진화 신화》는 사실 거친 이야기다. 한 세대 안의 빠른 진화, 개체 모두의 진화라는 틀은 언뜻 살피기에 자유도가 높은 설정 같지만, 변이의 양태만을 좇으면 한없이 산만해질 수 있다. 하지만 작가는 특유의 기개와 집념 그리고 제한과 압축을 통해 이야기를 담담히 밀고 나간다. 무력하고 고단한 주인공의 인식 변화를 따라가면서, 끝내 오염되지 않고 불변하는 것을 조명하면서. 때문에 서사는 부분 부분이 도드라지게 빼어나기보다 전체가 빼어나다. 무엇보다 《진화 신화》는 세계와 세계가 유기적 관계를 맺고 있다는 사실, 우리가 우주에서 태어났다는 사실을 과학적으로 동시에 시적으로 일깨운다.

《진화 신화》는 2010년 작가의 두 번째 중단편집 표제작이었던 〈진화 신화〉를 김홍림 일러스트레이터의 그림과 함께 실어 다시 출간한 도서다. 〈진화 신화〉는 미국과 중국에 소개되었을 뿐 아니라 2006년 무크지 〈Happy SF〉부터 2021년 개인 영문 단편집까지 지면에 일곱 차례 수록되었고 한국 SF 작가 중 처음으로 웹진 〈클락스월드〉에 실렸다. 이 소설의 역동성과 입체성 그리고 생명력을 생각해보면, 이 여정도 여전히 초입에 불과할지 모른다. 🐾

♦ 철학자 줄리아 크리스테바가 저서 《공포의 권력》(동문선)에서 사용한 개념으로 종종 의미에서 동일성, 체계, 질서를 교란시키는 것. 파악하거나 규정할 수 없으며 무섭고 더럽다는 이유로 힘을 받는 존재.

진화 신화
김보영 지음, 김홍림 그림, 에디토리얼 펴냄

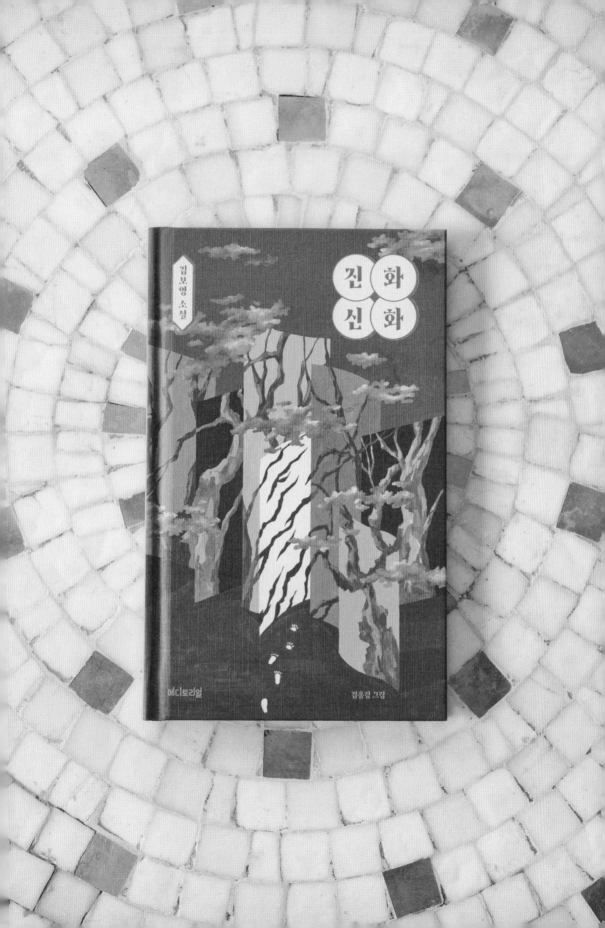

5

《마법소녀 은퇴합니다》

우리가 선망하는 두 가지

홍지운

SF 작가, 구 dcdc.
청강대 웹소설창작전공 교수, 기훈.

SF와 관련된 특강을 나갈 때마다 꼭 〈도라에몽〉을 예시로 꼽는다. 그러면 의외로 많은 사람들이 〈도라에몽〉을 SF라고 인식하지 못하며, "그런 거는 SF가 아닌 거 아니에요?"라고 묻는다. 자신만의 관념에 사로잡혀 있기 때문이다.

왜 사람들은 〈도라에몽〉을 SF라고 인식하지 못하는 것일까? 이 작품은 인공지능 로봇과 시간여행 그리고 외계 문명과의 조우에 이르기까지(또, 가끔은 무분별한 과학기술의 남용이 초래할 디스토피아적 미래상까지) 아우르며 어린아이들에게 SF적인 상상력을 일깨워준 명작이지 않은가? 이러한 인식의 공백은 비단 〈도라에몽〉만의 문제도 아니다. 〈마법소녀 마도카 마기카〉는 어떠한가? 이 작품 역시 인공지능 로봇과 시간여행 그리고 외계 문명과의 조우에 이르기까지(또, 가끔은 무분별한 과학기술의 남용이 초래할 디스토피아적 미래상까지) 아우르며 마법소녀 팬덤에 SF적인 상상력을 일깨워준 명작이지 않은가? 이 작품은 일본 SF를 대표하는 문학상인 성운상을 수상한 바도 있지만, 한국 내에서 〈마법소녀 마도카 마기카〉를 SF로 인식하는 사람은 여전히 소수다.

이유가 무엇이건, 이렇게 의식적으로든 무의식적으로든 〈도라에몽〉에서 시작해 〈마법소녀 마도카 마기카〉로 연결되는 일본 SF로부터 받은 영향을 SF 담론에서 인식하거나 다루지 못하는 상황 자체는 흔한 일이다. 하지만 20세기 태생의 작가와 그들의 작품에 대해 논할 때 TV 매체를 통한 경험을, 그중에서도 일본 서브컬처에 대한 경험을 지우는 것이 과연 가능이나 한 일인가? 1998년 김대중 대통령의 일본 대중문화개방과 그 영향을 빼고서 어떤 영양가 있는 이야기를 할 수나 있을까?

박서련 작가의 《마법소녀 은퇴합니다》는 자신의 계보에 당당한 마법소녀물이자 SF다. 나이가 많건 적건, 특수한 상황이 되면 마법의 재능에 눈을 뜨는 여성들이 있고 이 여성들은 자신의 마법을 활용해서 살아간다. 이들의 삶은 현상금 사냥꾼에서 경호원 그리고 기후변화로 인한 인류 멸망을 막기 위한 협동조합 활동까지, 우리네 그것과 다른 듯하면서도 닮은 면이 많다. 《마법소녀 은퇴합니다》는 마법소녀 장르의 아이콘과 컨벤션을 정석적으로 재현하면서도 한국 사회에 맞도록 매끄럽게 재구성하는 데 성공한 셈이다.

물론 이렇게 마법소녀 장르에 메타적인 시점으로 접근해 현실적인 요소를 더한 작품들은 애초부터 적지 않았다. 〈마법소녀 마도카 마기카〉부터가 그러했고, 한국의 웹툰 〈매지컬 고삼즈〉는 한국적인 요소를 작품 안에 최대한 잘 담아내어 〈마법소녀 마도카 마기카〉로

마법소녀 은퇴합니다
박서련 지음 창비 펴냄

대표되는 현실적 마법소녀물의 계보를 이어나가면서도 자신만의 차별점을 만들었다.

그렇다면 《마법소녀 은퇴합니다》가 마법소녀물의 계보를 따르면서도 독자성을 유지하기 위해 갖춘 차별점은 무엇일까? 바로 주인공이 사회에서 부딪힌 장벽과 이로부터 벗어나기 위해 수행했던 투쟁 그리고 마지막의 좌절까지 이어지는, 2020년대의 현실적인 문제와 이를 마주한 한 개인의 감정선에 대한 질박하면서도 깊이 스며드는 묘사다.

많은 장르소설 작가들이 이러한 차별점을 작품에 녹여낼 노력을 간과하고는 한다. 현실과는 다른 세계의 설정을 묘사하는 데 리소스를 낭비한 나머지, 현실의 독자들이 감정이입을 할 핵심 요소들을 잊어버리고 마는 것이다. 하지만 《마법소녀 은퇴합니다》는 장르적인 소재와 현실적인 감정선이라는 두 마리 토끼를 단단히 붙잡고 있다.

《마법소녀 은퇴합니다》라는 제목부터가 그러하지 않은가? 이 둘 모두 우리 시대의 사람들이 가장 선망하는 것이다. 내 주변에는 남녀노소를 불문하고 마법소녀가 되고 싶은 사람이 아주 많다. 그리고 돈을 벌 만큼 벌어 자신을 옭아매는 직장에서 은퇴하고 싶은 사람은 마법소녀가 되고 싶은 사람보다 아주 살짝 더 많다. 《마법소녀 은퇴합니다》의 매력이 바로 여기에 있다. 어린 시절에 마법소녀가 나오는 작품을 재밌게 봤던 작가가 현대 사회의 문제를 장르의 언어를 통해 말한다. 해당 장르의 애호가라면 이 작품을 보지 않을 이유가 없다. 🐾

《은하환담》

애달프고 기이한
여우 누이 로맨스

소설집 《은하환담》을 한 문장으로 정의하면 '다시 쓰는 설화'라고 할 수 있겠다. 여기에는 우리가 익히 알던, 혹은 알지 못하던 이야기들이 현대 작가의 손을 빌려 다시 쓰이고 실려 있다. SF라 할 것도 있으나 그렇지 않은 장르도 있다. 그중 우리에게 친숙한 여우 누이 이야기를 빌려오면서도 시대를 옮겨 로맨스의 형태를 취하고 있는 〈매구 호텔〉을 소개한다.

여우 누이 이야기는 널리 알려져 있고 아직도 많은 사랑을 받고 있다. 하지만 생각해보면 꽤나 잔혹한 이야기다. 생간을 빼 먹는 여우 누이는 그렇다 치고 도망친 막내 오빠는 구슬을 던져 동생의 탈을 쓴 여우일지언정 자기 동생을 불에 태우고 물에 빠뜨린다. 본디 옛날 이야기의 권선징악이라는 건 악당이 처절하게 죽으면서 끝난다지만.

'간 빼 먹는' 이야기는 예전에도 있고 지금에도 있다. 여우가 산길에서 사람을 홀려 간을 빼 간다는 이야기, 그리고 현재 사람들이 먹는 돼지 간과 소 간. 음, 여우 입장에서 보면 약간 불공평하지 않은가? 여우가 사람 간을 빼 먹으면 죽여야 하고 사람이 먹는 돼지와 소의 간은 괜찮은가? 그러한 출발점에서 시작했는지는 모르겠으나, 소렐 작가의 〈매구 호텔〉은 '여우 누이'라는 집안의 외로운 존재에서 한 발 더 나아간다. 외로운 존재를 둘로 만들어, 그들이 외롭지 않게 한다.

이야기의 시작은 대한제국이 생겨났던 때로 거슬러 올라간다. '러시아 공사관에서 돌아온 왕이 황제로 즉위했던 해'라면 1897년이다. 이때 독일계 영국인 부부는 경복궁의 근처인 정동에 '맥심 호텔'을 세운다. 벽돌로 만든 호텔이라니. 당시로는 최신식 문물이고 사교계의 꽃이었을 듯하다. 맥심 부부는 조선인 남자아이와 여자아이를 각각 한 명씩 입양한다. 아들은 고아 출신인 동혁, 딸은 양반 출신인 호정이다. 아돌프와 로라라는 이름을 얻은 둘은 영국인의 '자비'와 조선인의 '혈통'을 각각 안은 채로 입양된 셈이다. 사실 호정은 첩의 딸이었고, 그렇기에 양반집에서 맥심 일가에게 팔아넘긴 것이나 다름없지만.

10년 후 맥심 부부가 죽고, 맥심 부부의 두 친아들과 동혁, 호정이 한데 모이기 직전 이이야기는 시작된다. 그러니 사실상 이야기의 진짜 배경은 1907년인 셈이다. 1897년보다 10년 더 흉흉해지고, 황제는 황제의 일을 하지 못한다. 그런 흉흉한 곳에서 호정은 자신처럼 입양된 오빠인 동혁에게 사랑을 느낀다.

원전이 되는 '여우 누이'에도 여러 판본이 있다. 하지만 대부분은 '소가 자꾸 죽어 나가서 아들들에게 밤중에 지켜보라 했다. 첫째와 둘째가 보니 여동생이 소의 똥구멍으로 손을

6

전삼혜

청소년 소설과 SF, 약간 판타지를 종횡무진 쓰고 있다. 꿈은 한국 청소년들이 한국 SF를 더 많이 읽는 것.

넣어 간을 빼 먹고 있었다. 이대로 말한 첫째와 둘째는 집에서 쫓겨나고 셋째 아들은 도망쳐 여우를 물리칠 구슬을 얻는다. 집에 오니 여우인 여동생이 셋째 오빠마저 죽이려 해 셋째 아들은 호리병이나 구슬로 위기를 벗어나고 여우를 죽여 살아남는다.'라는 구조를 따른다. 전형적인 영웅 서사의 구조이기도 하다.

하지만 잠깐 생각해보자. 소렐 작가는 이 부분에서 우리에게 질문한다. 여우이니 직계혈통은 아니라고 해도, 어머니와 아버지와 두 오빠가 사라진 집에서 여우 누이는 외롭지 않았을까? 사람 간을 빼 먹는 여우의 외로움까지 챙겨줘야 하느냐고 항변하신다면… 음, 원래 이야기를 만드는 것은 엉뚱한 존재에게 눈길을 주며 시작된다고밖에 독자이자 작가인 나는 변명할 수 없겠다.

외롭지 않았을까.

그렇기에 소렐 작가는 셋째 오빠를 '먹잇감'이 아닌 '사랑의 대상'으로 변모시킨다. 사랑이라는 것은 상대방을 침식해 들어가니 섭식과 크게 다르지 않을지도 모르지만, 동혁은 살아남는다. 거짓말을 해서도, 도사에게 보물을 받아서도 아니다. 마음과 마음을 이어, 여우 누이의 곁에 '내가 곁에 있어.'라는 절실한 고백으로 살아남는다. 그 순간 호정은 외로운 여우가 아니라 아군을 만난 인물이 된다. 그리고 사랑은 열린 문이든, 청맹과니가 되는 길이든 누군가를 구원하고야 만다. 눈이 멀면 같이 눈이 멀고, 열린 문으로 들어가면 그 문으로 함께 들어가준다. 많은 이야기 중 〈매구 호텔〉을 선택한 것은 이것이 내가 늘 지향하는 '외롭지 않은 이야기'이기 때문이다.

물론 동혁에게도 비밀은 있다. 그러나 그것까지 말하면 로맨스로 진입하는 즐거움이 없지 않은가. 두 사람이 '월광'에 맞추어 왈츠를 추는 장면만 말하고 끝내겠다. 달빛 아래 여우는 외롭지 않았다. 🐾

은하환담
곽재식, 김설아, 김성일, 이경희, 소렐, 송경아,
이한, 문녹주, 전혜진 지음, 달다 펴냄

7

《순백의 비명》

얼굴 없는 여자들의
비명이 보여주는 것

구한나리

소설가, 웹진 거울 필진이자 운영진. 2020~2021 SF 어워드 중단편 부문 심사위원. 장편 《아틀 개의 붓》과 단편집 《울리브색이 없으면 민트색도 괜찮아》를 썼고, 단편집 《정원은 잠겼어요》, 《교실 맨 앞줄》, 《겨울 아니었음을》, 《누나 노릇》, 《그리고 문어가 나타났다》 등에 참여했다.

초등학교 2학년 통합교과에는 '다양한 가족의 형태'라는 단원이 있다. 부모와 아이로 구성된 가정이나 2, 3대가 함께 사는 가정, 조손가정, 한부모가정, 다문화가정 등 다양한 형태의 그림이 실려 있고 자신의 가족에 대해서 이야기를 나누는 활동을 나눈다. SNS에 이 내용을 찍은 사진이 올라오면 사람들은 사회가 바뀌고 있다며 놀란다. 때로는 "다음 중 가족의 형태에 해당하는 것은 무엇입니까?"라는 질문을 오해한 글이 올라오기도 한다(정답은 '모두 다'이다). 확실히 '정상 가정'이라는 표현이 더 이상 정상적인 표현이 아니라는 합의에는 도달한 것 같다. 그렇지만 여전히 이 가족의 형태 안에 시설에서 사는 아동이 포함된 경우를 찾아보기는 쉽지 않다. 2020년 7월 현재 전국 시설 거주 아동 만오천 명은 이런 경험을 반복한다. 자신의 삶이 가족의 형태에 포함되지 않는다고 확인하는 것이다.

정이담 작가의 장편소설 《순백의 비명》의 주인공 선은 책을 읽는 것을 좋아하지만 학교 도서관에서 골라든 예쁜 책들 모두가 당연하게 부모와 함께 있는 아이를 그리고 있어서 책 읽기를 거부한다. 어릴 때부터 자신이 사랑하는 책에 의해 네가 속한 곳은 정상이 아니라고 배척되는 경험을 한 선은, 책 속에서는 한없는 사랑을 주는 사람으로 그려지는 '엄마'에게 공격받고 버려진 아이다. 계속 수술을 받아야 하는 인어 증후군 환자인 율 역시 바다에 빠진 자신을 엄마가 구해주지 않았던 기억이 있다. 나이보다 성숙하고 자신들의 보호자인 '이모'를 귀찮게 하지 않는 방법을 일찌감치 터득한 선은 지금 바로 보호 종료가 되어도 혼자서 문제없이 잘 살아갈 것처럼 보인다. 날이 잔뜩 서 있는 율을 어떻게 다뤄야 하는지 알고, 대답 없는 로봇 이모에게 자신의 고민을 쏟아낼지언정 힘든 이모의 품에 파고들어 응석을 부리지 않는다. 세상의 모든 부모가 한없는 사랑을 쏟아내는 것이 아니라 아이들이 부모에게 무조건적인 사랑을 바친다고 말하는 선은, 엄마가 학대했던 증거는 몸에 선명한 상처로 남아 지워지지 않는데도 그 상처를 율에게 보이고 율이 만지게 내버려두는 선은, 모든 감정에 무덤덤해서, 이미 어른이 된 것처럼 보이기도 한다.

그런데 선이 밖으로 드러내지 않았던 그 감정은 그대로 사라진 것일까.

어른스러워져야 하고, 남을 배려해야 하고, 과자는 꼭 세 개만 먹어야 하고, 이모를 독점해선 안 되고, 씻을 때는 꼭 두 명이 함께 해야 하고, 나이가 다른 수많은 동생, 언니들의 훌쩍이는 소리와 함께 잠들어야 하면서도 내보내지 않고 속으로 가라앉혔던 그 마음은, 한 사람을 단단하게 만들고 나서 사라지는 것일까.

Memento SF

純白悲鳴

정이담 장편소설
순백의 비명

순백의 비명
정이담 지음, 아작 펴냄

보육원 시설의 아이들과 이모를 착취하던 원장은 결국 더 많은 이익을 위해서 '선우원'을 다른 용도로 변경하기로 결정한다. 이모들이 아이들을 지키기 위해서 맞서는 모습을, 그리고 경찰이 이모들을 공격하는 모습을 목격한 선의 감정은 겉으로 보기에는 평온해 보인다. 너희는 신경 쓸 필요 없다고 아이들을 추스르는 이모들 역시 배신감과 분노를 겉으로 강하게 드러내지는 않는다. 언젠가 시설로 맛있는 걸 가지고 찾아가겠다고 했지만 사기에 휘말려 투신한 '언니'의 감정은, 자신을 멋대로 동정했다가 생각과 다르다고 멀어지는 사람들을 몇 번이나 만난 율의 감정은, 겉으로는 잘 갈무리되어 사라진 것 같이 보이지만 정말로 그런 것일까.

선우원에서 동생을 보살피며 버텨가는 시간 동안, 창고에서 하얀 얼굴의 여자들이 나타난다. 표정이 없는 거울 같은 매끈하고 새하얀 얼굴의 여자들은 점점 시설 바깥에서도 나타나기 시작한다. 처음 나타난 곳이 선우원 창고라는 것은 의미심장하다. 아이들의, 이모들의 감정이 밖으로 표현되지 못하고 안으로만 파고들어 사라진 것처럼 보일 때, 이곳이 사라져서 이 '가족'이 뿔뿔이 흩어질지도 모른다는 두려움이 극도에 달했을 때, 그들이 가장 날것의 감정을 쏟아냈던 창고에서, 이곳의 일원이 되었음을 받아들이고 율이 심었던 이팝나무의 이파리로부터 순백의 여자들이 태어난다. 침묵하던 이들이 갑자기 비명을 지르기 시작한 건 어쩌면 계속해서 분출되지 못했던 감정이 쌓이고 쌓여서 터져 나온 탓이 아닐까. 여자들의 거울 같은 얼굴을 목격한 이들이 이후에 사람들의 감정에 공감하는 능력이 높아진 것은 그들이 쌓아왔던 감정을 들여다보았기 때문은 아닐까.

얼마 전, 드라마 〈이상한 변호사 우영우〉가 인기를 얻으면서 장애인에 대한 담론 역시 활발해지기도 했다. 우리는 당연히 있지만 보지 않았던 것들, 드러내보이지 말라고 압박했던 것을 이제 보아야 한다. 세상에는 우리가 보지 못했던 장애인들이 살아가고 있다는 것, 혈연으로 이어지지 않은 '가족'이 있다는 것을, 보이지 않았던 그들이 속으로 무덤덤하게 삼켜야 했던 수많은 울음과 비명이 있다는 것을 보아야 할 때다. ▶

《굿 피플 프로젝트》

연여름

영화학교에서 연출과 시나리오를 공부했다.
소설집 《리시안셔스》를 썼으며, 2021년 SF 어워드 중단편 우수상,
제8회 한낙원과학소설상을 수상했다.

우리가 어떤 조세열 월드에 살든

조세열이 돌아왔다?

　이선 작가의 신작 중편 《굿 피플 프로젝트》에서 '조세열 컴퍼니'라는 이름을 맞닥뜨린 순간, 작가의 이전 장편 《행성 감기에 걸리지 않는 법》(캐비넷, 2018)을 떠올린 독자가 또 있을지도 모르겠다.

　조세열. 드물게 독특한 이름 석 자라곤 못 해도 한 번 들으면 어쩐지 잊기 힘든 어감과 존재감이다. 그래서 동명을 확인하자마자 《행성 감기에 걸리지 않는 법》의 스핀오프는 아닐까 자연스레 생각했으나 결론부터 밝히자면 아니었다.

　이름만 같은, 전혀 별개의 조세열이다. 나아가 작품을 채운 정서도 이전 소설과 놀랄 만큼 판이하다. 제목에서도 추측할 수 있듯 《굿 피플 프로젝트》는 선(善)에 관한 통찰을 포함하고 있으나 《행성 감기에 걸리지 않는 법》과는 사뭇 다른 방법을 택하고 있다.

　《행성 감기에 걸리지 않는 법》에서의 조세열은 외계 행성의 생존이 달린 농업 프로젝트를 위해 납치된 지구인으로 그야말로 자기중심적인 인간이지만, 다른 존재들과 크고 작은 사건을 함께 겪으며 공존을 모색하는 법을 배운, 결국 '굿 피플'의 하나가 된 인물이었다. 그 조세열은 강하게 끌어안고 있던 자아를 내려놓고서 비워진 손으로 다른 이의 손을 기꺼이 잡는다. 식물에 싹을 틔우는 데 필요한 온기처럼, 소설에는 봄날의 미풍 같은 문장들이 내내 흐른다.

　《행성 감기에 걸리지 않는 법》의 조세열이 유토피아에 가까운 라비다 행성의 회복을 돕는 여러 퍼즐 조각 중의 하나였다면, 《굿 피플 프로젝트》의 조세열은 지금 여기, 그러니까 우리 지구를 빼닮은 디스토피아의 설계자이며 신으로 존재한다. 그리고 이 소설의 주인공은 **이 세상의 모든 '것'과 '곳'을 소유한** 조세열이라는 영향력 아래에서 분투하는 '나'다.

　같은 작가가 선사하는 이 온도 차는 《굿 피플 프로젝트》에 더 강하게 몰입하게 하는 원동력이 되어준다.

　신과 인간 사이, '굿 피플 프로젝트'의 고충에 관한 이야기는 구약 성서에도 있다. 신은 아브라함에게 이 도시에 의인이 오십 명만 있으면 멸망시키지 않겠다고 하지만, 아브라함에겐 너무 많은 숫자였다. 아브라함은 신에게 간청 또 간청해 의인 열 명까지 기준을 낮춘다. 하지만 신의 기준이 지나치게 높았는지 아니면 아브라함의 능력 부족이었는지 그 프로젝트는 성공하지 못했다.

굿 피플 프로젝트

Goble
ThinBook
Series

이선

《굿 피플 프로젝트》에서는 반대의 조건이다. 조세열은 착한 사람의 숫자와 무관하게 멸망의 날을 정해두었고, 그의 시험에 통과한 선인만이 (역시 조세열이 설계한)지옥을 피하는 쉘터 '열반'에 들어갈 자격을 얻는다.

소설 속 '나'는 조세열의 지시에 따라 '굿 피플 트랩'을 통해 선인을 발굴해낸다. 굿 피플 트랩의 골자는 상식적이다. 자신의 희생 또는 불이익을 감수하면서도 타인을 먼저 배려하고 살리려는 사람을 찾는 것.

그렇게 지옥과 구원을 동시에 준비하는 조세열에게 '나'는 염증을 느끼면서도 **세상의 모든 것과 곳**이 그렇듯 타협하고 복종한다. 그러나 천천히 작동단계에 들어간 지옥을 그저 좌시하지 않기로 한다. 비록 이 '조세열스러운' 지옥을 되돌릴 수는 없지만 방향을 약간 뒤틀 수 있을지는 모르므로.

이선 작가는 작가의 말에서 이 소설에 교훈이라곤 전혀 없다고 단언했지만, 이 디스토피아에서도 결국 문틈으로 새어 나오고야 마는 빛 같은 문장을 지나치기는 어렵다.

'나'와 함께 프로젝트를 담당하는 김 대리의 말이다.

"사실 '열반'에 들어가기엔 선한 사람들의 수가 지나치게 많은 게 사실입니다."

창세기의 기준이라면 이 도시는 진작에 시험을 통과하고도 충분했을 것이다. 세상이 어떤 형태의 지옥이든 선을 포기하지 않고 기어코 선택하는 이들이 있다. 희미한 빛을 더 돋보이게 하는 것은 같은 빛보다는 칠흑 같은 어둠일 것이며 《굿 피플 프로젝트》의 조세열도 그 이치를 알기에 더 완벽한 지옥을 위하여 빛을 모조리 거두려 했을 터이다. 그러나 일이 그리 쉽게 풀리지는 않는 법이다.

같은 작가의 아주 다른 어조의 소설을 만났는데도 왜인지 《행성 감기에 걸리지 않는 법》의 서두를 다시 떠올리고 만다. 이런 문장이었다.

우주의 온갖 선량한 것들을 위하여. ⬧

굿 피플 프로젝트
이선 지음, 도서출판 들녘 펴냄

사랑을 선언하기, 연결되기

최지혜

판타지 작가, SF와 판타지 전문 편집자.
환상문학웹진 거울 필진으로 여기저기에 글을 쓰거나 인터뷰를 했다.

표절과 패러디, 오마주는 항상 붙어 다니면서 비교된다. 가장 널리 알려진 분별법으로 이런 말이 있다. '오마주는 원전을 제발 알아주었으면 하는 것, 패러디는 원전을 알아야 더 재미있는 것, 표절은 원전을 들키고 싶지 않은 것'. 이 말로만 미루어보면 오마주는 마치 원전의 영업 같다. 물론 맞는 말이지만 양상은 다양하게 나타난다. 그리고 고전 SF에 대한 오마주로 꾸려져 있는 《책에서 나오다》는 이 다양한 양상을 한 번에 즐길 수 있는 향연이다.

정보라의 〈작은 종말〉은 브루노 야셴스키의 《나는 파리를 불태운다》의 오마주다. 군데군데 원작에서 그대로 따온 문장이 인용되어 있고 논문처럼 충실하게 인용한 부분이 어디인지도 표시되어 있지만, 그 외에는 오히려 비슷한 부분이 없다. 정보라는 다른 이념 아래 서로 대립하게 된 형제라는 굵직한 줄기와 핵심 정서를 그대로 둔 채 모든 것을 바꿨다. 그렇게 해서 바꾼 부분이 현재의 우리 상황을 비춰낸다는 점을 포함해서, 아주 정석적인 리메이크다.

이경희는 〈아직은 남은 시간이 있으니까〉로 어슐러 르 귄의 여러 작품을 오마주했다. 오마주를 '헌정'이라고 번역한 후 그리움과 애정, 존경을 담아낸다는 의미에 초점을 맞춘다면, 그러한 기준에 수록작 중 가장 어울리는 작품이다. 이야기 자체의 독립성은 떨어지지만 진심은 확 드러난다. 이토록 이 사람에게 큰 영향을 준, 이토록 이 사람이 사랑하는 대상이 누구인지, 뭘 썼는지 호기심이 든다. 이경희 작가는 주로 이야기와 사건을 중심으로 생각하고 잘 쳐낸다고 평소 생각해왔는데, 그 선입견을 깨는 작품이었다.

박애진의 〈미싱 링크〉는 아서 코난 도일의 《마라코트 심해》의 오마주지만, 그의 최대 인기작 《셜록 홈즈》의 인물들도 따왔다. 고립된 인류가 다른 인류를 찾아 모험을 떠난다는 고전적인 구도에 박애진 작가 특유의 꼼꼼한 배경 설정, 밀도 높은 서술과 진행, 생생한 인물 묘사가 어우러져, 원전을 모른 채 처음 만나는 작품으로서도 즐겁게 읽을 수 있었다. 중심 테마와 패러디적 요소 약간만 취한 형태의 오마주다.

남세오는 〈절벽의 마법사〉로 할 클레멘트의 《중력의 임무》를 오마주했는데, 외전 또는 스핀오프로 보인다. 작가가 후기에 밝히기로 할 클레멘트는 자기의 설정을 마음대로 쓸 수 있도록 허락해두었다고 한다. 남세오 작가는 이것을 십분 이용하는 동시에, 몇 가지 사소한 디테일을 추가해서 원작의 세계를 넓혔다. 원작을 읽기 전인 사람이라면 입문할 수 있는 단편으로, 원작을 읽은 사람이라면 귀여운(주인공들이 귀여운 청소년이다!) 외전으로 즐겁게 읽을 만하다. 아서 코난 도일이나 러브크래프트 오마주의 경우 공식적으로 원작을 계승했다는 재단의 인정을 받으며 출간되곤 하는데, 할 클레멘트의 공식 계승작으로 받아들여 널리 공표하라고 이 작품을 원작자 관련 기관에 보내고 싶다.

전혜진의 〈푸르고 창백한 프로메테우스〉는 메리 셸리의 《프랑켄슈타인》을 원작으로 삼았다. 사실 작품의 내용이 아니라 그 작품을 출간하기까지의 메리 셸리 이야기를 하는 단편이라 '원작'이라는 표현은 조금 애매하다. 분명 부조리한데도 그것을 부조리하게 여기는 이를 부조리하게 만드는 숨 막히는 상황을 전혜진 작가 특유의 담담한 가운데 격정적인 문체로 전개한다. 원전의 작가를 끌어들인 작품으로는 이 앤솔러지 내에서 두 번째인데, 이경희 작가의 작품이 애정과 상실에 초점을 맞추고 있다면, 전혜진 작가는 공감과 이해를 가져왔다.

구슬의 〈R.U.R: 혁신적 만능 로봇〉은 제목 그대로 카렐 차페크의 《R.U.R》의 오마주다. 100년 전의 작품을 100년 후의 배경에서 되살려냈는데, 두 작품에 등장하는 인공 생명체의 위상이 완전히 역전된 것이 흥미롭다. '지금, 여기'의 옷을 입은 후속작 같기도 하다. 비유기적 생명체가 되자고 부르짖는 자들이 나오는 〈작은 종말〉과 비교하면 더 흥미롭다. 이 작품은 노동과 계급에 초점을 맞추어 이야기하고 있으나, 계급을 결정하는 요인은 여러 가지다 보니 그 또한 연결되는 부분이 있다.

박해울은 〈안개 숲 순례자〉로 영화 〈맨 프럼 어스〉를 오마주했다. 같은 주인공을 쓰되 그 주인공 뒤에 숨은 설정을 만들어 그의 처지와 성격이 더욱 돋보이도록 했다. 작품과 주인공을 사랑한 나머지 작가 나름의 상상을 덧대고 덧대서 이야기를 바꾸고 확장했다. 원작에서 나온 부분은 빙산의 일각이 될 정도로 파격적이다. 이 정도라면 재해석을 넘은 재창조가 아닐까.

이 오마주들을 아우르는 제목 《책에서 나오다》 이야기로 마지막을 맺고 싶다. 재미있게도, 같은 출판사에서 《책에 갇히다》라는 앤솔러지가 앞서서 출간된 바 있다. 《책에서 나오다》는 단순히 '다른 작품에서 나와서 새로운 작품으로' 바뀌었기 때문에, 또 그 앤솔러지와 대칭적으로 만들기 위해 붙인 제목일 수도 있다. 그러나 그러한 이유로만 만든 제목이 아닐 것이다. 이 수록작들에서 느껴지는 사랑과, 그 사랑을 전파하기 위한 열정이 모두 어느 책으로부터 나왔다는 점이 중요하다. 작가는 작가이기 이전에 독자였고, 독자였던 시절 읽은 책으로부터 작가의 세계가 시작되며, 책에서 다른 책이 태어나 다음 책으로 이어진다. 오마주는 그것을 특히 강조해서 표현하고자 한 결과물일 뿐이다. 사랑함을 선언하기, 다른 이도 사랑할 수 있도록 새로운 옷을 입히고 전파하기, 그래서 새로운 연을 잇고 세상을 넓히기는 책의 존재 이유이자 자연스러운 양상이다. 책을 쓰는 것은 혼자만의 작업이지만, 동시에 절대로 혼자 할 수 없는 일이다. 그 기적을 이 책과 함께 음미해보길 바란다. 🐾

《검은 햇빛》

아름다움의 색은 무엇일까

정이담

심리학 석사, 상담자로 밥벌이에 종사하며 소설을 쓴다.
판색슈얼, 장르의 구획을 가리지 않고 환상적 요소들을 통해 여성들의 세계를 드러낸다.
대표작으로 로맨스릴러 《괴물장미》, SF 판타지 《물은한 파랑》, 《순백의 비명》이 있다.

사람들은 감정을 표현할 때 색깔을 활용하곤 한다. 빛과 결합하여 고유한 파동을 가지는 색채들은 미학적인 표현에 필수적인 재료이다. 문화마다 색에 대한 묘사가 다양하고, 이를 통해 어떤 색을 구체적으로 지각하냐에 따라 구성원들이 주로 인식하고 표현하는 사회적 감정 또한 차이가 난다. 우리가 어릴 때는 원색 위주로 색을 구분하지만 성장할수록 경계에 존재하는 수많은 명도를 감각한다. 이를 통해 사람들은 더 풍부하고 미묘한 감정과 세상을 인지하는 존재로 자라난다. 하지만 이 모든 색깔이 사라진 세상이 존재한다면? 백은영의 《검은 햇빛》은 색을 잃어버린 행성에서 900년간 살아남은 휴머노이드 양육자와 무채색 아이들에 대한 상상으로부터 시작한다.

검은 햇빛으로 인해 색이 사라진 세상에서 무채색의 아이들은 자신들의 눈동자에만 색을 간직한다. 아이들은 각자의 색을 상징하는 이름을 갖지만, 무채색의 세상에서 그들의 수명은 짧다. 기계 아버지 미하엘은 벡시인 박사의 유언에 따라 아이들을 색깔이 찬란한 별로 돌려보낼 방법을 찾으며 양육을 도맡는다. 파란 눈의 아이 시안은 고대에 존재했다는 색깔들에 호기심을 가진다. 그러다 모노크롬의 별에 찾아온 오스의 이방인들과 함께 색채가 가득한 세상으로 향한다.

《검은 햇빛》은 어른들이 잃어버린 아름다움을 상징하는 '색깔'을 찾는 시안과, 맹인으로 태어나 어쩌면 더 많은 것을 볼 수 있는 아우겐 두 아이의 여정을 서정적인 필체로 그린다. '상실된 감각의 회복과, 감각을 통해 느낀 아름다움을 소중히 여기는 것'을 이야기하고 싶었다는 작가의 말처럼, 이 책은 한 번쯤 회색빛 우울에 갇혀본 사람들에게 일상의 사소하지만 반짝이는 감각을 되찾는 경험을 선물해줄 것이다. 작가는 따뜻하고 순한 동화적 문체를 통해 청소년 독자들뿐 아니라 어른들을 다정한 환상의 세계로 초대한다. 특히 종이책 위주의 독서에 접근하기 어려운 이들을 위해 국립장애인도서관에 데이지자료(시각장애인과 독서장애인을 위해 만들어진 e-book 형식의 자료)와 오디오북이 마련되어 있으니 들어보는 것을 추천한다. 회색빛 세계를 따뜻하게 바라보고 싶었다는 작가의 의도대로 책의 문장들은 다양한 요소들을 부드럽게 풀어내어 귀로 들어도 어려움이 없다.

이 책에선 시안과 아우겐, 벡시인 박사와 클로드 대령 등 대립되는 인물들의 선택과 그럴 수밖에 없었던 방향성 등이 묘사되는데, 다양한 인물들의 입장을 고려한 작가의 사려 깊음이 느껴지는 구성이었다. 다만 적은 분량으로 인하여 세계관의 디테일이 압축된 부분이

Science
Fiction

검은 햇빛

백은영 소설

길벗라드

아쉬웠다. 오히려 책을 덮은 후에 세계에 대한 더 많은 질문을 떠올릴 수 있었다. 예를 들어, 160쪽의 내용을 한번 보자. 시안은 어렸을 땐 아름답다고 느낀 게 많았지만 고독한 무채색 세상에 빠지면서 잃어버린 감각을 되찾길 바라는 사람들의 마음을 대변한다. 그러나 독자인 나는 주인공인 시안보다 맹인임에도 무한한 우주를 감각하고자 하고, 나아가 어른들의 미소를 볼 수 있는 아우겐에 대한 생각이 머릿속에서 떠나지 않았다. 시안은 색깔이 있던 고대를 이상향으로 생각하지만, 이들이 발을 딛고 있는 별은 900년 동안이나 색깔 없이 살았다. 과연 흑백의 세상 속에서 자란 아이들이 색을 처음 보았을 때 긍정적인 기분만을 느낄까? 두렵지는 않을까? 시안이 "고대의 역사책에선 피부색으로 사람을 차별했다는 이야기를 들었어요. (…) 색깔이 있는 세상은 정말로 아름다웠나요?"라고 의문했던 것처럼. 색채는 '무채색'에 대비되어 항상 이상향일 수 있을까? 특히 아우겐의 입장에서…. 색깔이 주류인 우리 사회에선 '무채색'만 보는 이들이 소수라 색채를 부러워한다는 걸 당연하게 여기지만, 과연 다수가 '무채색'인 사회에서도 그 욕망이 같을까? 이런 부분들이 더 탐구되었다면 어땠을까 싶다. 오히려 맹인 아우겐은 이 세계에서 역설적으로 아름다움을 가장 잘 느낄 수 있는 아이였다. 시안과 주변 인물들은 '색을 볼 수 없는 인간은 간신히 숨을 쉬고 살아갈 뿐'이라고 말하지만, 아우겐은 어떻던가? 어른들은 시안에게 '네가 그의 눈이 되어' 색깔을 알려주라고 말한다. 시안도 나름의 묘사를 통해 아우겐에게 색깔을 전하려고 애쓴다. 그러나 아우겐은 눈이 필요 없다. 이미 여기 있는 누구보다도 많은 아름다움을 알고 있는 아이이기 때문이다. 어둠에도 명암은 있고, 그 명암을 수백 가지 단계로 쪼갤 수도 있으며, 우울에도 수천 가지 아름다운 면이 있다. 그걸 이미 깨달은 아우겐에게 색을 알려주려는 다른 이들의 노력은 어쩌면 시혜주의처럼 느껴지지는 않았을까? 작가가 설정한 아름다운 요소들이 더욱 긴 분량 속에서 서술되었다면 더 풍부하고 멋진 은유가 되었을 것이다. 그만큼 작가가 이 세계를 아끼는 마음이 전해져 생각이 깊어진 탓이니, 이후 시안과 아우겐의 여정을 긴 시리즈로 보고 싶은 마음이다.

청소년기는 대뇌피질의 리모델링 과정을 통해 날것의 다양한 감정들을 체감하는 시기이다. 그 안에는 제일 짙은 검정도, 아주 밝은 파랑과 노랑도, 무엇도 아닌 회색도 존재한다. 모든 감정의 경험은 가치 있다. 백은영 작가의 《검은 햇빛》과 앞으로 나올 작가의 작품들이 수없이 요동치는 감정의 세상을 따스하게 안아주는 요람이 되리라 기대한다. 색깔을 볼 수 있든, 아니든 간에 말이다.

검은 햇빛
백은영 지음, 길베르트 펴냄

Magical Realism

STUDY OF WRITER

SF Trouble

작가론

마술적 사실주의와 SF 트러블 —정보라론

전청림

문학평론가. 2022년 문화일보 신춘문예로 등단.

Chung Bora

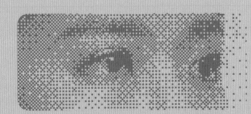

Avant-Garde

1

정보라 아방가르드

프랑스에 '살롱문학'이 있다면, 러시아에는 '유토피아 문학'이 있다. 살롱과 담소, 사교와 찻잔이 있는 문화가 프랑스의 문학을 만들어냈다면, 러시아의 여건에서는 반대로 소설 자체가 특정한 문화적 환경을 창출해야 할 임무를 부여받았던 것이다. 위대한 공산주의를 꿈꾸었던 소련의 유산은 '책에 따라 살기'라는 독특한 문학의 유토피아주의를 발명하게 되었는데, 이 문학적 모델에서는 현실과 이념을 분리시키지 않는다. 다시 말해, 러시아의 유토피아적 모델은 말 그대로 유토피아라는 이념을 상상하고, 그것을 따르기로 한다.

더없이 매혹적이고, 더없이 비현실적인 이 '공상'은 한때 미국과 문 레이스(Moon Race)를 견주었던 소련의 극단적인 이상주의를 반영한다. 김수환에 따르면, 19세기 러시아 문학의 거부할 수 없는 매력과 고도의 원칙주의, 그리고 이에 동반되는 극단적인 실험성은 바로 이러한 요인에서 기인한다고 할 수 있다.[1] 정보라의 소설에서 러시아 문학의 향수가 느껴지는 이유는 정보라 자신이 오랜 세월 슬라브 문학을 공부한 학자이기 때문일 테지만, 무엇보다도 정보라가 '데모하는 작가'로서 문학과 현실의 거리를 좁히고 있

다는 사실도 한몫할 것이다. 말하자면 실험적인 장르문학도, 시위하는 그의 삶도, 어떤 면에서는 이념과 현실의 분리를 최소화하려는 내적 투쟁의 결과물이 아닐까. 적어도 작가의 삶이라는 문제에서는 그렇게 보인다.

그런데 정보라가 보여주는 환상문학의 문체는 오히려 19세기의 원칙주의적 러시아와는 대척점에 선 20세기 초 러시아의 아방가르드 문학과 닮아 있다. 아방가르드 미학은 급진적인 전위성, 이전 세대와의 단절을 선언하는 저항성을 통해 그 어디에도 정주하지 않는 투쟁적인 예술실험을 감행한다. 정보라의 소설에서 나타나는 장르 혼합의 이미지들이 이토록 실험적으로 보이는 것은, 그가 러시아 아방가르드 예술가들이 가졌던 기개와 용기를 닮아 있기 때문일 것이다. 더 나아가 형식의 만개라는 아방가르드의 예술에 내용의 소실이라는 암면이 깃들어 있던 것과 달리, 정보라에게는 그 '내용'이 사실주의적인 투쟁의 언어로 생생하게 살아 있다. 말하자면 장르문학이라는 화려한 환상의 외피를 두르고 있을지언정, 작가의 내부는 현장르포와 투쟁이 점철된 고매한 원칙주의적 삶이 지배하고 있는 것이다.

---

1 김수환, 《책에 따라 살기―유리 로트만과 러시아 문화》, 문학과지성사, 2014

그러므로 정보라의 소설에 더 이상 '발랄'하다거나 '통통 튀는 상상력'이라는 수식어가 무용한 이유는, 작가의 본령이 이미 전위적인 아방가르드에 있기 때문일 것이다. 그의 내부는 이상주의적인 변혁의 의지로 가득하지만, 이에 대한 표현에는 사실주의적 재건(Perestroika)이 아니라 해체와 혼란(Rasstroika)의 시대가 떠안은 환상적 양식이 자리 잡고 있다. 투쟁과 문학, 과학소설과 중세소설, 공포스러운 괴담과 구전 동화의 문제를 자유롭게 오가는 '보라 월드'의 독창성이 하나의 장르로 귀결될 수 없는 이유 또한 아방가르드 미학의 테제인 혁신주의를 닮은 탓이겠다. 그가 내어놓는 각각의 작품들은 '정보라 아방가르드'라는 말로밖에 설명할 수 없는, 사실주의적 면에서는 현실 반영적이면서도 형식적인 면에서는 러시아의 환상적 색채를 닮은 특별한 장르적 과잉을 자아낸다. 유목민이라는 개념이 방종이나 불연속성이 아니라 자유로운 횡단과 교차를 뜻하는 것이라면, '장르 유목주의'야말로 정보라의 작품에 나지막이 웅크린 혼종성을 아우를 수 있는 장르가 될 것이다.

2
레디메이드 고딕

정보라의 대표작이라고 할 수 있는 단편집 《저주토끼》에서부터 시작해보자. 맨부커상 인터내셔널 부문 최종후보에 이름을 올리고, 'SF 소설'이라는 오명 탓에 본의 아니게 독자들을 낙담시키기도 했던 이 작품집에는 고딕소설이 가득하다. 표제작인 〈저주토끼〉는 여러 인터뷰에서 언급되었듯, 그가 유학 생활 중 접한 '쓰레기만두 파동' 사건에 대한 죄책감으로 쓰였다. "저주에 쓰이는 물건일수록 예쁘게 만들어야 하는 법이다."라는 매력적인 문장으로 시작하는 이 소설은, 토끼 모양의 전등에 깃든 저주가 한 양조회사를 해산시키는 과정을 그리고 있다. 이 양조회사는 무고한 장인의 술도가를 절망시킨 전적이 있기에, 술도가 집안

의 오랜 벗이었던 화자의 할아버지가 일명 '저주토끼'라는 물건을 만들어 간접적인 복수를 감행한다는 것이 소설의 주요 골자다. 따라서 소설의 한 축에는 자본주의의 부작용을 고발하는 사실주의적 색채가, 다른 한 축에는 이에 대한 복수를 저주의 형태로 감행한다는 환상주의적 색채가 살아있다. 이 소설이 '마술적 사실주의' 혹은 '환상적 리얼리즘'이라는 언어로 해석되는 이유이다.

정보라의 눈은 관찰자의 눈에서 한 발짝 더 나아가지 않는다. 다시 말해, 저주가 내려진 이유와 저주가 가해지는 이야기를 가독성 있게 꾸리면서도, "타인을 저주하면 결국 자신도 무덤에 들어가게 된"다는 중립성에서 더 나아가지 않으며, 정치적이고 현학적인 교훈을 남기지도 않는다. 그 이유는 무엇보다도 이 소설이 환상적 혹은 마술적 장르로서 재현의 문제에 충실하다는 것에 있다. 환상적 장르는 미학적 또는 인지적 종류의 거창한 가식으로부터 자유로우므로, 다큐멘터리에 가까울 정도로 재현적 자의식에 집중한다. 즉, 군더더기 없이 정직한 묘사로 그 자신이 창조해낸 복잡한 세계를 설명하는 것이다. 독자들은 일차적으로 소설의 환상성에 흥미를 느끼지만, 구조적인 우화로서 사회·문화적 반성성을 가진 소설의 다른 한 겹을 반사적으로 취하며 도덕적인 명제를 획득하게 된다. 그의 소설이 현학적 문제의식이나 지적 허영의 군더더기 없이 '이야기'를 곧장 출발시키는 이유이다.

그러므로 〈저주토끼〉는 환상적 상상력 중에서도, 사회적인 부조리를 호러 서사로 표현하는 고딕소설에 가깝다. 그러나 작가로서 정보라의 장점 중 하나는 고전적인 고딕 장르뿐만 아니라 펄프, 포르노, 패러디와 같은 하위 장르들을 접합시키며, 경계를 넘는 도전을 멈추지 않는다는 것에 있다. 아방가르드한 문학실험의 장에 선 그에게 '주력 장르'를 묻는 일은 무용하다. 가령, 그가 처음 세상에 내보인 소설 〈머리〉는 니콜라이 고골의 〈코〉처럼 프로이트적 언캐니(uncanny)함에 사로잡힌 한 인간의 일대기를 그리고 있다. 무어라 이름 붙일 수 없는 인간 내부의 비인간, 즉 카프카의 오드라덱(Odradek)과 같은 무한한 공포의 원천은 악몽과도 같은 역겨움과 혐오감을 자아낸다. 그러나 동

마술적 사실주의와 SF 트러블 — 정보라론

시에 이 소설은 "변기 속에 버리곤 했던 머리카락과 당신의 배설물과 뒤를 닦은 휴지 등"으로부터 생겨난 비인간, 즉 크리스테바의 아브젝트(abject)를 상기시키기도 한다. 아브젝트가 인간에서 방류되는 타액, 분비물과 같이 비천한 모성성(여성성)의 상징임을 떠올린다면, 〈머리〉에 깃든 공포란 고전적인 고딕뿐 아니라 젠더적인 과잉까지도 포함하는 것이라고 할 수 있다.

더 나아가 이와 같은 공포는 〈몸하다〉에 등장하는 여성적 몸의 고통과도 맞닿린다. 월경과 낙태, 임신 공포가 모두 도사린 이 소설에서 화자는 오롯이 수태의 의무를 떠안고, '허수애비'로 전락한 아이 아빠를 찾아 나선다. 여성의 육체성이 암시하는 공포 속에서 이 소설은 고딕소설인 동시에 여성성을 향한 진지한 성찰이 된다. "고딕의 끈질긴 성공 비결 중 하나는 젠더 관련성이다. 고딕은 매우 여성적이기 때문에 매우 강력하다"[2]라고 주장한 주자네 베커의 말처럼, 정보라는 기형적 몸에 대한 재현과 사회적 의제 문제를 다루기에 용이한 전통적 고딕 장르를 통해 여성성의 불안을 표출한다.

정보라는 이처럼 가부장제, 자본주의와 같은 사회적 현실을 주의 깊게 다루면서도 전방위적 '장르 트러블'을 일으키는 포스트모던 시대의 대표적 장르 작가이다. 정보라의 소설들에서 발견되는 우울하고 씁쓸한 색채는 부재와 고통을 상수로 가지는 현대의 문화 담론에 뿌리를 두고 있기에, 그 소설들은 태생적으로 고딕소설의 조건을 지닌다. 정보라의 소설이 '레디메이드 고딕'으로 읽히는 이유다. 그러나 정보라는 이 엄숙함과 장엄함을 뒤엎는 환상과 마술의 도전적 형식을 글쓰기의 기본자세로 취하고 있다. 러시아 민담과도 같은 구비(口碑) 문학적 형식에서는 미하일 바흐친이 정립한 민중 문학을, 의료로봇과 지능형 IoT가 등장하는 과학소설에서는 기대를 저버리지 않는 SF를. 중세 러시아의 역사서와 같은 연대기를, 피와 폭력이 낭자하는 그로테스크를, '모르면 치정'을 쓰는 펄

2 로지 브라이도티, 《변신》, 김은주 옮김, 꿈꾼문고, 2020, 339쪽

프픽션의 원칙을, 일본 괴담과도 같은 공포를, 모래가 입에 서걱거릴 것 같은 이슬람의 색채를, 뱀파이어 로맨스를, 범죄를, 좀비를 자유자재로 가지고 노는 정보라는 멈추지 않는 장르 환상 열차다.

3

퀴어 옵스큐라

한 인터뷰에서 밝힌 대로, 정보라의 소설에서 화자로서의 '나'는 99퍼센트 여성이다. 그렇다고 해서 그의 소설이 작가와 소설 속 화자가 일치하는 자전적 소설이라고는 볼 수 없다. 성별이 여성일 뿐, 소설 속 주인공의 정체성은 할머니, 귀신, 뱀파이어, 용병, 마약중독자 등으로 다양하다. 여성이 일방적인 피해자나 무

> And it is my conviction
> that one of the secrets of the
> *gothic's* persistent success is
> gender-related:
> it is so *powerful*
> because it is so *feminine*.
>
> *Susanne Becker, Gothic Forms of Feminine Fictions,*
> *Manchester University Press, 1999*

력한 존재로 등장하는 것도 아니다. 때로 관능과 탐욕을 즐기는, 폭력적이기도 아이러니하기도 한 존재가 정보라의 소설 속 여성 인물이기 때문이다. 말 그대로, 퀴어한 여성으로서 기이한 정체성을 가지는 것이 정보라의 소설 속 여성상이라고 할 수 있다.

〈그녀를 만나다〉의 화자인 '나'는 120살에 가까운 할머니이다. '나'는 어느 행사장에서 일어난 폭탄테러에 중상을 입지만, 테러 용의자의 신원을 밝히며 경찰이 범인을 검거할 수 있게 만든다. 3년 후, '나'는 다시 열린 행사에 참여하며 마침내 '그녀'를 만난다. '나'가 이 행사에서 그토록 만나고 싶었던 '그녀'는 입대 후 성확정을 마친 성소수자이자 "군인이고, 엄마이고, 아내이고, 음악가"로서의 삶을 사는 한 여인이다. 소설에 직접적으로 언급되는 '변희수 하사'의 이름이, 생을 보호

받았더라면 누렸을 행복한 삶이 '그녀'에게 부여된다.

폭탄테러로 온몸이 망가져 나노봇의 치료를 받고, 간병로봇의 간호를 받으며, 센서가 달린 지팡이와 거의 한 몸인 '나'의 신체는 첨단 의료와 기술이 결합된 사이보그적 측면을 지닌다. 이 기이한 할머니의 몸은 그 자체로 퀴어한 여성성을 현시한다. 그러나 이 소설이 사이보그로서의 신체를 강조하고 긍정하는 것은 아니다. 기계는, "그 굼실굼실한 기계손"은 '나'의 귓바퀴에 남은 테러범의 DNA를 씻겨내지 못할 만큼 미숙하기도 하고, "사람을 죽이고 죽이고 또 죽"일 수 있을 만큼 독하기도 하다. 기계는 판도라의 상자처럼, 자신을 손에 넣은 사람의 손에서 그 쓰임이 달라진다. 인공지능이나 로봇과 같은 비인간의 이야기를 지을지언정 결국에는 '사람'에 대해 쓰고 싶다는 정보라의

마술적 사실주의와 SF 트러블 — 정보라론

관점이 전해진다.

기술을 향한 이러한 관점은 퀴어에 대한 상상력으로 전이된다. 소설의 '나'가 다시 참가한 행사장에서 진행 측은 테러의 위협에서 벗어나기 위해 "딥페이크 기술을 적용한 최신 테크놀러지의 결과물"을 선보인다. 이름도 원리도 거창한 이 기술이 구현하는 것은 결국 "화면에서 무엇을, 어떤 사람을 보는지는 전적으로 여러분에게 달린 것"이라는 사실이다. '그녀'의 얼굴이 행사장의 누군가에게는 "남자도 여자도 아닌" 괴물로, 누군가에게는 "부드러운 얼굴"의 여성으로 나타나는 이유이다. 가장 발전된 첨단 과학의 기술이, 가장 추상화된 인간의 마음을 보여주는 카메라 옵스큐라(camera obscura)로 기능하는 것이다. 그리고 이 카메라는 성소수자에 대한 혐오와 차별을 비춘다는 점에서 '퀴어 옵스큐라'로서, 타자를 대하는 우리 시대의 상상력이 필요로 하는 기술을 구현한다. 기술의 쓰임이 사람의 손에서 그 운명을 달리하듯, 퀴어를 향한 상상력 역시 우리가 우리 자신을 비추는 시선에 의해 달라진다는 것이다.

퀴어에 대한 보라 월드의 상상이 '기술'에만 국한된다고 보는 것은 섭섭할 것이다. 그의 근작 소설집 《여자들의 왕》은 틀에 박힌 공주 이야기를 뒤엎고 비튼 '퀴어한 공주'의 이야기이기도 하다. 표제작인 〈여자들의 왕〉은 성경에 나오는 사울과 요나단, 다윗을 모두 여성으로 재해석하며 관능적인 권력투쟁을 그리고 있다. '나'는 남편의 어머니이자 '여자들의 왕'인 여성으로부터 살해 위협을 받고, 남편은 그런 '나'를 지키고 싶어 한다. 요체는 '나'의 "싸우는 손"이 남편의 그것보다 훨씬 전투적이라는 것이다. 남성이 아닌 여성들의 권력투쟁이 이루어지는 이 소설에서 '나'와 남편의 어머니, 남편의 누이와 같은 여성들은 유혹과 술수, 반역이 난무하는 경쟁 관계를 형성한다. 누이는 왕위를 차지하기 위해 어머니의 목을 베고, '나'를 이용하는 계략도 서슴지 않는다. 중요한 것은 이 이야기가 자매애와 같은 이상주의적 여성성으로 모든 갈등을 통합하지 않는다는 것이다. 중상모략과 칼싸움이 난무하는 권력투쟁의 자리에 여성을 위치 지음으로써, 의견의 대립이 위대한 역사가 되는 성경적 이야기

그녀를 만나다　　정보라 소설집

악작

에 여성의 자리를 찾아주고 있기 때문이다. 이 이야기에서 친부살해와 왕위계승의 역사는 여성의 것으로 전도되고, 그 사이에서 '사라지는 매개자'는 무력한 공주가 아닌 남성이 된다.

그런가 하면 〈공주, 기사, 용〉 3부작은 '왕자가 높은 탑 속에 사는 공주를 구하러 가는 이야기'를 유쾌하게 비튼 환상동화라고 할 수 있다. 이 3부작에서는 영미권에서 주로 시도되는 '동화 다시 쓰기'가 정보라 식으로 구현된다. 이 연작에서 공주는 자신을 구하러 온 기사에게 "구출 좋아하네"라는 도전적인 말을 던지고, 기사는 기지도 기개도 없이 로맨스에만 골몰하는 남성이며, 탑을 지키는 무시무시한 용은 공주의 둘도 없는 반려다. 이 이야기가 단지 서양의 영웅담을 비트는 것에만 치중한 것은 아니다. 인물의 시점을 달리한 이야기가 연작으로 펼쳐지고, 그 사이의 연결고리인 왕비와 왕의 이야기, 유모의 이야기, 용의 이야기가 새로운 관점에서 다시 쓰이고 있기 때문이다. 익

Grandfather
used to say,

"When we make
our cursed
fetishes,
it's *important*
that they're

pretty."

Bora Chung, Cursed Bunny,
Honford Star, 2021

히 알던 동화를 다시 쓰는 이 '퀴어한 동화'는 이야기의 관점을 달리하며 독자의 상상력을 자극시키는 동시에, 근대사회로 진입하며 인간이 익혀온 숱한 교양과 계몽의 이야기를 정치적으로 변혁시키는 도전이 된다. 정보라의 소설이 단지 기술, 성차에 대한 관점뿐만 아니라 근대적 계몽의 기이성까지도 아우를 수 있는 '퀴어 옵스큐라'인 까닭이다.

4
그녀를 만나다

자본주의의 폐해를, 퀴어를, 여성을 다시 보는 정보라의 도전 속에서 '잃어버린 시간의 연대기'는 다시 발견된다. 수많은 장르적 도전과 혁신적인 이야기가 허울 좋은 실험으로만 남지 않는 이유는, 오체투지와 투쟁을 멈추지 않는 그의 '진정성'이 깃들어 있기에 가능한 창조라고 할 수 있다. "다 함께 살아남아 살아"[3]가는 세상을 원하는 정보라의 유토피아적 정신은 내용 없는 기치가 아니라, 현실과의 투쟁 속에서 깨달은 살 속의 진리일 것이다. 이 진리를 실현하기 위한 글쓰기는 종잡을 수 없는 현실의 사건들처럼 무수한 기호들 사이를 횡단한다. 전통적인 이야기와 충돌하려는 의지, 상실과 애도를 놓치지 않는 윤리, 정주하지 않는 이야기 속에서 오늘도 그는 자신을 규정하려는 어제의 독자들을 보기 좋게 배반한다. 그러므로 우리는 오늘도, 내일도, '그녀를 만나다'라는 살아 있는 현재형의 문장으로만 정보라를 파악할 수 있을 것이다. ✒

3 정보라, 〈차별 없는 생존을 향하여〉, 《문학들》 2022년 봄호, 37쪽

Media

Girl

SF와
미디어 소녀의 세계

SF라는 거대한 우주에서 발견할 수 있는
네 가지 세계 이야기.
이번에는 미디어 소녀의 세계를 목격한다.

심완선

SF 평론가.
책과 글쓰기와 장르문학에 관한 글을 쓴다.

1

소녀 욕망

SNS의 알고리즘이 자꾸 내게 프로아나 계정을 프로모션 했다. 프로아나는 거식증(anorexia)을 추구하는 (pro−) 사람을 일컫는 말이다. 10대에서 20대로 추정되는, 상당히 많은 여성이 자신의 생활을 기록하며 함께 '프아' 할 사람을 구하고 있었다. 이들은 '사람답게 살고 싶다'는 게 잘못이냐고 말했다. 남들이 뒤에서 수군거리지 않고, 친구들이나 남자들이 자신을 좋아하고 동경하고 자신에게 친절해지고, 가만히 있어도 사진이 아름답게 나오고, 어떤 옷도 자신 있게 입는 몸이 되고 싶다는 내용이었다. 이를 위해서는 앉을 때도 배가 나오지 않아야 하고, 허벅지 사이에 주먹이 들어갈 만큼 빈 공간이 있어야 하고, 팔뚝이 손목 굵기여야 한다. 미디어에서 보여주는 걸그룹의 몸, '소녀의 몸'이다.

몸의 자격을 통과해야 '소녀'로 통한다. 현대에는 소녀다운 몸을 갖춰야 '소녀'이다. 광고판, 텔레비전, 모니터, 휴대폰 화면에 도배된 10~20대 여성의 얼굴과 몸은 너무도 당연히 소녀가 갖춰야 할 허리, 허벅지, 팔, 키, 얼굴의 적정 수치를 규정한다. 이 중 하나라도 기준을 넘기면 그 여성은 미디어에 '소녀'로 나올 자격이 없다고 여겨진다. 그리고 미디어의 소녀는 다들 어린 여성이기에, 어린 여성이면 소녀가 될 가능성이 있기에, 소녀가 되지 못한 미디어 밖의 어린 여성은 자신을 실패자로 여길 수 있다. 위의 '사람답게 살고 싶다'란 어린 여성이 자신의 나이와 성별에 기대되는 역할, 즉 소녀를 맡고 싶다는 뜻이다. 비가시화되거나 경시되는 여자 사람의 몸에서 벗어나 소녀다운 몸이 되고 싶다는 욕망이다. 그런데 소녀와 사람이 등치되는 순간, 소녀의 자격 기준을 통과하지 못하는 비(非)−소녀는 사람 이하의 존재가 된다. 소녀의 기준이 특정한 몸의 어린 여성으로 한정되는 한 등급화는 피할 수 없다. 아무나 요정이나 여신이 될 수 없고, 보통 사람은 소녀가 될 수 없다.

그렇기에 소녀가 되려는 욕망은 종종 자기학대로 이어진다. 보통 사람이 매끈하고 균질적인 몸을 만들기 위해서는 보통을 뛰어넘는 수행이 필요하다. 게다가 '소녀 되기'는 어려울 뿐 아니라 자신을 배반하는 노력을 요한다. 소녀의 기준이 되는 몸은 (주로 남성의) 시선으로 보기에 매력적인 형상이다. 이는 "가부장제와 엔터테인먼트 산업이 요구하는 대상화, 상품화된 몸이다. 그러므로 소녀 자신이 스스로의 몸과 주체적이고 개인적인 관계를 맺기 불가능하다. 아름답고도 성애화된 소녀의 몸은 여전히 여성이 자신을 개별적인 재능이나 인격, 권리를 가진 존재로 상정하지 못하게 만든다."[1] 쌀의 도정률을 높일수록 버리는 부분이 많아지듯이, 소녀의 촘촘한 기준을 통과하려면 그만큼 자신을 깎아야 한다.

이런 논의는 흔히 어린 여성을 나무라는 말로 결론이 난다. '소녀 되기'가 대체로 건강하지도 자율적이지도 못하다는 점은 사실이지만, 이는 손쉽게 어린 여성을 질타할 핑계로 작용한다. 한국 사회에서 여성이 어리기까지 하면 훈계를 받기가 두 배로 쉽다. 자발적으로 '소녀 되기'에 동참하는, 본연의 몸과 힘겹게 다툼을 벌이는, 미디어의 환상에 몸을 바치는 일은 어리석고 철없는 짓이라고 평가된다. 하지만 '소녀 되기'는 제삼자가 생각하듯 단순히 미디어 질서에 종속되는 과정에 국한되지 않는다. 어린 여성이 권력을 향한 욕망을 실현하는 과정이기도 하기 때문이다.

1 김은하 외, 《소녀들》, 여성문화이론연구소, 42쪽

Look.

P. Burke is about as far as you can get from the concept girl.

She's a female, yes —but for her, sex is a four-letter word spelled

P-A-I-N.

JAMES TIPTREE. JR

The Girl Who Was Plugged In
Hachette UK, 2014

현대에 육체를 통제하고 그 성취를 인정받는 일은 즉각적인 쾌감을 준다. 소녀의 몸은 힘이고, 구속이며, 몸만들기는 도취이자 몸부림이고 승리이다. 주목 경제로 재편된 현대의 시장에서 소녀는 '셀럽'으로 팔리기 매우 좋은 상품이다. 외모와 능력을 갖춘 소녀들은 '잘 팔리는' 사람이 된다. 소녀의 자격을 갖출수록 주목 경제의 화폐, 곧 인기와 관심과 친절을 얻는다. 타인에게 즉각적이고 직접적인 영향을 끼친다. 시장이 허락하는 범위 내에서만이라도 자유와 권력을 발휘한다. 특히 현대의 '걸 파워' 소녀는 희망차면서도 멋지고 유능한 이미지를 지닌다. 소녀들은 현대의 신자유주의적 개인주의와 페미니즘 양쪽 모두가 강조하는 능동성, 주체성, 자유 등의 가치를 흡수한다. 혹은 이를 갖추도록 단련된다. 걸 파워 소녀를 중심으로 한 현대의 소녀들은 어른들의 억압에 저항하는 듯이 그려진다. 하지만 소녀들이 '소녀'이기를 포기하지 않는 한 이들의 행위는 질서를 위협하는 수준에 이르지 못한다. "이 시대 소녀들은 '걸 파워'의 독립성을 추구하지만 동시에 자신의 성애된 몸과 그녀의 인격 혹은 개성을 끊임없이 전시하는 상품소비의 시장에 포획된다."[2] 주체성이라는 환상은 유효하지만 무력하다.

'소녀 되기'는 질서에 순응하면서 힘을 탈취하려 한다는 점에서 분열적이다. 다만 미디어가 규율하는 소녀로서 힘을 얻으려는 시도는 어느 시점에서는 좌절될 수밖에 없다. 소녀에게 힘을 주는 원천을 깨뜨릴 정도까지는 나아가지 못하기 때문이다. 그러니 배드엔딩을 피하기 위해서는 어린 여성 자신을 위한 모델이 필요하다. 여기서는 가상의 사회를 설정해 상황을 극적으로 몰고 가는 SF의 장점을 이용하여, 박소영의 《스노볼》과 제임스 팁트리 주니어의 〈접속된 소녀〉에 나타나는 두 가지 '소녀 되기' 방법을 비교한다. 이를 통해 미디어에 사로잡힌 소녀가 '소녀'의 규준에 균열을 내고 다음 단계를 모색하는 과정을 살핀다.

2
소녀 주인공의 공격 방식

《스노볼》의 세계는 빙하기를 맞아 날씨랄 것 없이 늘 영하 40도에 달하는 추위가 몰아치는 곳이다. 하지만 특수 유리 속 세상 '스노볼'에는 날씨가 있다. 일기예보, 다양한 패션, 신선한 과일, 섬세한 디저트가 있다. 스노볼 사람들은 안녕을 구가하는 대가로 자신들의 삶을 미디어로 제작해 방송할 책임을 진다. 출연자의 생활상은 낱낱이 방영된다. 주인공 '전초밤'은 미디어 스타 '고해리'와 똑 닮은 얼굴 덕분에 죽은 해리의 대타로 스노볼에 입성한다. 초밤은 스노볼에서 해리의 죽음을 둘러싼 비밀을 파헤친다. 생방송을 탈취해 방송 제작자들의 악행을 고발하고, 시청자가 사랑해온 고해리는 허상이었다고 밝힌다. 그렇게 걸 파워 소녀가 되는 데 성공한다.

초밤의 파워는 두 군데서 나온다. 하나는 물론 주체성이다. 초밤은 쇼의 주도권을 쥐려는 소녀다. 방송을 만드는 사람의 책임을 묻고 비윤리적인 디렉터를 처벌받게 만든다. 초밤과 힘을 합치는 디렉터 차향은 초밤에게 이렇게 말한다. "이제까지 디렉터의 만행을 고발하겠답시고 **카메라를 마주 본** 액터는 단 한 명도 없었어."[3] 초밤은 자신이 대중에게 보여진다는 사실을 알고 있다. 소녀들을 향한 시선은 물론 탐욕스럽다. 시청자들은 초밤 일행이 방송 탈취 사건 후에 어떻게 지내는지 궁금해하지만, 그들이 정말로 보고 싶어 하는 바는 일행의 새로운 쇼다. 초밤은 그들의 노골적인 욕망을 지적한다. "텔레비전에서 우리를 계속 보고 싶은 거야. 우리의 과거, 쌍둥이라고만 설명할 수 없는 우리들의 특별한 관계, 지금부터 달라질 우리 삶, 그 모든 것들을……." 그리고 대중이 주목하는 소녀는 영향력을 얻는다. 초밤은 자신을 감상하는 시선에 주체적인 응시로 응대하려 한다. 해리의 이름을 벗고 자기 이름으로 자신이 하고 싶은 말을 준비한다.

<hr>

2 앞의 책, 12쪽

3 박소영, 《스노볼》, 창비, 329쪽

"우리 이야기를 진솔하게 들려줄 수 있는 방송이 필요해. 단순한 호기심이나 시기 어린 의심으로 우리를 함부로 재단할 수 없도록. … 이대로 스노볼을 떠나면 우리는 사람들에게 영원히 불쌍하고 가련한 피해자, 아니면 영악하게 돈만 밝히는 애들로 남는 거잖아. 우리의 증언으로 시작된 일이 온전히 마무리될 때까지 여기 남아서 필요한 책임을 다하고 싶어."**4**

다만 이는 초밤이 미디어 스타 해리의 얼굴과 몸을 갖고 있기에 가능하다. 초밤의 두 번째 힘, 곧 초밤이 주체성을 발휘하기 위한 조건은 소녀의 몸이다. 해리, 초밤, 초밤의 일행은 사람들이 기꺼이 관심을 투자할 만한 아름다운 소녀다. 해리와 같은 미디어 소녀의 스캔들은 볼 만한 구경거리다. 초밤의 변혁은 궁극적으로는 시청자의 허락 하에 벌어지는 일이다. 소설은 초밤의 걸 파워를 선보이지만, 애초에 초밤이 예쁘지 않았다면 카메라 앞에 설 수도 없었다는 점에 관해서는 침묵한다. 주목받을 자격을 얻으려면 결국 예뻐야 하냐는 혐의에 반박하지 않는다. 소녀의 몸이 자격 기준이라는 사실은 은폐된다. 초밤은 걸 파워 '소녀'의 이미지를 재생하는 일을 한다.

반면 〈접속된 소녀〉의 주인공 P. 버크는 초밤과 달리 소녀가 될 수 없는 인물이다. 소설의 화자는 버크의 추한 외모를 공들여 묘사한다. 버크는 "무질서한 몸통과 짝짝이 다리"에, "미소를 지으면 반은 자주색인 턱이 왼쪽 눈을 물어뜯을 지경"이다. 버크 역시 어린 여성이지만, 버크가 너무나 추하고 보잘것없기에 아무도 그녀가 어린 여성이라는 점을 신경 쓰지 않는다. 그에 비해 버크가 조종하는 인공 육체인 '델피'는 미디어로 송출될 자격을 얻는, 완벽한 소녀다. 델피는 살아 움직이는 광고판이다. 델피가 사용하는 물건은 순식간에 팔린다. 사람들은 델피의 움직임과 웃음소리 하나하나를 사랑한다. 버크는 델피에게 매혹되고, 델피를 통해 남들에게 사랑받는 일에 빠져든다.

델피의 소녀다움은 버크의 비참함을 부각시킨다. 델피는 햇빛과 조명 아래에, 버크는 지하실의 캡슐에 자리한다. 델피 몸의 상큼하고 섬세한 행동은 모두 버

4 위의 책, 451쪽

크가 자아내는 것이다. 델피가 생명력을 얻은 결과 버크는 "뚱뚱하고 벌거벗은 데다가 전선과 피로 얼룩진 으스스한 골렘 여자"가 된다. 게다가 델피를 사랑하는 잘생긴 소년은 자신의 연인이 인공 육체가 아니라 진정으로 살아 있는 소녀라고 믿는다. 그에게 델피는 사로잡힌 공주님이고 버크는 괴물이다. 그는 결국 무관심과 거부로 버크를 죽인다. 당연히 델피도 초기화된다. 그러나 마지막까지 버크는 델피의 제어기로 취급되고, 델피의 몸은 소녀로서 주목받는다. 소설은 둘을 대비시키며 소녀의 자격에 의문을 던진다. 실제 순진무구하고 선의로 가득한 가엾은 어린 여성의 정체는 버크이기 때문이다. 버크를 향한 등장인물의 철저한 외면은 오히려 외모로 소녀를 판가름하는 상황이 이상하다는 사실을 강조한다.

《스노볼》에 비해 〈접속된 소녀〉는 복잡하고 당혹스럽다. 《스노볼》의 소녀 주인공은 명실공히 '소녀'이다. 초밤은 자기 몸으로 소녀가 된다. 타고난 몸으로 획득한, 유전적으로 얻은 자격이다. 해리의 이름에서 벗어나 자신을 드러내는 순간에도 초밤은 똑같이 아름다운 소녀다. 〈접속된 소녀〉에서는 주인공과 소녀가 일치하지 않는다. 버크는 델피를 통해 접속해야만 시선을 끈다. 버크는 미디어가 원하는 질서 밖의 존재다. 대중은 버크의 존재를 몰라야 한다. 소설은 버크가 소녀가 될 기회를 철저히 차단한다. 으레 신데렐라 같은 화려한 변신이 나올 만한 상황을 맞이해도 버크는 도리어 비인간적으로 추하게 변한다. 화자는 "이게 신데렐라의 변신 이야기라고 생각했어?"라고 독자에게 빈정거린다. 이 화자는 비꼬고, 이죽거리고, 반어법을 쓴다. 독자가 서술에 저항감을 느끼고 이야기에 이입하지 못하도록 한다. 묘사 뒤의 의미를 읽도록 만든다. 독자가 눈치채야 할 점은 버크의 추함보다는, 화자가 버크를 끈질기게 묘사한다는 사실이다. 덕분에 독자는 버크를 외면하지 못한다. 등장인물이 델피를 주목하는 동안 독자는 버크를 봐야만 한다. 등장인물은 델피를 소녀로 착각하지만 독자는 그들이 틀렸음을 읽는다. 버크는 예쁘지 않은 주인공의 가능성이다. 독자가 추한 외모에 거부감을 느끼더라도 버크는 소설의 주인공이다. 독자는 버크에게 귀 기울이고, 버크

The "thingness"

of the woman programmed to her social role of consumer is exposed by this use of the woman as machine.

DELPHI IS MECHANICAL AND EROTIC BECAUSE SHE IS THE MACHINERY OF MEN'S DESIRES,

A FANTASY OF THE PROMISE OF SEXUAL FULFILLMENT IF MEN AND WOMEN ONLY SPEND ENOUGH MONEY.

JANE DONAWERTH

Frankenstein's Daughters: Women Writing Science Fiction
Syracuse University Press, 1997

SF와 미디어 소녀의 세계

를 알고, 심지어 버크를 사랑할 수 있다. 버크는 소녀의 외모 기준에 철저하게 탈락하면서도 독자의 마음에 자리를 잡는다. 그렇게 '소녀=사람', '비소녀=비사람'의 공식에 정면으로 충돌한다. 버크가 죽은 자리에는 의문과 균열이 남는다.

그러나 누구도 의문에 답하지 않는다. 버크에게 다음 이야기는 없다. 미디어 산업은 여전히 델피를 이용한다. 버크만큼 뛰어나진 못하지만 마찬가지 역할을 하는 다른 사람이 델피를 조종한다. 잘생긴 소년은 미디어 그룹으로 들어간다. 예쁘지 않은 어린 여성의 죽음을 아무도 애도하지 않는다(단 한 명이 슬퍼하지만, 그는 버크를 사람으로 여기지 않는다). 버크의 죽음은 비참할 뿐만 아니라 아무것도 바꾸지 못한다. 오로지 소설 밖에 존재하는 독자를 혼란스럽게 만드는 점에서만 성공한다. 소설은 독자가 지닌 편견에 냉소를 보낸다. 다음에 어떻게 해야 하느냐는 모델은 주지 못한다.

이와 반대로 초밤은 목적을 달성한다. 소설 속 사회에 변화를 가한다. 방송 제작 환경을 조금이라도 윤리적으로 바꾸려 하고, 소녀들을 비롯한 출연자가 스스로 방송에 개입할 여지를 만든다. 초밤은 모범적인 걸 파워의 모델이다. 초밤의 이야기는 뿌듯하고 사랑스럽다. 그러나 초밤은 소녀가 정말로 예뻐야만 하느냐는 부분은 건드리지 못한다. 소녀에게 자격 기준이 있다는 사실, 미디어가 이로써 보통 사람을 배제한다는 사실, 걸 파워 소녀마저 자유롭지 못하다는 사실을 은폐한다. 초밤이 원하는 자체 제작 방송은 아이돌의 개인 방송과 근본적으로 다르지 않다. 독자의 편견은 그대로거나 심지어 강화된다. 저항과 변화의 느낌은 모래성처럼 모두 착각으로 화한다.

두 소설은 각자의 한계가 뚜렷하다. 초밤은 버크의 다음 모델이 될 수 없다. 버크는 초밤의 은폐를 깰 수 없다. 다만 둘은 각자의 방식으로 소녀의 기준을 공격한다. 하나가 질문이라면 하나는 행동이고, 의심과 반발, 인식과 실천이다. 질적 변화로 나아가기 위한 요소들이다. 미디어에서 탈주하고, 미디어에도 불구하고 자신을 깎아내지 않는 소녀를 위한 비계(飛階)다. 그 위에는 어린 여성 모두가 소녀로 복권할 미래가 있다. 물론 '소녀'가 소녀의 몸을 요구받는 현 상황의 원인을 어린 여성 당사자에게서만 찾을 순 없다. 소녀를 둘러싼 다양한 여건이 함께 달라질수록 의미 있는 변화를 끌어내기가 용이하다. 소녀 주인공이 펼치는 이야기가 달라지는 것도 한 방법이다. 소녀의 외모와 권력에 관해 강력한 분열이 존재한다는 사실을 의식하고, 그로 인해 발생하는 갈등을 이해하고 타파하는 이야기에 주목할 시점이다. ◤

345

Book Store

BOOKSTORE & CAFE

Sagyeri

SELECTED BOOKSHOP

Another Books

P.347—353

이 책 한번 잡쉬봐!

　　1년에 두 번, 집안 이벤트로 만나는 고모가 추석에 갑자기 "야 맞다, 너 책 좋아하잖아. 그치? 우리 애 갖다주게 네 방에 있는 것 중에 몇 권 좀 줘봐."라고 한다면?

　　과연 그 고모에게 어떤 책을 줘야 다음 분기에 "네 애미가 그렇게 너 책 읽는 거로 유세더니 너 뭐 별거 아니네", 하는 눈빛을 안 받을 수 있을까.

　　남들 보기에 그럴듯해 보이고 실제로 읽기에도 가독성이 떨어지지 않으면서 인스타 배경으로 찍혀도 모자람이 없는 그런 전설의 아이템.

　　자, 자. 이 글 그만 읽고 일어나서 방을 한번 둘러보라.

　　방 안 가득한 책들 중 딱 한 권을 망설임 없이 뽑아 들 수 있는가.

　　서점은 그 고모님들을 만족시켜야 하는 3D 업종이다. 사계리 서점은 장르 소설만을 다루기 때문에, 장르 소설을 이제 막 읽기 시작한 분들이 종종 찾아 오고는 한다.

사계리서점
김수현

내가 읽고 싶은 책을 판매하려고 서점을 차린 지 이제 3년차.
어떻게 이런 서점을 할 생각을 했나는 말을 가장 자주 듣고 있다.
제가 이런 생각을 해서 여러분이 그 책을 만나게 된 거에요, 얏헬.

사진제공 / 사계리서점

추천을 원하는 분 중에는, 가장 최근에 읽은 장르 소설이 히가시노 게이고지만 SF를 시작하고자 하는 분이 있었고, 최근에 읽은 책이라곤 김진명 작가의 소설뿐이지만 장르에 입문해보고 싶다고 하셨던 분도 있었다. 손님들은 심지어 가장 좋아하는 SF 작가로 베르나르 베르베르를 꼽고는 한다.

사계리 서점은 전적으로 서점원의 취향으로만 이루어진 서점이다. 나름의 가이드 라인으로 선별된 책들이 진열되어 있는데, 대형 서점의 매대에서는 보기 힘든 작가들도 꽤 있는 편이다. 그래서인지 언젠가 한 번은 손님이 서가를 둘러 보더니, 이 서점에는 유명 작가가 단 한 명도 없다고 단언한 적도 있었다.

"자! 이 책으로 말할 것 같으면 무라카미 하루키가 가장 좋아했던 작가 레이먼드 챈들러…."

"오오, 무라카미 하루키가."

"아니, 잠깐만요. 한국말은 끝까지 들어야 합니다. 챈들러와 같은 시기에 데뷔한 작가로…."

"하핫."

"여성 하드보일드 작가예요. 한 저택에서 노부인이 살해를 당했는데 유력 용의자가 그 부인의 조카입니다. 이 사건을 늘 만취 상태인 주정뱅이 삼인방이 해결하죠."

"무라카미 하루키는 그러면 아무 상관이 없는 거죠?"

"네!"

과연 이 책은 무슨 책이고, 손님은 이 책을 사 가셨을까?

간혹 당신이 고른 책을 검증하기 위해 반짝이는 눈으로 다가오는 분들도 있다. '자! 내가 이 책을 골랐는데 나의 안목이 어떠한가!'

(아니, 이런 책을 고르다니 과연 당신은!)

서점원은 유명한 작가의 주요 저서 혹은 최신간은 가급적 추천하지 않고 있다. 나름의 차별화 전략이지만 서점이 자리 잡는 데에 도움이 되었다고 말할 수는 없을 듯하다. 그래도 지금에는 어디에서도 추천하지 않는 책을 권하는 곳이라는 명성 아닌 명성만은 얻게 되었다.

사계리 서점에 《달러구트 꿈 백화점》이나 《듄》, 《해리 포터》 등은 없다. 대신에 로버트 하인라인의 《우주복 있음, 출장 가능》이 있고 비그디스 요르트의 《의지와 증거》, 로저 젤라즈니의 《전도서에 바치는 장미》 등이 있다. 너무 남들과 다른 선택을 하는 것은 아닌지 가끔 반성의 시간을 가질 때도 있지만 어느 독자가 우연히 나라는 사람을 매개로 평소라면 절대 선택하지 않을 책을 우연히 읽게 되어, 새로운 장르로 위대한 한 발자국을 떼게 될 수도 있지 않을까!

그저 남들과 다른 방식으로, 특이한 책들을 판매하는 것 자체가 서점의 지향점인 것은 물론 아니다. 서가에 진열된 책들은 모두 읽고 검토가 끝난 책들이며, 정말 재미있으니 추천을 원하는 손님에게 권하려고 숨어둔 책들이다. 개중에는 메이저 작가의 신간도 있고 스테디셀러도 있다. 그저 특이함 그 자체가 목적인 서점이라고 오해하지 않으셨으면 좋겠다.

물론, 구매 유의 사항에 서점원의 과장 광고에 대한 경고 문구를 넣어야겠지만 말이다.

(아, 그리고 앞서의 책은 크레이그 라이스의 《3시에 멈춘 8개의 시계》다. 물론 구매 하셨다!) 🐾

우리가 다른 세상을
꿈꿀 수 있다면

책방이층

최윤경

책방이층 운영자.
상상력이 우리에게 더 나은 세상을 만들어줄 거라 믿는다.

"한국 SF 소설은 읽어보셨나요?"

마치 포교 활동하는 사람마냥 자꾸 묻게 된다. 아니, 한국 SF 소설에 대한 포교 활동일 수도 있다.

책방이층은 열 평이 조금 넘는 아주 작은 서점이다. 규모가 작아 서가에 꽂을 수 있는 책의 양에 한계가 있다 보니 나름 큐레이션(이라 쓰지만 실은 운영자가 읽고 싶은)을 거친 도서를 판매한다. 서점에 존재하는 대부분의 책이 추천 도서다. 그럼에도 불구하고 서점 주인에게 책을 말로써 직접 추천받고 싶어 하는 손님이 있다. 서점 주인도 시간에 쫓겨 책 한 권 완독하기 위해 아등바등하는 인간일 뿐이라 대단한 걸 골라줄 수도 없는 노릇인데….

그럴 때마다 냅다 던지고 보는 질문이 '한국 SF 소설을 읽어봤냐'다.

서점을 열기 전까지만 해도 한국 SF 소설이 지금처럼 대중의 이목을 끌 줄 몰랐다. 듀나, 김보영, 배명훈 등이 꾸준히 활동하며 고정 독자층을 형성해왔기에 한국 SF 소설이 어느 날 갑자기 불쑥 출현한 건 아니지만 이전과 달리 이례적 인기를 얻고 있는 것도 사실이다.

대형서점의 독자 분석력을 따라갈 순 없지만 지방의 작은 서점이 감히 짐작하건 대, 한국 SF 소설 대중화에 기여한 작품으로 정세랑의 《보건교사 안은영》을 빼놓을 수 없다. 책방이층이 막 서점으로서 영업을 시작한 2015년 12월 출간된 이 소설은 전국의 작은 서점 어디서나 찾아볼 수 있었다. 적어도 개인적으로 알고 있는 서점 주인 대부분이 그 시절 이 책을 추천했다는 것만은 장담할 수 있다.

왜 모두가 안은영을 사랑했을까?

사진제공 / 책방이층

 SF의 장르적 문법은 주류소설보다 사회의 가능성을 탐험하기에 유용하다. 세상의 문제를 해결하고자 하는 작은 아이디어가 과학기술과 만나 구체적 세계를 구축하면 우리는 소설을 통해 현실에 대한 다양한 실험을 할 수 있다. 일찍이 조애나 러스, 어슐러 K. 르 귄, 마거릿 애트우드, 옥타비아 버틀러 등 여성작가들이 현실을 맘껏 비틀고 다시 그려내며 우리가 상상하는 새로운 세상을 그리기 위한 변화에 추진력을 더했다. 나이, 인종, 성별, 성별 정체성, 성적 지향, 장애 여부, 출신, 피부색, 학력 등에 관계없이 모두가 공존하는 세상으로 나아가고자 하는 열망을 SF를 통해 맘껏 상상할 수 있다. 여기에 더해 우리가 한국 SF소설을 읽는 이유는 명확하다. 같은 사회적 질서와 통념 아래 살고 있는 이가 우리의 언어로 쓰는 작품만큼 우리에게 친밀하고 동질감을 느끼게 하는 것은 없다. 우리는 대부분 어리다는 이유로 차별과 폭력이 정당화된 학창시절을 보낸 경험이 있다. 그 시절 누구나 보건교사 안은영 같은, 조금은 이상하지만 학생의 편에 서줄 선생님을 원했을 것이다. 그렇게 작은 서점 주인인 나 또한 안은영과 같은 선생님을 바라는 학생이 되어 소설을 읽고, 안은영과 같은 어른이 되기를 바라면서 한국 SF 소설에 대한 애정을 점차 키우게 됐다.

2018년 12월 1일, 작은 서점에 발 디딜 틈 없이 많은 사람이 모였다. 정세랑 작가가 그리는 세계가 우리 모두가 바라는 세계라는 동질감을 지닌 이들로 가득 찼다. 그날 우리는 소문만 무성했던 《보건교사 안은영》의 넷플릭스 영상화 확정과 정유미 배우가 연기하는 안은영을 만날 수 있다는 깜짝 소식을 작가로부터 직접 전해 들었다. 2019년 6월 29일에는 《우리가 빛의 속도로 갈 수 없다면》 출간 기념 북토크로 김초엽 작가가 서점을 찾았다. 《제2회 한국과학문학상 수상작품집》을 읽고 첫 단독 단행본의 출간일이 확정되자마자 섭외한 것이었는데, 지금은 스타작가가 된 그를 출간 전 미리 섭외한 나 자신을 꽤 칭찬하고 있다.

두 작가와의 만남은 서점의 정체성을 만들기에 충분했다. SF는 결국 모든 존재가 그 존재 자체만으로 인정받고 살아가기를 희망한다. 적어도 이곳을 찾는 독자는 이곳에서 차별 없는 세상을 꿈꾸고, 그에 대해 다양한 이야기를 나누어도 안전하다는 것을 느낀다. "한국 SF 소설을 읽어보셨나요?"라는 질문을 받았던 이들이 "천선란 작가 신간 들어왔나요?", "《어션 테일즈》 이번 호는 없나요?", "지난번 심녀울 작가 단편 진짜 재밌었어요"라고 말 걸어온다. 아마 이층이라는 이 작은 공간을 연 그 순간부터 바랐던 일인지도 모른다. 나와 같은 세상을 꿈꾸는 이를 만날 기회를.

어느 날 서점에 불쑥 찾아와 "예전에 김초엽 작가님 북토크에 참가했는데, 이번에 공모전에 당선됐어요"라고 말한 손님이 있다면 믿을 수 있겠나? 나조차 실제로 이런 일이 벌어지기 전까지 상상조차 할 수 없었다. 서울도 아닌 대구라는 지방 도시에서. 이하진 작가는 제1회 포스텍 SF 어워드 단편소설 부문 당선작 〈어떤 사람의 연속성〉

으로 데뷔했다. 새로운 한국 SF 소설가의 탄생을 기다리는 이들에게 살포시 전한다. 여러분이 좋아할 만한 작가가 이미 등장했다고. 그를 지켜보라고. 한국 SF 소설의 독자로서 세상이 지금보다는 나아져야 한다고, 우리는 할 수 있다고 말해주는 작가들이 계속해서 등장한다는 사실은 큰 기쁨이다. 그 기쁨을 혼자만 누릴 수 없기에 이층이 여전히 여기 있는 듯하다. 🐾

🐦 _anotherbooks   📷 _anotherbooks   📍대구시 중구 달구벌대로393길 48, 1층

Don't Miss!

이수현

20년간 상상문학을 주로 번역했고, 환상소설을 쓴다.
최근 번역서로는 매슈 베이커의 《아메리카에 어서 오세요》, 아말 엘모타르의 《유리와 철의 계절》,
어슐러 르 귄의 《세상 끝에서 춤추다》, 리처드 파워스의 《새들이 모조리 사라진다면》이 있다.
저서로는 러브크래프트 다시쓰기 소설 《외계신장》과 도시판타지 《서울에 수호신이 있었을 때》를 냈다.

오래전, 아직 '한국문학'과 'SF' 사이에 교집합이 별로 없었던 시절의 일이다. 문단 소설만 읽고 살아온 이들과 잠시 책 읽기 모임을 한 적이 있다. 읽을 만한 SF 한 권을 추천해달라는 요청에 마음이 설렌 나는 로저 젤라즈니의 《신들의 사회》와 테드 창의 《당신 인생의 이야기》 두 권을 두고 고민했다. 다시 말하지만 이건 오래전, 영화 〈컨택트〉는 나오지 않았고 테드 창은 아직 좁은 세상에만 알려져 있던 시절의 이야기다.

나는 둘 중에 더 쉬운 책이라고 생각하여 《신들의 사회》를 선택했다.

이쯤에서 두 권 모두 읽었을 분들의 탄식이 여기까지 들리는 것 같다. 당시 내 사고의 흐름에 대해 변명할 말은 많다. 일단 단편집보다는 한 호흡의 장편이 읽기 편하고, 깊이 생각해야 하는 이야기보다는 신나는 모험담이 쉽다고만 생각했다. 내 기준에 《당신 인생의 이야기》는 집중해 깊이 생각하면서 읽어야 하는 단편 모음집이고, 《신들의 사회》는 작가의 설명에 그냥 몸을 맡기고 즐기면 되는 모험담이었기 때문이다. 게다가 전자는 본격 SF이고 후자는 신화이니 후자가 더 넓은 범주에 속하지 않나!

…물론 다 변명이다. 예상하시다시피, 결과는 처참했다. 성실한 독자들은 초반에 쏟아져 나오는 인도 이름들을 종이에 적으며 정리하다가 나가떨어졌다. 책을 추천할 때는 사실주의나 상상문학이나, 어떤 장르의 작품이고 독자는 어떤 취향이나 이전에 독자들의 익숙함부터 고려해야 한다는 것을 그때 겨우 알았다. 즉, '진입 장벽' 말이다.

이 문제는 이후 나에게 일종의 화두가 되었다.

그러니 한국판 《에스에프널 2022》(켄 리우 외, 허블)의 편집부가 27개 단편을 'For SF Fan'(1권)과 'For SF Mania'(2권), 두 권으로 나누어 냈다는 점에 눈길이 더 갈 수밖에 없었다. 편집부가 보기에 1권 수록작은 좀 더 입문 독자에게 다가가기 쉬운 소설이고, 2권은 아니라는 뜻이니 말이다. 아마 1권의 수록작을 먼저 고르고 나머지를 뒤에 넣었지 싶은데, 어떤 기준으로 단편을 나눴을까.

우선 1권에 실린 작품 대부분이 현대 또는 근미래를 배경으로 한다. 직관적인 선택이다. 대다수 독자에게 '낯설다'는 인상은 최우선 장벽이지만 이때 낯설다는 것은 절대적인 요소가 아니다. 많이 보았다면 익숙하고, 처음 본다면 낯설 뿐이다. 스타일에도, 문법에도, 전개 방식에도 적용할 수 있는 기준이다. 그러나 가장 먼저 눈에 띄는 것은 소설의 무대와 도입부이며, 그 점에서 우선 익숙한 현실에 가까워 보이는 소설이 다가가기 좋을 수밖에 없다.

소재 면에서 가상현실, AI와 로봇이 나오는 작품들이 입문용으로 적합해진 것 또한 현실에 가까워졌기 때문이라고 볼 수 있겠다. 그렇다면 초능력은? 현실에서 초능력을 보는 건 아니지만, 슈퍼히어로 영화가 많이 나온 덕분에 익숙하게 느껴지리라. 디스토피아도 마찬가지다. 당연하게도 열거한 이 소재들은 현재 한국 작품에서도 많이 다뤄진다. 2020년에 영어로 발표된 작품 중에서 수록작을 고른 만큼 동시대성이 두드러지고, 따라서 한국 SF와 관심사나 소재가 어떻게 비슷하고 어디서 다른지 비교하면서 읽기도 좋다. 이야기를 어떻게 풀고, 어디까지 밀고 나가는지도.

개인적으로 초점을 둔 부분은 그렇다 치고, 《에스에프널 2022》가 2021년 판보다 더 좋다는 점은 꼭 덧붙여둬야겠다. 또한 좋은 작품은 1, 2권 모두에 고루 담겨 있으니 입문자라면 1권부터 천천히 읽으면서 자신의 취향을 찾아가기를, 마니아라면 두 권 다 읽기를 권한다.

에스에프널 SFnal 2022 (총2권)

지은이	켄 리우, 이윤하 외
옮긴이	장성주, 김승욱, 조호근
펴낸곳	허블

입문자라면 1권부터 천천히 읽으면서 자신의 취향을 찾아가기를, 마니아라면 두 권 다 읽기를 추천!

노바

지은이	새뮤얼 딜레이니
옮긴이	공보경
펴낸곳	폴라북스

**신화나 판타지를 좋아하는 독자라면
한 번쯤은 도전해보라고 하고 싶다.**

지은이	고바야시 야스미
옮긴이	민경욱
펴낸곳	소미미디어

바다를 보는 사람

**친절한 하드 SF의 예시. 과학을 규칙으로
삼은 본격 미스터리 같은 느낌마저 드는
세계조형**

❷   같은 선상에서 말한다면 《노바》(새뮤얼 딜레이니, 폴라북스)는 결국 마니아용 작품일까. 발표 시기도, 스타일도 앞서 예시로 든 젤라즈니의 작품에 가까이 붙어 있는 이 소설은 시작부터 아주 낯선 세계를 던져주고, 친절한 설명 따위는 없이 그대로 독자를 마구 밀어붙인다. 쉽고도 어려운 팁을 하나 말하자면, 이 책을 읽을 독자는 주어지는 모든 요소를 '그런가 보다' 하는 마음으로 받아들이고 물살에 몸을 맡겨야 한다. 무작정 읽는 것도 요령이 필요하지만, 일단 몸을 싣는 방법을 익히고 끝까지 가보면 그만한 보상이 주어진다. 신성(노바)을 뚫고 나간다는 불가능한 목표를 향해 질주하는 미래판 아르고 호의 모험 속에 격렬한 감정과 힘이 넘실거리고, 황홀한 섬광이 번득인다. 흔치 않은 만족감이 있으니 신화나 판타지를 좋아하는 독자라면 한 번쯤은 도전해보라고 하고 싶다.

❸   《바다를 보는 사람》(고바야시 야스미, 소미미디어)에는 또 다른 규칙이 적용될 것 같다. 수록 단편 중에 단한 편도 익숙한 현실을 배경으로 하지 않는다. 시공간이 왜곡되는 마을, 중력이 변하는 곳을 지나는 유목민, 멸망을 향해 달려가는 세대 간 우주선 등…. 아예 지구와 다른 자연법칙이 바탕에 깔리고, 계산기를 들고 읽으면 더 재미있을 거라고 작가가 장담한다는 점에서는 과학을 규칙으로 삼은 본격 미스터리 같은 느낌마저 드는 세계조형이다. 그러나 그 위에 얹힌 이야기는 뜻밖에 단순한 모험과 사랑 이야기라는 데 이 소설집의 묘미가 있다. 소설이 묘사하는 낯선 세계의 형태를 파악하기가 어렵다면, 그저 독특한 배경으로 치부하고 줄거리에만 집중해 읽어도 재미있도록 써낸 점이 영리하다.

다리 위 차차

④
다리 위 차차 (총2권)

지은이	윤필(글), 재수(그림)
펴낸곳	송송책방

몇 번이고 다시 보아도 좋은 작품.
인공지능의 진화와 인류의 미래라는
큰 설정이 다시 시작점으로 돌아가는
순간, 긴 여운이 남는다.

사랑의 꿈

전쟁의 끝

소설가 구병모 추천 만화
우주의 저편을 가로지르며 도착한 삶의 구심니스.
독보적인 상상력으로 그린 낯설고도 산뜻하고 산뜻비로운 단편 걸작들

⑤
뻥 단편선 시리즈 (총2권)

지은이	뻥
펴낸곳	문학동네

환멸과 절망이 때로는 오히려
위안을 줄 수도 있다는 예시 같다.
장르적으로 확실한 재미도 보장!

만화는 언제나 소설보다 좀 더 접근하기 쉽기 마련이다. 완결까지 이르는 두 권으로 다시 출간된 《다리 위 차차》④(윤필 글/재수 그림, 송송책방)는 낯설지 않은 것들을 쌓아올려 새로운 이야기로 빚어낸, 몇 번이고 다시 보아도 좋은 작품이다. 자살방지를 위해 다리에 배치된 로봇 차차를 중심으로 다양한 로봇이 인간의 삶을 비추는데, 1권이 정감이 가는 그림으로 풀어내는 잔잔한 이야기라면 2권에서는 초인공지능 '마더'를 등장시켜 시야를 확장하고 개별 인간의 삶이 아니라 인류를 바라본다. 인공지능의 진화와 인류의 미래라는 큰 설정이 다시 시작점으로 돌아가는 순간, 긴 여운이 남는다.

조금 더 어둡고 날카로운 작품도 보고 싶다면 마침 작가 뻥의 단편 만화를 모은 《사랑의 꿈》과 《전쟁의 끝》⑤(뻥, 문학동네)이 출간됐다. 아름다운 극화체로 인간의 뒤틀림을 다양하게 그려내는데, 환멸과 절망이 때로는 오히려 위안을 줄 수도 있다는 예시 같다. 장르적으로 확실한 재미를 잡아내는 것은 물론이다. 특히 4,000명을 싣고 날아간 우주선에서 12명의 여성만 살아남으면서 전개되는 중편 《전쟁의 끝》을 꼭 권하고 싶다. 🐾

SF News.

서바이벌SF키트

'토끼한마리'와 '공상주의자'가 함께 진행하는 5년 차 팟캐스트.
소설, 영화, 게임, 만화 등 장르를 가리지 않는 'SF 맛집'을 소개한다.
유튜브, 팟빵 등 다양한 채널에서 들을 수 있으며 매월 진행하는 유튜브 라이브를 통해서도 만날 수 있다.

Hello, Future

잇따른 연기 속에서도 개봉하는 DC와 마블 신작

Black Adam

DC 확장 유니버스 〈샤잠〉의 빌런이 주인공인 〈블랙 아담〉이 10월 개봉한다. 원래의 개봉예정일보다 3개월 정도 늦춰졌지만, 〈아쿠아맨 2〉, 〈더 플래시〉 등 DC 유니버스 영화의 개봉이 2023년으로 연달아 미뤄지는 중에 반가운 소식이다. 블랙 아담은 오천 년 전 노예로 살다 신으로 부활한 안티히어로다. 드웨인 존슨이 블랙 아담 역을 맡았고 "DC 유니버스의 권력 위계가 바뀔 것"이라며 자신감을 드러내기도 했다. DC 유니버스 속 다른 작품과의 연계도 뚜렷한데, 〈수어사이드 스쿼드〉의 에밀리아 하코트는 물론, 〈저스티스 소사이어티〉의 호크맨과 사이클론, 아톰 스매셔와 스타걸도 등장한다.

Black Panther: Wakanda Forever

마블 영화 최초로 흑인 히어로를 내세운 〈블랙 팬서〉의 후속작, 〈블랙 팬서: 와칸다 포에버〉가 11월 개봉한다. 라이언 쿠글러가 다시 감독을 맡았다. 고인이 된 채드윅 보즈먼의 뒤를 이어 누가 다음 블랙 팬서를 맡을지 이목을 끈다. 우선 왕위는 트찰라의 동생 '슈리'가 계승하며, 와칸다와 해저 왕국 아틀란티스가 전쟁을 벌이는 이야기가 펼쳐진다. 한편 〈블랙 팬서: 와칸다 포에버〉는 '멀티버스 사가'로 명명된 마블 페이즈 4~6 중 페이즈 4의 마지막을 장식한다.

© Krikkiat / Shutterstock.com

〈아바타〉 13년 만의 재림

© 20th Century Studios

Avatar: The Way of Water

오는 12월, 〈아바타〉가 13년 만의 속편 〈아바타: 물의 길〉로 돌아온다. 여러 차례 개봉 연기를 거치며 팬들의 기대는 오히려 더욱 뜨거워졌다. 전작은 13년째 전 세계 역대 흥행 영화 순위 1위 기록을 지키고 있다. 이번에도 제임스 카메론이 감독을 맡았으며, 주요 배우진 역시 유지되는 가운데 시고니 위버도 다시 캐스팅되었다. 전작에서 연기했던 그레이스 박사는 이미 사망한 인물인 만큼 이번 영화에서는 어떤 역할을 맡을지 관심을 끈다. 〈아바타〉는 총 5편의 시리즈로 기획되어 있으며, 〈아바타: 물의 길〉과 동시 제작된 시리즈의 세 번째 작품은 2024년 개봉 예정이다.

휴고상 장편 부문 최종 후보 여섯 작품 톺아보기

9월 4일에는 휴고상 발표가 있었다. 장편 부문에는 총 6개의 작품이 최종 후보에 올랐는데, 그중 우리나라에 번역된 것은 앤디 위어의 《프로젝트 헤일메리》가 유일하다. 《프로젝트 헤일메리》는 정체불명의 생명체 '아스트로파지'에 감염되어 빛을 잃어가는 태양을 치료하기 위한 과학 교사의 모험 이야기다. 다른 다섯 작품도 우리나라에 번역 소개되기를 기대하며 짧게 소개해본다.

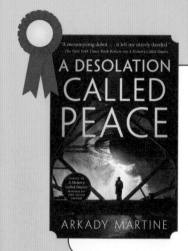

휴고상 수상작인 아르카디 마틴의 《평화라 불린 폐허(A Desolation Called Peace)》는 《제국이라 불린 기억(A Memory Called Empire)》의 속편이자 〈테익스칼란(Teixcalaan)〉 시리즈의 두 번째 작품이다. 우주를 배경으로 제국주의와 언어, 문화 등의 주제를 깊게 파헤친다.

A Desolation Called Peace

셸리 파커 챈의 《태양이 된 여자(She Who Became the Sun)》은 중국이 몽골의 지배를 받던 원나라 말기를 배경으로 하여, 명나라의 첫 번째 황제인 주중팔이 사실은 여성이었다는 가정으로 역사를 재구성한다.

베키 체임버스의 《은하와 그 안의 땅(The Galaxy, and the Ground Within)》은 행성 '고라'의 주유소에 여러 외계 종족의 인물들이 고립되면서 서로의 공통점과 차이점, 그로 인한 편견, 나아가 고난을 마주하는 이야기다.

The Galaxy, and the Ground Within

She Who Became the Sun

Light From Uncommon Stars

리카 아오키의 《낯선 별에서 온 빛(Light From Uncommon Stars)》은 판타지와 SF 장르가 뒤섞인 작품으로, 두 주인공의 우정과 사랑을 그린 아름다운 이야기다. 아오키는 이 소설에서 동양인이면서 트랜스젠더인 자신의 정체성을 SF의 형식을 빌려 깊게 탐구한다.

A Master of Djinn

P. 젤리 클라크의 《진의 달인(A Master of Djinn)》은 '데드 진 유니버스(Dead Djinn Universe)'에 속하는 스팀펑크 작품이다. 1912년 카이로에서 연금술, 마법, 초자연적 존재 관할부의 요원이 학살극을 조사하는 이야기다.

Stray

지난 호에서 소개했던 〈스트레이〉가 드디어 출시되어 좋은 평가를 받았다. 게임 개발진에 고양이 집사들이 여럿 포진해, 평소 세심하게 관찰한 고양이의 행동을 게임 속에 잘 녹여냈다. 폐허가 되어 로봇들만 살아가는 지하 도시의 묘사도 뛰어나다.

© GSC Game World

S.T.A.L.K.E.R 2
Heart of Chornobyl

러시아의 우크라이나 침공으로 인해 발매가 무기한 연기된 〈스토커 2: 하트 오브 초르노빌〉은 힘겹게 개발을 이어 나가고 있다. 개발자들은 원격으로 근무하거나 자진 입대하여 우크라이나를 지키고 있다는 소식을 영상으로 알렸다.

Avatar:
Frontiers of Pandora™

유비소프트는 아바타 세계관을 배경으로 한 〈아바타: 프론티어 오브 판도라〉를 공개한다. 출시 일자는 아직 정해지지 않았지만, 내년 3월 이후일 것으로 예상된다. 최근 몇 년간 유비소프트에서 출시한 게임 타이틀의 퀄리티가 아쉬웠는데, 이번 작품을 통해 유비소프트가 부활할 수 있을지 주목된다.

© Ubisoft Entertainment

Overwatch 2

13년째 세계적인 인기를 구사하고 있는 〈리그 오브 레전드〉의 아성을 잠시 넘봤던 블리자드의 〈오버워치〉가 10월 5일 〈오버워치 2〉로 돌아온다. 정의의 편인 오버워치의 요원과 악의 조직인 탈론의 구성원이 '옴닉'이라고 불리는 인공지능 로봇과 인간의 갈등을 두고 대치를 벌인다. 전작 〈오버워치〉는 2017년쯤에 큰 인기를 끌었지만, 게이머들의 기대에 못 미치는 느린 업데이트, 방만한 운영, 프로 대회의 부진한 흥행 등으로 롱런에는 실패하고 말았다. 과연 〈오버워치 2〉는 잃어버렸던 과거의 영광을 되찾을 수 있을지 주목된다. 개발진은 더 활발한 업데이트와 다양한 콘텐츠를 약속했다.

Starfield

〈엘더스크롤〉 시리즈와 〈폴아웃〉 시리즈 등 인기 있는 오픈 월드 롤플레잉 게임을 제작해 온 베데스다 소프트웨어가 이번에는 우주를 배경으로 한 〈별무리〉를 내놓는다. 우주선을 직접 조종하여 광활한 우주를 여행하며 다양한 환경의 행성을 탐험할 수 있는 야심찬 게임이다. 내년 상반기 공개 예정이다.

Dead Space

호러 SF 게임의 고전 명작 〈데드스페이스〉도 리메이크된다. 정체불명의 괴물 '네크로모프'에 맞서 싸우는 아이작 클라크의 사투를 그린 게임이며, 우주적인 공포감을 잘 그려냈다. 내년 1월 공개 예정이다.

The
Earthian
Tales

4

Alcohol

publisher	박은주
editor	설재인
art director	김선예
marketer	박동준

photographer	Augustine Park, Melva Kim
illustrator	SAI

publishing company
(주)아작
04050 서울특별시 마포구 양화로 156 LG팰리스빌딩 1428호

Tel 02.324.3945-6 **Fax** 02.324.3947
arzak.tet@gmail.com
www.arzak.co.kr

registration
2021년 11월 26일 마포, 바00204

ISSN 2799-628X

© (주)아작, 2022
본지에 실린 글과 사진, 그림의 무단 전재 및 복사를 금합니다.

투고 안내
〈The Earthian Tales〉에서는 여러분의 소중한 원고를 기다립니다.
채택 시 내규에 따라 소정의 원고료를 지급합니다.

분야 및 분량(200자 원고지 기준)
초단편(15매 내외) | 단편(80매 내외) | 중편(250매 내외) | 리뷰(10매 내외) | 만화(자유분량)

보내실 곳 arzak.tet@gmail.com

Date of issue
The Earthian Tales N° 4
발행일 2022년 10월 1일